# A MENTIRA
## SOBRE AMORES E HERDEIRAS

# LAURA LEE GUHRKE

# A MENTIRA
## SOBRE AMORES E HERDEIRAS

TRADUÇÃO DE

DANIELA RIGON

Rio de Janeiro, 2021

Copyright © 2019 by Laura Lee Borio. All rights reserved.
Título original: Heiress Gone Wild

Todos os personagens neste livro são fictícios. Qualquer semelhança com pessoas vivas ou mortas é mera coincidência.

Direitos de edição da obra em língua portuguesa no Brasil adquiridos pela Editora HR LTDA. Todos os direitos reservados. Nenhuma parte desta obra pode ser apropriada e estocada em sistema de banco de dados ou processo similar, em qualquer forma ou meio, seja eletrônico, de fotocópia, gravação etc., sem a permissão do detentor do copyright.

Direitos exclusivos de publicação em língua portuguesa cedidos pela Harlequin Enterprises II B.V./S.À.R.L para Editora HR Ltda.

A Harlequin é um selo da HarperCollins Brasil.

Contatos: Rua da Quitanda, 86, sala 218 — Centro — 20091-005
Rio de Janeiro — RJ
Tel.: (21) 3175-1030

Diretora editorial: *Raquel Cozer*
Editor: *Julia Barreto*
Copidesque: *Rayssa Galvão*
Revisão: *Thaís Lima*
Capa: *Osmane Garcia Filho*
Diagramação: *Abreu's System*

---

CIP-Brasil. Catalogação na Publicação
Sindicato Nacional dos Editores de Livros, RJ

G97m
    Guhrke, Laura Lee, 1960-
       A mentira sobre amores e herdeiras / Laura Lee Guhrke ; tradução Daniela Rigon. – 1. ed. – Rio de Janeiro : Harlequin, 2021.
       320 p.      (Querida conselheira amorosa ; 4)

       Tradução de: Heiress gone wild
       ISBN 978-65-87721-82-8

       1. Romance americano. I. Rigon, Daniela. II. Título. III. Série.

21-68655               CDD: 813
                       CDU: 82-31(73)

Camila Donis Hartmann – Bibliotecária – CRB-7/6472

*Para minha editora, Erika Tsang, que não mede esforços para me ajudar a criar as melhores versões de meus livros. Obrigada.*

*Capítulo 1*

Uma prestigiada escola para meninas em White Plains, Nova York, era o último lugar do mundo onde Jonathan Deverill esperava estar.

Apesar de viver no continente americano havia quase dez anos, ele passara a maior parte desse tempo na fronteira ocidental, entre pessoas que pouco tinham a ver com a alta sociedade.

O escritório da diretora da Academia Forsyte era uma sala simples, com paredes cinzentas e móveis recatados, e, embora fosse muito menos luxuosa do que a casa da família britânica de classe média alta em que ele tinha sido criado, as aquarelas nas paredes e as leiteiras que serviam de vaso para lilases indicavam que estava no gabinete de uma dama. Considerando o homem que se tornara e a vida que levava, era o tipo de sala que raramente tinha motivos para visitar.

— Ora, sr. Deverill. — De repente, a voz ríspida da sra. Forsyte interrompeu seus pensamentos. — O senhor finalmente chegou.

A voz da mulher indicava que, ao não chegar mais cedo, ele de alguma maneira falhara em corresponder às suas expectativas. Bem, não seria a primeira vez.

— Peço desculpas pelo atraso, senhora — respondeu, com educação.

A mulher de cabelo grisalho e boca firme tinha uma aparência indomável, mas inclinou a cabeça graciosamente e aceitou o pedido de desculpas.

— Suponho que tenha vindo visitar a srta. McGann? — questionou a diretora.

— Sim.

Apesar da reprimenda pelo atraso, ela não parecia ter pressa em atendê-lo. Deixando de lado o cartão de apresentação dele, a diretora se acomodou atrás da escrivaninha e gesticulou para que ele se sentasse na cadeira em frente.

— Eu contei a ela sobre a morte do pai. O óbito não foi nenhuma surpresa para mim, considerando que eu estava ciente da doença desde que ele foi internado naquele sanatório no Colorado, dezoito meses atrás. Mas o sr. McGann insistiu para que a filha não fosse informada. Bem, acho que consigo entender os motivos por trás da escolha. Tuberculose é uma doença terrível.

— Sim. — Uma resposta curta, mas ele não queria falar nem pensar naqueles últimos dias em Denver, impotente, vendo o melhor amigo morrer.

— E agora você é o guardião legal da srta. McGann. — A diretora o encarou, o cenho franzido em desaprovação. — Você é mais jovem do que eu esperava.

Estava claro que a mulher o considerava incapaz de cuidar de uma criança. Bem, quem poderia culpá-la? Ele e Billy McGann tinham se dedicado e enriquecido no tumultuado negócio de mineração dos Estados Unidos. De todas as pessoas que Jonathan considerava capazes de cuidar de uma garotinha, ele parecia a escolha mais inadequada possível.

— Preciso que o senhor entenda que, de certa forma, eu me encarregava deste papel que agora o senhor pretende assumir. O pai da menina me entregou essa responsabilidade quando a trouxe para cá.

— É claro.

A diretora estreitou os olhos azuis perspicazes, e Jonathan percebeu por que ela e a escola tinham uma reputação tão boa. Nada parecia passar despercebido por aqueles olhos.

— Fiz o meu melhor para garantir que ela fosse protegida de bandidos, trapaceiros e homens mal-intencionados.

Apesar das circunstâncias trágicas que o levavam àquele lugar, Jonathan sentiu os lábios se contraírem de leve.

— Entendo.

— O sr. McGann era um homem muito rico, e a notícia de sua morte foi publicada nos jornais. Como posso garantir que o senhor é quem alega ser? Qualquer pessoa pode imprimir o nome em um cartão.

— É verdade.

Do bolso do paletó, ele pegou a pilha de papéis que encontrara nas coisas de Billy: uma cópia fiel do testamento que o amigo tinha elaborado dezoito meses antes, com o escritório de advocacia Jessop, Gainsborough e Smythe, de Nova York.

— Isso seria o suficiente para convencê-la?

A sra. Forsyte pegou o documento e leu cada palavra.

— Isso prova sua identidade e confirma o que o sr. Jessop me informou — respondeu ela, devolvendo o testamento. — Mas confesso que ainda estou surpresa.

Ela não era a única. Um mês antes, Jonathan nem sabia que o amigo e sócio por sete anos tinha uma filha, muito menos que o homem o definira como guardião legal da garota.

— Não mais surpreso que eu, senhora — respondeu, com sinceridade.

— Me perdoe a franqueza, mas não acho adequado que um homem jovem e solteiro assuma esse papel. — Ela não esperou que ele concordasse antes de completar: — E também não achei que a garota fosse precisar de um *guardião* para cuidar dela. Não agora.

A ênfase na palavra indicava que a diretora talvez estivesse com receio de que Billy achara que a Academia Forsyte não estava cuidando bem de sua filha e de que Jonathan estava ali para tirar a menina da instituição. Ele se apressou em tranquilizar a diretora.

— Não tenho dúvidas de que o sr. McGann confiava na senhora e em sua escola, assim como eu confio — declarou, dobrando o testamento e devolvendo-o ao bolso do paletó. — Minha visita é pouco mais que uma formalidade...

— Formalidade? — interrompeu a sra. Forsyte, arqueando as sobrancelhas grisalhas, surpresa.

— Estou a caminho de Londres para visitar minhas irmãs, depois viajo para Joanesburgo. O sr. McGann tinha interesses comerciais na África do Sul, e preciso cuidar desses assuntos. Acredito que passarei um tempo por lá.

— Entendo. — Ela ficou um tempo em silêncio, ponderando. — Presumo que não pretenda levar a garota com você.

Jonathan negou com a cabeça.

— Sou um estranho. Arrancá-la do único lar que ela conheceu só para uma reunião seria muito traumático. Cruel, até. E o que eu faria com ela? A menina não tem como me acompanhar nas minas da África do Sul.

— Certamente que não — concordou a diretora, empertigada.

— Portanto, acho que seria melhor que ela ficasse aqui por enquanto. É um pedido aceitável?

A pergunta pareceu divertir a sra. Forsyte, que relaxou os lábios finos em uma sombra de sorriso.

— Temo que não seja aceitável para a srta. McGann. Mas — continuou, antes que ele pudesse apontar que a garota era uma criança e não tinha o direito de opinar sobre o assunto —, seja como for, seu dever para com ela é mais que uma mera formalidade, sr. Deverill.

— Eu quis dizer apenas que meu objetivo hoje é conhecer a garota e garantir que esteja segura e feliz. No momento, não vejo muito mais no que posso me fazer necessário.

— Não? Seguindo o testamento, a jovem herdou uma fortuna considerável. Fortuna esta que o senhor vai administrar.

Jonathan poderia ter explicado que estava na mesma situação que o parceiro falecido e que tinha poucos motivos e nenhuma intenção de desviar a herança da garota, mas suspeitava que essas garantias não impressionariam a sra. Forsyte.

— Como a senhora leu, o dinheiro está protegido. Ninguém pode acessá-lo, nem mesmo eu. E, embora eu vá administrar os investimentos, como fiz com o pai dela, há pouco que eu possa fazer sem a aprovação do sr. Jessop, que também é administrador do testamento. A fortuna da srta. McGann continuará em segurança.

— Eu não me referia ao dinheiro em si, mas ao efeito que esse dinheiro terá sobre ela.

— Não sei se entendi muito bem.

A sra. Forsyte se inclinou para a frente, cruzando as mãos sobre a mesa.

— Sou diretora há muitos anos, sr. Deverill. Algumas das meninas que vêm para cá estão acostumadas com dinheiro e suas consequências, porque foram criadas na fortuna. Outras, nem tanto. A srta. McGann se encaixa na segunda categoria. Eu não diria que a garota é ingênua, mas o pai a queria protegida do máximo possível das tentações e dos males deste mundo, e fiz o meu melhor para acomodar a vontade dele. Já faz tempo que a jovem sabe que um dia será uma mulher muito rica, mas temo que a vida aqui não a tenha preparado para a realidade de ser uma herdeira.

— Como guardião, também não tenho certeza se estou preparado para essa realidade, senhora. Mas farei meu melhor.

— Vai contar com a ajuda de suas irmãs, presumo?

Jonathan não entendia como as irmãs entraram no assunto, nem tinha certeza de que papel acabariam desempenhando, mas não viu sentido em dizer isso.

— A senhora conhece minhas irmãs?

— O sr. Jessop me informou. Sua irmã mais velha é duquesa e a segunda irmã viscondessa, não é isso?

— Sim. E garanto que discutirei o futuro da garota com minhas irmãs enquanto estiver na Inglaterra. Posso vê-la?

Finalmente satisfeita, a diretora se levantou, e Jonathan a imitou logo em seguida.

— Espere aqui — mandou a mulher, indo até a porta. — Voltarei com a srta. McGann.

Ela saiu, deixando-o sozinho, e Jonathan foi até a janela. Era uma bela manhã de maio e, enquanto olhava os jardins bem cuidados, vendo garotas andando com suas professoras, conseguiu entender por que Billy escolhera aquele lugar para abrigar sua filha. Era uma escola isolada, com muros altos de pedra e uma diretora severa. Parecia tanto um convento quanto uma escola; um lugar muito mais apropriado para uma jovem sem mãe do que qualquer outra coisa que o pai pudesse lhe proporcionar.

O que Jonathan não conseguia entender era por que Billy o escolhera como guardião legal da garota.

Durante os sete anos de amizade e parceria, os dois tinham bebido, jogado, desfrutado de boas mulheres e vivido intensamente. Nenhum jamais expressara o desejo de sossegar.

Billy tentara a vida de casado e, claro, fracassara. Jonathan abdicara de qualquer intenção de sossegar no dia em que deixara a Inglaterra e, durante a última década, o máximo de tempo que ficara em um só lugar fora o período que passara minerando prata.

Por outro lado, os dois confiavam um no outro como irmãos. Não tinham escolha. Quando dois homens encontravam o maior depósito de minério de prata desde o Comstock Lode, protegê-lo de invasores e conglomerados de mineração implacáveis exigia confiança mútua e absoluta.

Além disso, havia toda a questão do dinheiro. Os dois tinham angariado milhões de dólares em minério de prata daquela mina em Idaho e, como Billy não sabia nada sobre dinheiro, Jonathan era o responsável por investir seus lucros. Ele fizera um bom trabalho, então a decisão de colocá-lo no comando da herança da garota até que fazia sentido.

E Jonathan sabia que sua criação e educação também tinham influenciado muito na escolha. Billy tinha a esperança de que a filha um dia fosse se beneficiar das conexões de Jonathan na sociedade britânica. Mas quão valiosas eram essas conexões? Por Deus, ele já deixara o país havia dez anos, e não era como se pretendesse voltar a viver naquele mundo.

Olhou para as meninas e as professoras lá embaixo e só conseguiu agradecer por não ter que levar a criança imediatamente. A garota ainda ficaria vários anos na escola, o que lhe daria tempo de sobra para planejar, tomar providências...

— Sr. Deverill?

Jonathan se virou para a porta, mas, em vez da garotinha que esperava encontrar, viu uma mulher de mais ou menos 20 anos, com uma beleza tão impressionante que lhe deixou sem fôlego.

A pele reluzia como uma pérola, mas a textura parecia macia como seda. O cabelo, enrolado em um coque de cachos, era de um vermelho brilhante e glorioso que ardia como fogo naquela sala iluminada pelo sol. Os olhos eram grandes e escuros, envolvidos por grossos cílios castanhos, e a boca era cheia, exuberante e rosada. Naquele escritório espartano da diretora, a mulher parecia extremamente viva.

O conjunto preto de casaco e saia combinavam com o ambiente, embora fizessem pouca justiça à sua beleza. Quando viu o monograma na lapela, Jonathan percebeu que ela talvez fosse uma das professoras.

A mulher não estava acompanhada por nenhuma pupila, e, quando olhou para além da moça, não viu nenhuma criança espreitando por trás das saias dela ou esperando no corredor.

— Sr. Deverill?

A voz suave o fez voltar o olhar para o rosto dela, trazendo sua atenção para o assunto em questão.

— Sim, sou Jonathan Deverill — respondeu ele, franzindo a testa, confuso. — Acho que houve algum engano. Eu vim ver a srta. Marjorie McGann.

— Precisamente — concordou a mulher, rindo. — Aqui estou.

Ele piscou, surpreso. Aquelas palavras só poderiam ter um significado, e, mesmo assim, não faziam sentido algum. Mas, quando ele notou outra vez o cabelo vermelho vivo e o olhar marrom profundo, a semelhança com Billy o atingiu como um soco no estômago.

Fora em seu leito de morte que Billy contara pela primeira vez sobre a existência de Marjorie, implorando ao amigo que protegesse e cuidasse de sua filhinha. Mas, examinando as generosas curvas da jovem, ele percebeu que Marjorie McGann não era, em nenhum sentido, uma garotinha.

— Maldição — resmungou, esquecendo que estava em um ambiente delicado, a língua já mergulhando no linguajar grosseiro dos mineradores e dos bares que deixara para trás. — Que diabo dos infernos.

## Capítulo 2

Aquele homem não era nada do que ela imaginava. Como tinha poucas informações em que se basear, Marjorie deixara que sua imaginação brincasse ao longo dos últimos anos com duas possibilidades para o parceiro britânico do pai. Poderia ser um cavalheiro de cabelo prateado usando casaco de tweed e sapatos escoceses, com olhos claros, traços equinos e queixo fraco. Ou quem sabe um homem das montanhas corpulento, com cabelo e barba grisalhos, que deixara de lado todos os vestígios de sua herança, sempre usando camisa de flanela e calça jeans e com a boca imunda do mineiro que se tornara.

Aquele homem não era nenhum deles. Ou, talvez, era uma mistura dos dois.

Ele xingava como um mineiro, o que ficara evidente pelas palavras proferidas havia pouco. Mas o sotaque britânico fazia as palavras parecerem mais elegantes do que profanas para os ouvidos americanos de Marjorie. Era um homem grande e alto, com ombros largos e peitoral forte, adequado para um homem das montanhas, mas era mais esbelto do que corpulento, com tronco afunilado, quadris estreitos e pernas longas. Ele não usava flanela e jeans, nem tweed com sapatos refinados; usava um traje de lã cinza-carvão impecavelmente cortado e bastante gasto. O cabelo não era claro nem escuro, estava no meio do caminho. Parecia tabaco. Os fios eram grossos e curtos, misturavam o marrom-escuro com dourado, e não tinham nada de grisalho.

Seu olhar foi para o rosto daquele homem, mais jovem do que ela esperava, mas com uma expressão que não era nada equina. Na verdade, tinha um semblante surpreendentemente bonito, com traços bem delineados, nariz aquilino, pele bronzeada e olhos de um mel queimado. Estava de barba feita, e o rosto exibia um maxilar forte e tenso e um queixo que podia ser tudo, menos fraco.

*Isso pode ser um problema*, refletiu Marjorie, enquanto o analisava.

— Você é filha do Billy? Mesmo?

Marjorie piscou, surpresa com a descrença na voz dele.

— Sim, é claro. O que foi? — acrescentou quando ele riu, sem entender o que era tão engraçado.

— Você é muito... — Ele parou e balançou a cabeça, então massageou a própria testa, como se estivesse confuso. — Muito diferente do que eu imaginava.

— Eu poderia dizer o mesmo.

— Imagino — retrucou ele, levantando a cabeça, qualquer traço de humor desaparecendo. — Afinal, sou a última pessoa que seu pai deveria ter escolhido para cuidar de você.

Até conhecê-lo, Marjorie teria discordado, porque seu guardião vinha da sociedade britânica e se encaixava muito bem em seus planos. Depois de conhecer o sr. Deverill, pensou que ele poderia estar certo.

Ter um guardião já era bem ruim, mas Marjorie tinha esperanças que pelo menos o sujeito fosse fácil de gerenciar. Infelizmente, enquanto seu olhar percorria o rosto forte e magro daquele homem, demorando-se na linha perfeita do maxilar, temeu que ele fosse tão fácil de lidar quanto uma mula teimosa.

— Não sabia que meninas da sua idade ainda podiam frequentar a escola — comentou ele, tirando Marjorie de suas ponderações.

— Não sou uma menina — corrigiu ela, ríspida, e entrou na sala. — Sou uma mulher.

— Sim — concordou ele, a voz carregada, os cílios castanhos abaixados quando os olhos se voltaram para o chão. — É mesmo. Infelizmente, ninguém lembrou de mencionar isso para mim.

— Ah, entendo — murmurou ela, percebendo a situação. — Estava esperando tranças e aventais?

— Algo do tipo. Por que você ainda está na escola? Jovens não precisam se formar em algum momento?

— Eu já me formei há quase três anos. Desde então, sou professora.

— Um caminho bastante prático.

— Muito prático — concordou Marjorie, com certo pesar. — Não tive escolha, não é como se eu tivesse para onde ir. Meu pai, como o senhor sabe, não me queria junto a ele.

— Duvido que tenha sido questão de querer, e sim do que era necessário. A vida que seu pai levava não era apropriada para uma jovem.

Nas cartas pouco frequentes, o pai dava a mesma desculpa. E, por mais de uma década, Marjorie acreditara nele, certa de que, depois de crescida, as coisas seriam diferentes. Quando chegasse a hora, o pai iria querê-la ao seu lado. Os dois estariam juntos de novo, como uma família de verdade.

Porém, depois da formatura, o pedido para se juntar a ele foi recebido com a mesma desculpa cansada de sempre, mas apresentada de uma nova forma. A vida que ele levava não era mais apropriada para uma menina, mas passara a ser inapropriada para uma *jovem mulher*. E, com a nova qualificação, Marjorie finalmente sentiu a verdade doer. O pai não a queria, nunca quereria, e toda aquela conversa sobre algum dia ficarem juntos não passava de uma mentira para mantê-la dócil.

Todas as suas ilusões sobre ter uma vida com o pai caíram por terra, e ela percebeu que teria que criar uma vida sozinha.

Marjorie aceitou a sugestão de sra. Forsyte de permanecer na escola como professora, mas não demorou muito para que as cartas das antigas colegas de turma trouxessem uma alternativa nova e muito mais emocionante, que poderia resultar na casa e na família que ela ansiava ter. E não envolvia pedir a pais ausentes nada além de um dote.

Como ela, muitas formadas em Forsyte eram filhas de novos milionários. Afastadas da sociedade de Nova York e desesperadas por um senso de pertencimento, algumas foram para a Inglaterra depois da formatura em busca de maridos influentes e de uma nova vida. Inspirada pelo exemplo e empolgada com os detalhes sobre a sociedade britânica, Marjorie decidiu um novo destino para si mesma, mas nunca sonhou que a morte de seu pai e seu parceiro britânico lhe proporcionariam os meios perfeitos para alcançá-lo.

— É, o senhor deve estar certo — murmurou ela. — Mas e agora? Antes de pedir para que eu viesse aqui, a srta. Forsyte me informou que o senhor está indo para Londres.

Quando ele assentiu, Marjorie sentiu uma onda de alívio.

— Perfeito. Exatamente o que eu esperava.

Ele esgarçou os lábios em um sorriso irônico.

— Não vê a hora de se livrar do seu novo guardião, não é? Bem, não posso culpá-la.

— Me livrar? — perguntou ela, confusa. — Longe disso, quero ir junto.

O homem a encarou como se ela estivesse louca.

— Isso não é possível.

— Mas... — Ela hesitou um pouco, inquieta. — Não entendo. Quando o sr. Jessop disse que o senhor estava vindo, pensei que me levaria para Londres.

Ele suspirou.

— Está claro que nós dois interpretamos algumas coisas da maneira errada. Só vou a Londres para visitar minhas irmãs, depois vou para a África do Sul.

— África do Sul?

Marjorie não podia acreditar no que estava ouvindo.

— Seu fundo fiduciário tem muito dinheiro investido na região, e parece que haverá uma guerra entre britânicos e bôeres antes do final do ano. Se isso acontecer, esses investimentos podem se tornar inúteis. Preciso investigar a situação e decidir o que fazer antes que isso aconteça.

Marjorie se recusava a ver seu plano perfeito arruinado por disputas internacionais. A Inglaterra era o lugar ideal para jovens como ela, com montes de dinheiro e nenhum lugar para ficar. E ela sabia que aquele homem tinha irmãs com conexões aristocráticas. A sra. Forsyte lhe contara. Essas irmãs certamente poderiam ajudá-la a entrar na sociedade britânica. Para ela, o fato de que seu tutor estaria em outro continente era apenas a cereja do bolo.

— Bem, se quiser ir para a África enquanto eu estiver em Londres — retrucou ela, abrindo seu sorriso mais encantador —, não me oponho.

— Como eu disse, não posso levar você comigo. Por enquanto, você precisa continuar aqui.

— Aqui? — Ela parou de sorrir no mesmo instante. — O senhor deve estar brincando! Só pode ser!

— Não estou. Um homem solteiro e uma jovem solteira não podem viajar sozinhos, e, como meu navio parte hoje à noite, não tenho tempo para encontrar uma acompanhante adequada para você. Aliás, falando em tempo...

Ele parou, tirou o relógio do bolso do colete e o abriu.

— Preciso ir, não posso perder meu trem.

— Está indo embora? — Aquilo não podia estar acontecendo. — Já?

— Sim — respondeu ele, claramente aliviado com o fato enquanto guardava o relógio no bolso. — Preciso me encontrar com o sr. Jessop para discutir suas propriedades antes que o navio parta. Trouxe os pertences de seu pai. Ele não tinha muitos objetos pessoais, mas...

— Não quero essas coisas. — Marjorie podia ouvir o tom afiado de sua voz. Aparentemente o homem também, pois franziu a testa. Mas ela não se importava se aquilo o intrigava ou desagradava. — Não tenho o que fazer com isso.

— Certo, mas vou deixá-las aqui, caso você mude de ideia.

Ela não mudaria, mas, como estava preocupada demais com o problema *de verdade*, não discutiria trivialidades. Nunca considerara que aquele guardião estaria indo à Academia para qualquer outra coisa senão tirá-la dali, e agora não sabia o que fazer.

— Escreverei para você, é claro — continuou ele, enquanto Marjorie considerava suas opções. — Mas, se precisar de alguma coisa enquanto eu estiver fora, entre em contato com o sr. Jessop. E não se preocupe. Tomaremos as providências necessárias quando eu voltar. Foi um prazer conhecê-la, srta. McGann.

— Espere! — gritou ela, quando o homem fez uma mesura e desviou dela para sair da sala. — Você não pode simplesmente me deixar aqui.

— Não tenho opção. É uma solução temporária — acrescentou ele, parando no cabideiro para pegar o chapéu. — Esta tarde, o sr. Jessop e eu discutiremos o que deve ser feito, e eu compartilharei os detalhes da conversa em minha primeira carta.

— Mas eu já sei o que é melhor para mim — respondeu ela, avançando na direção dele, que botava o chapéu e se virava para encará-la. — Só porque o senhor chegou aqui pensando que eu era criança não precisa me tratar como uma.

— Peço perdão — respondeu ele, mas suas justificativas logo em seguida estragaram o pedido de desculpas. — Eu nem sequer sabia de sua existência até um mês atrás, e, pelo que seu pai disse naquele momento, presumi que fosse uma menina. O fato de você ser mulher torna as coisas muito mais complicadas. Teremos que tomar providências diferentes, e isso levará tempo.

Marjorie não tinha muita experiência em lidar com o sexo oposto, mas tinha experiência suficiente com crianças omitindo uma parte da história para perceber quando um homem adulto estava fazendo o mesmo.

— Que honra saber que o senhor separou trinta minutos de sua viagem de um canto do mundo para outro para falar comigo. Já que pretendia me deixar aqui, me pergunto por que se deu ao trabalho de vir. Poderia ter enviado as coisas do meu pai junto de uma carta. Não teria sido suficiente?

— Teria sido muito mais conveniente — respondeu ele, com secura, ignorando o sarcasmo da pergunta. — Mas não estaria de acordo com minhas responsabilidades.

— Que curioso… O senhor falando de responsabilidades enquanto se afasta delas.

As palavras pareceram irritá-lo, pois ele ficou tenso.

— Não há o que fazer. Como disse, achei que a senhorita era uma criança. Vim só para vê-la, conhecer a diretora e garantir que estivesse sendo bem cuidada por enquanto.

— Eu não estou.

— Não? Você é negligenciada? Abusada? Maltratada?

Marjorie o encarou, sentindo-se impotente. Um nó se formou em seu estômago quando ela percebeu que aquele homem não aceitaria nenhuma de suas respostas. Um guardião não consideraria maus-tratos viver como uma freira enclausurada. Muito pelo contrário.

*Pense, Marjorie,* disse a si mesma. *Pense em como fazer esse sujeito mudar de ideia e levar você para fora daqui.*

— Não sofro maus-tratos, não é essa a questão — respondeu, por fim. — A sra. Forsyte sempre foi muito gentil. Mas eu tenho *20 anos.* Está na hora de eu sair daqui e seguir minha própria vida, não acha?

— Claro. Como eu disse, discutirei a situação com o sr. Jessop e, enquanto estiver fora, considerarei o que ele acha e decidirei o melhor para você.

Marjorie respirou fundo, tentando deixar a decepção de lado e enfrentar o que poderia ser um atraso inevitável em seus planos.

— E por quanto tempo o senhor ficará longe?

— Coisa de oito meses. É difícil dizer, com a situação tão instável na África do Sul...

— Oito meses? — interrompeu Marjorie, chocada demais com a estimativa para manter a educação. — Oito *meses?*

— Eu gostaria de poder ser mais preciso, mas não tenho como até avaliar a situação. Mas prometo que voltarei o mais rápido possível.

Para ela, oito meses estava longe de ser um retorno rápido. E, como passaria esse tempo no mesmo lugar onde passara dois terços de sua vida, parecia uma eternidade. Já aproveitara tudo o que o lugar tinha para oferecer e gostava de ensinar, mas não era o que queria para a vida.

Queria fazer o que suas colegas de escola tinham feito. Queria ser apresentada à sociedade, ir a bailes e festas, conhecer jovens rapazes. Queria romance, namoro, se casar com um homem que a amasse e ter filhos. Queria um lar, uma família, um lugar para chamar de seu. Queria... maldição, queria ser *desejada*.

Desesperada, tentou novamente:

— Por que não posso ir com você para Londres? Eu poderia ser apresentada à sociedade, aproveitar a temporada... — Então explodiu em frustração quando o viu negar com a cabeça: — Oras, por que não!?

— Srta. McGann, fico feliz que deseje as diversões da boa sociedade, e prometo que você as terá. Mas algumas coisas precisam esperar.

— Mas a temporada de Londres está começando! É o momento perfeito para fazer minha apresentação, encontrar um marido... Talvez eu tenha a mesma sorte de algumas das minhas amigas — acrescentou, sonhando acordada com todas as possibilidades deliciosas e românticas — e me case com um homem com títulos e propriedades...

Ele a interrompeu com um grunhido.

— Por que os americanos gostam tanto de títulos? São insignificantes.

— Não são. Um marido com títulos pode oferecer uma posição na sociedade. Coisa que eu nunca poderia ter aqui em Nova York, não importa quanto dinheiro meu pai tenha me deixado.

— Mesmo assim, é cedo demais para discutirmos essas coisas. Você está de luto, não está na hora de aproveitar a temporada de Londres. O período de luto é um interlúdio de reclusão e pesar.

Marjorie poderia ter mencionado que já passara tempo demais reclusa. Também poderia ter dito que não tinha intenção de perder tempo lamentando por um homem que a abandonara treze anos antes e não a vira desde então, um homem que nunca tivera muita consideração por ela. No entanto, como o novo guardião já estava impaciente para partir, ela se conteve. O importante era que ele não a deixasse.

— Meu luto não segue coordenadas geográficas — retrucou, tentando parecer coerente e obediente. — Eu poderia ficar com suas irmãs. Uma duquesa e uma viscondessa seriam acompanhantes apropriadas.

— Acompanhar uma garota, mesmo durante o luto, é uma grande responsabilidade. Minhas irmãs merecem poder decidir livremente se querem acompanhá-la, ainda mais por se tratar de uma jovem que não conhecem e que nada sabe sobre a vida britânica, uma herdeira rica o suficiente para se tornar vítima de caçadores de fortunas. Não vejo minhas irmãs há dez anos, srta. McGann, e não tenho intenção de cumprimentá-las depois de todo esse tempo impondo o ônus de cuidar da senhorita sem primeiro saber se estão de acordo e dispostas a cooperar.

Marjorie era um fardo. Claro que era. A negligência do pai já passara aquele recado muito tempo antes. No entanto, ainda doía ouvir aquilo em voz alta. Ela desviou o olhar, piscando rápido, a frustração se transformando em desespero.

— Nada mudou — disse ela. — Ainda estou presa no limbo, vendo a vida passar enquanto fico trancafiada, envelhecendo.

— Não precisa ser dramática. Oito meses não é tanto tempo, e esse período passará mais rápido se você estiver na Academia Forsyte, onde tem uma vocação com que se ocupar. E não é como se você não tivesse tempo de sobra para aproveitar a vida. Você só tem 20 anos.

— Tenho quase 21 anos. Daqui a um ano, serei uma solteirona.

Por algum motivo, aquilo o fez sorrir.

— A senhorita não terá problemas para encontrar um marido quando chegar a hora. Ainda mais um que tenha títulos — acrescentou o sr. Deverill, o sorriso assumindo uma curva cínica. — Acredite, os ingleses acharão seu gordo dote americano tão interessante na próxima temporada quanto nesta.

Marjorie não tinha intenção de se casar com um homem que a quisesse apenas pelo dinheiro. Também queria amor, e não via razão para não ter os dois. O novo tutor voltou a falar antes que ela pudesse esclarecer aquele ponto crucial.

— Naturalmente, uma herdeira como você exige uma posição adequada, e seu período de luto nos dá tempo para encontrá-la. Se o sr. Jessop e eu decidirmos que uma temporada em Londres é apropriada, e contanto que minhas irmãs estejam dispostas a apresentá-la, faremos sua estreia no ano que vem. Podemos discutir esses planos quando eu voltar.

*Quando eu voltar...*

Aquelas palavras a lembraram do passado, eram exatamente as mesmas que o pai falara quando ela ainda tinha 7 anos de idade, as últimas palavras que ouviu ele dizer.

*Quando eu voltar...*

E ele nunca voltara. E nunca voltaria.

Uma dor a invadiu. Sentia dor e raiva, emoções tão intensas e ferozes que precisou cruzar os braços com força sobre o peito para contê-las.

Não choraria. Tinha jurado que não derramaria nenhuma lágrima por aquele homem que, nos últimos treze anos, mal se lembrara de sua existência. E não seria abandonada novamente, agarrando-se às esperanças de um dia que nunca chegaria.

— Sei que está desapontada — disse ele, quebrando o silêncio. A gentileza de sua voz era como sal nas feridas. — E, acredite ou não, sei como é quando todos os nossos sonhos parecem ter sido destruídos. Não deixarei que isso aconteça com você. Vou garantir que fique bem acomodada, mas a senhorita precisa ser paciente enquanto determino a melhor maneira de fazer isso acontecer.

Marjorie não permitiria que homem nenhum, nem mesmo seu guardião, decidisse o que era melhor para ela. Principalmente quando o homem em questão não parecia nem um pouco inclinado a pedir sua opinião sobre o assunto. Ainda assim, podia ver que ele estava decidido e que discutir seria inútil, então fingiu um suspiro de resignação enquanto o cérebro começava a trabalhar em um novo plano.

— Acho que está certo. É melhor o senhor ir para não perder seu trem.

— Posso fazer algo por você, antes de ir? Você tem dinheiro guardado?

— Uma mesada? O sr. Jessop me envia dez dólares por mês.

— Só isso?

Marjorie não disse que a quantia era mais do que suficiente. Não gastara um centavo nos anos em que estivera ali... com o que gastaria?

— Receio que sim.

— Providenciarei um subsídio maior quando me encontrar com o sr. Jessop. Você começará a receber o dinheiro imediatamente.

Marjorie o encarou, fingindo estar agradecida.

— Obrigada.

— Não há de quê. É o mínimo que posso fazer.

— Você vai me escrever? — perguntou, juntando as mãos, tentando parecer paciente.

— Todo mês. Se precisar falar comigo, entre em contato com o sr. Jessop. Ele saberá onde me encontrar.

— Você parte hoje à noite? — Então acrescentou, quando ele assentiu: — Boa viagem, sr. Deverill. Espero que vá em um daqueles navios da White Star. Ouvi dizer que são muito bons.

— Na verdade, vou em um da linha Cunard. *Netuno*, se não me engano. Bem, preciso mesmo ir.

Ela estendeu a mão, esperando um cumprimento normal, mas, para sua surpresa, o guardião se curvou e levou sua mão aos lábios. Apesar de achar aquele homem bem pouco cooperativo e muito obtuso, também sentiu uma emoção inconfundível quando os lábios dele roçaram em seus dedos.

Um beijo na mão podia ser uma coisa trivial para a maioria das jovens, mas era o primeiro momento remotamente romântico que Marjorie já tivera, e só servia para ressaltar todas as razões pelas quais não esperaria mais nem um segundo para começar a viver.

— Adeus, srta. McGann — disse o homem, soltando a mão dela. — Nos veremos em breve.

Ele se virou, entrou no corredor e foi em direção à escada.

— Com certeza, sr. Deverill — murmurou Marjorie, baixinho, inclinando-se pela porta, o olhar se estreitando e se fixando nas costas largas do homem que se afastava. — E bem mais cedo do que o senhor pensa.

# Capítulo 3

— Bem, você pode entender minha surpresa.

— Sim, é claro. — Arthur Jessop entregou um copo de uísque para Jonathan e, pegando um para si, afundou na extremidade oposta do sofá de couro em seu escritório. — O sr. McGann errou em nomear você como guardião de Marjorie sem contar todos os detalhes. Nós o aconselhamos a explicar tudo. Achei que ele tivesse contado.

— Não contou — respondeu Jonathan, virando-se para encarar o homem. — Billy nunca mencionou uma filha até estar no leito de morte. E, pelo que disse, presumi que fosse uma criança. Quando descobri que ela é uma mulher crescida…

Ele hesitou, lembrando do corpo esbelto e do rosto deslumbrante da nova tutelada, então tomou um longo gole de uísque.

— Como disse, foi um choque.

— E a idade dela muda sua percepção de suas responsabilidades?

Jonathan lançou um olhar infeliz ao homem.

— Bem, sim. Não muda?

— Acho que sim. E você sente que é mais do que pode administrar?

*Por Deus, sim.*

No entanto, não disse aquelas palavras em voz alta. Por mais tentador que fosse despejar toda aquela bagunça no colo de outra pessoa, a lealdade e a obrigação que assumira com o falecido amigo o impediram. Fizera uma promessa a Billy, e não havia como quebrá-la.

— Billy McGann era como um irmão para mim — declarou. — E farei o que puder pela filha dele. Mas...

— Mas...? — instigou o sr. Jessop, quando Jonathan parou.

— Não posso deixar de questionar se sou adequado para a tarefa. Uma criança em idade escolar é uma coisa. Uma mulher prestes a atingir a maioridade é algo totalmente diferente. Até a sra. Forsyte demonstrou dúvidas sobre o acordo.

— Sim, é verdade — concordou Jessop, e Jonathan achou a resposta terrivelmente frustrante. O homem não tinha nenhum conselho?

— Ela queria ir para Londres — comentou, e se divertiu com a tensão que notou no advogado. — Comigo. Hoje à noite.

— Isso seria muito precipitado. E inapropriado. Ela está de luto.

— Ela não parece se importar. Quer participar da temporada e encontrar um marido — continuou Jonathan, sem piedade, sentindo a desaprovação do advogado. — Um que tenha *títulos*, se possível.

— Você deve ter muito cuidado ao considerar os pretendentes, sobretudo com os homens de títulos que ela conheceria durante uma temporada em Londres. Não tenho intenção de ofendê-lo, sr. Deverill, mas soube que a maioria desses senhores britânicos se casam com herdeiras americanas por motivações mercenárias.

— Não fico ofendido. Concordo com você. A aristocracia não me engana, pode acreditar.

O advogado relaxou.

— Fico aliviado de ouvir isso, embora esteja um pouco surpreso. Se bem entendi, sua falecida mãe era filha de um visconde.

— Sim. Ela se casou fora da nobreza, e a família a deserdou. — Jonathan não fez nenhum esforço para esconder o desdém que sentia pelos esnobes da classe alta da Grã-Bretanha. — Nossa família estampou os jornais. Diziam que éramos presunçosos, indignos de atenção... Principalmente depois que a empresa da família faliu por má administração do meu pai. A visão da sociedade só começou a mudar seis anos atrás.

— Devido à mina de prata ou ao casamento da sua irmã mais velha?

— Ambos, com certeza. Nada como milhões no banco e um duque na família para elevar a posição social de alguém. Minha segunda irmã também se casou com um *figurão da alta sociedade*.

— E suas irmãs gostam dessa vida?

— Pelas cartas, parece que sim, embora eu nunca tenha entendido o motivo. Mas, se elas estão felizes, é o que importa. Elas merecem ser felizes. Nosso pai, que Deus tenha sua alma miserável, era um homem difícil. — Então acrescentou, satisfeito: — E eu pareço ter sido igualmente difícil, pelo menos na opinião dele. Fui expulso de casa com 18 anos. Ele me deserdou e mandou que eu seguisse meu próprio caminho.

— E você seguiu.

Jonathan negou com a cabeça.

— Foi Billy quem encontrou a mina. Eu só o ajudei a fazer tudo funcionar.

— Você não se dá o devido valor. Apesar de ser um excelente engenheiro de minas, o sr. McGann não tinha jeito para os negócios. Foi sábio da parte dele deixar você administrar o dinheiro. Seus investimentos proporcionaram uma fortuna muito maior aos dois do que se houvesse somente a mina.

— Confesso que gosto do desafio de ganhar dinheiro.

— E de gastar?

— Isso é bem menos interessante.

Jessop riu.

— Falou como um verdadeiro empreendedor. Você não pensa em se aposentar, comprar uma propriedade, casar-se com uma dama e se tornar nobre de alguma vila inglesa?

— Meu Deus, não! Sossegar não faz meu tipo. Já até pensei nisso... — Ele fez uma pausa para tomar outro gole de uísque. — Mas não penso mais.

A mente viajou de volta para a juventude, e ele ouviu a voz feliz do avô, que transformara alguns jornais em um império editorial.

*Você um dia vai assumir a Deverill Publishing, então vai expandir nossa fortuna. E dará continuidade ao meu sonho.*

Aquele era o sonho de Jonathan… até a morte do avô mudar tudo.

*A empresa agora é minha.* A voz do pai ecoou em sua cabeça, provocando-o, mesmo da cova. *Se eu quisesse sua opinião sobre como administrar as coisas, garoto, teria pedido.*

Com dificuldade, Jonathan trouxe a mente de volta ao presente.

— Não, sr. Jessop. Mesmo sem Billy ao meu lado, creio que estou destinado a morrer sozinho. Um eterno lobo solitário.

Jessop sorriu.

— Essa é a imagem que todo solteirão tem de si. Até ser atingido pela flecha do cupido.

Jonathan lembrou do passado, da garota que o amara loucamente porque ele era neto de um editor rico, mas cujo amor morrera no instante em que o pai o deserdara. Lembrou dos pais; da mãe deserdada pela família e pelos amigos por ter se apaixonado por um vagabundo de classe média; e do pai, cujas fraquezas se tornaram tão óbvias quando sua mãe faleceu. Não, quaisquer ilusões que um dia tivera, fosse sobre amor, casamento ou qualquer outra coisa, estavam no passado.

— Não se preocupe — garantiu, batendo no próprio peito com a palma da mão. — Tenho uma armadura de excelente qualidade.

Notou o sorriso satisfeito de seu interlocutor, mas, antes que Jessop pudesse elaborar algo sobre como todos os homens acabam juntando os trapos com suas amadas, Jonathan mudou de assunto. Não tinham muito tempo.

— Sobre os investimentos de Billy — começou, gesticulando para os documentos em cima da mesa —, estou preocupado com as negociações na África do Sul. Está ficando difícil negociar com os bôeres.

— Sim, e é prudente investigar agora, antes que as coisas piorem. Esses investimentos ainda estão gerando lucros, mas, se a situação ficar instável, o valor das ações vai despencar depressa.

— Eu me comprometo a informar o que precisa ser feito o mais rápido possível. E tem alguns conglomerados de mineração no leste da África que eu gostaria de explorar. Qual é a sua opinião sobre os outros investimentos de Billy?

— Como eu disse, você sabe tratá-los muito bem. Acho que continuarão fornecendo um lucro satisfatório. Tem algum plano para a garota?

— Meu plano — respondeu Jonathan, secamente — era que ela continuasse na escola por mais seis anos.

— E agora?

— Ela precisará ficar onde está até que eu volte da África. Até lá, já terei tomado as devidas providências. Enquanto isso, ela terá assistência na Academia Forsyte, correto? Estará bem cuidada, acompanhada, tudo a que tem direito?

— Ah, é claro. A sra. Forsyte é uma mulher incrível e uma acompanhante inigualável. Como a garota reagiu ao ser deixada para trás? Imagino que tenha ficado decepcionada por não poder acompanhá-lo até Londres.

— Ela ficou, mas expliquei que era a única saída.

— E ela aceitou de bom grado?

— De certa forma.

Enquanto Jessop falava, Jonathan começou a se sentir inquieto. Não tinha certeza se era dúvida ou culpa.

— Ela não deve se divertir muito por lá. Peço que fique atento para ver se ela está bem enquanto estou fora, veja como andam as coisas. Quando o luto estiver mais brando, leve-a para passear na cidade, para jantar ou assistir a uma ópera.

— Minha esposa e eu fazíamos essas coisas... Adoraria continuar fazendo.

— E quero que dobre a mesada dela. Essas coisas podem aliviar a espera até eu voltar.

— Mas e depois disso? O que fará com ela?

Jonathan pensou um pouco antes de responder:

— Ela não tem família?

— A mãe veio da África do Sul e tem alguns parentes por lá, mas são muito distantes. O pai era órfão, então ela não tem parentes ou conexões por aqui.

— O que significa que não vai ser aceita entre os nova-iorquinos, mesmo tendo todos esses milhões. Considerando isso, ela mesma já pode ter determinado o melhor plano para seu futuro.

— Possivelmente. Mas será que o sr. McGann aprovaria?

— Tenho certeza de que sim — respondeu Jonathan, com um suspiro. — Pouco antes de morrer, quando me pediu para ser tutor da garota, ele admitiu que parte dos motivos de sua escolha eram minhas conexões. Ela vai precisar de damas para acompanhá-la, e sei que ele esperava que minhas irmãs pudessem fazer isso.

Não disse que não sabia se as irmãs concordariam, ainda mais depois de tê-las desapontado, seis anos antes.

— Não tenho o direito de envolvê-las nisso até discutir o assunto com elas. Mas uma herdeira milionária não pode ficar fora da boa sociedade para sempre, e um casamento adequado a colocaria em boa posição.

— É verdade, mas existem riscos. O dinheiro permanecerá guardado até que ela se case ou faça 30 anos. As notícias da morte do pai e os rumores da enorme herança já foram publicadas nos jornais de Nova York. Precisamos fazer o possível para protegê-la de oportunistas.

— É claro. — Jonathan devolveu o olhar astuto do advogado. — Acredito que seu escritório seja capaz de elaborar um bom acordo pré-nupcial, caso necessário, certo?

O sr. Jessop sorriu.

— Protegeremos a fortuna dela com muito afinco.

Satisfeito, Jonathan olhou para o relógio na parede e deixou o copo de lado.

— Se isso é tudo, preciso ir embora.

— Antes de ir, tem mais uma coisa que precisamos decidir. O que faremos com as joias dela?

Jonathan hesitou um pouco, franzindo a testa, confuso.

— Está falando da Rosa de Shoshone? Achei que o pai dela tivesse pedido que Charles Tiffany a lapidasse e a guardasse. Não está no cofre da Tiffany?

— Ah, sim. — O advogado se apressou para tranquilizá-lo. — Tem uma quantidade considerável de pedras brutas no cofre. Por ser um engenheiro de mineração, o sr. McGann adquiriu muitas pedras preciosas ao longo dos anos.

— Sei disso. A prata o deixou rico, mas sua verdadeira paixão eram as pedras preciosas. Por isso ele foi para a África do Sul e para Idaho. Mas, respondendo à pergunta, por que precisamos fazer alguma coisa com as pedras?

— Seu plano é ficar na África pelos próximos oito meses?

— Sim, por aí. O que tem a ver?

— A garota deve receber as joias quando fizer 21 anos, e seu aniversário é dia 13 de agosto. Nesse momento, as joias deixam de fazer parte do fundo, e somos obrigados a entregá-las.

Jonathan refletiu.

— Ela sabe das joias? — perguntou, depois de um momento. — Alguém sabe?

— Não até onde eu sei. Mas assim que o testamento passar pelo inventário, os termos se tornarão de conhecimento público, e a existência de um colar de safira rosada impecável de trinta e dois quilates é o tipo de notícia sensacionalista que faz os jornais venderem como água.

— Não podemos deixar as joias onde estão até eu voltar?

O advogado franziu a testa, parecendo ofendido.

— Como executor, é minha obrigação legal cumprir os termos exatos do testamento. E, mesmo que a lei não exigisse isso de um advogado, ainda tenho a minha ética.

Jonathan ficou tentado a ironizar o uso de "advogado" e "ética" na mesma frase, mas duvidava que Jessop acharia graça da piada.

— Ainda assim, por que ela iria querer essas coisas? O luto não permite que ela use joias até abril.

— Não em público, mas acha que ela vai concordar em deixar um colar de safiras rosadas e diamantes brancos de valor inestimável em um cofre e não o usar até abril?

— Acho que não — admitiu Jonathan, com um suspiro. — Suponho que vá querer o colar para usar e se exibir para as amigas.

— Precisamente. Podemos proteger a herança, mas não posso dizer o mesmo sobre as joias. Têm seguro, é claro, mas seria uma tragédia se fossem roubadas.

— Entendo — disse Jonathan, estudando o semblante do advogado. — Você tem alguma sugestão?

— As joias permanecem como parte do fundo até o dia 13 de agosto. E, até lá, podemos protegê-las como quisermos. Porém, se forem levadas para Londres e colocadas no cofre ducal do seu cunhado...

Ele deixou a frase sem terminar, e Jonathan deu uma risada sem graça.

— Então, além de decidir como administrar a vida de uma bela e jovem herdeira, tenho que carregar meio milhão de dólares em joias até o outro lado do Atlântico sem aviso prévio?

— Um agente da Pinkerton poderia fazer isso por você.

Claro que poderia. Mas Jonathan nunca tinha sido muito bom em confiar nos outros. Ele e Billy tinham lidado com invasores e capangas de conglomerados de mineração para manter o controle de suas minas, e duvidava que qualquer agente da Pinkerton fosse capaz de proteger as joias da garota melhor do que ele mesmo.

— Mediante apresentação de documentos e procuração, acredito que Tiffany me permitirá retirar as joias, correto?

— É claro.

Satisfeito, Jonathan pegou os documentos na mesa e se levantou, fazendo com que Jessop também se levantasse.

— Bem, se preciso visitar Tiffany antes de o navio partir, tenho mesmo que ir.

— Promete avisar quando as joias forem armazenadas com segurança em Londres? E, por favor, confirme toda e qualquer providência que preciso tomar em relação à garota.

— Sim. Nós nos vemos em breve, quando eu voltar para buscá-la. — Ele estendeu a mão. — Até lá, deixo a srta. McGann sob sua responsabilidade.

— A sra. Forsyte e eu continuaremos vigiando a moça, como sempre — garantiu o advogado, apertando a mão de Jonathan.

— Não é só com oportunistas britânicos que precisamos nos preocupar — lembrou o inglês, enquanto caminhavam para a porta do escritório de Jessop.

— A sra. Forsyte é perfeitamente capaz de lidar com qualquer coisa *do tipo*. Não deixaremos que nenhum homem se aproxime dela. E duvido que os picaretas sequer tentem, já que comunicarei imediatamente à imprensa a intenção do guardião de exigir um bom acordo pré-nupcial. — O sr. Jessop sorriu. — Posso garantir que nenhum canalha ousará ludibriar nossa protegida e arranjar um casamento às pressas nas cataratas do Niágara enquanto você estiver longe.

---

O *Netuno* era um novo navio a vapor, o melhor que a Cunard podia oferecer, com todas as comodidades que um homem rico podia querer. A cabine era composta de uma suíte com janelas que davam para o deque principal, lençóis limpos, um colchão e travesseiros de maciez ímpar. Mas a melhor coisa era o banheiro privativo. Quando Jonathan afundou na banheira cheia de água quente, não conseguiu segurar um suspiro de contentamento. Deleitar-se com um banho quente era um luxo que pudera apreciar poucas vezes nos últimos dez anos.

Ali no navio, ele se permitiu aproveitar cada momento relaxante que a água quente e o sabão de castela da Cunard podiam proporcionar. Depois de se lavar, levantou-se e foi em direção de uma das toalhas turcas penduradas nos ganchos da parede, mas logo mudou de ideia.

As joias da srta. McGann estavam guardadas no cofre do *Netuno*, e a semana seguinte se estendia diante dele, sem nada para fazer além de explorar o navio, atirar em pombos de barro, ler livros e saborear um vinho do Porto envelhecido na área de fumantes. Estava em uma banheira luxuosa, com a água ainda quente. Não tinha motivos para se apressar.

Jonathan se permitiu afundar novamente o corpo na água. Os músculos, tensos por causa dos dias passados no espaço apertado dos vagões de trem, relaxaram pouco a pouco, os olhos se fecharam, e a mente ficou leve...

Algo o acordou. Jonathan se levantou um salto e pegou a pistola Colt, mas só depois de sair da água é que se deu conta de que o reflexo não era apropriado. Não estava em um córrego gelado da montanha, correndo o risco de levar um tiro, nem em uma banheira de ferro velha de algum hotel vagabundo onde um minerador bêbado no andar de baixo poderia atirar contra o teto. Estava no banheiro luxuoso de um navio a vapor e a caminho de casa.

*Casa.*

Um conceito estranho para ele, que, quando deixara a Inglaterra, uma década antes, também abandonara os sonhos, o coração e o futuro despedaçados. Desde então, a coisa mais próxima que tivera de uma casa fora um dos dois barracos que ele e Billy construíram no Vale da Prata, no norte de Idaho, com madeira de pinho e papel de alcatrão, e que os abrigaram enquanto trabalhavam sem parar, extraindo minério de prata.

Os barracos já não existiam. Tinham sido vendidos com a maior parte de suas ações da mina, quando Billy começara a ter aquela tosse, dois anos e meio antes — uma tosse constante e catarrenta que nunca sumia. Jonathan ficara preocupado e pedira ao amigo que consultasse um médico, mas Billy ignorara o conselho. A doença só foi confirmada quase um ano depois, quando Billy começou a tossir sangue.

Foi quando Jonathan arrastou o amigo para ser tratado em um dos famosos sanatórios do Colorado, mas não havia muito que os médicos pudessem fazer. Tuberculose era uma doença fatal.

Jonathan se inclinou na banheira, apoiando os cotovelos nos joelhos dobrados e descansando a cabeça nas mãos. A dor da morte de Billy apertava seu peito como um torniquete.

Fechou os olhos, mas, estranhamente, não foi uma imagem do amigo magro e moribundo que invadiu sua mente. Em vez disso, viu a garota, com aquele cabelo ruivo e os olhos escuros. Um mês antes, a promessa de cuidar da filha de Billy parecia um compromisso fácil de honrar. Só agora, depois de descobrir que a garota era uma mulher adulta com um rosto deslumbrante e o corpo de uma deusa, é que enfim conseguia refletir sobre a dimensão daquela responsabilidade.

Uma batida soou na porta da cabine, interrompendo seus devaneios. Ele percebeu que era o mesmo som que o acordara momentos antes. Ouviu o girar da chave e a porta abrindo, então uma voz animada chamou seu nome.

— Trouxe o chá, sr. Deverill, como o senhor solicitou — informou um jovem, pela porta entreaberta. — Também trouxe sanduíches e bolos.

Jonathan se endireitou de repente.

— Obrigado. A gorjeta está aí — disse, lembrando-se dos trocados que jogara na mesa quando esvaziou os bolsos.

— Obrigado, *senhor.* — A voz agradecida deixou a entender que a gratificação tinha sido generosa. Entre o tilintar da louça e o som de trocados sendo tirados de cima da mesa, a voz do garçom se elevou outra vez: — Posso fazer mais alguma coisa pelo senhor?

— Não. — Ele se levantou, saiu do banho e puxou uma toalha do gancho. — Eu aviso se precisar de alguma coisa.

— Sim, senhor. Obrigado.

Enquanto se secava, Jonathan ouviu a porta se fechar e a chave girar. Jogando a toalha de lado, foi até o lavabo, abriu o kit de barbear e abriu a torneira de água quente.

Já passara a espuma de barbear no rosto quando lembrou do chá. Decidiu que seria melhor beber antes que esfriasse, então largou o pincel de barbear e fechou a torneira, vestindo o roupão para sair do banheiro.

Empurrou a porta com o ombro enquanto amarrava o roupão, abrindo-a. Então ficou paralisado quando viu o que estava diante de seus olhos.

— Que diabo é isso?

Sentada no pequeno sofá da cabine, comendo bolinhos e tomando chá, estava Marjorie McGann, o cabelo reluzindo à luz da lâmpada.

# Capítulo 4

Se Jonathan tinha dúvidas de que era a pior escolha possível para ser o guardião da filha de seu melhor amigo, elas logo sumiram quando ele viu a srta. McGann sentada em sua cabine, a bordo de um navio que cruzava o Atlântico, em vez de na Academia Forsyte.

— O que você está fazendo aqui? — demandou.

Ele desviou o olhar para as janelas que davam para o convés do deque e ficou aliviado ao perceber que a mulher pelo menos não abrira as cortinas. Então lembrou que estavam muito longe do porto de Nova York e que não havia como levá-la de volta, e o alívio desapareceu.

— Eu deixei você em White Plains.

— Tenho a sorte de saber andar de bicicleta, comprar uma passagem de trem e chamar uma carruagem. E, como você contou o nome do navio em que embarcaria... — Ela fez uma pausa para enfiar o último pedaço de bolinho na boca e pegar um sanduíche, então se recostou no sofá e sorriu, parecendo muito satisfeita por estar ali. — Cá estou.

— Como você entrou no meu quarto?

— Entrei junto com o garçom. — Ela fez uma cara de dó enquanto comia o sanduíche. — Ele talvez pense que somos terrivelmente depravados.

— Meu Deus — murmurou Jonathan, esfregando as mãos no rosto enquanto tentava entender a situação. — A sra. Forsyte sabe que você foi embora?

— A essa altura, acredito que sim. Deixei um bilhete explicando que parti com você.

— E o que vou fazer com você, pelo amor de Deus?

— O que deveria ter feito desde o início. — Ela deu outra mordida no sanduíche, como se não estivesse nem um pouco preocupada. — Seja meu guardião, como meu pai queria.

— Pensei que estivesse fazendo exatamente isso — rebateu ele, o choque dando lugar à frustração. — Fiz arranjos para que você fosse cuidada, como qualquer guardião faria.

O desdém no rosto de Marjorie lhe deu uma boa mostra do que ela pensava daquilo.

— Você e eu temos noções muito diferentes sobre os deveres de um guardião, sr. Deverill. As minhas, como já disse, incluem me levar para Londres, permitir que eu seja apresentada na temporada e me ajudar a encontrar um marido.

— E, como eu já disse, não está na hora de você ser apresentada. Seria muito inapropriado, logo após a morte de seu pai. Quanto ao resto... posso ser seu guardião, mas não serei seu casamenteiro.

— Muito bem. — Ela comeu a última mordida do sanduíche e esfregou os dedos, despejando as migalhas na bandeja antes de voltar a falar. — Encontrarei meu futuro marido sem a sua ajuda.

— Não deve ser difícil — retrucou Jonathan. — Você deve encontrar pelo menos cinco candidatos antes de desembarcarmos. Quando se espalhar a notícia de que a filha do falecido barão da prata William McGann está a bordo, você terá a atenção de inúmeros canalhas bem apessoados, falidos e cheios de más intenções.

Enquanto falava, Jonathan percebeu que cuidar de Marjorie era um dever que não podia mais ser adiado. E, considerando a beleza e a imensa fortuna que ela portava, temia que a tarefa seria ainda mais perigosa do que cuidar de uma mina.

— Quando esses homens descobrirem que você não tem uma acompanhante adequada, vão perseguir você por todos os cantos.

— Acha mesmo? — Ela sorriu, tão bela e inocente. — Que maravilha.

Inúmeras possibilidades terríveis começaram a surgir em sua mente, e Jonathan levou um momento para responder.

— Muito pelo contrário — retrucou, por fim. — Você pode se envolver em um romance a bordo e ser forçada a se casar. Quer passar o resto da vida com um oportunista?

Marjorie deu de ombros, como se aquilo fosse algo de pouca importância.

— Qualquer homem que se case com uma herdeira como eu esperaria um dote substancial. E não posso condenar meu futuro marido por querer gastar minha fortuna quando é exatamente isso que pretendo fazer.

— Entendo. — Ele cruzou os braços, mais sério que nunca. — E como planeja gastar todo esse dinheiro?

— Ah, com as coisas de sempre — respondeu ela, se inclinando para examinar os quitutes na bandeja de chá. — Roupas, casacos de pele, joias, carruagens, automóveis, decorações para a casa de campo...

— Você não tem uma casa de campo.

— Ainda não. Mas terei. — Ela pegou um éclair da bandeja e se recostou na cadeira, inclinando a cabeça para o lado, ainda sorrindo. — Acho que também vou comprar um iate. E talvez alguns cavalos de corrida. Isso seria incrível. E darei festas, muitas e muitas festas. Festas fabulosas e extravagantes que deixarão os nova-iorquinos roxos de inveja.

Sonhando acordada, Marjorie suspirou e deu uma mordida no éclair.

— Você pretende desperdiçar a fortuna do seu pai em frivolidades como essas?

— E por que não deveria? — questionou ela, parecendo não notar a irritação de Jonathan. — O que você acha que eu deveria fazer? Ver todo esse dinheiro apodrecer no banco enquanto envelheço? Qual seria a vantagem? Além disso, eu teria que esbanjar muito para gastar tudo. Parece que tenho *muito* dinheiro. Quer dizer, se isso for alguma indicação.

Marjorie indicou a escrivaninha, onde Jonathan deixara os relatórios financeiros que revisara com o sr. Jessop. Tinham sido organizados em uma pilha, pois ele planejava revisá-los no dia seguinte, mas agora estavam espalhados descuidadamente pela mesa de jacarandá polido.

— O que é a Rosa de Shoshone? — perguntou ela, recuperando toda a sua atenção.

— Sou eu quem faz as perguntas aqui.

— Você parece muito tenso. Talvez devesse comer um ecler. É chocolate — acrescentou a jovem, estendendo um pedaço do doce para ele. — Sempre ajuda a elevar os ânimos.

Jonathan não estava nem um pouco disposto a ser elevado.

— Primeiro você foge da sra. Forsyte para entrar escondida neste navio, então invade minha cabine sem permissão e lê minhas correspondências? Meu Deus, para alguém que viveu uma vida tão protegida, preciso dizer que é uma coisinha muito insolente.

— O que eu li não era particular — retrucou a moça, não parecendo nem um pouco incomodada com a descrição que lhe fora atribuída. — O testamento do meu pai, a contabilidade do dinheiro que ele deixou para mim e alguns relatórios sobre investimentos feitos em meu nome são documentos que tenho todo o direito de ler, ainda mais considerando que meu próprio guardião não se deu ao trabalho de me informar os termos de minha herança antes de partir.

— Não tinha tempo para isso. Eu precisava pegar o trem. E...

— Ah, por favor! — interrompeu Marjorie, antes que ele pudesse apontar que o sr. Jessop teria sido capaz de explicar os termos do testamento e a extensão de seus bens. — Não tente se justificar. Você sabe muito bem que saiu fugido.

— Isso é um absurdo.

Ele se endireitou, sentindo uma pontada repentina e inconveniente na culpa.

— Além disso — acrescentou ela, antes que Jonathan pudesse continuar —, eu não "entrei escondida" em lugar nenhum. Não sou uma passageira clandestina. Comprei minha passagem, como qualquer outra pessoa. Claro que não para uma grande suíte como a sua. Com minhas economias, só pude pagar uma cabine interna. Ainda assim, estou na primeira classe.

Ela terminou de comer o éclair e pegou o bule.

— Aceita uma xícara de chá?

— Eu não quero chá, inferno!

Marjorie deixou o bule de lado e o encarou novamente.

— Realmente — comentou, franzindo a testa, pensativa —, acho que você está certo. Acho que você precisa mesmo de uma bebida bem forte. E talvez de uma roupa — acrescentou, olhando-o de cima a baixo.

Jonathan seguiu seu olhar e percebeu, horrorizado, que não usava nada além de um robe. Na frente da *filha* de Billy.

— Jesus amado!

Foi até onde ela estava sentada, se abaixou e agarrou-a pelos braços. Só pensava em tirá-la da cabine, mas percebeu seu erro no momento em que a colocou de pé: acabou aproximando o corpo do dela e, quando os seios fartos roçaram seu peito, lembrou que a tutelada já não era mais uma garotinha. E que, debaixo daquele robe, ele estava nu. E que já fazia muito tempo desde a última vez que estivera com uma mulher.

Recuou, desesperado, tentando estabelecer uma distância necessária entre eles, mas não a soltou. Em vez disso, se virou, agarrando-a com força pelo cotovelo.

— Você precisa sair daqui — disse, enquanto a puxava pela sala de estar da suíte. — Agora mesmo.

— Mas eu nem terminei meu chá.

Ignorando aquele absurdo, Jonathan parou à porta e, ainda segurando-a com firmeza, estendeu a mão para a maçaneta.

— Terminou sim.

— Você quer mesmo que eu vá embora?

— Sim — respondeu, abrindo a porta.

Botou a cabeça para fora, para se certificar de que não havia ninguém à vista, então a empurrou para o corredor.

— Tem certeza? — Marjorie se virou para ele, colocando a mão na porta para impedir que se fechasse. — Quer mesmo que eu ande sozinha pelo navio, com tantos canalhas e oportunistas cheios de más intenções a bordo?

Jonathan soltou um palavrão e puxou a mulher de volta para dentro, então fechou a porta. Ele a soltou e deu um longo passo para trás enquanto se esforçava para recuperar sua sanidade e conseguir pensar. Não era uma tarefa fácil, considerando ele usava apenas um robe, e a pele do peitoral ainda queimava com o toque leve e inconsequente dos seios dela enquanto a promessa que fizera a Billy ecoava em seus ouvidos.

— Sente-se — mandou, então se virou e foi para o quarto. — Não saia daqui e não toque em nada. E, se tem amor à vida, fique longe dos meus documentos particulares.

Ele entrou no quarto e bateu a porta, então se recostou pesadamente contra a madeira, se perguntando o que faria com aquela mulher. O que um homem faz com uma jovem bonita, desobediente, bastante crescida e extremamente inconveniente e que está sob sua responsabilidade legal?

Analisando o problema, a solução de se atirar do navio não parecia ruim. Se já contemplava medidas drásticas como aquela depois de metade de um dia como guardião, em que estado estaria dali a uma semana, quando atracassem em Southampton?

Jonathan nem queria imaginar.

---

A porta do quarto mal fechara atrás dele quando Marjorie começou a rir. Teve que enterrar o rosto na almofada do sofá para evitar que o sr. Deverill ouvisse.

Ah, o choque quando ele a vira sentada na sala tinha sido impagável! E, quando ela tagarelou sobre como não se importava de se casar com um oportunista e como pretendia gastar a herança, o homem ficara tão chocado que ela não sabia como conseguira se manter séria. Quando mencionou que ele não estava adequadamente vestido, então... Ah, por Deus!

A lembrança gerou outro acesso de riso, e Marjorie enterrou o rosto com mais força na almofada do sofá, a gargalhada sacudindo o corpo. Pensara que seria enfadonho ter um guardião, mas começava a achar que estava errada. A ideia agora lhe parecia muito divertida.

Ponderou que não deveria se divertir tanto com essas provocações, mas o homem merecia aquilo depois da maneira como a abandonara, e Marjorie estava gostando tanto da vingança que levou um tempo para conseguir conter a diversão às custas da reação dele.

Por fim, com a barriga dolorida de tanto rir, sentou-se, dando um longo suspiro, afastou as mechas de cabelo da testa e voltou sua atenção para a bandeja de chá.

*Ele deve me achar uma tonta*, pensou, balançando a cabeça, enquanto pegava um sanduíche de pepino. Cavalos de corrida, até parece! Queria se divertir, mas não planejava ser tão irresponsável assim com o dinheiro. Claro que os oportunistas a cercariam como moscas, ela já estava mais do que ciente disso. E, apesar das preocupações do guardião, não tinha a intenção de se comprometer e ser forçada a casar com um homem que só queria seu dinheiro.

Ainda assim, não podia culpar o sr. Deverill por estar aflito. Afinal, ele não sabia que Marjorie já tomara precauções. *Seria melhor*, pensou, mastigando o sanduíche, *se explicasse tudo e acalmasse logo os receios dele. Ou o pobre homem poderia ter um ataque apoplético.*

A decisão mal passara por sua mente quando a porta do quarto se abriu e o protagonista de seus pensamentos voltou para a sala de estar, desta vez devidamente vestido.

Marjorie o estudou enquanto ele caminhava em direção da bandeja de chá. O homem parecia ter superado a surpresa de encontrá-la a bordo, mas a expressão em seu rosto confirmava sua impressão inicial, e Marjorie ficou feliz por ter esperado até que o *Netuno* estivesse navegando em segurança antes de vê-lo.

Fortalecida pela lembrança de que ele não tinha como mandá-la de volta, Marjorie falou primeiro:

— E agora, o que acontece?

Ele se serviu de leite, acrescentou chá e dois torrões de açúcar, então mexeu a bebida antes de responder:

— Para você? Nada.

— Não estou entendendo.

— Quando terminarmos aqui, você vai voltar para a sua cabine, onde permanecerá durante toda a viagem.

Qualquer vestígio da diversão de Marjorie desapareceu.

— Você só pode estar brincando.

O guardião sorriu de um jeito que mostrava que não estava brincando.

— Vou pedir para que as refeições sejam servidas em seu quarto. E enviarei alguns livros. Assim, você terá algo para ocupar a mente além de ficar bolando artimanhas para levar vantagem sobre mim.

— Mas esta é minha primeira viagem marítima. Nunca viajei para lugar nenhum na vida. Você não pode...

— Se você tivesse tido o mínimo de paciência e permanecido onde estava até que eu pudesse tomar as providências necessárias, sua primeira viagem teria sido muito mais agradável.

— E só aconteceria daqui a oito meses!

Ele ergueu e abaixou os ombros largos, mostrando indiferença.

— No entanto, quando você desobedece a um guardião, há consequências.

— Então você espera que eu fique trancada no quarto como uma criança malcriada? Também está pensando em me mandar para a cama sem jantar?

— Quando me seguiu, você se colocou em uma posição arriscada. Posso ser seu guardião, mas não sou seu parente. E, por ser homem, minha capacidade de cuidar de você é limitada.

— Estou em um navio cheio de gente. Como você acha que eu poderia encontrar algum perigo?

— Não me preocupo apenas com sua segurança física. Também viso proteger sua reputação, mesmo que você pareça não se importar.

O comentário sobre não se importar com a própria reputação a deixou extremamente irritada, mas Marjorie se controlou, mesmo com dificuldade, sabendo que a decisão mais sábia era simplesmente esclarecer as coisas.

— Se está preocupado com a possibilidade de eu me comprometer com algum daqueles oportunistas, não fique. Eu já tomei providências para…

— Homens não são o único perigo. Se você for vista andando por aí sozinha, a curiosidade das mulheres será despertada. Não vai demorar muito para que descubram sua identidade, e, se for vista jantando sozinha ou caminhando desacompanhada no deque de passeio, você será considerada uma presa fácil.

— Sim, mas eu não estarei sozinha. Eu…

— Estará sim. Como já expliquei, não tenho como acompanhá-la. Nenhum de nós é casado e, se formos vistos viajando juntos sem acompanhante, as pessoas vão pensar o pior.

Marjorie tentou explicar mais uma vez.

— Sim, mas entenda…

— Qualquer matriarca da Inglaterra vai tentar descobrir tudo o que puder sobre suas companheiras de viagem, para ter certeza de que não está se metendo com as pessoas erradas. Seremos julgados e condenados antes mesmo de chegarmos na metade do caminho para Southampton.

Ouvindo aquilo, Marjorie desistiu de qualquer tentativa de explicar que, por não ser uma idiota, já previra e tomara todas as precauções contra esses perigos.

— E, como eu disse, seus planos adiariam consideravelmente minha nova vida.

— E você acha que me seguir até Londres vai mudar isso? Os próximos onze meses não serão diferentes simplesmente porque você decidiu cruzar o oceano.

Ela franziu o cenho, a frustração suplantada por perplexidade e pavor.

— O que está dizendo?

— Você está de luto, srta. McGann. Seja na Inglaterra ou na América, espera-se pelo menos seis meses de reclusão.

— Eu passei minha vida quase toda em reclusão. Não tenho a menor intenção de continuar assim.

— Você não acha que está exagerando?

— Estou? Vi todas as minhas amigas saírem da Academia Forsyte e seguirem com suas vidas enquanto eu ficava para trás. Elas tiveram uma temporada em Londres, dançaram com duques e jantaram com príncipes. Muitas se apaixonaram, se casaram e construíram uma vida incrível. Eu, entretanto, não fui a lugar nenhum e não fiz nada. Eu também sou herdeira, mas, considerando que isso nunca me trouxe bem algum, daria no mesmo ser pobre. Por que acha que economizei cada centavo que pude da minha mesada e do meu salário como professora? Eu já tinha planos de fugir antes mesmo de meu pai morrer. Estava prestes a começar a tomar as devidas providências para deixar a Academia Forsyte quando fizesse 21 anos.

— E iria para onde?

Marjorie enfrentou a expressão confusa de Jonathan com um olhar duro.

— Bem, não iria ver meu pai, já que eu nem sequer sabia onde ele estava. — Jonathan desviou o olhar, um sinal claro que as palavras o incomodaram, mas ela não iria se preocupar com aquilo. — Quando vocês saíram de Idaho, ninguém me disse para onde foram. A sra. Forsyte disse que não sabia, e o sr. Jessop se recusou a dizer, sugerindo que eu enviasse cartas por meio dele. Disse que meu pai se mudava muito e que era difícil se comunicar com ele. Uma mentira que nem uma criança acreditaria.

— Não era mentira — retrucou Jonathan. Então, diante do olhar cético de Marjorie, completou: — Pelo menos não até ele ir para o sanatório.

— Mais um fato que decidiram omitir de mim. — A voz dela se elevou um pouco, resultado de ter sido mantida no escuro por aqueles que pensavam que a estavam protegendo. — Por isso, fiz meus próprios planos para me juntar às minhas amigas na Inglaterra. A maioria já está casada, e eu sabia que uma delas concordaria em me acompanhar.

— E como você planejava ganhar dinheiro?

— Estava apostando no fato de que o desgraçado que se dizia meu pai não permitiria que eu ficasse na miséria em outro país. Assim que a escritura ficasse pronta, ele teria que fazer o sr. Jessop aumentar minha mesada e me dar um dote. Mas então, ele morreu. E eu nem sequer sabia que estava doente...

Ela parou, assustada com a voz falha, frustrada com o nó que subiu na garganta.

— Meu pai se foi — conseguiu dizer, depois de um momento, reprimindo qualquer sentimento estúpido sobre o pai imprestável. — Finalmente tenho a chance de viver segundo minhas escolhas. Você achou mesmo que eu iria esperar mais?

— Achei que você teria o bom senso de ficar onde estava até que eu tivesse tudo organizado.

— Em outras palavras, achou que eu seguiria suas ordens e deixaria que você, um estranho, decidisse o que é melhor para mim?

— Sim, como seu pai confiou que eu faria. Não vou quebrar minha promessa só porque você tem esse desejo inexplicável de me desafiar, ignorando noções de decoro e bom senso.

Marjorie poderia ter dito que ainda nem começara a desafiá-lo, mas se conteve.

— Então você pretende me controlar assim, me mantendo confinada? O que faremos em Londres? Vai me trancar em um sótão?

— Espero que não precise chegar a este ponto.

Marjorie o encarou, horrorizada.

— Por todo esse tempo, até agosto? Você não ousaria!

— Meu conselho é que não teste minha paciência para descobrir o que eu ousaria ou não fazer, srta. McGann. E não entendo o que você acha que agosto tem a ver com essa situação.

Ela franziu a testa.

— É quando faço 21 anos.

— Precisamente — concordou ele. — O que tem a ver?

— Uma mulher atinge a maioridade quando faz 21 anos.

— Legalmente, sim. Mas, de acordo com o testamento de seu pai, a maior parte do seu dinheiro será mantida sob custódia até que complete 30 anos.

Marjorie o encarou, espantada.

— Trinta? Até lá eu serei uma solteirona!

— Até você completar 30 anos — confirmou Jonathan, abrindo um sorriso que ela descreveria como irritantemente presunçoso —, *eu* decido quanto dinheiro você recebe. Ora, você parece surpresa. — Ele indicou os documentos na mesa. — Acho que não leu o suficiente para chegar nesta parte.

Marjorie se recompôs, erguendo o queixo.

— E você pretende usar meu próprio dinheiro para me controlar, é isso?

— Farei o que for necessário. — Jonathan inclinou a cabeça, olhando para ela com uma dúvida fingida. — Acha que conseguirá se divertir bastante em Londres com dez dólares por mês?

— Mesmo tendo uma fortuna no banco, você realmente me restringiria ao mesmo subsídio que recebo desde os 7 anos?

— A senhorita está de luto, então, mesmo que eu desse mais dinheiro, não há muito com o que possa gastar. E, seja qual for a quantia, não será suficiente para comprar iates e cavalos de corrida.

Marjorie amaldiçoou o próprio senso de humor malicioso.

— Será o suficiente para comprar roupas decentes? — Ela apontou o casaco preto com a insígnia da Academia Forsyte na lapela. — Não posso continuar usando o uniforme de professora por aí, e são praticamente as únicas roupas que tenho.

— Entendo — respondeu o homem, para o seu grande alívio. — Quando chegarmos a Londres, pedirei às minhas irmãs que a levem à Jay.

— Jay é uma modista? — perguntou Marjorie, o ânimo melhorando um pouco.

— Sim. Ela faz roupas para pessoas de luto.

— Ah, não. — Teria que permitir que aquele homem tivesse algum controle sobre sua vida e fazer algumas concessões, mas trajar roupas de bombazina e crepe pretos não era algo que estava disposta a fazer. — Eu não vou ficar de luto.

— A senhorita precisa. É esperado, após a morte de um dos pais.

Na voz dele, Marjorie notou a dura determinação de uma vontade de ferro. Mas o que seu guardião parecia não ter percebido ainda era que sua vontade era igualmente forte.

— Eu não vou ficar de luto — repetiu. — E não consigo entender por que deveria ficar.

— Porque seu pai morreu, srta. McGann — retrucou Jonathan, o rosto contorcido com a dor da perda. — Fato este que você parece muito feliz em esquecer. E parece gostar muito de demonstrar que despreza a morte dele, o que é tão surpreendente quanto impróprio. A falta de luto e de gratidão dizem muito sobre você.

A acusação a fez perder a paciência como nada mais poderia fazer.

— Gratidão? Luto? — repetiu, com desprezo. — Essas são as emoções que eu deveria sentir?

— Acredito que sim.

— Então você não entende nada sobre emoções. Eu tinha 7 anos da última vez que vi meu pai, e minha mãe tinha acabado de morrer. Nem uma semana se passara desde o enterro quando ele me levou para a Academia Forsyte e me atirou no colo da sra. Forsyte. Que, diga-se de passagem, era uma total desconhecida. Ele disse adeus, pediu que eu me comportasse e... me largou lá.

O sr. Deverill apertou os lábios.

— Ele provavelmente achou que era a melhor opção. Por causa de sua profissão, ele sabia que ficaria longe por muito tempo. E muitos viúvos...

— Ele prometeu que voltaria para me buscar — interrompeu Marjorie, poupando ambos das desculpas esfarrapadas que a sociedade permitia que os viúvos usassem para que pudessem abandonar seus filhos. — Mas nunca voltou.

— Tenho certeza de que ele pretendia voltar.

— Ah, sim. — Marjorie cruzou os braços. — Assim como você pretendia voltar, quando me abandonou esta manhã.

Ela o ouviu inspirar fundo, e ele levou um tempo para falar:

— Srta. McGann — disse, por fim —, está claro que você acha que tentei abandoná-la, mas não foi o caso. Quanto ao seu pai, sei que ele a deixou lá para que fosse cuidada. E, com muito sacrifício, conseguiu juntar uma fortuna para você. Por causa de todo o esforço dele, a senhorita vai viver com luxo pelo resto da vida.

— Eu preferia ter tido um pai. Um pai que me visitasse, ou que ao menos enviasse mais de duas cartas por ano.

— Billy nunca gostou muito de escrever, admito, mas duvido que a decisão de não visitar você tenha sido por negligência, embora possa parecer. Ele provavelmente não queria que você o visse doente.

— E agora eu nunca mais o verei!

Ela sentiu um nó na garganta, e os olhos começaram a arder. Marjorie percebeu, apavorada, que estava prestes a chorar por causa do miserável do pai, então virou rosto antes que o sr. Deverill pudesse ver.

— Ele poderia ter dito algo, ter mandado alguém me buscar. Eu teria ido.

Jonathan avançou em sua direção.

— A tuberculose é brutal nos estágios finais — disse, a compaixão na voz só servindo para deixar Marjorie ainda mais furiosa, alimentando sua dor como parafina em chamas. — Não é algo que qualquer parente mereça testemunhar, acredite.

O homem estava tentando consolá-la, Marjorie sabia. Mas não queria ser consolada.

— E todos os anos antes disso? — Ela ergueu os olhos, encarando os dele. — Meu pai teve muitas oportunidades de me visitar, mas nunca apareceu. Nem uma vez sequer.

— Sei que ele pensava muito em você.

Até mesmo o sr. Deverill pareceu perceber como aquelas palavras soaram inadequadas, porque, no instante que falou, ele fez uma careta.

— Tem certeza? — retrucou Marjorie, forçando uma risada. — Não consigo acreditar, já que passou a vida inteira sem contar para o senhor, seu melhor amigo, sobre a existência de uma filha.

Jonathan não respondeu. O que poderia dizer?

— Não tenho muitas lembranças do meu pai, sr. Deverill, porque, mesmo antes de ir para o Oeste, ele passava a maior parte do tempo longe. Mas me lembro da minha mãe. As lembranças são vagas, claro, mas há coisas que se destacam. Como o fato de que ela sempre implorava ao meu pai para não ir embora de novo, como o medo no rosto dela enquanto o observávamos arrumar as coisas e sair pela porta. Lembro-me do som abafado dos soluços à noite, enquanto ela chorava até dormir.

Ele abriu a boca para responder, mas Marjorie não queria ouvir.

— Você fala dos sacrifícios que meu pai fez por mim, mas a verdade é que, para ele, não foi sacrifício nenhum. Ele estava fazendo o que queria e vivendo a vida que desejava. Escrevi cartas e mais cartas pedindo, aliás, implorando para que meu pai voltasse ou me deixasse ir até ele, mas as respostas que recebi eram apenas desculpas.

Marjorie percebeu que as mãos tremiam, e o orgulho a impeliu a cerrar os punhos para que seu guardião não percebesse.

— Nas poucas respostas que se deu ao trabalho de escrever, sempre dizia as mesmas coisas. Se tivesse mandado alguém vir me buscar, haveria muito tempo para passarmos juntos até que eu me tornasse adulta. Mas ele sempre dizia "em breve". "Logo nos encontraremos... "

Sua voz falhou, e ela precisou fazer uma pausa para respirar fundo antes de continuar:

— Quando estava julgando meu comportamento, o senhor chegou a considerar como minha vida foi até agora? A sra. Forsyte é uma mulher gentil, mas não é nem nunca poderia ser uma mãe para mim. Meu pai era minha única família e, apesar de todas as promessas, estava claro que não me queria. Você sabe como é viver ano após ano sob o peso de promessas que nunca se concretizam?

— Sim. Acredite se quiser.

— O senhor também consegue entender o que aconteceu comigo quando finalmente percebi que todas as promessas do meu pai eram mentiras? E, quando ele morreu, eu soube que o "em breve" nunca chegaria.

— Sim, eu entendo. — A voz dele saiu baixa, e a resposta fez com que ela se sentisse ainda pior.

Sentiu outro aperto na garganta ameaçando sufocá-la, mas continuou enquanto ainda conseguia:

— Então perdoe-me, sr. Deverill, se a morte de meu pai me dá poucos motivos para estar de luto e se a maneira como ele cuidou de mim falha em inspirar minha gratidão. Sei que, para o senhor, o falecimento foi uma perda dolorosa. Mas, da minha parte, sinto como se tivesse sido libertada do cárcere. E, agora que estou livre, não tenho intenção de me sentir presa outra vez. Não ficarei de luto, pois não vou bancar a hipócrita e fingir que estou sofrendo por um homem que mal conheci. Um homem que nunca se importou em ser um pai de verdade para mim.

— Mesmo que a sociedade a julgue por sua escolha?

— Sim. Vou gargalhar, dançar, me divertir e vestir as cores que eu quiser. Terei minha apresentação na temporada, quero conhecer rapazes, me apaixonar e me casar. E, quando eu casar, pode ter certeza de que o homem que eu escolher será um marido e um pai muito melhor do que Billy McGann jamais sonhou ser. Quero uma casa, uma família de verdade e uma vida que valha a pena ser vivida, e não dou a mínima se isso quebra as regras de decoro, ofende a sociedade ou incomoda suas sensibilidades.

Quando terminou, Marjorie deu meia-volta e saiu, batendo a porta da cabine na cara do novo guardião, o que lhe trouxe enorme satisfação.

# Capítulo 5

Jonathan fez cara feia para a porta recém-batida, plenamente consciente de que não estava se saindo muito bem como guardião. Ele se perguntou se qualquer outro homem colocado naquela situação teria feito melhor.

Embora tivesse se perguntado aquilo, sabia que não era o ponto. Era o responsável pelo futuro, bem-estar e reputação daquela mulher, mas, se acontecesse qualquer coisa que pudesse arruiná-la — e, dado o discurso da garota momentos antes, era provável que acontecesse —, seria culpa dele. Apesar de toda a conversa intimidadora, Marjorie era uma jovem inocente, e Jonathan era um homem feito. Sabia muito melhor do que ela como era fácil manchar o nome, e a garota parecia não ter nenhum senso de autopreservação. Ou, ainda por cima, nenhum senso de luto.

*Você fala dos sacrifícios que meu pai fez por mim, mas a verdade é que, para ele, não foi sacrifício nenhum.*

Sempre soubera que Billy não era santo, mas fora muito difícil ouvir aquelas palavras sobre seu melhor amigo. E, embora Marjorie tivesse ignorado suas vontades e desafiado seus planos, o discurso impetuoso o forçava a admitir que ela tinha bons motivos para se ressentir do pai.

*Sinto como se tivesse sido libertada do cárcere. E, agora que estou livre, não tenho intenção de me sentir presa outra vez.*

Porém, mesmo que suas palavras desafiadoras tivessem sido ouvidas, Jonathan sentia que a jovem não entendia as consequências daquela atitude. Não é como se ela pudesse ignorar as restrições impostas pela sociedade e esperar que as pessoas a aceitassem em qualquer circunstância.

Porque não aceitariam, e Jonathan sabia disso. Seu trabalho era garantir que ela seguisse as regras.

Assim que chegassem a Londres, teria que contar com a boa vontade das irmãs, que, com sorte, concordariam em cuidar da garota enquanto ele estivesse na África. Mas, até lá, precisaria cuidar dela sozinho. E a melhor maneira de evitar fofocas, críticas e atenção indesejada era ela ficando na própria cabine, mas Jonathan não via como garantir que aquilo acontecesse. Mandar que ela fizesse alguma coisa seria tão eficiente quanto deixá-la na Academia Forsyte. Também não podia trancá-la na cabine dele — e, mesmo que pudesse, tinha dúvidas de que seria eficiente. Se a mantivesse presa, Marjorie daria um jeito de arrombar a fechadura.

O melhor era optar pela razão e pelo bom senso, em vez da autoridade e da força. Assim que a mulher se acalmasse, ele conseguiria fazê-la ver que seguir as regras era o caminho para obter o que queria. E não seria má ideia lembrá-la de todas as coisas maravilhosas que viveria na primavera seguinte, caso se comportasse como uma dama.

Para que a estratégia funcionasse, precisaria dar um jeito naquela situação. Seria necessário um pedido de desculpas de sua parte, bem como uma garantia de que a jovem não seria abandonada, como sentia que tinha sido pelo pai.

Feliz por ter um bom plano, Jonathan fez a barba, vestiu-se para o jantar e saiu do quarto. Foi em busca do comissário e, após uma breve explicação de sua posição como guardião e de algumas moedas, conseguiu o número da cabine da srta. McGann.

Poucos minutos depois, bateu à porta, torcendo para que ela estivesse lá dentro, e não vagando pelo navio. Para seu alívio, o ferrolho deslizou para trás quase imediatamente, e a porta se abriu.

Seu alívio, no entanto, durou pouco. Marjorie trocara o uniforme por um vestido elegante de veludo e, embora fosse preto, nada na roupa traduzia o sentimento de luto. As mangas curtas e o decote baixo deixavam a pele macia à mostra. Para piorar, a peça estava justa, destacando o corpo, e só se alargava na altura dos joelhos. A maneira como o tecido marcava seu corpo esbelto seria inadmissível para qualquer guardião.

Vê-la com aquele vestido potencializou suas preocupações, mas Jonathan sabia que começar a conversa repreendendo-a por usar aquela roupa e ditando o que ela deveria vestir não levaria a lugar algum, então nem sequer mudou a expressão. Em vez disso, fez uma mesura.

— Srta. McGann — disse, retomando a postura. — Pode me ceder alguns minutos do seu tempo?

— Tem certeza de que deveria estar aqui? — Ela se inclinou para fora e analisou cada pedacinho do corredor deserto. — E se você for visto na porta do meu quarto? Céus, o que as pessoas diriam?

— Não seja rude. Dar as costas para um homem que tenta fazer as pazes é o cúmulo da falta de educação.

— Ah, então foi para isso que o senhor veio? Para se desculpar?

*Hora de arcar com as consequências, meu chapa.*

— Sim.

— Muito bem.

Ela ficou em silêncio e esperou, deixando claro que Jonathan deveria falar tudo o que precisava sem passar da porta.

Mas ele não tinha a menor intenção de fazer aquilo. Como Marjorie dissera, quanto mais tempo ele permanecesse ali, mais provável que alguém o visse.

— Posso entrar?

— Na minha cabine? — Ela arregalou os olhos, em uma expressão de espanto ingênuo. — Ora, sr. Deverill, essa sugestão é inapro...

— Já chega — interrompeu ele, lançando um olhar inquieto para o corredor. — Se quiser ouvir minhas desculpas e se deleitar ao esnobá--las, é melhor me deixar entrar.

A mulher cedeu e fechou a porta logo que ele entrou, então se acomodou em uma das duas cadeiras da mesa minúscula, gesticulando para que ele se sentasse na cadeira à frente. Jonathan não deixou de notar como aquele vestido justo a forçava a sentar na beirada da cadeira.

— Depois de nossa discussão esta tarde — foi dizendo, ao sentar-se —, reconheço que não lidei com essa situação tão bem quanto poderia.

Marjorie ainda não parecia satisfeita, então ele continuou:

— Reforço que descobrir que você era uma mulher, não a criança que eu esperava, foi um choque. Soube imediatamente que sua idade envolveria circunstâncias totalmente diferente das que eu estava preparado para enfrentar. Então, vê-la a bordo do navio, no meu quarto, um lugar que você não tinha que estar...

— Você não costuma pedir desculpas, não é? — interrompeu ela.

Jonathan piscou com a pergunta abrupta.

— Não, acredito que não.

— É claro que não, você é péssimo nisso.

— Em geral não acho necessário — rebateu ele, antes de lembrar que tinha ido até ali com um espírito conciliador. Soltando um suspiro, recomeçou: — Srta. McGann...

Uma batida na porta o interrompeu.

— Ah! — Marjorie se levantou. — Deve ser a baronesa, imagino. Ela voltou para me buscar.

— Quem? — perguntou Jonathan, surpreso demais com a declaração para se preocupar em ser educado.

— A baronesa Vasiliev — respondeu ela, por cima do ombro, enquanto atravessava a cabine minúscula. — Minha acompanhante.

— Acompanhante? — perguntou ele, perplexo, enquanto se levantava. — Do que você está falando?

— Da baronesa Vasiliev — repetiu ela, como se o título da mulher esclarecesse alguma coisa. — Estou ansiosa para que você a conheça.

Jonathan observou Marjorie abrir a porta para uma mulher de meia-idade, corpulenta e com o cabelo de um tom de preto bem suspeito para a idade que aparentava. Estava arrumada para o jantar com um vestido de brocado vermelho obviamente novo e envolto em diamantes que ele suspeitava terem sido colados. A tal baronesa parecia muito mais uma atriz do que uma aristocrata de verdade, pelo menos na opinião de Jonathan.

— Marjorie, querida! — Ela cumprimentou a garota com familiaridade exagerada e um sotaque russo ainda mais exagerado, jogando a ponta da estola macia e enfeitada com penas sobre o ombro. — Como você está linda! O vestido serviu bem.

*Bem até demais*, pensou Jonathan, mas conseguiu guardar a opinião para si.

— Espero que esteja pronta para descer — continuou a mulher. — Preciso beber alguma coisa. Estou morta de sede.

— Ainda não estou pronta, infelizmente — respondeu a jovem, então abriu a porta. — Mas, por favor, baronesa, entre.

A mulher o notou assim que Marjorie se afastou da porta. Franzindo a testa, a mulher ergueu os binóculos de ópera enfeitados com joias que estava pendurado no pescoço, colocou-os sobre o nariz e o analisou de uma forma tão teatralmente perfeita que ele quase soltou uma risada.

— Baronesa, este é meu tutor, sr. Jonathan Deverill. — Marjorie o apresentou à mulher com delicadeza. — Sr. Deverill, conheça a baronesa Vasiliev.

Ele inclinou a cabeça de leve, respondendo à apresentação.

— Senhora.

Se pensava que sua recusa em se dirigir a ela pelo título seria considerada uma grosseria, estava enganado. A mulher soltou o binóculo, que caiu aninhando-se entre os seios, e a expressão desaprovadora relaxou em um sorriso, fazendo-a parecer ainda mais com a atriz descarada que ele suspeitava que fosse.

— É muita bondade sua me confiar a responsabilidade de cuidar de sua jovem protegida, sr. Deverill, e garanto que levo muito a sério meu dever de acompanhante. É por isso que devo pedir que o senhor saia desta cabine agora mesmo.

A preocupação fingida era um pouco demais, e Jonathan quis revirar os olhos.

— Seu cuidado é admirável — respondeu, se esforçando para se manter sério. — Mas infelizmente tenho alguns negócios para discutir com a srta. McGann.

— Meu caro... — Ela fez uma pausa, estendendo as mãos em um gesto extravagante. — Não posso permitir. Discutir aqui, na cabine dela? Não. Isso não é feito.

Ele desviou o olhar da baronesa autoproclamada para Marjorie, que estava parada junto à porta. E sua expressão deve ter sido muito severa, pois a jovem desviou o olhar imediatamente. No entanto, Jonathan não deixou de notar o sorriso que curvou um canto de sua boca e temeu que, em vez de sentir-se intimidada, ela estava se divertindo às custas dele.

— Que tipo de acompanhante eu seria — continuou a mulher mais velha, trazendo a atenção de volta para ela — se permitisse que um homem, mesmo sendo guardião, tivesse uma discussão particular com a jovem? Não. Preciso garantir à duquesa, quando nos encontrarmos de novo, que a menina está sendo bem cuidada.

O foco mudou por um momento, e ele franziu a testa.

— Duquesa? A senhora se refere à minha irmã, a duquesa de Torquil?

— Mas é claro! Quando me apresentaram Marjorie...

— Quem apresentou vocês?

A mulher riu de novo, sem parecer incomodada com a pergunta incisiva.

— Nós nos apresentamos uma a outra, não foi, Marjorie?

— Pelo que entendi — interveio Jonathan, antes que ela pudesse responder —, você conheceu minha irmã Irene?

— Ah, sim! Nós nos conhecemos em Paris, quatro anos atrás. Ela acabara de se casar com o duque. O querido Torquil. Que homem esplêndido! E tão bonito...

— Estranho você ter conhecido minha irmã há quatro anos, durante a lua de mel — apontou Jonathan, em um tom bem descontraído —, sendo que o casamento foi há seis anos.

A mulher nem sequer piscou.

— Tudo isso? *Ach*, o tempo passa tão rápido. — Balançando a mão em um gesto sem propósito, ela continuou: — Como eu dizia, a duquesa não terá nenhum motivo para achar defeitos nos meus cuidados. Eu...

— No entanto — interrompeu Jonathan, a paciência com aquela farsa começando a se esgotar —, meu desejo de falar em particular com minha protegida não é tão inapropriado assim. A srta. McGann e eu precisamos discutir certos assuntos financeiros. — Ele fez uma pausa, lançando um olhar significativo para a mulher de olhos azuis. — Especificamente aqueles relacionados à minha supervisão do dinheiro dela.

Quem quer que fosse, a mulher pelo menos tinha bom senso o suficiente para entender que, embora tivesse sido contratada pela srta. McGann, *ele* é quem assinaria os cheques.

— Claro — afirmou, acatando a situação. Ela fez uma mesura e foi até a porta. Marjorie abriu espaço, e ela abriu a porta para sair, mas parou na soleira e lançou um olhar de advertência para ele e a protegida. — Vou esperar no corredor, Marjorie.

— Ouvindo pela fechadura, sem dúvida — resmungou Jonathan alguma coisa quando a porta se fechou.

— Qualquer boa acompanhante faria o mesmo — respondeu Marjorie.

— Não — corrigiu Jonathan, incisivo. — Uma acompanhante de verdade nunca permitiria que uma jovem sob sua responsabilidade usasse um vestido como este.

Ele apontou para o corpo da moça, fazendo Marjorie olhar para si mesma.

— O que tem de errado com o meu vestido? — questionou, alisando o veludo sobre os quadris. Um movimento desnecessário, já que a maldita peça se ajustava ao corpo dela como uma segunda pele. — A baronesa disse que é a última moda em Paris. E caiu bem, embora a última hora tenha sido uma confusão, já que tivemos que chamar uma camareira para reajustar algumas medidas.

— Foram reajustadas até demais.

A acidez em sua voz ficou evidente, e Marjorie ergueu os olhos.

— O que eu fiz agora? — perguntou a jovem, com um suspiro.

— Estou de preto. Estou tentando chegar a um acordo. Achei que você ficaria satisfeito.

Jonathan estava perfeitamente ciente de que, se ela fosse qualquer outra mulher, não sua protegida, não a filha de seu melhor amigo, estaria mais do que satisfeito.

— E quem é essa mulher?

— Eu já disse. A baronesa Vasiliev. Ela é russa. — Ignorando o ceticismo dele, Marjorie continuou: — Ela perdeu a família inteira em um surto de gripe anos atrás, incluindo o filho pequeno. Foi muito triste.

— Trágico. Ela vem de qual parte da Rússia?

— Da... Ucrânia, eu acho. Ou seria da Geórgia? Bem, não importa, ela passa a maior parte do ano em Paris.

— Paris? Achei que fosse em Londres. — Ele cruzou os braços. — Perto da rua Drury.

Ela inclinou a cabeça para o lado, estudando-o.

— Você parece chateado, e não consigo entender por quê. Eu precisava de uma acompanhante, então eu encontrei uma.

Aquela situação estava transitando entre a farsa e o absurdo.

— Você não pode *escolher* sua acompanhante. As coisas não funcionam assim.

— Não é inútil dizer que não posso fazer algo que já fiz? Ela é uma baronesa, então você não pode dizer que não é adequada. E não é como se eu não pudesse arcar com os gastos.

Um gasto que ele precisaria aprovar, mas Jonathan não se deu o trabalho de apontar aquilo. Em vez disso, ergueu uma sobrancelha.

— Uma baronesa precisa ser paga para ser uma acompanhante?

— Eu ofereci. Ela perdeu todo o dinheiro em investimentos ruins. Você sabe como é a aristocracia. — Ela balançou a cabeça tristemente. — Não sabe gastar dinheiro.

— Aristocracia? Aquela mulher? — Jonathan soltou um grunhido de descrença, mas Marjorie pareceu não ouvir.

— Alugar terras deixou de ser rentável hoje em dia, ainda mais com a terrível depressão agrícola assolando a Europa.

— Você parece saber bastante sobre a economia global.

— Bem, a falência dos aristocratas é de conhecimento geral. Por que você acha que tantos lordes britânicos querem se casar com garotas americanas e ricas como eu? E a baronesa explicou que, quando o marido e o filho faleceram, as terras foram passadas para o herdeiro seguinte, um primo distante que se recusou a lhe ceder uma renda. A mulher está praticamente desamparada.

— E ela contou a história trágica inteira para você, uma completa estranha? É muito conveniente ter encontrado uma ouvinte tão solidária... e rica.

— Não vejo por que você está incomodado com isso — retrucou a jovem, parecendo irritada. — Você queria que eu tivesse uma acompanhante.

— Eu queria que você ficasse em White Plains até que eu pudesse tomar as providências adequadas.

— Não há nada de inadequado nas providências que eu tomei!

— Considerando toda a sua jornada com bicicletas, trens e navios, como e quando você encontrou tempo para contratar essa mulher?

— Nós nos encontramos na sala de leitura feminina, logo depois que subi a bordo. Conversamos por cerca de uma hora e chegamos a um acordo que conviesse às duas. O comissário nos colocará em cabines vizinhas amanhã. Seria melhor, claro, se pudéssemos ficar em uma suíte...

Ela hesitou, olhando para ele, esperançosa.

— Não — retrucou Jonathan, acabando de vez com aqueles planos. — E nada de quartos adjacentes. Vai deixar uma mulher que acabou de conhecer ter acesso à sua cabine? Nada disso.

— O que você acha que ela pode fazer? Roubar minhas joias?

Ele só podia agradecer a Deus pela Rosa de Shoshone estar no cofre do navio.

— É uma possibilidade.

— Não é, já que não possuo joia nenhuma, a não ser um broche de camafeu e um anel de granada da minha mãe, peças que não valem a pena serem roubadas. E faz sentido compartilharmos quartos, já que ela é minha acompanhante.

Jonathan estremeceu.

— Deus me livre.

— Você não pode dizer que ela não é adequada para a posição. É uma baronesa.

— Se aquela mulher é uma baronesa, eu sou um príncipe. Mas, deixando a linhagem familiar de lado, nenhuma mulher que use tinta no cabelo poderia ser uma acompanhante apropriada para você ou para qualquer garota.

Marjorie lançou um olhar cheio de pena.

— Você passou bastante tempo longe da civilização, não é? Muitas mulheres mais velhas tingem o cabelo, hoje em dia. É uma prática moderna. Ora, acredito que Oscar Wilde chegou a falar algo sobre isso em uma de suas peças.

— Oscar Wilde também foi preso — ressaltou ele. — Seu argumento não me tranquiliza.

— Ah, pelo amor de Deus! — choramingou a garota. — Não é como se eu tivesse escolhido qualquer pessoa na rua! Ela conhece sua irmã e seu cunhado.

— É mesmo. E falou que os conhecia antes ou depois de saber que você era filha de William McGann e que eu, seu sócio e tutor, sou irmão de uma duquesa?

— Eu não disse nada sobre você — respondeu Marjorie, mantendo a dignidade. — Nem sobre o meu pai.

— Fica claro que você não precisava dizer. Ela provavelmente já sabia quem você era. — Jonathan decidiu que aquele era o momento perfeito para falar sobre como o mundo pode ser perigoso para uma mulher inocente e desacompanhada. — Tenho certeza de que ela lê os jornais de Nova York, como provavelmente todos os vigaristas fazem.

— Você parece saber muito sobre vigaristas — rebateu Marjorie, ácida. — Como será que aprendeu tanto?

— Meu palpite é que ela viu você sentada sozinha na sala de leitura, perguntou seu nome a algum funcionário do navio e, quando descobriu, soube quem você era. Aproveitando a oportunidade, ela se aproximou, fez um comentário amigável, e a senhorita caiu como um cordeirinho e a convidou para se sentar ao seu lado.

Marjorie se remexeu, desconfortável, ainda evitando encará-lo, e Jonathan soube que estava no caminho certo.

— Ela descobriu que você estava desacompanhada e fingiu estar chocada com isso. Então, contou uma história trágica, compartilhou suas circunstâncias infelizes e problemas financeiros, lamentando como a vida é difícil para a nobreza empobrecida nessa era moderna e pouco civilizada.

A moça ergueu o queixo, confirmando a precisão da reconstrução dos eventos.

— O que você está falando é um absurdo — resmungou ela.

— O que você realmente sabe sobre essa mulher? — Quando ela não respondeu, Jonathan aproveitou a vantagem. — Vocês conversaram por uma hora, e não há nada que possa saber exceto o que ela contou. A mulher diz que conhece minha irmã, mas não sabemos se isso é verdade. A senhorita precisa entender que muitas pessoas vão tentar se tornar íntimas por você ser quem é, e que nem todas têm boas intenções.

— Já sei disso.

— Você pode saber, mas claramente não entende. Ainda. Você não tem experiência suficiente para enxergar todas as maneiras que as pessoas podem tentar tirar vantagem e como se proteger. Meu trabalho é garantir que você seja apresentada ao mundo aos poucos, pelas pessoas certas e no momento adequado.

— Se acredita que a baronesa tem intenções questionáveis, poderia tê-la entrevistado você mesmo — apontou Marjorie, pegando uma presilha de rosa de seda branca da mesa e prendendo no cabelo. — Mas, não — acrescentou, calçando um par de luvas brancas —, você decidiu bancar o guardião indignado e superprotetor e jogá-la para fora da cabine.

— Eu não joguei a mulher para lugar nenhum. E, no que lhe diz respeito, não tenho nenhuma intenção além de proteger você.

A resposta teve o mesmo efeito que tentar enxugar gelo.

— Se está tão preocupado com o passado dela, suponho que possa tentar obter algumas informações durante o jantar.

— Jantar? Nós vamos jantar com essa mulher?

— Nós vamos nos sentar à mesa do capitão. O convite já foi aceito.

Jonathan observou o rosto dela e entendeu que, com uma acompanhante, um vestido provocante que a deixava tentadora para qualquer oportunista e um convite para se sentar na mesa do capitão, o plano de convencê-la a ficar no quarto era tão provável quanto um coro de vacas tossindo.

— O que fizemos para merecer um convite do capitão? — questionou, e seus olhos se estreitaram enquanto a observava. — O que você fez?

— Nada — insistiu ela, mas, quando ele continuou encará-la sem acreditar, deu-se por vencida. — Agora que mencionou, me lembro de ter cruzado com o comissário há pouco.

— Que coincidência.

— Não é mesmo? — concordou, ignorando o sarcasmo. — Ele pareceu muito satisfeito em me contar sobre os passatempos disponíveis para as damas a bordo. Temos jogos de argola, piquete, jogos de tabuleiro e coisas do tipo. Ele até se ofereceu para me levar em um passeio pelo navio e mostrar todos os lugares secretos e escondidos onde os passageiros não podem ir.

— É claro que ofereceu — resmungou Jonathan.

Marjorie soltou um suspiro sonhador, a palma da mão enluvada apertada contra o peito.

— Comissários são incríveis, não? Tão gentis com as mulheres...

Ele sentiu uma pontada de medo.

— Marjorie... — começou.

— Mas — continuou ela, pegando um xale de veludo branco da cama e o colocando nos ombros —, ele se mostrou ainda mais gentil quando descobriu que meu guardião é irmão de uma duquesa. Ora, depois de saber disso, fez o possível para me garantir que tudo a bordo estivesse à minha disposição.

— Você contou ao comissário sobre minha irmã?

— Acabei falando nela. — Marjorie o encarou, os olhos arregalados. — Não dei detalhes.

Encarando aqueles olhos castanhos e falsamente inocentes da jovem, Jonathan percebeu que, talvez, tivesse cometido um equívoco. Presumira que a tal baronesa enganara Marjorie, mas, ouvindo sobre como a mulher manipulara o comissário, começou a se perguntar se a baronesa Vasiliev seria a verdadeira vítima na situação.

— E foi depois que você mencionou o título da minha irmã na conversa com o comissário que recebeu um convite para se sentar à mesa do capitão?

— Precisamente. — Ela abriu um sorriso radiante. — Muita gentileza, não acha? O convite inclui o senhor, aliás, e já aceitei em seu nome. A baronesa se juntará a nós, é claro.

— Como o capitão soube que a baronesa era sua acompanhante?

— Ah, ele não sabia — respondeu a mulher, empolgada. — Ela já estava convidada. Entende agora? Suas preocupações são infundadas. Se ela é boa o suficiente para merecer um convite para a mesa do capitão, acho que também é boa para ser minha acompanhante. E, por falar em jantar... — Ela olhou o relógio na parede e pegou uma bolsa preta de contas em cima da mesa, então continuou, antes que ele pudesse responder: — os aperitivos são servidos às sete e meia, e o jantar é às oito horas. É melhor descermos.

— É melhor mesmo, já que você aceitou o convite — cedeu Jonathan, com um suspiro, enquanto a seguia até a porta, consolando-se com o pensamento de que uma baronesa falsa e duvidosa era melhor do que nenhuma acompanhante. — Ainda não consigo acreditar que você usou a posição da minha irmã para obter favores no navio.

— Sabe... — Ela hesitou um pouco e olhou para ele por cima do ombro, franzindo a testa. — Considerando que você era o melhor amigo do meu pai, sempre achei que seria um homem aventureiro e despreocupado.

— Eu era — respondeu Jonathan, com um olhar penetrante. — Então, conheci você.

— Está mais para um padre, de tão antiquado e enfadonho. — Ela balançou a cabeça e se virou para abrir a porta. — Uma pena.

Jonathan fez careta ao ouvir aquela descrição, porque parecia que ele estava com um pé na cova.

— Não sou enfadonho — protestou. — Só entendo muito mais de modos do que você, pelo visto.

Enquanto falava, Jonathan ficou horrorizado ao perceber que "enfadonho" era exatamente como soava. Enfadonho, esnobe e seco como um galho velho. Enquanto analisava a bela cintura de Marjorie coberta por veludo e a seguia para fora da cabine, concluiu que ser guardião de uma ruiva impulsiva com o corpo de uma deusa fazia aquilo com um homem.

## Capítulo 6

Como aluna e professora, Marjorie pairara nas margens da alta sociedade nova-iorquina, lançando-lhe olhares sonhadores, mas nunca aceita. Agora, entretanto, não estava só olhando: bebia espumante com os outros passageiros da primeira classe que esperavam para jantar, sentindo que de fato pertencia àquele mundo.

— *Ach*, lá está lady Stansbury — murmurou a baronesa, ao seu lado, interrompendo seus pensamentos. — Aquela lá é insuportável.

Marjorie virou a cabeça para ver a mulher grisalha com vestido preto de gola alta a cerca de três metros dali. Embora idosa e frágil, apoiada em uma bengala revestida por joias, dava a impressão de ter uma determinação indomável.

— Por que diz isso? — perguntou, voltando a atenção para sua acompanhante. — Você a conhece?

A baronesa engoliu o espumante, deixou a taça na bandeja de um garçom próximo e pegou outra antes de responder:

— Tenho amigas, russas e nobres como eu, que querem arrecadar fundos para os emigrantes que fogem da fome em Volga. Muitos já morreram de fome. Os que não morrem vão para a Inglaterra, mas não têm dinheiro, comida ou lugar para morar, então minhas amigas decidiram fazer um baile de caridade para arrecadar fundos. Procuramos patronos abastados parar comprarem *billets*... entradas... *ach*, não estou achando a palavra!

— Convites — completou Marjorie, ciente dos procedimentos envolvidos em um baile de caridade.

— *Da* — concordou a mulher. — Convites. Minhas amigas alugam o salão de baile, fazem a lista de convidados, começam a vender os convites... Tudo está excelente, mas...

A baronesa fez uma pausa, fitando a inglesa idosa.

— Mas ela chega para arruinar todo o trabalho. Esse baile seria na mesma noite que o dela, e ela não poderia permitir isso, não mesmo. Então espalha mentiras maldosas sobre minhas amigas, dizendo que pretendem ficar com o dinheiro e não ajudar os *émigrés* necessitados.

— Só porque o baile dela era na mesma noite? Que atitude abominável!

— A neta dela faria sua estreia. Mas algumas das minhas amigas são íntimas de Alexandra, neta da rainha Vitória, e são muito bem-vistas na corte russa. Os cavalheiros e damas britânicos mais importantes querem ir ao baile russo e não ficam tão interessados no evento da lady Stansbury, então ela espalha os boatos e nos sabota, e precisamos cancelar tudo.

— Quanta crueldade.

— Essa é a *sociedade* que você tanto enaltece — murmurou uma voz baixa e grave em seu ouvido. Quando Marjorie se virou, encontrou seu guardião ali ao lado. — A elite é cruel. Se quer viver entre essas pessoas, precisa se preparar para isso.

Ela abriu a boca para responder, mas a baronesa falou antes:

— Alguns conhecidos meus acabaram de chegar. A *contessa* de la Rosa e seu filho. Veja, lá no pilar da escada. O conde é bonito, não acha?

Marjorie seguiu o olhar da baronesa até um homem elegante com um bigode perfeitamente aparado e roupas de noite finas. Ele cumprimentava o capitão do navio e estava acompanhado de uma senhora elegante de cabelo prateado que trajava um vestido azul-escuro.

— Muito bonito — concordou, apreciando a altura e a beleza do homem.

— E também é muito charmoso — disse a baronesa. — O que acha de conhecê-lo?

Marjorie assentiu. Ficaria feliz em conhecer qualquer pessoa.

— Seria um prazer.

— Vou perguntar se eles também têm disposição. Preciso checar se os dois concordam com a apresentação.

— Como se houvesse alguma dúvida... — grunhiu Jonathan, com secura, enquanto observavam a baronesa atravessar a sala, arrastando a ponta emplumada da estola atrás de si. — Esse suposto conde deve estar ansioso para encontrar uma herdeira. Quando olhar par...

— Ah, entendi — interrompeu Marjorie, encarando-o, o bom humor perdendo um pouco a força. — Não existe a possibilidade que um homem queira *me* conhecer, que ele possa me ver do outro lado da sala e me achar atraente. Não, a única coisa que importa é que sou herdeira, e qualquer herdeira serve, certo?

— Quando ele a vir, minha querida — disse Jonathan, ignorando a resposta amarga —, vai pensar que encontrou o nirvana. E — continuou ele enquanto Marjorie a encarava, chocada com o elogio —, embora eu saiba que você tem a tendência de pensar sempre o pior de mim, também poderia esperar eu terminar as frases antes de tirar conclusões.

— Ah. — Marjorie se encolheu, dando-se conta que era irascível quando se tratava do sr. Deverill. — Peço desculpas.

— Desculpas aceitas. Mas, como sabemos, a maioria dos membros da aristocracia está falida. Não é errado questionar suas motivações.

O desdém na voz dele era palpável.

— Você odeia essas pessoas — murmurou Marjorie, surpresa. — Por quê?

— Eu não as odeio. — Ele girou o espumante e deu um gole. — Simplesmente não vejo graça nesse estilo de vida. Todos vieram de berço de ouro.

Marjorie franziu a testa, confusa.

— Mas você vem da alta sociedade britânica, não é?

— Minha mãe veio — corrigiu ele. — Meu pai, não. Ele era filho de um editor de jornal, muito mesquinho e de classe média.

— Mas e as suas irmãs? Elas se casaram com membros da sociedade.

— E parecem felizes lá, mas não tenho nenhum desejo de me juntar a elas.

— Por que não?

— Eu morreria de tédio. Veja, passei meus primeiros três anos na América trabalhando pelo continente. Quando conheci seu pai, em Idaho, já tinha sido descascador de ostras, capitão de barco de pesca, vaqueiro, jornalista, secretário de um magnata das ferrovias e gerente de um salão de jogos de azar. Por um tempo, trabalhei até como caçador de recompensas. O que se provou ser muito útil depois.

— Útil? — repetiu ela, impressionada com a palavra. — Em que sentido?

— Tínhamos uma mina. Quando seu pai e eu tomamos a nossa parte, logo descobrimos que travaríamos uma luta constante contra invasores e magnatas da mineração.

— Acho que precisarei retirar o que disse sobre você ser enfadonho — murmurou Marjorie. — Parece que, no fim das contas, é mesmo um aventureiro. Deve gostar de um desafio.

— Gostar? Não... — Ele fez uma pausa e sorriu. Era um sorriso de pirata, com dentes brancos e rosto bronzeado. — Eu *amo*.

— Acho que a vida no interior da Inglaterra pareceria um pouco chata depois das coisas que você fez.

— Fiz mais coisas nesses dez anos de América do que um típico homem britânico faz em toda a vida. O mais longe que meus compatriotas costumam ir é para a Escócia ou Paris, mas eu já viajei por planícies tão vastas que fazem a Escócia parecer minúscula. Cruzei cadeias de montanhas tão bonitas e inspiradoras que a visão me tirava o fôlego e fazia meu peito doer.

Mesmo que a vida dele não fosse o tipo de vida que Marjorie queria, sentiu uma leve empolgação enquanto observava a expressão dele contando aquelas coisas.

— O único lugar que já visitei que pode ser descrito como notável são as cataratas do Niágara. — Enquanto falava, a emoção foi substituída por uma melancolia estranha e pensativa. — Eu nunca fui para lugar nenhum. E sinto que não fiz nada.

— Até agora.

— Verdade — concordou, alegrando-se com a lembrança. — Estou a caminho de um mundo totalmente diferente.

— Espero que você goste desse mundo mais do que eu gosto.

— Então... — ela indicou o ambiente luxuoso — você não acha nada disso agradável?

— Eu não diria isso.

Algo mudou no rosto dele, quando olhou para ela. E, vendo os cílios dele baixarem, Marjorie sentiu uma onda de calor inexplicável. Passou pela barriga, percorreu os braços e pernas e chegou ao rosto; uma sensação tão estranha e inesperada que ela não conseguia se mover nem respirar.

— Ver mulheres bonitas é sempre um prazer — completou ele, com uma voz grave, olhando outra vez para o seu rosto.

Aquele homem a achava bonita. De repente, Marjorie sentiu a cabeça pesada, o coração batia forte no peito, e o corpo inteiro parecia formigar.

Nunca se sentira assim antes, já que nunca tinha sido notada daquela forma por um homem. Os únicos solteiros que ela tivera a oportunidade de conhecer eram os pais viúvos que iam à Academia Forsyte nos dias de visita, e eram raros como dentes de galinha. Também estavam ocupados demais com a educação de suas filhas para considerá-la qualquer coisa mais que uma simples professora. Aquela era a primeira vez que um homem a olhava como uma mulher.

A sensação era vertiginosa e assustadora, como se ela fosse um filhote de passarinho empoleirado em um galho, desejando pular e voar, mas também ciente de que poderia cair no chão.

— Comer bem — continuou ele —, beber espumante de qualidade, dormir em lençóis luxuosos, ter conversas intelectuais... acredite, eu gosto disso tudo. Mas, depois de um tempo, fico cansado da mesquinhez, das fofocas, do esnobismo, da trivialidade e do ritmo dolorosamente lento, então fico desejando voltar para minha vida emocionante. Não me importo de frequentar o mundo da alta sociedade de vez em quando, mas não quero viver nele para sempre.

Aquelas palavras deram um fim à empolgação romântica que Marjorie sentia. Tudo aquilo só confirmava o que já suspeitava. O sr. Deverill estava sempre disposto a vagar por aí e não tinha o menor remorso de deixar para trás aqueles que se importavam com ele... Soava igualzinho ao pai dela, o que fazia com que fosse o último homem no mundo apto a protagonizar os pensamentos românticos de qualquer mulher.

Marjorie sabia que, quando se casasse, seria com um homem que ficaria ao seu lado, que construiria uma casa e uma vida com ela, não alguém que estava sempre em busca do horizonte.

— Não me admira que você e meu pai fossem tão amigos — observou. — Ele também não suportava a ideia de ficar em um só lugar. Francamente, estou surpresa que vocês dois tenham trabalhado naquela mina por tanto tempo. — Então acrescentou, pensativa: — Mas não é como se eu o conhecesse bem o suficiente para entender seus motivos.

— Tem... — Ele hesitou, então a encarrou com um olhar penetrante. — Tem algo que queira saber sobre ele? Como ele era ou...

— Não. — Reparando que sua voz soara ríspida, ela acrescentou: — Eu realmente não quero falar sobre ele, nem pensar nele. Você com certeza deve achar isso horrível.

— Na verdade, não. — Ele soltou um suspiro. — Você tem razão sobre o que disse mais cedo.

— Tenho?

Marjorie ficou surpresa por vê-lo admitir que ela estava certa sobre alguma coisa.

— Foi injusto da minha parte julgar seu comportamento com tanta severidade. Você não precisa sofrer por um homem que não conhecia, mesmo que seja seu pai.

Ela sentiu uma pontada de esperança.

— Então eu não preciso ficar de luto?

— Você é mesmo persistente — comentou ele, com pesar. — Sinto muito, mas devo me certificar que você faça tudo o que exige a boa educação.

Ela soltou um gemido e desistiu.

— Se você é um homem tão inquieto, por que ficou? Na mina.

— Bem, quando você esbarra em uma enorme veia de prata que vale milhões de dólares, é difícil ir embora.

— Então vocês só ficaram lá pelo dinheiro?

Ele pensou um pouco e tomou um gole de espumante antes de responder.

— Não posso falar pelo seu pai. Mas, no meu caso, digamos que eu precisava provar algumas coisas.

— Que coisas?

— Comecei sem nada. Eu não queria acabar sem nada.

— Ser dono de um jornal não parece *nada*. Você não era o único filho homem?

— Isso não significava muita coisa para o meu pai. Nunca nos demos bem. Quando eu tinha 18 anos, ele cortou minha mesada e me deserdou.

— Que horror. O que você fez?

Ele deu uma gargalhada.

— Você tem uma ideia bem ruim de mim, não é? Já supôs que fiz algo para merecer ser deserdado.

— Não, não foi isso que eu quis dizer! Quero saber o que você fez depois disso.

— Bem, com apenas dezesseis libras na conta bancária, não era como se eu tivesse muitas opções. Fui embora, vim para a América.

— Você foi embora, sem mais nem menos? Com 18 anos, falido e sozinho?

O sorriso dele desapareceu, dando lugar a uma expressão séria. Mas, quando falou, sua voz era suave:

— Bem, eu pedi que minha noiva viesse junto, mas ela não conseguia se ver casada com um homem sem perspectivas ou renda, que dirá ir com ele para outro país. Amor é uma coisa. Confortos materiais, como ela me disse na época, são outra.

— Lamento.

— Não é necessário. Isso já faz muito tempo. E, honestamente, não tenho certeza se seríamos felizes juntos. Provavelmente teríamos nos mudado para um apartamento minúsculo e barato no Brooklyn, e eu teria passado os últimos dez anos trabalhando em algum escritório em Manhattan, levando uma vida que os dois detestariam. Ouvi dizer que ela está muito bem: se casou com um banqueiro rico e mora em uma casa luxuosa em Grosvenor Square.

Marjorie começou a entender por que aquela conversa sobre peles, carros e festas luxuosas o incomodara tanto.

— O marido dela é mais rico que você?

— Duvido.

Ela sorriu.

— Que gratificante.

O comentário o fez rir.

— Você é uma moça perversa, Marjorie.

— Não sou! — protestou ela. — Não me entenda mal. Compreendo o lado dela. Uma mulher precisa saber que seus filhos terão uma casa e serão bem cuidados, e um apartamento minúsculo no Brooklyn não seria muito bom para crianças. Mas também entendo seu lado. Essa mulher não confiou que você cuidaria dela, e isso, além do que seu pai fez, deve ter doído muito. E você disse que tinha coisas a provar, então deve ter sido muito satisfatório saber que acabou ficando mais rico do que o homem com quem ela se casou.

— Talvez — admitiu Jonathan. — Mas ela não era a principal pessoa para quem eu queria provar coisas. Era o meu pai. E, embora eu goste do desafio de ganhar dinheiro, não me importo muito com bens materiais. Percebi isso logo que fiquei rico.

— O que importa, então? — perguntou ela, curiosa. — O que você espera da vida?

— Essa é uma pergunta interessante. Há dez anos, eu tinha certeza que sabia a resposta, mas...

— Mas?

Jonathan olhou para baixo, para o copo, observando as bolhas subirem, e ficou em silêncio por tanto tempo que Marjorie pensou que ele não responderia.

— Você lembra da conversa que tivemos pela manhã? — perguntou ele, por fim, erguendo os olhos. — Quando eu disse que entendo a sensação de ter todos os seus sonhos arrancados?

— Sim.

— Meu avô era um homem de negócios muito astuto. Herdou dois jornais do pai e começou a transformar a Deverill Publishing em um império. No auge, tínhamos doze jornais diários, cinco semanais e várias revistas.

Marjorie identificou o orgulho na voz dele.

— Seu sonho era cuidar dos negócios da família?

— Mais que isso: eu achava que era meu destino. E meu avô parecia concordar. Sempre dizia que eu era igual a ele, que tinha tinta nas veias em vez de sangue, e que sabia que eu seria capaz de continuar o que ele construiu, expandir a editora ainda mais e levá-la para o próximo século. Infelizmente, nunca chegou a registrar sua fé em mim por escrito.

— Como assim?

— Ele não deixou nenhum testamento.

— O quê? Por que não?

— Os advogados disseram que ele sempre adiava... Parece que é muito comum. De qualquer forma, quando ele morreu, meu pai herdou tudo e se revelou um péssimo administrador do meu suposto destino. Quando eu tinha 18 anos, a editora já estava mal das pernas. Tentei evitar o desastre, mas meu pai não estava disposto a ouvir os conselhos do filho adolescente. Tivemos uma discussão intensa, uma de muitas, e ele me disse que, como eu me considerava um homem de negócios melhor do que ele, deveria ter a oportunidade de provar isso.

— É por isso que ele o deserdou e deixou na miséria? Porque você tentou ajudar?

— Bem, para ser justo, também o chamei de idiota incompetente e disse que ele era indigno de carregar o nome Deverill. Foi estúpido, mas meu pai e eu sempre fomos como fósforo e pólvora, mesmo quando eu era criança. Sempre havia o risco de explosões quando estávamos no mesmo lugar.

— Não havia jeito de consertar essa situação? De se desculpar?

— Pelo quê? Por estar certo? De jeito nenhum! — Ele sorriu, mas Marjorie notou uma certa rebeldia em seus olhos cor de mel, algo que suspeitou que o próprio pai tinha visto muitas vezes. — Você mesma disse que não sei pedir desculpas.

— E nem como achar meios-termos — acrescentou ela, com um olhar penetrante.

Jonathan respondeu com um olhar cético.

— Olha quem fala. Mas — acrescentou, antes que ela pudesse responder —, de toda forma, não acho que tentar acertar as coisas com meu pai teria feito diferença. Ele era um homem fraco, vaidoso, egoísta e, depois que minha mãe morreu, começou a desmoronar. Então, quando meu avô morreu, e ele descobriu que havia herdado tudo, aquilo subiu à cabeça. Como minha mãe não estava mais lá para mantê-lo nos trilhos, ele desabou completamente. Só minhas irmãs conseguiam argumentar com ele, e nem elas puderam salvá-lo da própria incompetência. Depois que fui embora, ele levou a empresa à falência. Eu mandava dinheiro quando conseguia, mas não havia muito mais que pudesse fazer.

— Suas irmãs não conseguiram apaziguar as coisas?

— Elas tentaram, mas meu pai não aceitava nada. Na verdade, durante os primeiros anos em que estive fora, minhas irmãs nem se-quer sabiam onde eu estava. Meu pai estava desviando nossas cartas. Ele era um poço de rancor.

— O que aconteceu com a empresa? Faliu?

— Irene, minha irmã mais velha, conseguiu recuperá-la. Salvou um dos jornais ao inventar uma coluna de conselhos chamada "Cara Lady Truelove". A coisa se tornou extremamente popular, permitindo que a editora afastasse os credores, e ela dirigiu o jornal por vários anos. Deixou o nome de meu pai na administração e fingia consultá-lo para acalmar seu orgulho, mas foi ela quem manteve o jornal vivo e o transformou em um sucesso.

Marjorie sorriu.

— Parece que você não é o único em sua família com tinta correndo nas veias.

— Ah, não, minhas duas irmãs também tiveram a quem puxar. — Jonathan desviou o olhar. — Sua baronesa está voltando e, como está com cara de quem viu um passarinho verde, acho que é seguro dizer que o conde e sua mãe querem conhecer você. Como se houvesse alguma dúvida.

Marjorie fez uma careta.

— A vontade deles de me conhecer não valida sua opinião sobre as intenções do conde.

— Talvez não, mas não tenho dúvidas de que o homem é um salafrário. Ele tem uma aparência bajuladora e predatória. Como seu guardião, pretendo deixar claro que, se ele espera algo além de uma apresentação, ficará desapontado.

Marjorie teve que protestar diante de tamanha arrogância.

— Minha opinião não vale nada?

Ele deu uma risada que serviu como resposta para a pergunta, mas também completou:

— Não.

— Mas como você sabe alguma coisa sobre o caráter do sujeito? — questionou Marjorie. — Você o conhece?

— Não, mas ele não me passa uma boa sensação.

Ela franziu o cenho, perplexa.

— E o que suas sensações têm a ver com isso?

— Sempre que olho para ele, sinto uma necessidade instintiva e quase irresistível de chutá-lo para fora do salão.

— Isso provavelmente arruinaria a noite de todos, então peço que você se contenha — murmurou ela, forçando um sorriso e voltando o olhar para a baronesa.

— Minha querida — começou a mulher, colocando-se entre ela e Jonathan para pegá-la pelo braço —, a *contessa* quer conhecer você, então vim aqui buscar. Posso, sr. Deverill?

— É muito gentil de sua parte considerar meus desejos, senhora.

A baronesa Vasiliev não pareceu notar o sarcasmo.

— O conde é da Espanha — explicou a mulher, enquanto conduzia Marjorie pela sala. — Mas seu inglês é excelente e seus modos impecáveis. Você o achará muito agradável, tenho certeza.

Atrás dela, Marjorie pensou ter ouvido Jonathan bufar com escárnio, mas, com tantas vozes no ambiente, não podia ter certeza. De qualquer forma, ao contrário de seu guardião, ela tinha a mente aberta.

— Suponho que, por ser um conde, ele tenha propriedades, correto? — perguntou à baronesa.

— É claro. Grandes propriedades.

— Onde? — perguntou, quando a baronesa não elaborou.

— Imagino que seja na área central da Espanha. Em Cádis, talvez?

Marjorie sabia que Cádis não ficava nem perto do centro da Espanha, mas não comentou nada, pois a baronesa estava claramente chutando. E, além disso, já estavam próximas do conde e de sua mãe.

— *Contessa* — cumprimentou a baronesa, quando ela e Marjorie pararam diante da mulher. — Posso apresentar minha amiga, a srta. McGann? Marjorie, conheça a viúva *contessa* de la Rosa.

Graças aos ensinamentos rigorosos da Academia Forsyte, Marjorie fez uma reverência perfeita, mas, por causa do vestido justo, não conseguiu se curvar muito.

— Lady de la Rosa.

— Srta. McGann. — A condessa gesticulou para o homem ao seu lado. — Este é o meu filho, o conde de la Rosa. Étienne, esta é Marjorie McGann.

O conde deu um passo à frente.

— Estou muito feliz em conhecê-la, srta. McGann — disse, com uma voz profunda e lânguida que parecia carregar todo o calor de sua terra natal.

O conde se curvou sobre a mão dela e, quando seus lábios roçaram a luva, Marjorie sentiu, pela segunda vez, a emoção dessas atenções masculinas. Quando o homem se endireitou, a emoção ficou ainda mais forte com a apreciação que ela enxergou naqueles olhos escuros.

O sr. Deverill também pareceu ter percebido, pois deu um passo à frente, como se quisesse se colocar entre eles. Mas Marjorie poderia ter avisado que bancar o guardião superprotetor seria inútil.

*Faz muito tempo que espero por isso*, pensou, desfrutando da admiração do conde como uma planta sendo iluminada pelo sol. *Eu nunca mais viverei reclusa.*

## *Capítulo 7*

Jonathan vivera muito tempo na fronteira dos Estados Unidos, um lugar onde o interesse romântico genuíno de uma mulher, aquele que não precisava ser pago, era difícil de encontrar. No entanto, tinha sido alvo de tal interesse vezes o suficiente para reconhecê-lo quando o via. E o via agora, no rosto de Marjorie, enquanto ela olhava para o conde de la Rosa.

Olhou para a beldade inocente de quem jurara cuidar e, quando ela deu um sorriso deslumbrante para o outro homem, sua guarda subiu e um alerta percorreu sua espinha. Quando as bochechas dela ficaram rosadas e a mão enluvada se ergueu para tocar a lateral do pescoço em um gesto feminino e tremulante, Jonathan soube muito bem o que aquilo significava, embora não conseguisse entender como o conde poderia atraí-la.

Olhou para o conde, perplexo com a possibilidade de qualquer garota com o mínimo de senso se sentir atraída por aquele canalha. De la Rosa encarava Marjorie, a boca de lábios carnudos e vermelhos demais moldada em um sorriso que mostrava a Jonathan exatamente o que o sujeito estava pensando.

Os lábios de Jonathan se contorceram em uma resposta instintiva, e a garganta produziu um som que ele nunca tinha feito na vida: um rosnado baixo e profundo, quase primitivo.

Infelizmente, Marjorie e o admirador nefasto pareceram não ouvir. Ele não sabia se era por causa do burburinho ao redor ou se porque estavam fascinados demais um com o outro para notar qualquer coisa. Não importava: sabia que aquela conversinha precisava ser cortada antes que se tornasse um romance.

A baronesa apresentou Jonathan, tirando a atenção do conde de la Rosa de Marjorie, pelo menos por enquanto. Depois de fazer uma reverência à condessa, Jonathan virou-se para o sujeito com o corpo tenso. Quando se encararam, sentiu como se fossem duelistas prestes a lutar.

— Conde — cumprimentou, inclinando a cabeça de leve, o movimento mais curto que a civilidade lhe permitia, mantendo o olhar fixo no sujeito. — Encantado.

Seu tom de voz deixou claro que ele não estava nada encantado, e, para sua satisfação, o conde desviou o olhar. Foi quando soaram as notas do clarim, indicando que o jantar estava pronto para ser servido, salvando os dois de qualquer esforço de ter uma conversa civilizada.

— Ah, o jantar! — anunciou Jonathan, empregando uma falsa jovialidade à voz. — É melhor entrarmos. Foi um prazer conhecê--los. — Ele fez outra reverência discreta, então virou-se para a mulher ao seu lado. — Marjorie?

Ele estendeu o seu braço, e a jovem aceitou, embora seu olhar irônico deixasse claro que estava ciente da tensão no ar — tensão que Jonathan logo percebeu que não seria aliviada pelo jantar.

Ao tomarem seus lugares na longa mesa de centro reservada para o capitão e seus convidados, descobriu, para seu desgosto, que Marjorie estava acomodada ao lado do conde, com a baronesa do outro lado, enquanto sua cadeira estava na ponta oposta da mesa, impossibilitando que ouvisse ou intervisse na conversa, caso fosse necessário. E, se a situação já não fosse desagradável o suficiente, via o rosto bajulador do conde toda vez que tirava os olhos do prato.

O homem era ardiloso, era evidente que estava pronto para atacar Marjorie assim que Jonathan virasse as costas. Sabia que seria bem típico do conde querer ficar sozinho com ela, tentá-la a marcar encontros secretos ou até comprometê-la. Logo haveria outros canalhas por perto, e a jovem parecia não ter a menor intenção de mantê-los longe. Para piorar as coisas, a capacidade de Jonathan de zelar por ela estava limitada, e não podia contar com a baronesa para ajudá-lo.

*Realmente*, pensou, irritado, *se Marjorie queria tanto uma acompanhante, podia pelo menos ter contratado uma competente e confiável.*

Mas supôs, insatisfeito, que aquele tipo de acompanhante poderia atrapalhar os planos dela.

*Vou gargalhar, dançar, me divertir... não dou a mínima se isso quebra as regras de decoro, ofende a sociedade ou incomoda suas sensibilidades.*

Quando aquelas palavras invadiram sua mente, ele olhou além da baronesa, examinando as demais pessoas sentadas naquele lado da mesa em uma busca desesperada por ajuda, mas seu esforço foi inútil: não conhecia ninguém ali. Precisava de aliados a bordo, mas onde encontraria algum?

— Sr. Deverill? Jonathan Deverill?

Virou-se ao ouvir seu nome. Em pé ao lado da cadeira estava a condessa idosa sobre quem Marjorie e a baronesa tinham conversado mais cedo, e ele se levantou imediatamente.

— Sou lady Stansbury — apresentou-se a mulher, acomodando--se na cadeira ao lado da dele e indicando para que ele também se sentasse. — Não é comum que uma dama se apresente, eu sei, mas... — Ela apontou para o cartão que indicava seu lugar. — Parece que seremos companheiros de jantar esta noite, então espero que o senhor não se importe.

— De forma alguma, condessa — respondeu ele, feliz com a distração.

— Conheço sua família melhor do que pode imaginar. Conheço muito bem sua irmã, a duquesa. Somos vizinhas. — Ela sorriu diante da surpresa dele. — Chalton, a propriedade do conde de Stansbury, não fica longe de Ravenwood, a residência do duque de Torquil.

— É mesmo?

Jonathan estudou a condessa, notando seus lábios firmes e olhos imperiosos, e percebeu que a solução para seus problemas poderia estar sentada bem ao seu lado.

⸎

Marjorie ficou deliciada ao descobrir que o conde era tão encantador quanto a baronesa afirmara. O homem fazia questão de chamar o garçom sempre que a taça de vinho dela estava vazia, e até secou os dedos dela com o próprio guardanapo quando algumas gotas da bebida se derramaram sobre sua mão.

Marjorie, que tinha sido privada de qualquer companhia masculina durante a maior parte da vida, sentiu-se lisonjeada e empolgada com a atenção do conde, sobretudo porque ele se provou um companheiro de jantar muito interessante.

Bastou que o homem mencionasse os vinhedos de sua família na Espanha — que não ficava perto de Cádis, e sim de Córdoba — para que ela ficasse fascinada. Não conseguia desviar a atenção enquanto ele contava histórias da vida no velho continente, tão diferente e muito mais emocionante do que a vida que ela levara até então.

Além disso, o homem era um colírio para os olhos. Jonathan o considerava "um salafrário" e, embora ela não soubesse o que a expressão significava, estava claro que seu guardião não o elogiara. Mas, independentemente das opiniões de Jonathan, Marjorie estava muito feliz em deleitar-se nas atenções daquele homem de olhos escuros e brilhantes, sorriso deslumbrante e modos impecáveis.

Infelizmente, o deleite não durou muito tempo. A sobremesa acabara de ser retirada quando os homens começaram a se levantar e seguir para a sala dos fumantes, e Marjorie logo viu seu guardião ao seu lado, pairando como uma nuvem negra prestes a chover em um piquenique. Para piorar, ele não estava sozinho.

— Srta. McGann — disse, gesticulando para a inglesa de cabelo grisalho ao seu lado, enquanto Marjorie e seus companheiros se levantavam. — A condessa de Stansbury deseja conhecê-la.

— Lady Stansbury — murmurou Marjorie, olhando para Jonathan enquanto fazia uma reverência. — Os dois se conhecem?

— Não, mas nos sentamos lado a lado no jantar — explicou a condessa —, e descobrimos que temos conhecidos em comum. O duque e a duquesa de Torquil são meus vizinhos em Hampshire. Também conheço a outra irmã do sr. Deverill, lady Galbraith, e sua avó. Tive uma conversa muito agradável com o sr. Deverill durante o jantar. — Então se virou para a acompanhante de Marjorie e acrescentou, com frieza, acenando discretamente: — Baronesa. — Logo em seguida, virou-se para o conde e o cumprimentou com um semblante ainda mais gélido: — De la Rosa. Achei que ainda estivesse na Riviera.

O homem fez uma mesura.

— Fiquei com vontade de conhecer Nova York, lady Stansbury. Agora, estou indo para Londres.

— É mesmo? Adorável. — Depois desse comentário educado e carregado de desdém, ela voltou a atenção para Marjorie. — Srta. McGann, por favor, permita-me oferecer minhas condolências pela morte de seu pai.

Sem aviso, um nó se formou na garganta de Marjorie. Não conseguia entender a reação, então se forçou a responder alguma coisa:

— Obrigada, lady Stansbury.

— Fiquei arrasada ao saber de sua situação.

— Minha situação?

— Ora, é claro. Perder seu único parente, precisar lidar com o luto... — Ela fez uma pausa, uma sobrancelha cinza se erguendo educadamente em censura enquanto analisava o vestido de Marjorie. — Deve ser um momento muito difícil para você. Não é uma boa hora para ficar sem ajuda ou orientação.

A única dificuldade no momento era a interferência do seu guardião, mas Marjorie não disse aquilo.

— Obrigada, lady Stansbury — murmurou —, mas estou lidando bem com tudo isso.

— Tenho certeza que sim. Porém, srta. McGann, devo garantir que a senhorita não está sozinha neste momento terrível.

— É verdade — acrescentou a baronesa Vasiliev. — Marjorie sabe que pode contar com meus cuidados.

— Sim — respondeu lady Stansbury, bem devagar, imprimindo muito ceticismo em uma só palavra. — Precisamente. O sr. Deverill, no entanto, solicitou minha ajuda.

Marjorie ficou tensa.

— Solicitou?

— Sim. Tenho muitas amigas a bordo, e cuidaremos para que você esteja acompanhada o tempo todo. — Ela abriu um sorriso complacente para Marjorie. — Quando a viagem terminar, seremos melhores amigas, tenho certeza.

*Aquele homem era impossível!*

— Que bom! — respondeu ela, forçando alegria na voz enquanto se virava para lançar um olhar mordaz para Jonathan.

Mas foi inútil, porque Jonathan não estava olhando para ela. Estava olhando para lady Stansbury, mas um pequeno sorriso curvava os cantos de sua boca, indicando que ele sabia muito bem como Marjorie estava se sentindo.

— Perdoem-me, senhoras — disse ele, fazendo uma mesura —, mas deixarei Marjorie em suas mãos competentes e irei com os cavalheiros para a sala de fumantes tomar uma taça de vinho do Porto. Conde? O que acha de vir comigo?

De la Rosa negou com a cabeça.

— Não, obrigado. Não gosto muito de vinho do Porto. Prefiro ficar com as damas.

— É claro que sim — murmurou Jonathan, e Marjorie ficou impressionada com o talento dos britânicos para transformar as palavras mais inofensivas em insultos.

Com um sorriso provocador nos lábios, Jonathan fez uma mesura e foi se juntar aos homens que subiam a grande escadaria em direção à sala de fumantes.

Marjorie o observou, estreitando os olhos, esperando que ele pudesse sentir seu olhar penetrante, mesmo achando improvável. Adagas não furavam granito.

No fim, Jonathan ficou satisfeito com o arranjo. Lady Stansbury se mostrou solidária com a morte de seu amigo e horrorizada por a garota não ter ninguém além da baronesa Vasiliev para acompanhá-la até chegarem a Londres. Ela não teve problemas em dizer quanto a outra mulher era inadequada para ser acompanhante de uma jovem tão facilmente impressionável.

— Baile de caridade, até parece! — resmungou a condessa, com desdém. — Ela e as amigas iam embolsar a maior parte desse dinheiro, sr. Deverill, e eu *sei* disso.

Jonathan, que já formara uma teoria semelhante sobre o incidente que a baronesa relatara, não tinha intenções de contradizê-la. Em vez disso, fingiu surpresa com a informação e concluiu, com triste resignação, que a conexão da baronesa com sua irmã a duquesa deveria ter sido um tanto exagerada, expressando vergonha por ter sido enganado.

Lady Stansbury perdoou seu deslize como guardião. Como homem, não se podia esperar que ele zelasse por uma jovem, sobretudo uma que tivesse sido submetida às noções americanas da boa sociedade. O jantar terminara de maneira bastante satisfatória para ambos e, agora, com Marjorie sob a supervisão de uma acompanhante adequada e uma taça de um excelente vinho do Porto em mãos, Jonathan sentiu que suas preocupações estavam sob controle. O pensamento mal acalmara sua mente quando um vulto escarlate chamou sua atenção, e Jonathan ergueu os olhos e viu a baronesa Vasiliev passando pela porta aberta da sala de fumantes, caminhando ao longo do deque a passos apressados.

Jonathan franziu o cenho ao ver a mulher sumir de sua linha de visão. Não se importava que ela estivesse negligenciando o dever de acompanhante, já que sabia que lady Stansbury estava grudada em Marjorie, mas mesmo assim ficou curioso. Aonde a baronesa estava indo?

Como em resposta à pergunta silenciosa, o conde de la Rosa passou por ele, os passos tão rápidos e furtivos quanto os da baronesa.

Jonathan ergueu as sobrancelhas quando o conde passou pela porta e desapareceu de vista. Será que a baronesa e o conde teriam um encontro romântico? Olhando para a porta aberta, considerou que talvez pudesse ser algo muito mais suspeito, algo que envolvesse Marjorie.

*Sou desconfiado demais*, pensou, bebendo o resto do vinho e se levantando.

— Com licença, senhores — murmurou para os outros homens na mesa. — Sinto que preciso tomar um ar.

Ele fez uma mesura, saiu da sala de fumantes e foi atrás do conde. Não encontrou De la Rosa, mas seguiu na direção que o vira ir, examinando as várias salas que davam para o deque enquanto ele seguia pelo caminho. Não achou o conde nem a baronesa na sala de bilhar, na sala de leitura ou no salão de observação, mas, quando contornou a proa, ouviu as vozes familiares e parou de repente, tentando escutar.

Eram vozes baixas, vindo de trás da escada que levava ao convés superior, e, embora Jonathan não conseguisse ouvir o que diziam, percebeu que pertenciam às pessoas que procurava.

Certo de que algo estranho estava acontecendo, não teve a menor vergonha de espiar a dupla e se aproximou, andando bem devagarinho para não ser ouvido.

— Eu o apresentei a uma herdeira, como me pediu — ia dizendo a baronesa, quando Jonathan se aproximou. — Inclusive consegui fazer com que se sentasse ao lado dela no jantar.

— Parabéns por isso, Katya. Fiquei me perguntando como você conseguiu.

— Entrei na sala de jantar mais cedo, quando não havia ninguém, e reorganizei os cartões de lugares — respondeu a baronesa, então deu risada. — Notou que coloquei o guardião dela bem, bem longe de vocês?

— Você é uma mulher única!

— Ah, vejo que os elogios estão em dia — sussurrou ela. — Mas não foi o que você me prometeu.

— Realmente.

Houve um breve silêncio, durante o qual, sem dúvida, algum dinheiro trocou de mãos, então a baronesa disse:

— Espero que você tenha aproveitado sua oportunidade ao máximo.

— Essas coisas sempre levam tempo — respondeu De la Rosa. — Mas, sim, acredito que a jovem considere minha companhia muito agradável.

Aquelas palavras e a complacência na voz do homem fizeram Jonathan querer ranger os dentes, mas ele se conteve. Em vez disso, se aproximou mais.

— Se sua intenção é casar com a garota, tem um longo caminho pela frente — respondeu a mulher. — Ela pode ser inocente, mas não é burra.

— Minha querida Katya — respondeu De la Rosa, parecendo se divertir —, não precisa me ensinar a lidar com mulheres.

— Pode ser que não, mas, de toda forma, ela não é o maior problema — explicou a baronesa, a voz ficando mais séria. — É com o guardião e lady Stansbury que você precisa se preocupar.

— Pff! — O conde fez um som de desdém. — Eles não têm como vigiar a garota o tempo todo. Se eu quiser, posso convencê-la a dar uma escapadela.

*Não enquanto eu viver*, jurou Jonathan.

— Você é arrogante demais — reclamou a baronesa. — A garota é mais inteligente do que você imagina. Quanto ao tutor, acho que subestimá-lo pode ser arriscado.

Jonathan decidiu que já tinha ouvido o suficiente e contornou a escada.

— Sim, baronesa, sem dúvida — intrometeu-se, abrindo um sorriso satisfeito ao ver os olhos do conde se arregalarem. — Sem a menor dúvida.

# Capítulo 8

A dupla olhou para ele por um tempo, ambos claramente perplexos. Até que conde de la Rosa se pronunciou:

— Acredito que escutar a conversa alheia não é considerado uma prática da boa educação. Mesmo para os ingleses.

— Foi rude de minha parte, concordo — respondeu Jonathan, com um falso ar de alegria. — Por outro lado, nunca fui o tipo de homem que se deixa limitar pelas sutilezas da etiqueta.

— Isso não me surpreende — retrucou o conde, com frieza.

Jonathan sorriu.

— Não? Então, ao que parece, nós dois somos tediosamente previsíveis.

O homem teve a ousadia de parecer confuso.

— Não entendi o que você quis dizer.

— Conde de la Rosa, suas intenções desonrosas com minha protegida são claras como vidro.

— Eu? — De la Rosa ofegou, levando a mão ao peito, olhando para Jonathan com falsa surpresa. — Tendo intenções desonrosas com uma jovem? Você me julga mal, senhor.

— Será?

O conde assumiu um ar de dignidade soberba.

— Estou disposto a resolver isso de outra maneira, sr. Deverill, se assim desejar.

Jonathan deu risada.

— Meu caro conde, não há necessidade de fazer cena. Duelos são antiquados demais. Mas tenho certeza de que seus contos de tais façanhas impressionam as mulheres nos jantares.

— Estou falando sério, senhor.

— Duvido. Mas, de qualquer maneira — continuou, antes que o outro homem pudesse argumentar —, você não vale o esforço de um duelo. No entanto, devo confessar que a ideia de lhe dar uma surra é muito tentadora. — Ele se aproximou, e abriu um sorriso ao ver o conde dar um passo para trás. — Se vir você perto da srta. McGann outra vez, juro que dou essa surra. Agora vá, antes que eu esqueça que sou um cavalheiro.

— Os ingleses são uns selvagens! — reclamou o conde. Mas, quando Jonathan deu mais um passo em sua direção, percebeu que recuar era necessário. — Baronesa, precisarei deixá-la.

O conde fez uma reverência apressada, deu meia-volta e saiu quase correndo. Jonathan ficou o olhando partir, rindo, mas, quando voltou a atenção para a baronesa, a diversão sumiu: a mulher estava seguindo o exemplo do conde e tentando escapar na direção oposta.

— Se der mais um passo, vou informar o comissário sobre sua reorganização dos lugares da mesa — alertou ele.

A mulher parou, deu um suspiro e se virou.

— Você está louco — retrucou, com um ar de dignidade aristocrática quase convincente. — Está delirando.

— Poupe-me dessa atuação de inocência, senhora. — Jonathan enfiou a mão no bolso do paletó e puxou sua carteira. — É fútil e desnecessária.

A mulher ficou olhando enquanto ele tirava um punhado de notas da carteira.

— Quanto o conde ofereceu pela pequena aventura desta noite? — perguntou, enquanto contava os dólares.

— Eu... eu... — Qualquer tentativa de negação cessou quando ele parou de contar e ergueu os olhos. — Mil dólares.

Jonathan arqueou uma sobrancelha ao ouvir o valor, bastante impressionado com o esmero do conde.

— Suponho que qualquer coisa valha a pena, contanto que seja bem-feita — resmungou, enquanto contava. — E quanto ofereceu para você arranjar um encontro secreto entre ele e minha protegida que seria testemunhado por todos?

A baronesa soltou um grunhido indignado, e Jonathan parou de contar de novo.

— Ora, baronesa — disse ele, se divertindo —, achei que já estivesse claro que não há necessidade de fingimentos entre nós.

— Não estou fingindo nada. Permitir que um homem comprometa uma jovem para arruiná-la? Eu nunca faria isso. Nunca!

— Seus escrúpulos a proíbem, não é?

— Eu não faria o que você está falando. Rearrumar os lugares? Ora, por que não? Incentivar a garota a considerar a companhia dele? Sim, talvez. Mas expor a coitada a escândalos e constrangimento? Eu jamais faria isso.

Ela foi tão intensa que Jonathan ficou impressionado.

— Você é uma atriz melhor do que eu pensava. Mas não vamos discutir. Acredite, é mais inteligente apostar em mim do que em De la Rosa. Mais lucrativo, também.

Ele dobrou o maço de notas que contara e o entregou para a baronesa.

— Aqui estão quinhentos dólares. Fale comigo amanhã, e lhe pagarei mil. Você também receberá mais mil quando chegarmos a Londres, se fizer como eu digo. Se tentar me passar para trás — acrescentou, puxando a mão para trás quando a mulher estendeu o braço para pegar o dinheiro —, além de não receber o restante, eu vou persegui-la, arruiná-la e arrancá-la de qualquer posição que você, de alguma forma, tenha conseguido conquistar na alta sociedade. Fui claro?

— Sim. — Ela pegou o dinheiro. — O que você quer que eu faça, inglês?

Lady Stansbury, infelizmente, era uma companhia muito menos divertida do que a baronesa Vasiliev. O conde de la Rosa parecia compartilhar da opinião de Marjorie sobre a inglesa, pois, depois que a baronesa deixou o salão, com um murmúrio discreto no ouvido de Marjorie sobre precisar visitar o toalete, o conde conseguiu tolerar apenas alguns minutos das conversas de lady Stansbury sobre criar terriers até se lembrar de que prometera encontrar seus amigos na sala de jogos. Marjorie o observou ir, melancólica, tentando obter algum consolo no longo e demorado olhar de carinho e arrependimento que o conde lhe deu ao sair.

Após sua partida, várias amigas idosas da lady Stansbury se juntaram a Marjorie e a condessa, e o assunto dos terriers foi abandonado. Mas aquilo não trouxe nenhuma alívio, porque a conversa de alguma forma se centrou na negligência moral dos "jovens de hoje em dia".

A discussão foi acompanhada por vários olhares para o decote de seu vestido de noite, fazendo Marjorie se sentir extremamente constrangida, e foi uma luta não se contorcer sob toda aquela desaprovação. Também começou a sentir os efeitos das três taças de vinho, e, quando a conversa se voltou para o que constituía uma borda herbácea adequada, seja lá o que aquilo fosse, quase caiu no sono na cadeira. Quando a baronesa finalmente voltou, o alívio foi tão grande que Marjorie teve vontade de abraçar a russa em agradecimento.

Na esperança de se poupar de mais discussões sobre alstroeméria e verbascos, Marjorie se levantou. Alegando precisar de um pouco de ar fresco, sugeriu à baronesa que caminhassem no deque de passeio antes de irem dormir, mas a mulher balançou a cabeça em recusa.

— Perdoe-me — disse, pegando a bolsa —, mas não me sinto bem e devo voltar para a minha cabine. Lady Stansbury, faria a gentileza de acompanhar Marjorie até a cabine dela, quando for se retirar?

Ela se virou sem dizer mais nada, e Marjorie franziu o cenho, perplexa e preocupada.

— O que será que aconteceu?

— Ela deve ter comido algo que lhe não fez bem — sugeriu a condessa.

Marjorie não ficou muito satisfeita com a explicação, nem tinha qualquer intenção de ficar presa ali com lady Stansbury.

— Talvez. Peço licença, senhoras, mas acho que devo ir com a baronesa e me certificar de que ela está bem. Depois disso, voltarei para a minha cabine.

— Se você vai atrás da baronesa, é melhor se apressar — aconselhou a condessa, olhando por cima do ombro de Marjorie.

Marjorie virou a cabeça e se surpreendeu ao ver que a baronesa já subia a grande escadaria. Ela se levantou, colocou o xale sobre os ombros e pegou a bolsa, depois murmurou um adeus rápido, fez uma reverência e a seguiu o mais depressa que pôde.

Subir escadas com um vestido justo, no entanto, não era nada fácil, e, quando Marjorie chegou no topo, a baronesa já havia dobrado o corredor que levava às cabines da primeira classe. Ela acelerou o passo e estava na metade do caminho quando ouviu uma voz chamando seu nome. Ao virar, viu Jonathan entrando pelas portas que davam para o deque de passeio.

— Olá — ele a cumprimentou. — O que está fazendo aqui? Achei que estaria com as outras damas na sala de jantar.

— Estava, mas a baronesa parece ter adoecido e quero ter certeza de que não é nada grave.

Os dois entraram no corredor a tempo de ver a baronesa Vasiliev entrando em seu quarto.

— Baronesa? — chamou Marjorie, fazendo com que a mulher parasse à porta. — Você está bem?

— Vou ficar — respondeu ela, dando um sorriso neutro. — Logo estarei bem.

— Esperamos que sim, é claro — falou Jonathan.

— Está com dor de cabeça? — perguntou Marjorie. — Nesse caso, uma compressa de gelo e sal na cabeça faz maravilhas. Devo chamar uma camareira para fazer uma?

— Não é necessário. — A baronesa Vasiliev balançou a cabeça. — Isso é muito gentil da sua parte, mas só preciso dormir.

— Então não vamos mantê-la acordada — disse Jonathan educadamente. — Boa noite.

Com um aceno de despedida, a baronesa entrou na cabine.

— Bem, isso foi terrivelmente repentino — comentou Marjorie, enquanto a porta fechava atrás da mulher. — Espero que ela fique bem.

— Ela só deve estar cansada. E você?

— Acho que também vou dormir.

— Não quer se juntar às outras damas? — perguntou Jonathan, andando ao lado dela, descendo o corredor na direção de seu próprio quarto.

— Você achou que eu iria querer? — respondeu ela, com um olhar irônico. — Se vai colocar vigias em cima de mim, pode pelo menos indicar pessoas mais interessantes.

Ele sorriu.

— Não estou entendendo.

— Está sim.

— Bem, sim, talvez eu esteja — concedeu ele, quando pararam diante da porta da cabine de Marjorie e ela abriu a bolsa para pegar a chave. — E, já que estamos falando sobre suas companhias, tem algo que preciso lhe contar.

Ele parecia tão sério que Marjorie parou de destrancar a porta e o encarou.

— Algo sobre a baronesa?

— Sim, indiretamente. Mas na verdade me refiro àquele canalha, o De la Rosa.

— Ele de novo? — Marjorie gemeu e voltou a destrancar a porta. — Só porque ele "não passa uma boa sensação", como você disse, não prova que ele é um canalha.

— Não, mas o que vi mais cedo prova.

Ela soltou um suspiro sofrido, devolveu a chave à bolsa.

— O que você o viu fazer? Beber muito vinho durante o jantar? Perder muito dinheiro na mesa de carteado?

— Ele pagou a baronesa para ser apresentado a você e para que ela reorganizasse os assentos de forma que os dois ficassem juntos.

— Ele fez isso? — Marjorie deu risada. — Como ele é esperto. E, bem, sinto-me lisonjeada.

Jonathan piscou, desconcertado, deixando claro que a reação não era exatamente a que esperava.

— Você sente-se lisonjeada pelo que ele fez?

— É claro! Ao que parece, ele precisou se esforçar bastante. Qualquer mulher acharia isso lisonjeiro.

— Sentar-se ao seu lado no jantar não é a única coisa que ele quer.

— Você não tem como saber. Aliás, como sabe que ele fez tudo isso? Ou que a baronesa está envolvida?

— Depois do jantar, eu a vi passar pela sala de fumantes, então vi o conde logo atrás. Fiquei curioso e decidi ir atrás. Eu os ouvi conversando...

— Então, podemos adicionar "escutar a conversa dos outros" à lista de coisas que posso esperar de você?

— Se isso for necessário para mantê-la longe de más companhias, sim — retrucou Jonathan. — Como eu suspeitava, o conde está em busca de uma herdeira e está pagando a baronesa para ajudá-lo com as apresentações. Nenhum deles é confiável, mas o perigo está no conde. A intenção dele é ganhar sua mão de qualquer jeito, não importa quão desonroso.

— Isso pode estar claro para você, mas não para mim. Querer ser apresentado e trocar de lugar no jantar parece uma evidência bastante fraca para condenar o caráter de um homem.

— Um verdadeiro cavalheiro não precisa pagar por essas coisas.

— Não tenho dúvidas de que uma verdadeira dama ficaria ofendida com essa conduta, mas, como nenhum homem sabe absolutamente nada sobre mim, desonroso ou não, simplesmente não consigo reunir a quantidade necessária de indignação para condená-lo por isto. Agradeço o aviso, mas, por enquanto, evitarei o julgamento.

— Apenas não fique sozinha com ele.

— Não é minha intenção — respondeu ela com dignidade. Marjorie abriu a porta, entrou na cabine e virou-se para encará-lo novamente. — É por isso que contratei uma acompanhante.

— Uma acompanhante que parece estar doente e incapaz de cumprir suas obrigações.

— Tenho certeza de que a baronesa estará bem amanhã — retrucou Marjorie, antes que ele pudesse inventar alguma bobagem sobre ela ter que ficar no quarto. — Boa noite.

Com aquelas palavras, fechou a porta. Só podia torcer para que a doença da baronesa fosse temporária, porque passar os próximos seis dias no quarto simplesmente não era uma opção que estava disposta a considerar.

⊶∞∞⊷

Na manhã seguinte, no entanto, suas esperanças de uma rápida recuperação da baronesa foram por água abaixo, e ela recebeu a notícia de uma fonte muito improvável.

— Mareada? — Pela porta da cabine, Marjorie olhou consternada para lady Stansbury. — A baronesa está mareada?

— Receio que sim. — A condessa balançou a cabeça tristemente. — Se tivesse comido alguns biscoitos digestivos quando chegou, certamente estaria ótima, mas agora é tarde demais. Ela vai precisar de repouso até que possa se sentir melhor.

— Que horror. Acha que ela ficará doente por muito tempo?

— Não há como saber. Algumas pessoas se acostumam depressa ao balanço do mar, outras passam a viagem inteira de cama. No momento, a pobre mulher está bastante indisposta.

— Entendo. Bem, hum... obrigada, condessa — murmurou Marjorie, sem saber o que dizer. — Foi muita gentileza sua me informar sobre a situação.

A maioria das pessoas teria interpretado aquelas palavras como o fim da conversa, mas a condessa ignorou tais sutilezas.

Em vez de sair, ela abriu um sorriso e se inclinou para dar um tapinha no braço de Marjorie.

— Não se preocupe, querida. Seu tutor e eu discutimos a situação e tomamos todas as providências.

— Quais providências?

— Com a baronesa doente, o sr. Deverill pediu que eu assumisse o lugar dela.

Uma sensação de desânimo surgiu no peito de Marjorie.

— Você será minha acompanhante até que a baronesa se recupere?

— Sim. Não é uma ideia adorável?

"Adorável" não era bem como Marjorie definiria aquela solução.

— Como você é gentil — disse, forçando um sorriso. — Mas...

— Fico feliz em ajudar. Criei quatro filhas sozinha, sei como é importante para uma menina ter uma orientação rígida e suporte em todos os momentos. — Antes que Marjorie pudesse refletir sobre quão severa a tal orientação poderia ser, a condessa acrescentou: — Bem, já falei com a camareira, e seus pertences serão transferidos para a minha suíte antes do almoço.

Marjorie se amaldiçoou por ter aberto a porta.

— Ah, isso não será necessário. Estou muito confortável em minha cabine.

Lady Stansbury deu risada, descartando qualquer possibilidade de que ela pudesse permanecer ali.

— Você não pode ficar em uma cabine sozinha, querida. É inadmissível. Na verdade, não posso acreditar que a baronesa tenha concordado com isso.

Marjorie murmurou algo sobre um erro nas reservas e como o comissário providenciaria para que ela e a baronesa se mudassem para cabines vizinhas ainda naquele dia.

— Bem, isso explica as coisas — disse lady Stansbury. — Em todo caso, com a baronesa doente, está decidido que você ficará comigo pelo resto da viagem.

Marjorie nem sequer precisou se perguntar quem tomara aquela decisão.

— Acredito que não tenha trazido uma criada, certo? — continuou a condessa. Então continuou, quando Marjorie confirmou com a cabeça: — Muito bem, minha criada pode atendê-la.

— Não quero causar problemas — disse Marjorie, um pouco desesperada.

— De forma alguma. Como você causaria problemas? Está de luto, então não precisará trocar de roupa várias vezes ao dia. Na verdade, não vejo necessidade de que transite muito pelo navio. Trouxe seus materiais de bordado?

Marjorie, que odiava costurar, negou com a cabeça.

— Ah, bem, minhas amigas e eu temos muitas tarefas para mantê-la ocupada. No nosso grupo, ninguém fica de mãos abanando — disse a condessa, rindo. — Formamos um grupo para a viagem. Fazemos bordados, tricô, fofocamos um pouco… coisas do tipo. Estamos velhas demais para jogatinas. Como você também não deve se envolver com jogos, é conveniente que se junte a nós. E será fácil ocupar seu tempo. Pode buscar coisas, treinar sua leitura, costurar e enrolar lã.

— Parece ótimo.

A condessa não percebeu a falta de entusiasmo na voz da jovem.

— É muito importante manter-se ocupada durante o luto. — Ela sorriu, dando outro tapinha no braço de Marjorie. — Viu? Você não será nenhum inconveniente.

Quando se tratava da lady Stansbury, aquilo podia ser verdade. Mas Marjorie sabia que, em relação ao seu tutor, pretendia ser um grande inconveniente.

∞∞∞

Com Marjorie nas mãos de lady Stansbury e suas amigas e com a baronesa prostrada na cabine pelo resto da viagem, Jonathan finalmente poderia desfrutar de um pouco de paz e sossego.

Ele tomou um café da manhã tranquilo e visitou o barbeiro do navio para aparar a barba e cortar o cabelo, prazeres da vida civilizada dos quais não tivera muitas oportunidades de desfrutar durante a última década. Em seguida, procurou o comissário, solicitou um passeio pelo navio e, provavelmente devido à menção de Marjorie na noite anterior sobre sua irmã, a duquesa, foi prontamente atendido.

As próximas horas se passaram em um piscar de olhos, pois Jonathan descobriu que o complexo funcionamento de um transatlântico poderia ser absolutamente fascinante. Por isso, perdeu a primeira chamada para o almoço e não viu Marjorie com suas acompanhantes idosas na segunda, mas, quando deu um passeio no final da tarde, a viu em um canto do convés de passeio, vestida adequadamente com trajes pretos, sem adornos e abotoada até o queixo. Ela segurava um novelo de lã para que sua acompanhante pudesse enrolar o fio.

— Minhas senhoras — cumprimentou, tirando o chapéu e abrindo um sorriso ao passar.

Marjorie retribuiu o cumprimento, mas ele não se deixou enganar nem um pouco. Sentia o olhar dela cravado em suas costas enquanto se afastava.

Jonathan estava com pena dela, cercada por mulheres pelo menos quatro décadas mais velhas, mas não podia se dar ao luxo de amolecer nem um pouco. Se o fizesse, ela tiraria proveito.

Faltando algumas horas até o jantar, decidiu que era o momento ideal para trabalhar e voltou para a cabine. Logo estava imerso em extratos financeiros e relatórios de ações, mas não demorou muito para que uma batida na porta o interrompesse.

— Entre — disse, pensando que somente um funcionário do navio bateria em sua porta àquela hora do dia.

No entanto, descobriu que estava enganado quando foi Marjorie quem entrou, já pronta para o jantar com o vestido de veludo preto e indecente da baronesa.

— Precisamos conversar. Agora mesmo.

Jonathan se recostou na cadeira com um suspiro. Adeus, paz e sossego.

## Capítulo 9

Colocar Marjorie nas mãos de lady Stansbury permitiu que Jonathan desfrutasse de uma tarde serena e tranquila, mas bastou olhar para o rosto da jovem para entender que o interlúdio agradável tinha terminado.

Ele deixou a caneta de lado, se levantou e a encarou, perguntando:

— Invadir meus aposentos vai se tornar um hábito?

— Você disse para eu entrar — retrucou ela, fechando a porta.

— É verdade — admitiu ele, consolando-se com o fato de Marjorie estava, sim, em sua cabine. Mas pelo menos agora Jonathan estava totalmente vestido. — O que você fez com a lady Stansbury?

— Eu a joguei no mar.

Jonathan imaginou a cena e quase sorriu, mas conseguiu se conter. Em vez disso, lhe deu um olhar cético.

— Isso vai acontecer — continuou a jovem, observando a expressão dele — se esta situação intolerável continuar.

Pelo que sabia de Marjorie até agora, não podia ter certeza *absoluta* que a ameaça era falsa.

— Jogar certas pessoas no mar é uma vontade que conheço muito bem.

— Ah, coitadinho — rebateu ela, começando a andar de um lado para o outro. — Coitadinho de você, tendo que lidar comigo. Não tem ideia das coisas com que *eu* estou lidando.

— Posso estar errado, mas acredito que está prestes a me contar. Supondo que não tenha jogado a pobre senhora no mar, onde está lady Stansbury?

— Ela e as amigas ainda estão tomando chá e desfrutando de uma boa dose de fofoquinhas. Você deveria ouvir o jeito como elas falam sobre as pessoas, as conclusões odiosas que tiram e os rumores que espalham. E tudo isso sem um pingo de evidência! Que pessoas horríveis!

— Fofocar é o passatempo favorito da típica matrona britânica, então é melhor se acostumar, se quiser fazer parte da alta sociedade. E, se estão tomando chá, por que você não está com elas? Certamente não deveria estar *aqui* — acrescentou, sem pensar. Mas, vendo Marjorie naquele vestido, não sabia para qual dos dois era o aviso. — Onde a condessa acha que você está?

Ela parou de andar.

— Ah! — gemeu, apertando a mão na testa enquanto estendia a outra para apoiar nas costas da poltrona ao seu lado. — Estou com uma dor de cabeça terrível... — murmurou. — Preciso me deitar um pouco.

Alarmado, Jonathan fez menção de ir na direção dela, então percebeu que tinha sido enganado de novo e parou.

— Você já mentia bem assim quando estava na Academia Forsyte? — perguntou, quando ela parou de fingir a dor de cabeça e voltou a andar de um lado a outro. — Ou aprendeu a atuar com a baronesa?

— Ela não está em condições de fazer isso, ou qualquer outra coisa. Está enjoada, como você já sabe.

— Sim, ouvi rumores — disse Jonathan, tentando não rir. — Coitada.

Apesar de seus melhores esforços para parecer indiferente, seu rosto deve ter denunciado um pouco do quanto estava se divertindo com aquilo, pois, quando Marjorie o encarou, parou novamente e cerrou os olhos.

— O que você fez? — demandou. — Pagou o garçom para colocar um emético no jantar dela na noite passada?

Jonathan tinha sido descoberto, então apenas sorriu.

— Não paguei *o garçom* para fazer nada.

Ela entendeu na hora.

— Você pagou à baronesa para fingir essa doença? Ah, claro que sim! — completou, quando o sorriso dele se alargou. — De todos os gestos desonestos, arrogantes... — Ela parou, exasperada, então retomou o passo. — Eu deveria saber que você faria algo do tipo. E que me prenderia a lady Stansbury.

— Não tenho culpa se você escolheu uma acompanhante que poderia ser comprada. E a baronesa, por ser uma mulher prática e totalmente falida, percebeu que eu seria uma fonte de renda mais lucrativa. Quanto a lady Stansbury... Ela é uma acompanhante muito mais apropriada que a baronesa Vasiliev. Além disso — acrescentou, quando Marjorie soltou um grunhido de escárnio —, seria muito sábio da sua parte conquistar a simpatia dela. Lady Stansbury mora perto da minha irmã, Irene, e, se ficar na casa dela, vocês se encontrarão bastante.

— Sorte a minha — resmungou ela, virando-se para atravessar a cabine. — Ela é um dragão.

— Ela é, não é? — concordou Jonathan, muito satisfeito, sabendo que De la Rosa não se atreveria a chegar perto de Marjorie se lady Stansbury estivesse por perto.

— Ela me colocou para dormir na suíte dela, não tenho para onde correr. Desempacotou todos os meus pertences sem nem me perguntar e analisou todas as minhas roupas, peça por peça. Inclusive mexeu nas minhas roupas íntimas!

O olhar de Jonathan baixou involuntariamente, passando depressa pela silhueta de Marjorie enquanto especulava.

— Você tem ideia de como é constrangedor ter uma mulher que eu nem conheço analisando minhas roupas íntimas e reclamando em desaprovação por causa de um pedaço de renda ou uma fita?

*De quanta renda estamos falando?*, pensou Jonathan, observando o balanço dos quadris dela, que ia de um lado para outro naquele seu vestido justo. *E quantas fitas?*

— Ela disse que tudo o que ela considera "exageros" terá que ser removido. O que há de errado em ter renda em minhas anáguas? — exigiu Marjorie, a voz aumentando de volume enquanto a mente de Jonathan começava a afundar na lama. — Ninguém vai vê-las. Isso é ridículo.

Ele concordava, mesmo assim era homem e, embora soubesse alguma coisa sobre roupas íntimas femininas, não sabia como deveria ser a roupa íntima do luto. Antes que pudesse oferecer uma resposta apropriada, Marjorie voltou a falar:

— Então, ela empacotou todas as roupas que decidiu que eram inadequadas e as colocou em um baú, dizendo que não tenho mais permissão para usá-las.

— Até as roupas de baixo? — Ele precisava saber.

Ela passou por ele e lançou um olhar mordaz, claramente sem achar graça.

— Estas foram dadas à empregada dela. A mulher pegou todas as que eu não estou usando neste momento com ordens de remover qualquer coisa que pudesse ser considerada excessiva em roupas íntimas, anáguas, camisolas e cada espartilho que possuo.

— Isso é uma pena — murmurou ele, com um arrependimento demasiadamente humano.

— E sabe o que ela fez depois? Ordenou que o comissário colocasse o baú com todas as minhas roupas *inadequadas* no porão. Nossa, ela é tão arrogante, tão superior... e você ainda se pergunta por que quero atirá-la no mar?

Depois de ouvir as reclamações, Jonathan foi forçado a desviar a mente do caminho perigoso que começara a traçar para resolver o problema em questão.

— Anime-se — disse, decidindo que uma tentativa de consolo era sua melhor aposta. — Pelo menos ela não confiscou o vestido de noite.

— Pois ela tentou. — Marjorie abriu um sorriso triunfante. — Mas eu expliquei que o vestido pertencia à baronesa Vasiliev. Ela o devolveu imediatamente e, como eu sabia que faria isso, logo depois aleguei uma dor de cabeça, fui até a baronesa e o peguei de volta.

— Claro que sim — murmurou ele, com um suspiro.

— Eu nem sequer conheço lady Stansbury. Quem ela pensa que é para me dizer o que posso e não posso vestir? Quem é ela para pedir que sua criada recolha minhas roupas de baixo?

— Ela é uma mulher influente e, quando chegar a hora, poderá ser uma conexão valiosa. E, por ter criado quatro filhas, sabe muito bem como ser uma acompanhante. Por enquanto, pelo menos, aconselho que confie nos julgamentos dela.

— É mesmo? — Marjorie parou e se virou para encará-lo. — Ela também ordenou que eu ficasse em meu quarto após a hora do chá, sabia? Nem sequer tenho permissão de descer para o jantar.

— Vejo — disse Jonathan, percorrendo a figura dela com os olhos — que é uma ordem que você não pretende obedecer.

— E por que eu deveria? É um absurdo! Ela disse que só posso jantar na suíte. Se qualquer pertence que eu tenha seja bonito, não posso usar. Não posso ir para a sala de jogos para uma partida de carteado ou coisas do tipo. Posso ler, contanto que não seja um romance. E, claro, só se ela e as amigas não precisarem que eu faça outras coisas. Como a criada está ocupada destruindo todas as minhas roupas íntimas, devo agir como sua substituta e costurar, enrolar lã e andar para lá e para cá sem nem um "obrigada". Quando foi que me tornei segunda criada, costureira e serviçal de lady Stansbury?

— Essas tarefas provavelmente têm o objetivo de lhe fornecer atividades aceitáveis com que se ocupar durante a viagem. Não quer dizer que ela pensa que você é uma criada.

— Peço desculpas, mas, nesse caso, não consigo acreditar nas intenções da condessa.

Ele tentou de novo:

— Marjorie, entendo que lady Stansbury possa parecer excessivamente severa e que não tenha assumido o cargo de acompanhante da maneira mais diplomática. E sei que ela e as amigas podem ser companhias muito entediantes, mas...

— Entediantes? — interrompeu a ruiva. — Isso não serve para descrever essas senhoras! Sei que você me acha difícil e talvez um pouco obstinada... — Ela continuou falando depressa, antes que ele pudesse concordar: — Mas espero que eu não seja entediante.

— Você não é — admitiu ele, e, dessa vez, não conseguiu conter um sorriso. — Acho que nunca poderei dizer isso sobre você, Marjorie.

— Se aquela mulher e suas amigas tivessem algo de interessante para discutir, eu estaria mais que disposta a enrolar lã e toalhas de chá com elas, mas só falam de jardinagem, cachorros e fofocas escandalosas!

— E eu não quero que você protagonize essas fofocas.

— Eu sei disso, mas... — Ela parou, erguendo os braços, frustrada, e os deixando cair. — É preciso haver um meio-termo.

— Infelizmente, não existe. Um acontecimento trivial pode prejudicar sua reputação, e não deixarei que isso aconteça. Você não vai morrer se passar uma semana sob supervisão severa.

O maxilar se transformou numa linha tensa e rebelde.

— Se alguém estiver morto quando chegarmos a Southampton, será lady Stansbury, não eu.

Jonathan estudou o rosto dela e percebeu que, se pressionasse demais, ela poderia se revoltar. Precisava de um incentivo, de algo que mostrasse tudo o que Marjorie poderia ter caso se comportasse com o decoro adequado.

— Espere aqui — pediu, e se virou para tirar o paletó das costas da cadeira.

— Aonde você vai?

Ele vestiu a jaqueta e foi até a porta.

— Tranque a porta e, pelo amor de Deus, não deixe ninguém entrar. Eu já volto.

Jonathan saiu da cabine e voltou cerca de dez minutos depois.

— Quero lhe mostrar uma coisa — contou, enquanto fechava a porta e guardava a chave no bolso. — Venha comigo.

Ele entrou no quarto, acenando para que ela o seguisse.

— Sente-se aqui — falou, puxando a cadeira na frente da penteadeira quando ela entrou pela porta.

— Logo você, que fala tanto de modos — resmungou Marjorie, empoleirando-se na ponta da cadeira. — Estar no seu quarto parece terrivelmente impróprio.

Era um escândalo, é claro, mas aquilo não mudava em nada o fato de que ela estava lá.

— Será nosso segredinho. Isso não vai demorar. Feche os olhos.

— Ora, está bem. — Como uma professora que aceita brincar com o aluno, deu um suspiro e obedeceu. — Não consigo imaginar do que se trata.

— Você logo descobrirá.

Jonathan parou atrás da cadeira dela, esticou o braço e inclinou o espelho da penteadeira para que, quando ela abrisse os olhos, tivesse uma visão completa do reflexo. Então, puxou a caixa retangular do bolso, colocou-a sobre a mesa e a abriu.

— Sem espiar — alertou, enquanto removia o colar e o erguia por cima da cabeça de Marjorie. Ele fez uma pausa, balançando a joia logo abaixo do queixo dela, sem permitir que tocasse a pele. — Fique de olhos fechados.

— Mais fechados que isso, impossível — murmurou ela, se contorcendo na cadeira. — Mas você poderia ser um pouco mais rápido.

Ele deveria, sabia disso, mas, quando olhou o reflexo dela, os cílios repousando sobre as bochechas como leques minúsculos, o cabelo arrumado e brilhante como o fogo, sentiu que deveria fazer as coisas com calma.

— Lembra quando eu disse que você teria sua temporada assim que o período de luto terminasse?

— É claro. Daqui um ano.

Marjorie soava tão chateada que ele não conseguiu evitar um sorriso.

— Sei que parece uma eternidade — disse Jonathan, inclinando-se até que o rosto estivesse ao lado do dela, até que uma mecha solta do cabelo vermelho fizesse cócegas em sua bochecha e o cheiro de lavanda da pele sedosa invadisse suas narinas. — A paciência, Marjorie, é uma virtude.

Ela riu em zombaria, mas não abriu os olhos.

— Já exercitei a paciência durante boa parte da minha vida. E, considerando que isso não é nada natural para mim, acho que é uma virtude superestimada.

— Bem, estou prestes a provar que está errada. — Ainda olhando para o reflexo dela, Jonathan virou um pouco a cabeça, inalando a fragrância de lavanda, saboreando o cheiro quente e denso. — Acredite ou não — murmurou, a respiração agitando a mecha solta do cabelo ruivo enquanto ele falava —, algumas coisas valem a pena esperar. Coisas como esta.

Ele puxou as mãos um pouco para trás e ajeitou o colar na posição correta, deixando as joias caírem contra a pele dela enquanto olhava para o espelho. Então disse:

— Abra os olhos.

Marjorie abriu os olhos e arfou imediatamente, surpresa. Seus olhos, quase negros na luz fraca do quarto, se arregalaram quando ela olhou para o reflexo. Os lábios, do mesmo rosa suave das safiras, se abriram em admiração. Ela não era a única admirada. Jonathan não via muita graça em joias, eram só pedras coloridas e pedaços de metal amarrados e soldados, bugigangas que vinham em caixas forradas de veludo. Mas, no pescoço de Marjorie, colocadas com perfeição contra sua pele macia, ganhavam um novo significado — e ele sentiu a garganta ficar seca.

O colar, uma peça de diamantes ovais intercalados com safiras cor-de-rosa com lapidação em degraus, se encaixava perfeitamente ao redor do pescoço longo e esguio. Na parte inferior, diamantes maiores em formato de pera balançavam, dançando e cintilando à luz, roçando a clavícula dela. Abaixo da cavidade entre as clavículas e acima dos seios, cercada pelas pontas em forma de cúspide de mais diamantes, estava a Rosa de Shoshone, em toda a sua glória rosada deslumbrante.

— Nossa — murmurou ela, impressionada, a voz um sopro suave de ar que escapava dos lábios entreabertos. — O que é isso? Um rubi?

— Safira rosa. Que é a mesma coisa, só mais clara. Lembra que me perguntou ontem o que era a Rosa de Shoshone? — Ele acenou com a cabeça para o reflexo dela no espelho. — Agora você sabe.

— Minha nossa. Isso é meu?

— Quando você fizer 21 anos, sim. Gostou?

— É... — Ela fez uma pausa, rindo um pouco, como se não conseguisse encontrar as palavras. Levou uma das mãos ao colo, as pontas dos dedos roçando na superfície polida da Rosa. — Mas de onde vem essa joia?

— Seu pai a encontrou, assim como todas as outras joias do colar, muito antes de nos conhecermos. Ele comprou os diamantes na África do Sul, as safiras em Idaho. Quanto a Rosa, estava garimpando ouro no rio Payette...

A voz dele falhou; tinha visto algo no rosto de Marjorie que não vira antes, algo nos olhos escuros, lábios entreabertos e respiração acelerada — algo que, como homem, reconheceu instantaneamente: Marjorie finalmente se vira como mulher e entendera todo o poder que existia naquilo.

Seu corpo respondeu imediatamente. A excitação queimava dentro dele como um fósforo aceso, e Jonathan sabia que estava em apuros.

Era a filha de seu melhor amigo, a garotinha de Billy, que ele jurara guardar e proteger. Mas, naquele momento, se sentia tão protetor quanto um lobo cuidando de um cordeiro.

Disse a si mesmo para se afastar, e estava prestes a fazer isso, mas então ela riu. Uma risada baixa, cujo som feminino e empolgado o deixou imóvel e fez com que qualquer ideia de recuar desaparecesse. Em vez de diminuir, o desejo dentro dele aumentou e se espalhou, e Jonathan só podia olhar para Marjorie, fascinado, enquanto o calor corria pelo seu corpo. De repente, a promessa feita ao melhor amigo em seu leito de morte não parecia tão relevante, e ele percebeu que acabara de cometer um erro enorme, terrível e desastroso.

Sua intenção tinha sido dar a ela um motivo para fazer as coisas do jeito *dele*. Uma coisa bastante egoísta de se fazer, ele via agora. Planejada tanto para sua própria conveniência quanto para o bem-estar

dela. E, como a maioria dos atos egoístas, estava voltando para puni-
-lo. Para valer.

*Afaste-se*, disse a si mesmo, mas era impossível fazer o corpo obedecer à sua vontade. Seus sentidos estavam cientes de cada aspecto
daquele momento: o metal aquecido do fecho em seus dedos, as mechas soltas do cabelo de Marjorie na nuca, que faziam cócegas nas
costas de suas mãos, o perfume de lavanda e o cheiro de mulher que
invadiam suas narinas. Estava ciente da joia cintilante colocada acima
dos seios, da maciez da pele dela sob seus pulsos e de seu membro
duro como pedra, escondido atrás da cadeira.

Podia ver a cama refletida no espelho, a menos de dois metros
atrás deles. *Dois metros*, pensou. A distância entre a inocência de uma
garota e sua ruína. Olhou para a cama enquanto travava uma batalha
anárquica em seu peito: a batalha entre o desejo e a honra.

Desviou o olhar da cama. Sabia que precisava conter aquele tipo de
pensamento perigoso antes que se assentasse, mas, quando ele olhou
para ela outra vez, radiante e linda, com joias brilhantes no pescoço,
não resistiu em adiar por apenas mais alguns segundos o que sabia
que precisava fazer.

Marjorie não estava mais rindo. Talvez a sensação de poder que ele
despertara nela tenha dado uma vaga ideia do que Jonathan sentia,
porque ela não olhava mais para as joias, e sim para ele. Olhava de
olhos arregalados, lábios entreabertos e bochechas coradas.

A filha de Billy o olhava de uma maneira totalmente nova e, mesmo assim, inocente demais para saber o que ela poderia desencadear
com aqueles olhos castanhos suaves, lábios rosados extremamente
beijáveis e corpo incrível. Mas ele sabia. E, enquanto pensava nisso,
o calor dentro de si ficava mais forte e mais quente, afundando-o na
mais pura luxúria.

Ele era um canalha.

Prendendo a respiração, tirou o colar do pescoço dela.

— Você será apresentada na primavera — disse, a voz rouca enquanto se esforçava para recuperar o controle. — E poderá aproveitar
todos os benefícios de uma temporada em Londres, inclusive um

baile de debutantes no qual poderá usar isto. — Ele fez uma pausa enquanto segurava a joia. — No entanto, isso não será possível se você se expuser à vergonha ou ao ridículo.

No espelho, viu todos os sentimentos que despertara em Marjorie se afastarem da expressão dela, desaparecendo como se nunca tivessem existido.

— Entendo. — Ela ficou de pé, passou pela cadeira e se virou para encará-lo. — Você me mostrou o colar somente para que eu atendesse aos seus desejos, é isso? — questionou, um tom metálico e frio que ele nunca ouvira na voz dela. — Você balançou na minha frente, como se fosse um brinquedo, e eu, uma criança?

— Não era a minha inten...

— "Comporte-se, garotinha, e um dia terá coisas boas." Foi isso que tentou me ensinar com essa liçãozinha?

Ele se remexeu, inquieto, reconhecendo que havia um fundo de verdade naquela conclusão. Para piorar, a voz fria mostrava sinais inconfundíveis de raiva e mágoa, e, embora aquilo o ferisse profundamente, sabia que ela ficaria muito mais magoada se ele não cumprisse seu dever de guardião.

— Minha intenção não era manipular ou bajular você, apenas fazê-la ver o que está em jogo. Se quiser ascender na sociedade, deve seguir as regras da sociedade. É simples assim.

Ela não se mexeu. A expressão de Marjorie, antes tão diabolicamente sedutora, estava pálida, polida e dura como alabastro, mas ele se recusou a sentir qualquer arrependimento.

— Para a sua apresentação, posso organizar o baile mais luxuoso que Londres já viu, com as melhores comidas e bebidas. Você pode encomendar um vestido da costureira mais famosa de Paris, e minha irmã pode enviar convites para as melhores famílias da Grã-Bretanha. Mas, se você fizer qualquer coisa para merecer a desaprovação da sociedade, todo e qualquer arranjo para a sua apresentação será em vão, porque não vai acontecer.

Marjorie se remexeu, a rigidez no rosto se transformando em incerteza. Ela desviou o olhar e mordeu o lábio.

Esperando que a jovem estivesse começando a entender e aceitar as realidades da vida que escolheu, Jonathan continuou:

— Sei que é difícil ter que esperar, depois de já ter esperado por tanto tempo. Mas não tenho como contornar isso, Marjorie. Você deve respeitar o período de luto, ser escrupulosa em sua conduta e criteriosa na escolha de suas companhias. É primordial que você confie no julgamento daqueles que sabem mais sobre a sociedade britânica e suas armadilhas do que você.

Jonathan já estava achando que mostrar o colar tinha sido um erro, mas, quando ela soltou um suspiro, relaxou os ombros e assumiu uma expressão resignada, ele sabia que a jogada tinha dado certo.

— É só até chegarmos a Londres — continuou. — Lá, tenho esperança de que minhas irmãs possam ser convencidas a abrigá-la, e você as achará acompanhantes muito mais agradáveis do que lady Stansbury.

— Se suas irmãs não estiverem dispostas a me acompanhar, tenho várias amigas casadas que o fariam.

— De qualquer forma, a questão é que haverá muitas experiências maravilhosas para você aproveitar, se tiver um pouco de paciência agora e confiar em mim...

Ele hesitou, pensando em como os dois estavam em seu quarto e a virilidade masculina ainda latejava por seu corpo. Pedir pela confiança de Marjorie era o cúmulo da hipocrisia, mas havia muita coisa em jogo e, se um pouco de hipocrisia fizesse parte do processo, que fosse.

— Por outro lado — disse ele, enquanto abria a caixa e guardava o colar —, se você preferir manchar o futuro que deseja por uma aventura momentânea, a escolha é sua.

Houve um longo silêncio. E, como costumava ser o caso com Marjorie, Jonathan não tinha ideia do que ela faria. Mas, por fim, a jovem assentiu.

— Está bem. Façamos isso do seu jeito. Não quero... — Ela hesitou um pouco antes de sussurrar: — Não quero ficar manchada.

Jonathan ficou aliviado com a resposta, mas também sentiu uma decepção inesperada. De alguma forma, uma Marjorie obediente e submissa parecia terrivelmente tediosa.

Frustrado pela ambivalência inexplicável em relação a ela e pelo desejo que ainda fervia dentro de si, ele colocou a tampa da caixa e a enfiou no bolso do paletó.

— Ótimo. Agora, colocarei isso de volta no cofre do navio e peço que você volte para seu quarto e tire esse vestido. — A voz falhou, e ele teve que fazer uma pausa antes de continuar. — Se conseguir encontrar algo mais adequado para uma mulher de luto — conseguiu dizer, por fim —, direi a lady Stansbury que você está livre para jantar com todos. Em todos os outros aspectos, peço que, nos próximos seis dias, faça o que ela aconselha e tente se lembrar de tudo o que o futuro lhe reserva.

Precisava desesperadamente sair dali, então se afastou, passando por ela. Quando alcançou a porta, sentiu a necessidade de dizer mais uma coisa.

— Marjorie?

Seu corpo estava descontrolado. Jonathan parou e se forçou a olhar para ela, o corpo esplêndido e o rosto deslumbrante, com uma cama a poucos metros dali.

— Sei que você não é criança. Estou totalmente ciente disso, acredite.

Ele deixou sua cabine, trabalhando para recuperar o controle e colocar as prioridades em ordem mais uma vez. Quando chegou ao cofre do navio, sentiu que tinha conseguido. No entanto, assim que viu a Rosa de Shoshone guardada em segurança, foi direto para o bar. Precisava muito de uma bebida.

## Capítulo 10

Marjorie nunca tinha levado um balde de água fria no sentido literal da expressão. Mas, metaforicamente, sabia exatamente como era a sensação... graças a Jonathan.

Em um momento, tinha joias brilhantes em volta do pescoço e o olhar aquecido dele sobre si. Não era só mais uma professora de White Plains ou uma herdeira a caminho de uma nova vida. Não, tinha se transformado em algo totalmente diferente: uma mulher sedutora, convidativa, uma sereia como as que atraíam os marinheiros. Com o coração acelerado, o calor percorrendo seu corpo e Jonathan a olhando através do espelho, ela se sentira linda, selvagem e poderosa, e tudo o que queria era levá-lo para algum submundo escuro e sensual. Fora o momento mais extraordinário de sua vida.

Então ele quebrara o feitiço com apenas algumas palavras e a trouxera de volta à realidade.

*Isso não será possível se você se expuser à vergonha ou ao ridículo.*

Se ele tivesse jogado água gelada em seu rosto, não teria conseguido estragar tão bem o momento. Em apenas alguns segundos, Marjorie passara de uma bela sereia para uma garotinha travessa, e aquilo fez com que se sentisse uma completa idiota.

Para piorar as coisas, foi totalmente ignorada durante os cinco dias que se seguiram, o que lhe deu motivos para se perguntar se aqueles momentos mágicos na cabine de Jonathan tinham mesmo acontecido.

Embora ele passasse junto do pequeno círculo de costura da condessa todas as tardes, ficava tempo o suficiente apenas para perguntar sobre sua saúde, e os convites para que se juntasse a elas na hora do chá eram recusados educadamente. Ele não apareceu na sala de jantar principal nenhuma vez para almoçar ou jantar, e as únicas vezes que ela o viu foram na sala de bilhar ou na sala de fumantes enquanto caminhava pelo deque de passeio com lady Stansbury.

Como um homem poderia fazer aquilo? Como poderia fazê-la se sentir como a rainha do universo, virá-la de cabeça para baixo e do avesso, então agir como se ela não tivesse qualquer importância? Era a coisa mais irritante e desconcertante que já vivenciara.

Marjorie ergueu os olhos do pano de chá em suas mãos, desesperada por algo que a distraísse da tediosa tarefa de bordar miosótis, mas tudo o que cruzava seus olhos a deixava ainda mais irritada.

À esquerda, um grupo de moças divertia-se com jogos de tabuleiro e, à direita, vários grupos de quatro mulheres estavam reunidos em mesas, jogando carteado. As duas atividades, pelo que lhe fora dito, eram inadequadas para uma mulher de luto.

Homens e mulheres passavam por ela, apreciando o ar fresco que entrava pelas janelas abertas do deque de passeio, deixando um vasto oceano para trás. Olhando para a extensão azul sem fim, Marjorie não conseguia deixar de pensar nas sereias e marinheiros e nos momentos extraordinários na cabine de Jonathan, embora não se sentisse mais uma figura sedutora da mitologia grega. Agora, bufava sem parar e se sentia uma princesa amaldiçoada em um conto de fadas.

— Querida, francamente — a fala arrastada da lady Stansbury interrompeu seus pensamentos e forçou sua atenção de volta para o pano de chá que tinha em mãos. — Se for fazer um barulho indelicado, é de bom-tom abafá-lo com um lenço.

Marjorie parou de novo e forçou um sorriso, o mesmo que sempre dava ao falar com as mães de alunos difíceis, e se virou para a dama.

— Tem razão, condessa — disse, tentando não cerrar a mandíbula. — Peço desculpas.

Lady Stansbury inclinou a cabeça e voltou a atenção para a cesta em seu colo.

— Céus, comprei tantas linhas de bordado novas e adoráveis quando estava em Nova York! O que Bates fez com elas?

— Tem certeza de que não estão aí, Abigail? — perguntou uma amiga da condessa, a sra. Anstruthur, pausando seu bordado para dar uma olhada na cesta de costura da amiga. — Dê uma boa procurada.

— Ah, veja, a srta. Mary Pomeroy está caminhando com o pai — murmurou a sra. Fulton-Smythe, a dentadura estalando junto das agulhas de tricô. — Os dois finalmente devem estar voltando para casa.

— Vinte e três anos — comentou a sra. Anstruthur, dando uma tossidela muito significativa. — E ainda não está casada. Pobrezinha.

— Não poderíamos esperar o contrário — acrescentou lady Stansbury. — Depois do escândalo.

*Lá vamos nós de novo*, pensou Marjorie, e voltou a atenção para a tarefa, agradecendo aos céus porque atracariam em Southampton no dia seguinte. *Só mais um dia*, reforçou a si mesma, enquanto passava fio azul na toalha de chá com a agulha. *Só mais vinte e quatro horas, e nunca mais terei que costurar outra coisa ou ouvir essas fofoqueiras.*

— O sr. Henry estava fora de si — lembrou lady Osgoode. — Ele levou a garota para morar com os avós em Nova York logo depois, mas algo assim não pode ser abafado apenas deixando a cidade.

*Não quando mulheres intrometidas insistem em fofocar sobre isso o tempo todo*, pensou Marjorie.

— Mesmo assim, já faz três anos — retrucou a sra. Anstruthur. — Seria de se esperar que já teriam encontrado alguém para se casar com ela. Até um americano teria sido melhor do que marido nenhum.

Com considerável força de vontade, Marjorie segurou a língua e continuou costurando.

— Até os americanos têm critérios, suponho — comentou a sra. Fulton-Smythe. — Um escriturário do escritório de advocacia do pai dela… o que a garota tinha na cabeça? O sr. Henry pôs um ponto--final na situação, é claro, mas temo que foi tarde demais. Agora, ela está marcada.

Incomodada, Marjorie fez uma pausa e ergueu os olhos.

— Mas, se os dois queriam se casar e o pai dela impediu, não é ele o culpado pelo escândalo?

As mulheres viraram o rosto na direção dela, e houve um longo silêncio enquanto cinco pares de olhos a encaravam. Aquele ponto de vista claramente era inédito para as senhoras.

— Temo que não seja tão simples, querida — respondeu lady Stansbury, dando um tapinha em seu braço. — E não podemos culpar o sr. Henry. Afinal, o rapaz era um *escriturário*.

Como se aquilo explicasse tudo, a velha voltou a remexer na cesta enquanto a mente burguesa e americana de Marjorie tentava dar sentido à ideia de que arruinar todas as perspectivas de casamento de uma jovem era mais aceitável do que a união com um escriturário.

— Não consigo entender o que Bates fez com essas linhas. — Lady Stansbury soltou um suspiro profundo, como se estivesse em grande dificuldade. — E não posso nem a questionar a respeito, já que ela foi falar com o chef sobre os preparativos do jantar. Não consigo entender a necessidade de fazer isso *de novo*. Ela tentou explicar seis vezes a maneira adequada de fazer um bolinho inglês, e o chef ainda não conseguiu reproduzir corretamente.

Todas as senhoras no círculo de costuram simpatizaram em coro, exceto uma. Na opinião de Marjorie, um chef de cozinha experiente poderia ficar um pouco ressentido ao receber instruções sobre como executar uma receita, sobretudo de uma criada, mas não compensava apontar aquilo. Não, precisava ser escrupulosa em sua conduta e confiar no julgamento daquelas que sabiam mais que ela sobre a sociedade britânica.

Repetindo as palavras que Jonathan dissera, Marjorie só podia torcer para que as irmãs dele tivessem uma visão menos rígida do mundo que lady Stansbury e suas amigas. Caso contrário, sua vida na sociedade britânica seria muito menos emocionante do que imaginava.

— Não, as linhas não estão aqui — declarou lady Stansbury, por fim. — Devem estar na outra cesta de costura.

Aproveitando a oportunidade de sair dali, Marjorie se levantou depressa.

— Devo ir buscá-las?

Lady Stansbury concordou com a cabeça, e Marjorie largou seus itens de costura e saiu em disparada.

— Não corra, querida — lembrou a condessa, enquanto ela se apressava ao longo do deque. — E traga meu outro xale. O angorá, não a seda. Está no...

A localização do xale ficou perdida no vento quando Marjorie desapareceu na popa do navio. A busca pelo xale significaria vários minutos extras de liberdade.

Quando entrou na suíte, encontrou a outra cesta de costura quase que imediatamente: estava no chão da sala de estar, ao lado da cadeira de lady Stansbury. O xale angorá, no entanto, ainda precisava ser achado. Olhou em cada baú, mala e gaveta que encontrou, mas sem sucesso. Decidindo finalmente que tinha aproveitado o máximo que podia da preciosa liberdade, pegou a cesta e deixou a suíte. Mas, logo após abrir a porta do corredor, percebeu que não tinha olhado no baú embaixo da cama da condessa. Quando passou pela soleira, olhou por cima do ombro, perguntando-se se deveria voltar.

Mas não teve tempo para decidir. Marjorie continuou andando e olhando para trás, e acabou trombando com alguém que passava pelo corredor.

— Ai! — reclamou, quando a força do impacto a fez cambalear para trás.

Um par de mãos fortes agarrou seus pulsos para impedi-la de cair quando a porta da suíte bateu contra a parede atrás dela, e a cesta caiu no chão, derrubando todo o conteúdo.

— Perdoe-me — pediu o homem, as mãos ainda segurando seus pulsos. — Como sou desastrado.

Marjorie ergueu os olhos e viu o belo rosto do conde de la Rosa.

— Ora, olá! — cumprimentou, em um tom agradável de surpresa.

— Srta. McGann — respondeu ele, soltando-a e fazendo uma reverência. — Que prazer vê-la outra vez. Nosso esbarrão a machucou?

— De forma alguma! Que coincidência.

— E muito agradável para mim. Para você... Bem, talvez nem tanto. — Ele fez uma pausa, fazendo careta enquanto olhava para baixo. — Parece que baguncei seus pertences. Deixe-me corrigir isso.

Ela protestou, lembrando-se das palavras de Jonathan sobre De la Rosa, mas, quando o conde minimizou os protestos com um gesto, se ajoelhou no chão e virou a cesta para juntar o material de costura espalhado, Marjorie cedeu. Simplesmente não via nenhum mal em permitir que ele a ajudasse.

— Não sabia que seus aposentos ficavam neste corredor — comentou ela, ajoelhando-se do outro lado da porta aberta para ajudá-lo a juntar carretéis de linha e pacotes de agulhas.

— Não ficam. Eu estava explorando o navio e peguei o caminho errado. Se bem que — acrescentou, levantando a cabeça para encará-la, sorrindo um pouco por baixo do bigode — talvez não seja tão errado, acho, se o resultado é a sua companhia.

Marjorie riu, lisonjeada. Enfim alguém que parecia feliz em vê-la. Com Jonathan tratando-a como se ela tivesse lepra, a alegria óbvia do conde em encontrá-la era como um bálsamo para seu ferido orgulho feminino.

O conde olhou por cima do ombro dela, para a cabine.

— Você está hospedada aqui? — perguntou, inclinando-se um pouco sobre os joelhos para olhar além dela, para a sala de estar. — Eu não sabia que essas suítes eram tão grandes.

— Você não está em uma suíte?

— Infelizmente, não. Eu nunca poderia pagar por isso. — Ele ficou de cócoras e retomou a tarefa. — Hoje em dia, é preciso ser prático. Devo... como se diz... poupar gastos.

— Sim, suponho que a maioria das pessoas tente fazer isso.

— Mas eu sou muito afortunado. A renda dos quartos que alugamos em Paris permite que eu leve uma vida confortável com minha mãe. Viajamos, desfrutamos de bons hotéis, boa comida e bom vinho... — Ele fez uma pausa para colocar uma almofada de alfinetes na cesta. — Do que mais alguém precisa?

— Você mora em Paris? — Ela ficou surpresa. — Eu pensei que você tinha propriedades na Espanha.

— Sim, mas aluguei a casa. Uma rica família americana mora nas minhas terras. Pagam muito dinheiro para curtir a beleza dos vinhedos, mas sem dores de cabeça, entende?

— Deve ser difícil ter outras pessoas morando em sua casa ancestral.

Ele fez um gesto expressivo com as mãos.

— É trágico, mas o que mais se pode fazer? Entre o aluguel e o vinho, ganho o suficiente para as minhas necessidades. E morar em Paris não é caro.

— Foi assim que conheceu a baronesa Vasiliev? Em Paris?

— Foi lá que nos conhecemos, sim, mas não nos vemos muito. Ela passa muito tempo na Inglaterra. No inverno, às vezes nos encontramos no sul da França, em Juan-les-Pins, Nice, Cannes... os locais de sempre.

Para Marjorie, não havia nada de "de sempre" nesses lugares. Para ela, o estilo de vida cosmopolita do conde parecia totalmente exótico, muito mais parecido com a alta sociedade que ela imaginava do que com o círculo de costura da lady Stansbury.

— Eu não conheço a Riviera.

— Nunca foi nem para Nice? Uma pena. A senhorita adoraria. — Ele deu um sorriso. — Pode gastar sua fortuna com jogatinas, não?

— Eu também nunca estive em um cassino.

Marjorie sentiu uma pontada de dor enquanto dizia aquelas palavras. Havia tanto para ver, tanto para experimentar... E, mesmo assim, ainda observava tudo à distância.

— Não acho que eu seria uma jogadora muito boa — confessou. — O único jogo de cartas que sei é piquete. Mas adoraria conhecer Nice.

— Se for, ficará encantada. As mimosas, o sol, a água... É tudo tão lindo.

Ele olhava para ela enquanto falava, demonstrando que não estava realmente falando sobre a Riviera. Bem ali, na frente dela, estava o romance que ela ansiava. Mas, quando ela olhou para o rosto bonito do conde, outro semblante não tão elegante e não tão urbano passou por sua mente.

A imagem — olhos cor de mel iluminados com luzes douradas escaldantes, o rosto magro e o queixo marcado, a boca dura numa linha fina — a frustrou tanto que ela queria se estapear.

Ali estava ela, conversando com um dos homens mais bonitos que já vira, um sujeito cosmopolita que a admirava e deixara claro seu interesse romântico, mas Marjorie estava pensando no homem em questão?

Não, estava pensando em um homem que a cercava e a continha, que queria acalmá-la com promessas do que ela um dia teria.

Marjorie estava tão cansada de esperar e dos homens que pediam isso dela.

O conde falou de novo, e ela empurrou o maldito tutor para fora da cabeça, forçando a atenção de volta para o homem à sua frente.

— Depois de passar um tempo na Côte d'Azur — ia dizendo o conde, enquanto colocava um pacote de linhas de bordar na cesta —, você nunca mais vai querer morar na Inglaterra.

Fazendo uma careta de desgosto por aquele país, o homem colocou uma caixa de lata cheia de botões na cesta, fez uma pequena reverência, se levantou e estendeu a mão para ela.

— O senhor não parece gostar da Inglaterra — comentou Marjorie, colocando a cesta no braço, pegando a mão dele e permitindo que o conde a ajudasse a se levantar. — No entanto, está indo para lá.

— Todo mundo vai para Londres durante a temporada, não é? Mas, confesso, a Inglaterra não me impressiona. É fria e chove demais. — Então acrescentou, segurando mais firme quando Marjorie tentou retirar a mão: — Mas, agora que você estará lá, terei que mudar de opinião. Você faria o sol brilhar em qualquer lugar.

Por algum motivo, o elogio não a impressionou tanto desta vez, talvez porque a firmeza com que ele segurava sua mão estivesse começando a deixá-la um pouco desconfortável.

— Fico lisonjeada — murmurou, e puxou a mão.

Dessa vez, ele a deixou ir. E, novamente, desviou o olhar dela.

— Essas suítes são muito luxuosas, não são?

Notou que ele parecia extremamente curioso sobre seu quarto. Aquela era a segunda vez que tocava no assunto, e Marjorie não conseguia imaginar o que o homem achava de tão fascinante nas cabines.

Não teve chance de perguntar.

De repente, como uma explosão no céu azul, o conde saiu voando da frente da entrada da cabine; Jonathan segurava seu colarinho e as costas da jaqueta.

— O que você está fazendo!? — gritou Marjorie, saindo do quarto e observando, com espanto, Jonathan jogar De la Rosa no corredor.

— Saia daqui — mandou Jonathan, a voz como o estalo de um chicote no ar. — Saia da minha frente antes que eu lhe espanque até você virar pó.

O conde não precisava ouvir duas vezes.

— Adeus, *chérie* — gritou, por cima do ombro, enquanto fugia pelo corredor. — Temo que não nos encontraremos em Londres.

Com um último olhar de pesar, o homem dobrou a esquina e desapareceu.

Marjorie se virou para encarar Jonathan enquanto ouvia os passos apressados do conde descendo a escada.

— O que tem de errado com você?

— Comigo? — Jonathan a encarou, parecendo realmente surpreso com a pergunta. — Nada. Pena que não podemos dizer o mesmo sobre ele.

Ela balançou a cabeça, perplexa com a fúria no rosto de Jonathan.

— Acho que você enlouqueceu.

— Isso é perfeitamente possível — reconheceu o homem, encarando-a com um ressentimento que ela não merecia.

— Suponho que essa chegada repentina signifique que você decidiu parar de me ignorar? — indagou a jovem, devolvendo o olhar.

— Meu comportamento não é o problema. Que inferno, Marjorie, eu avisei para ficar longe daquele homem…

— Ah, por favor! — interrompeu ela. — Quase não vi você durante cinco dias seguidos, e mal trocamos comprimentos. Tentei falar e fui desprezada. Arranquei meus cabelos enquanto me perguntava o que poderia ter feito para merecer sua hostilidade. Mas, agora, depois dessa exibição de grosseria, eu me pergunto por que diabo ainda me importo.

— Não sou eu quem merece ser censurado aqui.

Marjorie ficou rígida.

— Você está se referindo a mim? Não que isso me surpreenda, já que sempre pareço fazer tudo errado aos seus olhos.

Algo cintilou no rosto dele, algo que suavizou a raiva em seu semblante, mas Jonathan desviou o olhar antes que ela pudesse compreender o quê.

— Eu não estava falando de você — resmungou ele, respirando fundo. — Tenho plena ciência de que De la Rosa é o único culpado aqui.

— Por outro lado — continuou Marjorie, sem nenhuma intenção de deixá-lo transferir a culpa da própria conduta para o conde —, pelo visto não é muito melhor quando você finalmente decide aparecer. O que pensou que estava fazendo?

— Estava defendendo você.

Marjorie ergueu as mãos, exasperada, depois as abaixou novamente, sacudindo o conteúdo da cesta sobre o braço.

— Do quê?

— Daquele patife que estava no seu quarto. — Ele apontou um dedo em direção à porta aberta atrás dos dois. — No seu quarto, pelo amor de Deus.

— Ele não estava no meu quarto. Estava na porta.

— Estava *bloqueando* a porta.

— Ele estava me ajudando! A lady Stansbury pediu que eu viesse buscar isto. — Ela fez uma pausa, mostrando a cesta. — Quando eu estava voltando da suíte, o conde vinha na direção contrária. Nós nos esbarramos sem querer, tudo se espalhou, e ele foi gentil o suficiente para me ajudar a colocar as coisas de volta...

— Perdoe-me, mas tenho dúvidas de que tenha sido um acidente.

— Você ouve o que está dizendo? — perguntou Marjorie, incrédula. — Você teve uma antipatia instantânea pelo sujeito e agora insiste em atribuir uma série de aspectos horríveis ao caráter dele.

— Considerando as atitudes que vi dele até agora, diria que minha avaliação inicial foi bastante válida.

Ela soltou um grunhido zombeteiro.

— Por quê? Porque ele fez a baronesa mudar a localização de alguns lugares na outra noite e me ajudou a pegar minhas coisas depois de um esbarrão acidental?

A mandíbula de Jonathan ficou rígida, naquela linha tensa que Marjorie estava cada vez mais familiarizada.

— Não foi um acidente. Eu avisei que ele tentaria encontrar você a sós.

— Ele não me "encontrou a sós" da maneira que você está sugerindo. Eu *estava* sozinha. Nada aconteceu. Ele não avançou sobre mim, se é isso que está pensando. Ele foi um perfeito cavalheiro, e não posso dizer o mesmo de você. É esse tipo de comportamento que posso esperar de você em relação a todos os meus pretendentes?

— Pretendentes? — zombou Jonathan, ignorando a acusação que ela acabara de fazer. — De la Rosa não é nenhum pretendente. Um relacionamento é a última coisa na cabeça dele.

— Ele quer conquistar a minha mão. Pelo menos, foi isso que você disse que o ouviu dizer à baronesa, na outra noite.

— Eu também disse que ele não tem nenhuma intenção de conquistá-la de forma honrosa, fato que ficou claro pelas ações de hoje.

— Ah, pelo amor de Deus, estávamos apenas conversan...

Ela parou quando uma porta se abriu mais adiante no corredor e percebeu que não era sensato ter uma discussão acalorada em um lugar onde qualquer um pudesse ouvir. Inclinando-se para a frente, agarrou Jonathan pela gravata com a mão livre e deu um passo para trás, puxando-o antes que ele pudesse pensar em pará-la.

— Que diabo...? — resmungou o homem, quando Marjorie o soltou, esquivou-se dele e fechou a porta, apoiando as costas nela e prendendo os dois lá dentro. — O que você está fazendo?

— Essa foi a minha pergunta, e você ainda não respondeu. Bisbilhotar, se esgueirar nos corredores, me espionar e agredir meus amigos... Tudo isso será um hábito? Nesse caso, ficarei muito feliz quando você partir para a África.

— Aquele homem não é seu amigo. E eu não estava me esgueirando ou espionando. Estava tomando chá do outro lado do deque, lendo jornal e cuidando da minha vida quando vi você passar. Logo depois, o conde passou por mim, seguindo você, e eu sabia que algo aconteceria.

— Você não pode ter certeza de que ele estava me seguindo.

— Sim, eu posso. O homem não tem motivos para estar neste corredor. A cabine dele fica na outra extremidade do deque A, a bombordo.

— Como você sabe disso?

— Eu investiguei.

Ela revirou os olhos, nem um pouco surpresa.

— Ele estava explorando o navio e se perdeu. Foi o que me disse.

— Se perdeu... Até parece! Ele estava procurando uma oportunidade de encontrar você sozinha. O que teria acontecido se eu não tivesse aparecido? O que você teria feito se ele decidisse entrar?

— Entrar? — Ela estava chocada. — No meu quarto?

— Sim, minha querida ingenuazinha, no seu quarto.

Marjorie nem sequer pensara naquela possibilidade, e parecia pouco crível que um homem como o conde de la Rosa, bonito, com boa posição e prestígio, que poderia claramente ter a mulher que quisesse, tentasse algo tão desprezível. Ele não era um mulherengo ou bandido e — talvez exceto por segurar a mão dela um pouco firme demais — seu comportamento tinha sido impecável.

— Pense, Marjorie — pediu Jonathan, após aquele momento de silêncio. — Seria muito fácil para ele a persuadir ou até forçar a entrada em seu quarto, tendo garantido que a baronesa viesse atrás no momento certo...

— A baronesa jamais compactuaria com uma ideia tão desprezível. E, de qualquer maneira, ela não está do seu lado agora?

— Essa mulher está do lado de quem pagar mais, e o conde pode ter aumentado os valores o suficiente para reconquistar sua lealdade. Mas, se você não acredita que a mulher seja capaz de conspirar com ele, pense que a mãe dele pode aceitar cumprir o papel. Ela não seria a primeira mãe casamenteira a se meter e exigir que sua vontade fosse feita.

— A única pessoa que está se metendo é *você*.

— Ou, se ele tivesse atrasado você por tempo suficiente — continuou Jonathan, como se Marjorie não tivesse dito nada —, é bem possível que lady Stansbury tivesse vindo buscá-la e o encontrasse na suíte. Qualquer que fosse o plano daquela mente traiçoeira, o resultado seria um escândalo enorme, e você teria que se casar com o canalha.

— Você está sendo ridículo.

— Como seu tutor, é meu dever garantir que você esteja protegida em todos os momentos. Eu jurei para seu pai...

— Do jeito que você está agindo — interrompeu Marjorie, exasperada —, qualquer um pensaria que *você* é meu pai!

— O quê?

Ele a encarou por um momento, então deu risada. E, embora ela não tivesse ideia do que Jonathan achava engraçado, não perderia tempo conjecturando; tinha muito mais a dizer.

— Quando eu era pequena, imaginava como seria maravilhoso estar junto do meu pai de novo. — Ela olhou para Jonathan, balançando a cabeça, perplexa consigo mesma. — Agora me pergunto o que eu tinha na cabeça para querer um pai. Se a pessoa quiser fazer qualquer coisa, ter um pai é como ser enrolada em algodão e sufocada até a morte.

— Você me vê como um pai? — murmurou ele, esfregando as mãos no rosto. Quando as deixou cair e ergueu a cabeça, riu de novo. — Meu Deus.

— Parece que consegui fazer você rir — retrucou Marjorie. Aquilo a deixava ainda mais irritada. — Suponho que ser ridicularizada é melhor do que ser ignorada ou receber sermões sobre bons modos e terríveis advertências sobre minha moral. Ou ouvir todas as maneiras que as pessoas estão tentando tirar vantagem de mim! E certamente é melhor do que ver você atacar meus pretendentes no corredor. Fico feliz por diverti-lo tanto.

— Eu não estou me divertindo, acredite.

Jonathan se aproximou, e Marjorie sentiu um arrepio na espinha. Era um misto de preocupação e algo mais, a mesma sensação de formigamento que sentiu quando ele colocou aquelas joias em seu pescoço e a encarou pelo espelho.

Jonathan estava muito perto, tão perto que ela podia ver coisas que nunca tinha notado antes. Os olhos cor de mel dele pareciam ter uma infinidade de cores, não apenas marrom e dourado, mas também verde, azul e até violeta. Os cílios eram mais longos do que pareciam, pois, embora fossem escuros na base, eram loiros nas pontas. Havia uma pequena cicatriz em Z na têmpora direita, e as bochechas magras mostravam um traço da barba por fazer.

Marjorie queria continuar com raiva, mas, enquanto tentava se manter naquele estado, o sentimento se esvaziou sob o escrutínio inabalável de Jonathan, e houve uma mudança inexplicável de atmosfera. Ele pareceu sentir o mesmo, pois se remexeu, aproximando-se ainda mais, perto o suficiente para que a camisa engomada dele, um pouco desarrumada pelo puxão na gravata que ela dera, roçasse no peito dela.

Marjorie saltou como um cavalo nervoso, achatando as costas contra a porta, e se obrigou a falar qualquer coisa.

— Eu não entendo você — disse, tentando soar irritada e mortificada, mas as palavras saíram em um sopro sem fôlego. — Se não está se divertindo, por que riu?

— Não estou rindo de você, Marjorie, se é isso que você pensa. — O olhar de Jonathan baixou para sua boca, e ela sentiu o coração dar um salto instintivo de excitação. — Estou rindo de mim.

— Por quê? — Ela estava com a garganta seca, e a pergunta saiu como um sussurro.

— Pela minha arrogância. Por presumir coisas que estavam longe do que eu considerava verdade.

Marjorie franziu a testa, confusa e com dificuldade de pensar.

— Está falando do conde?

— Não.

Jonathan ergueu a mão para segurar o rosto de Marjorie, e ela deu um arquejo assustado quando sentiu os dedos se curvaram em sua nuca, e o polegar deslizar em seus lábios. Nunca tinha sido tocada tão intimamente por homem nenhum, e aquele contato causava coisas esquisitas em seu corpo. O calor se acumulou na barriga, e, de repente, seus ossos pareciam borracha.

— Estou falando de você.

O calor do toque de Jonathan se espalhava por todo o seu corpo. Marjorie mal conseguia respirar. O coração batia forte no peito, como se ela estivesse correndo.

— Não entendo — disse, as palavras esbarrando no polegar de Jonathan. — Que coisas?

— Nunca me ocorreu que você me considerasse um substituto para o seu pai.

Naquele momento, a noção realmente parecia ridícula, mas ela conseguiu concentrar o raciocínio disperso e juntar cada pedacinho de seu orgulho.

— Não mesmo? — perguntou, forçando uma frieza na voz que mal conseguia sentir. — Se considerarmos a maneira como você me ignora e me esnoba, acho que é uma comparação justa e precisa.

— Não é, na verdade. — Jonathan deslizou o polegar sob o queixo de Marjorie, levantando o rosto dela. — Desde que nos conhecemos, os pensamentos que tenho sobre você não são nada paternais.

— Não são?

— Deus, não.

Com uma brusquidão que a deixou sem fôlego, Jonathan envolveu sua cintura com o braço e a puxou com força contra si. Então, quando a cesta de costura caiu no chão, ele abaixou a cabeça e a beijou.

## *Capítulo 11*

Marjorie nunca tinha sido beijada na vida, então só conseguira fantasiar sobre a sensação. Tinha vagas noções de que seria um toque doce e gentil dos lábios, mas o beijo de Jonathan não era nada do que imaginara. Não era doce nem gentil. Era firme, quente e completamente irresistível.

Marjorie colocou as mãos entre os dois, mas não queria se afastar. Em vez disso, agarrou a lapela dele, puxando-o para perto, segurando-o com força. Aquele era seu primeiro beijo, nada no mundo poderia importar mais que aquele momento.

Fechou os olhos, trazendo todos os outros sentidos à tona. Ele cheirava a sabão de castela, rum e algo mais intenso. O gosto era de chá e geleia de morango. Ele a tocava mantendo a ponta dos dedos na nuca dela, as palmas das mãos aquecendo seu rosto.

Os dedos dela sentiam os músculos rígidos do peito de Jonathan, bem como seu coração acelerado, e aquilo a deixou de cabeça leve, como quando bebia espumante. Assim como quando ele colocou o colar em seu pescoço e a encarou pelo espelho, Marjorie sentiu-se poderosa e gloriosa. De repente, soube o que aquilo significava. Era o poder de ser mulher.

Ele abriu os lábios, parecendo querer que ela fizesse o mesmo. Mas, quando Marjorie imitou o movimento, sentiu a língua dele em sua boca e não aguentou. Estremeceu em choque e interrompeu o beijo. Jonathan ficou imóvel, a boca tão próxima da dela, a respiração rápida de ambos se misturando.

Ele se remexeu, como se fosse se afastar, mas ela não podia suportar que aquelas sensações emocionantes parassem, não ainda. Soltando a lapela dele, passou o braço em volta do seu pescoço, ficou na ponta dos pés e retomou o beijou.

Jonathan gemeu contra sua boca e, como quem obedece a uma ordem, puxou-a para ainda mais perto enquanto a mão livre se entrelaçava em seu cabelo, aprofundando o beijo enquanto a língua saboreava a dela.

Marjorie sentiu ondas intensas de calor inundarem seu corpo com o toque da língua dele na sua. Quando ele tirou a língua, Marjorie colocou a sua, saboreando cada pedaço dele, tornando o momento ainda mais quente e prazeroso.

Quem diria que um beijo poderia ser assim? Era a coisa mais íntima e chocante que já acontecera com ela. Era incrível e glorioso, e Marjorie queria mais.

Guiada pelo instinto e ignorando a razão, apertou o corpo ainda mais junto ao dele, os dedos passando pelas mechas curtas do cabelo de Jonathan enquanto envolvia o pescoço dele com o outro braço. O homem fez um som bruto contra sua boca, segurando-a como se nunca quisesse deixá-la sair dali. Seu corpo, muito maior que o dela, era forte e esguio, e muito duro, particularmente onde o quadril estava pressionado contra o dela.

Ela ficou na ponta dos pés e mexeu o corpo, roçando contra o dele. Considerando a força com que Jonathan a segurava, o movimento foi mínimo, mas causou um prazer tão avassalador e inesperado que Marjorie soltou um grito de surpresa contra aquela boca.

Sem qualquer aviso, Jonathan afastou os lábios dos dela, afrouxou o abraço e agarrou os pulsos dela, puxando seus braços para baixo, se afastando de forma tão abrupta que ela foi forçada a abrir os olhos.

— Pronto — disse, a voz dura e áspera ecoando na sala silenciosa.

— Espero ter esclarecido qualquer ideia absurda sobre ser como uma droga de um pai.

Ele não esperou resposta. Em vez disso, segurou-a pelo braço e a puxou para o lado, então abriu a porta e saiu, deixando-a atordoada e sem fôlego enquanto ouvia a porta se fechar.

∞∞∞

Com o corpo em chamas e a mente atordoada, Jonathan caminhou pelo corredor do navio, desesperado para chegar ao convés — não o deque exclusivo da primeira classe, com janelas abertas e passageiros passeando, e sim o convés externo, onde o ar revigorante do mar poderia esfriar o desejo que ardia dentro dele, colocar suas prioridades de volta em ordem e ajudá-lo a recuperar a sanidade, embora temesse que fosse uma batalha perdida.

Bastara olhar uma vez para corpo de deusa e os olhos castanhos aveludados de Marjorie para sentir faíscas de desejo, mas levá-la para o quarto e colocar aquelas joias em seu pescoço transformara as faíscas em chamas. Já fazia cinco dias que tentava desesperadamente apagá-las, mas, depois daquele beijo ardente, estava claro que falhara. E, se continuasse assim, Jonathan queimaria até virar pó muito antes de chegar em qualquer lugar perto da África.

*Qualquer um pensaria que* você *é meu pai.*

Uma maneira mais do que apropriada para uma protegida se referir ao seu guardião, e bastante compreensível do ponto de vista dela. Jonathan deveria ter ficado feliz e aliviado por ser visto daquela forma.

Feliz? Aliviado? Quanta bobagem.

Ficara chocado com a comparação e extremamente frustrado. Quando um homem ardia de desejo por uma mulher, a última coisa que queria ouvir era que ela o via como um pai. Diante daquilo, qualquer homem de sangue quente a teria beijado.

Mas ele não era qualquer homem. Era o *guardião* dela. O que fizera estava longe de ser aceitável e, agora, não sabia se ria de si mesmo por ser uma fraude ou se era melhor se estapear por violar a confiança que Billy depositara nele.

Jonathan fez uma pausa e se encostou na grade do navio, respirando fundo enquanto trabalhava para retomar o controle do corpo.

Todas as tentativas de protegê-la, todos os sermões sobre comportamento adequado e todos os lembretes para si mesmo de qual era o seu dever... e, ainda assim, acabara de se tornar exatamente a coisa da qual tentava preservá-la.

Quando vira De la Rosa na entrada da cabine, Jonathan tinha sido possuído por uma raiva inconfundivelmente protetora, mas que não vinha de qualquer sentimento paternal — e as ações subsequentes mais do que provaram aquele ponto.

Quando Marjorie o puxou para o quarto, ele nem sequer pensou em impedir. Quando ela o censurou por agir como um pai, seu orgulho masculino ficou ferido, e a provocação foi mais do que podia suportar. Quando a envolveu nos braços, atirou pela janela todas as promessas que fizera para o melhor amigo.

Jonathan olhou para o mar, tentando ignorar os pensamentos sobre Marjorie e fazer a mente voltar seis semanas no tempo, quando fizera sua última visita ao sanatório em Denver.

*Nunca lhe disse antes, mas tenho uma filha.*

O cheiro do oceano se dissipou, substituído pelo ar seco das montanhas do Colorado. O sopro da brisa do mar se perdeu no som de tosses secas. A visão da água azul sem fim à sua frente deu lugar a uma longa extensão de tuberculosos, corpos raquíticos deitados em catres. E seu amigo entre eles, o rosto contraído e pálido e uma toalha suja de sangue na mão.

Os médicos já tinham dito que a morte de Billy era iminente. O que Jonathan não esperava eram as revelações que o amigo fizera no leito de morte.

*A família da mãe dela era da alta sociedade, fazia parte da elite de Joanesburgo. Era a mulher mais linda que já vi. Tinha subalternos e filhos de senhores ingleses em cima dela como abelhas que rodeiam um pote de mel. Mas ela me escolheu. E acabou sendo deserdada pela família.*

Billy sabia sobre a mãe de Jonathan, sobre como a mulher fora igualmente condenada ao ostracismo e como Jonathan entendia esse tipo de injustiça.

*Marjorie está em um internato no leste, aprendendo a ser uma dama, mas isso não é o suficiente se ela não tiver conexões. Você conhece as pessoas certas. Quero que minha filha tenha o melhor de tudo, todas as coisas que não posso dar, tudo do que a mãe dela abriu mão quando se casou comigo. Bailes, lindos vestidos, festas... Você sabe, coisas da alta sociedade. A Marjorie é uma garota comum. Sonha com tudo isso. Por favor, prometa que ela poderá ter essas coisas.*

Os olhos de Jonathan ardiam. O peito doía. A lembrança do ar com cheiro de pinho o deixou ligeiramente nauseado. Não queria pensar naquilo, precisara de várias semanas para afastar a memória. Mas, agora, se forçou a lembrar, para manter a promessa em seus pensamentos, onde precisava que ficasse para manter sua palavra.

*Quero que ela se case com o tipo certo de homem. O mesmo tipo da mãe. Não aceito nada menos que um verdadeiro cavalheiro. Não quero um caçador de fortunas em busca de dinheiro. Ou alguém que vive de perseguir os próprios sonhos, como eu ou você. Entende?*

Jonathan entendia. Apoiando os antebraços no corrimão, abaixou a cabeça, embalando-a nas mãos, enquanto as últimas palavras difíceis que ouvira o amigo dizer soaram em seus ouvidos.

*Eu não tenho parentes. A família da mãe não vai aceitar a garota, e a culpa é minha. Ela não tem mais ninguém, então coloquei você como guardião. Jessop cuidou de tudo. Quando eu partir, você terá que cuidar da minha filhinha, cuidar do dinheiro dela como fez por mim, manter os interesseiros longe e se assegurar de que ela estará bem estabelecida quando chegar a hora. Prometa.*

Jonathan prometera. Nunca considerara fazer outra coisa.

E então, poucos minutos antes, depois de conhecer a garota havia menos de uma semana, quebrara a promessa. Dominado pelo desejo.

Lentamente, Jonathan ergueu a cabeça e se afastou do corrimão. Já decepcionara as pessoas no passado, não poderia repetir o erro. Fizera uma promessa para Billy e, por Deus, iria cumpri-la.

Mesmo que aquilo o matasse.

---

Se Marjorie fosse mesmo uma princesa amaldiçoada de um conto de fadas, o primeiro beijo deveria libertá-la, transformá-la, deveria ter mudado... algo. Mas ela logo descobriu que as coisas eram um pouco diferentes na vida real. Aquele beijo, assim como o colar, podia ter causado uma sensação estimulante de poder feminino, mas, em termos práticos, não era tão poderoso assim.

Durante a noite que se seguiu, Jonathan voltou a evitá-la como se ela tivesse a peste, e lady Stansbury continuou sendo insuportável. A baronesa Vasiliev permaneceu "mareada" em sua cabine, e sua primeira viagem oceânica voltou a ser extremamente monótona. No dia seguinte, ninguém a bordo poderia ter ficado mais feliz do que ela ao ver a enevoada costa irlandesa no horizonte.

Sua primeira vista da Inglaterra, entretanto, não foi lá tão agradável. Quando o *Netuno* entrou no Canal da Mancha, caiu no meio de uma tempestade furiosa de fim de primavera. A chuva caía forte enquanto o navio a vapor se movia ao longo do estreito Solent, a parte do canal entre a Ilha de Wight e o continente. Quando o *Netuno* aportou em uma doca no porto de Southampton, a chuva já se transformara em garoa e fora substituída por uma névoa tão densa que as carruagens que transportavam passageiros das docas para a estação ferroviária se arrastavam lentamente pelas ruas de Southampton.

O clima sombrio freou a empolgação de Marjorie por estar em outro país pela primeira vez. Mas, na estação ferroviária, enquanto Jonathan comprava as passagens para Londres, conseguia alguém para transferir a bagagem e enviava telegramas informando a chegada para sua irmã, o sr. Jessop e a sra. Forsyte, lady Stansbury decidiu melhorar o ânimo de Marjorie.

— Me despeço de vocês aqui — disse a condessa, parando com Marjorie perto dos balcões de passagens enquanto a baronesa Vasiliev se juntava a Jonathan na fila para comprar a passagem de trem para Londres.

— A senhora não vai para Londres? — perguntou Marjorie, tentando parecer desapontada em vez de aliviada.

— Não — respondeu a condessa, balançando a cabeça. — Estou velha demais para toda essa agitação. Vou para Chalton, onde moro. Fica a menos de trinta quilômetros daqui e, como sabe, muito perto da residência do duque de Torquil. Pena que o duque e a duquesa não estejam por lá. Se estivessem em Ravenwood, você e o sr. Deverill poderiam me acompanhar.

— É verdade — murmurou Marjorie. — Que pena.

— Quando a duquesa a trouxer para Hampshire, srta. McGann, visite-me em Chalton para tomarmos chá.

Marjorie, pensando nos absurdos que suas roupas de baixo sofreram e nas ordens autocráticas que recebera durante os últimos seis dias, preferia ter os dentes arrancados a aceitar o convite.

— A senhora é muito gentil — respondeu. — Obrigada.

— Não há de quê. Você é uma garota doce, para uma americana. Ah, lá está Bates com nossos bilhetes, e o carregador com nossos pertences. Nada disso, meu jovem — falou, ralhando com o carregador uniformizado e erguendo a bengala no ar, ordenando que ele e o carrinho de baús e malas fossem para a plataforma correta. — Estou indo para leste, não para nordeste.

Enquanto a condessa, sua criada e o pobre bagageiro se afastavam, Marjorie ouviu uma risada atrás de si. Quando se virou, encontrou Jonathan ali, parado, com os bilhetes na mão e um carregador ao lado.

— Qual é a graça? — perguntou.

— A lady Stansbury disse que você é doce.

Fazendo uma careta, Marjorie pegou a passagem que ele lhe estendia e a colocou na bolsa.

— Nunca fiquei tão feliz por me livrar de alguém. Aquela mulher suga toda e qualquer alegria da pessoa.

— Bem, você tem sua baronesa de volta, pelo menos daqui até Londres.

— Não precisa soar tão insatisfeito. Acredite: se a conhecesse, você gostaria da companhia tanto quanto eu.

Ele lançou um olhar cético, mas não teve oportunidade de responder, pois a baronesa se juntou aos dois naquele momento e sugeriu que embarcassem no trem, que partiria dali a meia hora.

O trem estava lotado, e, como chegaram atrasados à plataforma, a escolha de assentos foi limitada, apesar de estarem na primeira classe.

Conseguiram encontrar três lugares juntos, mas os outros três lugares no compartimento também estavam ocupados, um deles por um velho coronel mal-humorado que olhava para a baronesa por trás do jornal e pigarreava toda vez que a voz dela ficava estridente demais.

Jonathan também abriu um jornal, e a baronesa logo desistiu de qualquer tentativa de conversa. Ela tirou um livro da mala e ofereceu outro a Marjorie.

A jovem o aceitou com gratidão, feliz por lady Stansbury não estar lá para lembrá-la que mulheres em luto não deveriam ler romances. Infelizmente, no entanto, nem um romance era suficiente para prender sua atenção. Não com Jonathan sentado bem na sua frente e aquele beijo pairando em sua mente.

Cada vez que erguia os olhos, vê-lo a apenas alguns metros de distância trazia de volta aqueles momentos quentes na cabine. Mesmo o fato de estarem em um compartimento de trem lotado não a impedia de lembrar da sensação de seus braços fortes e de seu beijo, e a lembrança não falhava em fazê-la corar, forçando-a a se esconder atrás de um livro que nem sequer estava lendo.

Por sorte, o tempo decidiu melhorar enquanto se afastavam da costa e, à medida que a névoa e a chuva se dissipavam, Marjorie viu a Inglaterra pela primeira vez. Torcendo para que a vista pudesse distraí-la do homem sentado à sua frente, olhou para a paisagem verdejante e tentou imaginar a nova vida maravilhosa que a esperava; uma vida com a qual sonhava havia três anos.

Marjorie tinha 14 anos quando o pai ficara rico, mas nunca se considerou uma herdeira, pois o plano sempre fora ir para o Oeste e ficar com o pai. Ouvia com interesse quando as amigas falavam de um futuro na Inglaterra, de como seriam apresentadas durante a temporada e se casariam com homens nobres. Mas, naquela época, tudo soava como uma história romântica, e ela jamais achara que, um dia, acabaria se juntando a elas.

Porém, logo após se formar, a traição do pai transformara a conversa das amigas sobre a vida na aristocracia britânica de história em plano. Os relatos sobre a vida no campo com mansões, tradições duradouras e uma família de verdade despertaram o interesse daquela garota que não tinha um lar desde os 7 anos e cujo único parente nunca fora leal.

As histórias das amigas sobre a temporada de Londres, com tantos bailes, festas e pretendentes em potencial, despertaram entusiasmo naquela garota que nunca experimentara uma mínima centelha de um romance.

Marjorie olhou de relance para Jonathan e ficou surpresa ao perceber que ele a encarava por cima do jornal. Não conseguia ler sua expressão, mas, quando o olhar dele baixou para a sua boca, prendeu a respiração e se perguntou se Jonathan também estava pensando naquele beijo. De repente, ele voltou a atenção para o jornal, e Marjorie olhou novamente para a vista, lembrando-se de que não havia por que ter pensamentos românticos sobre ele. A vida que ela queria e para a qual aquele trem a levava era na alta sociedade que ele abominava. Sem falar que, em apenas duas semanas, Jonathan voltaria para uma vida que Marjorie não tinha o menor interesse em compartilhar.

Logo conheceria outros homens bonitos, alguns dos quais a beijariam — ou, pelo menos, ela esperava que beijassem. Encontraria alguém para amar, alguém que quisesse construir uma vida com ela, que desfrutaria das festas que dariam, da propriedade que administrariam e de todas as temporadas de Londres que estavam por vir.

Jonathan poderia odiar aquele estilo de vida, mas, para ela, era como um paraíso deslumbrante que estava muito mais perto do que antes, e o queria mais que nunca. Mesmo assim, quando olhou outra vez para ele e pensou em seus braços ao redor dela e em seu beijo, Marjorie teve a sensação de que nenhum dos homens que conheceria a beijariam como ele.

⬡

A baronesa Vasiliev estava hospedada no Hotel Thomas, que parecia ser no caminho para a casa da duquesa, e aceitou a oferta de Jonathan para compartilhar a carruagem da Victoria Station. Quando chegaram no hotel, Jonathan solicitou que os porteiros descarregassem a bagagem da baronesa enquanto ela e Marjorie se despediam.

— Lamento não ter sido uma companhia melhor durante a viagem — disse a baronesa. — O enjoo realmente me derrubou...

Fazendo uma pausa, ela apertou a mão contra o estômago e estremeceu, como se lembrasse da crise de enjoo, e Marjorie teve que reprimir um sorriso. Não era de admirar que Jonathan pensasse na mulher como uma fraude: ela realmente não era uma boa atriz.

— Não tem problema, baronesa. Sentir-se mareada deve ser horrível. E tenho certeza que nos veremos aqui na cidade. Afinal, você conhece a duquesa.

— Mas é claro que nos veremos! — exclamou a baronesa, sem deixar espaço para dúvidas. — Você fará a temporada, não?

— Parece que não. — Marjorie deu um suspiro melancólico. — Preciso exercer o luto.

— Oras, você mal conhecia seu pai! A duquesa não será tão... qual é a palavra mesmo? Certinha?

— Talvez a duquesa não seja — disse Marjorie, lançando um olhar de soslaio para Jonathan. — Mas essa decisão não é só *dela*.

A baronesa riu.

— Seu guardião é homem. Duvido que contradiga a irmã em um assunto como este. E, ainda que o faça... — Ela fez uma pausa para dar uma piscadela. — Ele irá embora em pouco tempo, não é? A duquesa mora muito perto. Não, não, em breve nos veremos novamente, minha jovem amiga. — Ela se virou quando Jonathan se aproximou. — Você me visitará amanhã, certo, sr. Deverill?

— Certamente o farei. Podemos marcar às três da tarde?

Marjorie percebeu imediatamente o significado por trás daquela conversa, e, quando voltaram para a carruagem que os esperava, não resistiu a uma provocação:

— Pagá-la para fingir enjoo foi uma grande crueldade comigo — acusou, balançando a cabeça.

— Você sobreviveu.

— Lady Stansbury também. Sorte a dela.

Aquilo o fez sorrir, mas, assim que a carruagem entrou no trânsito, ele olhou para Marjorie e o sorriso desapareceu. De repente, a lembrança daquele beijo estava vívida entre os dois no espaço confinado da carruagem. Enquanto se encaravam, ela quase podia sentir os braços dele em volta de seu corpo, a boca na sua. Sem acompanhantes ou olhares curiosos e com aqueles olhos cor de mel fitando os dela, todas as sensações selvagens e avassaladoras que ele evocava a invadiram por inteiro, tão vívidas quanto no momento em que o beijo acontecera.

O calor dominou seu corpo, fazendo-a corar. Ela olhou pela janela e se obrigou a dizer alguma coisa:

— As ruas aqui são muito movimentadas, não é? — Enquanto falava, se encolheu com a inanidade da observação e o tom nervoso da voz, mas, desesperada, continuou: — É ainda pior que Manhattan. Quase não estamos nos movendo.

— O trânsito de Londres é sempre terrível. Acredite, sei do que estou falando. Eu cresci aqui.

Marjorie respirou fundo e olhou para ele de novo, feliz por ter um assunto neutro mais interessante do que o trânsito.

— Como você se sente por estar de volta em casa?

Com a pergunta, a tensão no ar pareceu se dissipar, e Jonathan se acomodou no canto oposto da carruagem, esticando as longas pernas o máximo que conseguia no espaço confinado.

— Estranho — admitiu.

— Deve ser, você ficou dez anos fora.

— É tudo muito familiar, naturalmente. Confortável, de certa forma, mais ou menos como calçar seu par de sapatos velhos favoritos. E, mesmo assim... — Ele fez uma pausa e observou os arredores, então olhou para ela. — Tudo parece lotado, um pouco sufocante. Também me sinto um estrangeiro, como tivesse entrado nas páginas de um romance de Júlio Verne.

— E eu sinto que entrei em um conto de fadas romântico.

— Talvez tenha mesmo.

As luzes douradas nos olhos dele pareceram cintilar com um fogo repentino, e o estômago de Marjorie se revirou.

— Conte mais sobre suas irmãs — pediu, mudando de assunto. — Já que em breve vou conhecer pelo menos uma delas, acho que devo saber um pouco mais. Como são?

Jonathan hesitou, e ela não conseguiu conter o riso.

— A pergunta é tão difícil assim?

— É, na verdade. Como você sabe, não vejo minhas irmãs há dez anos. E, mesmo antes disso, passei a maior parte do tempo na escola. — Ele pensou. — Tenho certeza de que mudaram muito desde que parti. Ambas estão casadas e têm filhos. Lady Stansbury não disse nada sobre elas?

— Quase nada. — Ela fez uma cara triste. — Perguntei sobre a duquesa e todo o grupo de costura ficou em silêncio, todas se olhando como se não soubessem o que dizer. Por fim, a sra. Anstruthur disse algo sobre ela ser muito política e moderna em seus pontos de vista, então vi a sra. Fulton-Smythe chutá-la. Sim, um chute de verdade! Pobre sra. Anstruthur, ela parou de falar na hora, parecia constrangida. Lady Stansbury franziu o cenho para mim, disse que esperava que eu não fosse nem um pouco política e mudou de assunto.

Para seu espanto, Jonathan deu risada.

— Irene sempre teve uma tendência a ser independente — explicou — e isso parece incomodar lady Stansbury e suas amigas. Irene é uma sufragista convicta.

— Entendo. — Marjorie sorriu. — Acho que já gosto dela.

A alegria de Jonathan desapareceu de vez.

— Por favor, não siga os passos dela.

— Ora! — Ela se endireitou na cadeira, um pouco irritada. — E por que não? Você não acha que as mulheres deveriam votar?

— As mulheres de Idaho votam nas eleições estaduais há muito tempo, assim como em vários outros estados da América Ocidental, e, apesar das previsões catastróficas da maioria dos homens, isso não fez com que o mundo entrasse em colapso. Só quis dizer que não quero que você seja presa.

Ela piscou, surpresa.

— A duquesa foi presa?

— Foi antes de ela se tornar duquesa. E não, ela não foi presa de verdade, mas foi por pouco. Estava em alguma passeata em prol do voto feminino e ela e algumas amigas foram apreendidas por um policial. Isso não aconteceria hoje em dia, é claro.

— Não, suponho que um policial jamais se atreveria a prender uma duquesa. E ela não precisa mais marchar por essa causa, certo? Certamente uma duquesa tem maneiras mais eficazes e menos arriscadas de influenciar a opinião pública.

— Exatamente. Se as cartas que ela me manda são alguma indicação, minha irmã vem atormentando Jamie e seus pares implacavelmente.

— Jamie?

— O cunhado de Torquil, marido de sua falecida irmã Patricia. Ele está no Parlamento. Se me lembro bem das cartas de Irene, ele estava na Câmara dos Comuns, mas perdeu a cadeira depois de um mandato. Alguns anos depois, quando o pai morreu, ele assumiu seu assento na Câmara dos Lordes, então Irene ainda o aluga sempre que pode.

— Ele perdeu o assento na Câmara dos Comuns por causa do trabalho sufragista da duquesa?

— Não, acredito que foi porque se casou com uma mulher cuja reputação não era das melhores. Não a irmã do duque... Estou falando da segunda esposa, Amanda, que teve um escândalo ligado ao seu nome.

— Não me fale de escândalos — pediu Marjorie, com um grunhido, levantando a mão. — Já ouvi demais sobre isso nos últimos seis dias. Em vez disso, conte-me sobre sua outra irmã. Como ela é?

— Clara? — O sorriso desapareceu, e ele ficou pensativo. — Clara é mais discreta. É quieta, tímida e extremamente capaz de esconder o que se passa em sua cabeça, como uma esfinge. Só Deus sabe o que ela pensa de mim.

— Como assim?

Jonathan ficou em silêncio por um bom tempo.

— Lembra da primeira noite a bordo do navio, quando contei sobre meu pai? — perguntou, por fim.

— Que ele o deserdou? Sim, é claro.

— Bem, eu não contei a história inteira. Quando meu pai me expulsou, disse que eu nunca seria nada. E, quando eu e seu pai descobrimos a prata, eu sabia que tinha a chance de provar que meu velho estava errado. Não podia desperdiçar a oportunidade.

Marjorie franziu a testa, confusa.

— E por que você deveria?

— Porque eu já tinha dito às minhas irmãs que voltaria para casa. Irene estava para se casar e não queria administrar o jornal depois de se tornar duquesa, então me pediu para assumir. Naquela época, Clara não queria nada com o jornal. Assim como você, queria uma temporada em Londres, encontrar um marido, casar... enfim, essas coisas. Então, por causa dela, concordei em voltar para casa e administrar a editora. Mas, na verdade, eu nunca quis fazê-lo.

— E por que não? Era o seu sonho! Não seria a oportunidade perfeita para conquistar tudo de volta?

Ele deu uma risadinha e desviou o olhar.

— Você acredita mesmo nisso, não é? Mas, quando um sonho é arrancado de você, é muito difícil dar uma segunda chance.

Marjorie entendeu imediatamente.

— Sim, ninguém quer ter esperanças apenas para se decepcionar novamente.

— Exatamente.

— Mas por que você teria motivos para pensar que isso aconteceria?

— Porque, embora Irene administrasse o jornal, nosso pai ainda era o dono, e eu sabia que ele brigaria com unhas e dentes. Irene disse que garantiria que isso não aconteceria. Que, quando voltasse da lua de mel, nós três enfrentaríamos meu pai juntos. Mas, se isso não desse certo... e havia uma boa chance de não dar certo, na minha opinião... se fosse o caso, nosso pai me expulsaria da empresa outra vez, e nenhum de nós poderia impedi-lo. E, além disso...

Ele parou, ainda olhando pela janela.

— Além disso...? — incentivou Marjorie.

— Ora, sejamos honestos. — Ele a encarou, e, em seus olhos, Marjorie percebeu o mesmo brilho que vira na primeira vez que ele falou sobre o pai. — Depois de quase quatro anos na América, eu não tinha muito o que mostrar. Meu orgulho simplesmente não me permitia voltar e ficar sob o controle de meu pai, vê-lo sorrir e ouvi-lo se gabar. Quando Billy e eu encontramos a prata, foi como se minhas preces tivessem sido atendidas.

— Claro, exceto por ter deixado suas irmãs em maus lençóis.

Ele suspirou, todo aquele desafio desaparecendo.

— Você tem razão — admitiu. — Clara, principalmente. Ela teve que administrar tudo sozinha. Como eu disse, minha irmã sempre foi tímida, e a ideia de estar no comando deve ter sido assustadora.

— Você acha que ela tem ressentimentos?

— Não sei dizer. Ela escreve para mim e já disse que são águas passadas. Ainda administra a empresa e parece gostar agora, casou com o visconde Galbraith e o ama loucamente, então...

— Então parece que está tudo bem — concluiu Marjorie por ele, observando-o de perto. — Certo?

— Não tenho certeza. Eu a decepcionei. Fiz uma promessa e falhei em cumpri-la. Não gosto de quebrar promessas. — Ele respirou fundo e a encarou outra vez. — E tudo isso me leva até você.

— A mim?

— Sim. Preciso falar algo, e, como estamos quase chegando na Casa dos Torquil, é melhor que eu diga enquanto ainda estamos sozinhos. Talvez eu não tenha outra chance. — Jonathan se moveu de repente e foi se sentar diante dela. — Ontem, você disse que eu sou como um pai para você.

— Ora, pare com isso! — exclamou ela, odiando ser lembrada daquele comentário. Depois daquele beijo incrível, parecia loucura. — Por favor, esqueça que eu disse isso.

— Não consigo. Foi uma comparação justa, dadas as minhas responsabilidades. E, mesmo assim... — Ele fez uma pausa, e sua expressão mudou, suavizou-se, transformando-se em algo quente e terno que fez o coração dela bater forte no peito. — Na hora eu não vi dessa forma.

Ela o encarou nos olhos, e a paixão ardente dentro de si fez com que os momentos tórridos na suíte ficassem mais vívidos do que nunca.

— Não?

— Não. Na verdade, fiquei bastante ofendido. — Ele se inclinou para trás, abrindo uma distância entre os dois. — E o resultado foi imperdoável.

Marjorie se remexeu.

— Eu não vejo dessa forma — disse baixinho.

— Mas eu vejo. Preciso ver. Prometi ao seu pai que cuidaria de você, e o que fiz foi exatamente o oposto. Peço desculpas pelas atitudes desregradas. — E se apressou em completar, antes que ela pudesse falar: — Entendo que você se ressinta de seu pai, e você tem bons motivos para isso, mas ambos sabemos que não sou muito diferente dele.

— Não sei se concordo.

As palavras mal saíram de sua boca quando Marjorie lembrou de como, pouco antes, estava dizendo essas mesmas coisas para si mesma. No fundo, concordava. Sempre concordara.

As palavras seguintes dele reforçaram o fato amargo.

— Sim, você concorda. Nós dois sabemos o tipo de homem que sou. Eu nunca fingi ser diferente.

— Mas você nunca quis um lar? — choramingou ela, frustrada e perplexa. — Não quer se estabelecer, casar, ter filhos?

A expressão de Jonathan endureceu.

— Eu já quis — respondeu, lembrando-a dos sonhos que tivera. — Mas… agora? Não. — Ele fez uma pausa, considerando a ideia. — Algum dia, quem sabe.

*Algum dia.*

Por Deus, como odiava aquelas palavras.

— Não consigo entender — disse, devastada. — Você pretende mesmo passar o resto de seus dias vagando pelo mundo? É isso que espera da vida?

Ele abriu um sorriso suave.

— Você me perguntou a mesma coisa na primeira noite a bordo do navio.

— E você nunca respondeu.

— Pois farei isso agora. — Ele se inclinou para a frente, os joelhos se encostando nos dela naquele espaço limitado. — Não sei o que quero, Marjorie, e essa é a verdade. Enquanto crescia, sempre tive uma imagem clara de como seria minha vida. Aos 18 anos, eu estava apaixonado e pronto para me casar. Assim como você, tinha certeza do meu lugar no mundo e do que eu queria. Não tinha dúvidas ou medos. Então, tudo isso desmoronou. Em uma única tarde, perdi tudo o que importava para mim. E não acho... Não acho que haja nada que possa substituir tudo aquilo.

— Mas por que você precisa de algo que substitua o que perdeu? Você é rico. Poderia viver do dinheiro...

— Poderia ser um homem rico e entediado, você quer dizer? — Ele negou com a cabeça. — Não nasci para viver do tédio. E, como disse, o dinheiro em si não importa muito para mim. Foi ótimo para impedir meu pai de dizer que eu não valia nada, e fico feliz por ter ajudado minhas irmãs a salvar a editora. E realmente gosto de brincar com ações, mas só por diversão. A verdade é que não consigo imaginar o que me levaria a sossegar, mas teria que ser maior e mais emocionante do que qualquer coisa que já vivenciei. Eu gosto de desafios...

— Bem, isso significa que você não é mesmo como meu pai — esbravejou Marjorie, soando e sentindo-se muito brava. — Porque ele nunca encontrou um desafio sem fugir. E, não importa o que disser, acho você um homem muito melhor do que ele.

— Agora você está romantizando as coisas — disse Jonathan, a voz tão doce que doía.

Marjorie desviou o olhar, sabendo que ele estava certo. Apesar de tudo o que sabia, de tudo o que dizia a si mesma, começara a ter ideias românticas sobre ele, mesmo sem querer. Jonathan fora seu primeiro beijo, mas ela suspeitava que esse tipo de coisa não significava muito. Ele provavelmente já beijara muitas mulheres, e Deus as ajudasse se qualquer uma delas tivesse depositado alguma esperança romântica nele por isso.

As pessoas não mudavam, o pai lhe ensinara isso muito bem. Se um homem nascera para vagar pelo mundo, não desistiria, nem mesmo por amor. Marjorie percebera isso vendo a dor da mãe.

Em resposta ao silêncio de Marjorie, Jonathan se inclinou mais perto e deu batidas na janela, uma rua elegante se estendia lá fora.

— Essa é a vida que você quer. Mas eu abandonei essa vida e nunca senti falta.

Marjorie não respondeu. Em vez disso, admirou as casas exuberantes na Park Lane enquanto toda a paixão advinda de seu primeiro beijo se transformava em cinzas.

— Você diz que se ressente do seu pai por nunca ter sossegado? Bem, então pode se ressentir de mim pelo mesmo motivo — argumentou Jonathan.

— Não consigo — exclamou ela, deixando escapar aquela admissão irritante no instante em que a carruagem parou. — Não depois que… que… — Ela hesitou, corando com a lembrança do beijo. — Não consigo ter ressentimentos sobre você — sussurrou.

— Eu gostaria que tivesse — admitiu Jonathan. — Porque, se não tiver… — Ele fez uma pausa, abrindo a porta da carruagem. — Que Deus nos ajude.

Ele não permitiu que ela respondesse, apenas saltou do veículo sem esperar que o motorista descesse os degraus.

## Capítulo 12

Como já estivera no saguão da mansão de Cornelius Vanderbilt na Quinta Avenida, Marjorie não era completamente ignorante quanto ao esplendor extravagante em que os ricos viviam, mas não vira o suficiente daquele tipo de coisa para agir naturalmente. E, quando pisou na Casa dos Torquil, a grandiosidade do saguão de entrada com quatro andares a deixou sem fôlego.

Colunas coríntias brancas e arcos góticos sustentavam o piso que circundava o saguão aberto, e enormes tamareiras em vasos ladeavam as portas de nogueira atrás dela. Em frente estava a grande escadaria, que subia em uma curva graciosa para os andares acima. Vários nichos ao longo das paredes exibiam esculturas e cerâmicas que provavelmente tinham sido adquiridas em alguma grande viagem do duque anterior, e inestimáveis pinturas a óleo estavam penduradas em cada espaço da parede.

— Um pouco sofisticada, não é? — murmurou Jonathan, ao seu lado.

— Só um pouco — concordou Marjorie, aos sussurros, enquanto observavam o mordomo subir a escadaria deslumbrante para informar a duquesa de sua chegada. — Ficaremos hospedados aqui?

— Você ficará.

Surpresa com o esclarecimento, Marjorie olhou para ele.

— E você não?

— Bem, eu deveria... — Ele hesitou um pouco, aproximando-se de Marjorie enquanto um par de criados passava, carregando a bagagem. — Mas, como estou prestes a jogar você no colo de Irene sem aviso, talvez seja melhor reservar um quarto de hotel.

— Bobagem — zombou ela. Mas, quando olhou para Jonathan, percebeu que ele batia os polegares nas coxas. — Está nervoso?

— Depois de dez anos, você não estaria?

— O que aconteceu com o homem que trabalhava como caçador de recompensas e corajosamente lutou contra invasores e magnatas da mineração com meu pai?

Ele não teve tempo de responder.

— Você deve ser o tio Jonathan.

Marjorie e Jonathan se viraram e viram um par de meninos de cabelo escuro e olhos acinzentados atrás deles. Um parecia ter 5 anos e o outro por volta de 3.

— Eu mesmo — respondeu Jonathan. — E vocês devem ser meus sobrinhos.

— Lorde Mountmorres — apresentou-se o menino mais velho, com uma mesura bastante formal. — A seu dispor.

— Como você está, lorde Mountmorres? — indagou Jonathan, muito sério, fazendo uma reverência apropriada.

— Mamãe disse que você pode me chamar de Henry. — Ele gesticulou para o irmão, que olhava para Jonathan em silêncio, de olhos arregalados. — Este é lorde Christopher, mas chamamos ele de Kit.

— É um prazer conhecer os dois. — Jonathan apontou para Marjorie. — Conheçam a srta. McGann.

— Srta. McGann — disseram os dois, em uníssono.

Eles fizeram a mesura juntos, e Marjorie precisou apertar os lábios para esconder um sorriso enquanto fazia uma reverência em resposta.

— Mestre Henry? — chamou uma voz vinda de cima. — Onde você está?

Henry soltou um suspiro aflito.

— Nanny — respondeu, sem entusiasmo.

— Mestre Henry? Kit está com você?

Uma mulher robusta, usando vestido preto e avental de renda branca e touca, parou no patamar em forma de meia-lua.

— Aí estão vocês! — disse ela, o rosto largo enrugado de alívio enquanto descia a escada. — Procurei os dois por toda parte! Vocês não podem andar por aí sem mim. O que estão fazendo?

— Conhecendo o tio Jonathan — explicou Henry, apontando para ele quando a babá veio em sua direção.

— Sr. Deverill — cumprimentou a mulher, dobrando os joelhos em uma rápida reverência enquanto se colocava entre os dois meninos e pegava cada um pela mão. — Sou Nanny Eliot. Espero que os meninos não tenham incomodado.

— De forma alguma.

— Fico feliz em saber, senhor. Agora, vocês dois, venham comigo.

— Mas eu queria mostrar ao tio Jonathan o trem que ganhei de aniversário — protestou Henry, enquanto eram levados por uma porta nos fundos do saguão de entrada.

— Você terá muito tempo para isso. Agora vamos para a cozinha ver o que a sra. Mason preparou para o chá da tarde.

Os dois tinham acabado de passar pela porta de baeta verde quando outra voz ecoou escada abaixo.

— Jonathan?

Ao ouvir o nome, os dois se viraram para ver uma loira esguia em um vestido de chá azul-esverdeado descer a escada correndo, com o mordomo e duas criadas seguindo em passos mais lentos.

Um olhar foi suficiente para Marjorie perceber que aquela era uma das irmãs de Jonathan. A mulher tinha a mesma beleza dourada, olhos cor de mel e sorriso brilhante do irmão — um sorriso que mostrava claramente como ela se sentia sobre a volta do irmão que deveria tê-lo tranquilizado na mesma hora.

— Ai, Jonathan! — A mulher parou diante deles, mas, em vez de fazer a saudação contida e elegante de uma senhora da alta sociedade, se atirou nos braços do irmão. — Você está aqui, está em casa, finalmente!

Ele abraçou a irmã, o corpo parecendo perder um pouco da tensão quando ela deu beijos estalados em suas bochechas. Quando a mulher o abraçou novamente, Marjorie viu os olhos de Jonathan se fecharem e os lábios se apertarem em uma expressão de alívio e afeto profundo.

— Irenie — murmurou ele, encostando os lábios no cabelo da irmã.

Ela riu de novo.

— É *mesmo* você. Só você me chama de Irenie.

A mulher se afastou, olhando para o irmão.

— Ah, minha nossa! — comentou, surpresa, pressionando a mão contra o peito. — Olhe só para você!

— E olhe para você — respondeu ele. Sorrindo um pouco, Jonathan tirou o chapéu, deu um passo para trás e fez uma reverência. — Sua Graça.

— Ah, pare com isso.

Ela balançou a cabeça, soltando um riso irônico com a menção do título. Olhou para os criados que tinham parado a uma distância discreta, então se inclinou para perto do irmão e sussurrou.

— Seis anos depois e ainda não me acostumei com esse título. Sempre que ouço, olho em volta, esperando ver a mãe do duque. E, além disso, você é meu irmão. Não precisa me chamar de "Sua Graça".

— Fiquei longe por muito tempo. Perdoe-me por esquecer o protocolo adequado para os títulos. — Ele sorriu. — Duquesa.

Ela suspirou e se virou para Marjorie.

— Ele se acha tão engraçado. Você deve ser a srta. McGann. Como está? Perdoe-me por não ter a cumprimentado adequadamente.

— Está tudo bem. — Marjorie fez uma reverência. — Sua Graça.

A duquesa sorriu de um jeito que lembrava muito o irmão.

— Não acabei de dizer que não estou acostumada com esse título? E seu pai era como um irmão para Jonathan, então você é praticamente parte da família. Por favor, me chame de Irene.

— Como quiser. Mas, por favor, me chame Marjorie.

— Seria um prazer. Agora que dispensamos as formalidades, vamos às questões práticas. O telegrama de Jonathan hoje cedo informou que você não tem uma criada. Bem — acrescentou, quando Marjorie confirmou com a cabeça —, é fácil resolver isso.

Ela se virou, gesticulando para os criados ao fundo.

— Vocês já conheceram Boothby, nosso mordomo? Ele cuidará de você, Jonathan, já que não trouxe um valete.

— Isso não é necessário, Irene — disse Jonathan. — Nunca tive um valete na vida, então estou acostumado a me vestir sozinho. E tenho certeza que Boothby tem muito o que fazer sem a inconveniência adicional de cuidar de mim.

— Muito bem. — Ela acenou com a cabeça para o mordomo, que fez uma reverência e deu um passo para trás, gesticulando para a mais velha das duas criadas. — Esta é nossa governanta, a sra. Jaspar. Ela cuidará para que os criados coloquem sua bagagem nos aposentos apropriados.

A governanta saiu para cumprir a instrução, e Irene fez um sinal para a outra criada.

— E esta é Eileen, nossa segunda criada. Ela cuidará de você, Marjorie, até que possamos encontrar uma criada habituada a jovens damas. — Então acrescentou, depois que Eileen fez uma reverência e deu um sorriso hesitante para Marjorie: — Bem, gostaria de comer alguma coisa ou prefere ir para o seu quarto para se lavar e se trocar antes do jantar?

Marjorie hesitou. Estava faminta após a longa viagem, pois não tomaram café da manhã, e o trem de Southampton não tinha um vagão-restaurante. Também não conseguia conter a curiosidade sobre a outra irmã, mas sabia que isso justificava uma intromissão nos primeiros momentos da reunião de uma família.

— Acho que prefiro subir e me trocar — respondeu Marjorie. — Se não se importar.

— De forma alguma. Eileen vai levar você para o quarto, e nos veremos mais tarde. Jantamos às oito, mas a família geralmente começa a se reunir na sala de estar por volta das sete e meia. Se quiser, junte-se a nós.

Marjorie deu à duquesa e a Jonathan um aceno de despedida e se afastou, mas, antes que pudesse seguir Eileen escada acima, as portas da frente se abriram atrás dela e uma mulher alta e magra, vestindo um traje de passeio bege, entrou no saguão.

— Não entendo por que os editores sempre têm que fazer tanto estardalhaço — disse, falando por cima do ombro com o homem alto e loiro que a seguia pela porta larga. — Pela reação dele, parecia que eu o tinha mandado catar coquinhos.

O homem riu.

— Clara, o que você fez foi pior do que isso. Você disse que ele estava dificultando as coisas.

— Não foi o que eu disse, mas ele é tão antiquado. Temos que acompanhar os novos tempos, e isso inclui colocar fotos nas publicações. Além disso... — Ela parou de falar ao se virar e ver Jonathan e Marjorie.

Os passos vacilaram, e o corpo ficou imóvel. Ao vê-los, a mulher não demonstrou o mesmo entusiasmo que a irmã. Nem sequer sorriu.

Marjorie sentiu Jonathan, ao seu lado, ficar tenso. Ouviu sua respiração aguda e profunda e a expiração lenta e resignada.

— Ora, o filho pródigo enfim retorna — murmurou a mulher, enquanto removia o alfinete e tirava o chapéu de palha de aba larga. O nariz absurdamente minúsculo fungou enquanto ela prendia o alfinete de volta na aba do chapéu. — Antes seis anos atrasado do que nunca, suponho.

— Olá, Clara — cumprimentou Jonathan.

Ela não respondeu, mas as mãos pararam.

*Ah não*, pensou Marjorie, sentindo a tensão no ar. Irene tossiu.

— Clara, conheça a srta. Marjorie McGann. Marjorie, esta é minha irmã, lady Galbraith.

— Srta. McGann. — As feições de Clara relaxaram em linhas mais amigáveis enquanto ela cruzava o saguão de entrada. Quando alcançou Marjorie, estava sorrindo, mas nem mesmo olhou para Jonathan. — Irene ligou para a redação do jornal, mais cedo, e disse que você viria com nosso irmão. Bem-vinda à Inglaterra.

— Obrigada, lady Galbraith.

— Me chame de Clara, por favor — pediu, e gesticulou para o homem que entrara com ela. — Este é Rex, meu marido.

— Srta. McGann. — Lorde Galbraith fez uma mesura, então olhou para Jonathan e estendeu a mão, insinuando que concordava com a duquesa sobre o retorno dele: — Bem-vindo de volta.

— Obrigado — respondeu Jonathan, enquanto os dois apertavam as mãos.

Houve outro silêncio, desta vez mais curto, então a duquesa falou:

— Eu estava prestes a pedir que Boothby mandasse o chá para a biblioteca — sugeriu, assentindo para o mordomo, que imediatamente se afastou para cumprir a ordem. — Está um pouco tarde, mas sempre há tempo para uma xícara de chá.

Sua voz era suave e alegre, como se nada estivesse errado, como se a tensão da chegada de Clara não fosse tão densa quanto a sopa de ervilha típica dos ingleses.

— A srta. McGann vai se trocar, mas Jonathan... — Ela hesitou, então fixou o olhar em seu irmão. — Jonathan se juntará a mim.

— Ah, que adorável — respondeu a viscondessa, a voz animada sugerindo que aquilo poderia ser tudo, menos adorável.

*Os ingleses têm um talento ímpar para a falsidade civilizada*, pensou Marjorie, lembrando de lady Stansbury e suas amigas.

— Eu dispenso o chá — disse lorde Galbraith. — Vou subir para me trocar. Já são quase seis horas. Além disso — acrescentou, dando uma piscadela discreta para Jonathan —, depois que Clara terminar de destruir o pobre irmão por passar tanto tempo longe, suspeito que ele precisará de um amigo para lhe oferecer algo mais forte que chá.

— Não tenho nenhuma intenção de... destruir Jonathan — protestou lady Galbraith, a voz vacilando com a admissão. — Embora ele mereça.

— É bom ver você, Clara — disse Jonathan gentilmente, mas não se aproximou da irmã. Apenas esperou.

— É mesmo? — O rosto redondo dela se contorceu, a frieza desmoronou, e ela começou a chorar. — Ah, Jonathan!

Ele se aproximou da irmã no mesmo instante, e Marjorie deu um suspiro de alívio quando o chapéu de palha e o alfinete da viscondessa caíram no chão e ela, aos prantos, envolveu o irmão em um abraço.

Marjorie observou os dois por mais um momento, depois se afastou e seguiu a criada escada acima.

—— ✣ ——

A sala de estar da Casa dos Torquil, com cortinas de tecido marfim e verde-claro e cintilantes lustres de cristal, era tão grandiosa quanto o saguão de entrada. Na outra extremidade, imensas portas duplas guardavam uma sala muito mais aconchegante, com paredes verde-escuras, estantes estofadas e sofás forrados de chita. Lâmpadas elétricas foram acionadas, e o fogo foi aceso na lareira, afastando o frio da noite de primavera.

Irene se acomodou em um dos sofás no centro da sala; Clara se sentou ao lado dela, e Jonathan sentou-se diante das duas.

— Bem, Jonathan, agora você vai nos contar tudo — ordenou Irene, sem rodeios. — A carta do mês passado dizia que a srta. McGann era uma estudante.

— Essa foi a informação que recebi. Não sabia da verdade até conhecê-la.

— Você não poderia ter enviado outra carta e esclarecido que era uma mulher adulta?

— Eu esclareci. No meu telegrama.

— Sim. Que foi tudo, menos esclarecedor. — Irene pegou um papel do bolso do vestido e leu: — *A srta. McGann é mais velha do que pensávamos. Ela precisará de uma criada e de um aposento. Explicarei em breve. Chegaremos na hora do chá. Jonathan.*

Irene devolveu o telegrama para o bolso e olhou outra vez para ele.

— Você poderia ter sido mais eloquente.

— Eu teria sido — respondeu ele, irônico —, se tivesse a oportunidade.

Ele começou a explicar, mas mal mencionara a chegada inesperada de Marjorie no navio quando foi interrompido por uma gargalhada sonora das duas mulheres.

Ele as encarou, sem conseguir acompanhar o divertimento delas.

— Não consigo entender a graça — disse, tentando manter o ar de dignidade.

— Bem feito para você! — falou Irene, ainda rindo. — Depois de ter abandonado a coitada.

— Bem, eu não sabia o que fazer — resmungou ele, se acomodando na cadeira, ponderando que nada faria um homem se sentir mais tolo do que irmãs rindo às suas custas. — Não achei que seria apropriado...

— Ah, viva a Marjorie! — interrompeu Clara. — Finalmente alguém o fez assumir suas responsabilidades.

— Você está sendo injusta — rebateu Jonathan, mas, quando viu o queixo da irmã se erguer, lembrou que não tinha como se defender, não com Clara. Ele soltou um suspiro quando suas defesas caíram por terra. — Clara, sinto muito por ter decepcionado suas expectativas seis anos atrás.

— Você já disse isso em uma das suas cartas. Não precisa se desculpar de novo.

— Sim, preciso. Sua expressão mostra isso. A verdade é que... — Ele hesitou um pouco, então se inclinou para a frente, pegando a mão da irmã. — Enquanto papai fosse o dono da empresa, se eu voltasse e assumisse o controle do jornal, nunca teria funcionado.

— Você não tem como saber.

— Sim, eu tenho. E você também. Papai nunca teria permitido que eu administrasse a editora como permitiu que você o fizesse. E, antes de você, ele concedeu a mesma permissão a Irene. Ele teria me enfrentado até não poder mais. Mais cedo ou mais tarde, brigaríamos de novo, e ele me expulsaria mais uma vez.

— Acho que você está certo — choramingou ela, a mão apertando a dele com força. — Mas, pelo amor de Deus, sentimos muito a sua falta! Foi horrível quando você não voltou. Doeu muito.

— Eu sei. — Ele fez uma pausa, o polegar acariciando as costas da mão da irmã. — E se eu prometer não ficar longe por tanto tempo? Isso a faria feliz, florzinha?

Os lábios de Clara esboçaram um sorriso quando ele usou seu apelido de infância.

— Acho que sim, sapinho.

Ao ouvir o apelido que as irmãs deram quando ele tinha cerca de 5 anos, por não conseguir parar quieto e estar sempre pulando para cima e para baixo, feito um sapo, Jonathan riu, e Irene soltou um suspiro satisfeito.

— Graças a Deus vocês dois se entenderam! — desabafou. — Agora, que tal voltarmos a falar da srta. McGann?

— É claro — respondeu Jonathan, aliviado. Soltando a mão de Clara, ele se inclinou para trás e se virou para a irmã mais velha. — Como eu dizia, Marjorie arruinou meu plano de deixá-la onde estava até encerrar o período de luto, e aqui estamos. A questão é: o que fazer com ela? A moça quer construir uma vida na Inglaterra, quer ser apresentada, fazer a temporada, encontrar um marido, essas coisas. Não quero colocar esse peso em vocês, mas...

Ele parou quando o mordomo entrou com sua bandeja.

— Chá, Sua Graça?

— Obrigada, Boothby — agradeceu Irene, enquanto o mordomo colocava a bandeja em uma pequena mesa ao lado da cadeira. — Isso é tudo.

— Muito bem, senhora.

O mordomo colocou a chaleira de volta na mesa, fez uma mesura e foi embora, mas parou na porta quando Irene o chamou.

— Aliás, Boothby?

— Sim, Sua Graça?

— Peça que a sra. Mason mande sanduíches e chá para a srta. McGann, por favor. O trem da tarde de Southampton não tem vagão--restaurante, e a pobrezinha deve estar faminta.

O mordomo foi embora, e Irene voltou a atenção para o assunto em questão.

— Em primeiro lugar — começou, colocando um pouco de água fervente da chaleira no bule —, vamos dispensar qualquer noção de imposição. Somos uma família, e isso significa que as obrigações de Jonathan também são nossas. Quanto a Marjorie... só há uma coisa a ser feita.

Ela fez uma pausa, girando o bule para deixar a água quente aquecê-lo, então despejou a água em uma tigela na bandeja reservada para esse propósito.

— Vamos apresentá-la à sociedade, é claro.

Clara concordou com a cabeça, e Jonathan fechou os olhos, aliviado.

— Obrigado — disse, abrindo os olhos de novo. — Fico feliz por poder contar com vocês para cuidar dela enquanto eu estiver na África.

— África? — ecoaram as irmãs, em surpresa e uníssono.

Jonathan ficou tenso, o alívio desaparecendo enquanto observava as duas se entreolhando.

Irene falou primeiro.

— Você não está pensando em viajar agora, não é? — Ela balançou a cabeça, rindo um pouco, e ele teve a sensação de que seus planos estavam indo por água abaixo. — Jonathan, Clara e eu somos completas estranhas para a garota.

— Eu também era, até uma semana atrás.

— E isso é uma semana a mais do que nós a conhecemos. — Ela fez uma pausa longa o suficiente para colocar o chá na xícara e adicionar água da chaleira, então continuou: — Além disso, nenhuma de nós é a guardiã legal da Marjorie.

— Nesse momento, essa distinção é pouquíssimo relevante…

— Pelo contrário — interrompeu ela, colocando a tampa no bule e se virando de volta para ele. — É relevante para *mim*.

— Eu estarei de volta em janeiro. — Ele se remexeu, sabendo que estava pisando em ovos. — Talvez consiga voltar antes do Natal. Enquanto isso, vocês duas são muito mais capazes de cuidar dela do que eu seria…

— Talvez, mas não fomos *nós* que prometemos fazer isso — apontou Irene, incisiva. — *Você* prometeu.

Uma promessa que estaria em grande risco se ele ficasse. Lembrou de Marjorie na carruagem, com o mesmo desejo que ele sentia refletido em seus olhos. Mas ele sabia, e ela não, o que tais desejos poderiam causar. E, se ele ficasse em Londres, provavelmente quebraria as promessas que fizera ao pai dela. Por Deus, não achava que teria honra ou força suficiente para se conter.

Era irritante admitir o quão vulnerável ficava com qualquer coisa que envolvesse Marjorie. Conhecia a mulher havia pouco mais de uma semana, e, no entanto, ela despertava uma paixão dentro dele muito difícil de dominar. Se cedesse, provaria ser exatamente o tipo de pessoa do qual deveria protegê-la.

— Farei tudo o que puder por ela, Irene — garantiu, depois de um momento —, mas minha presença aqui não faz muita diferença. A melhor coisa que posso fazer é deixá-la com você, que seria uma acompanhante excelente, enquanto cuido dos interesses comerciais dela.

— Não me importo com os interesses comerciais dela — retrucou Irene, com uma franqueza intransigente. — Não tenho a menor intenção de permitir que você deixe a pobre garota com pessoas estranhas e parta para longe. Ela não é uma bolsa, e eu não sou um armário na estação de King's Cross.

— Eu sei disso, mas… que inferno, Irene, não há nada que eu possa fazer por ela aqui. A menina precisa ser apresentada à sociedade, e eu sou tão útil para isso quanto um bule de chocolate.

— Você será muito mais útil do que imagina. Um homem solteiro, bem apessoado, endinheirado e com conexões nobres tem a mesma relevância do Santo Graal, querido irmão. Você será uma atração irresistível para as jovens. Fato que — acrescentou, enquanto ele resmungava — permitirá que Marjorie se enturme melhor com as jovens de sua idade e faça amizades.

— Péssimas amizades, aliás, se elas só a quiserem para se aproximar de um homem rico.

Irene, infelizmente, ignorou seu argumento.

— Um homem como você é uma grande vantagem para qualquer anfitriã, ainda mais durante a temporada. Você será muito útil em eventos sociais, destacando-se em jantares e entretendo nossos convidados, coisas do tipo.

Ele ficou tenso.

— Você não pode estar falando sério.

Clara decidiu que aquele era o momento perfeito para compartilhar sua opinião.

— Irene, tenho certeza de que nossos amigos vão adorar ouvir as histórias de Jonathan sobre o Oeste americano — afirmou, fazendo o irmão perceber, com desgosto, que as duas provavelmente tinham planejado aquilo logo depois que Irene recebeu o telegrama. — Ele pode dançar com as meninas tímidas durante os bailes e talvez até apresentar alguns de seus antigos colegas para Marjorie.

— De jeito nenhum — disse Jonathan, horrorizado com aquela ideia. — Se meus amigos de Winchester e Oxford forem agora metade do que eram nos tempos de escola, mesmo assim eu não deixaria que nenhum se aproximasse dela. E, se vocês soubessem as coisas que fizemos na época, também não deixariam. Quanto ao resto, não imagino que ela dançará muito. Como sabem, está de luto.

— Ela não comparecerá a nenhum baile, é verdade — admitiu Irene, enquanto servia leite nas xícaras e coava o chá. — Porém, se ela dançar aqui em casa, não vejo problemas. Muitos dos nossos amigos tocam piano, por isso muitas vezes tiramos os tapetes da sala e dançamos um pouco depois do jantar. E, se dançarmos, não vou pedir que a moça se isole em um canto. Quanto a você... Clara está certa sobre você ser um excelente parceiro de dança para qualquer uma de nossas convidadas, incluindo Marjorie.

Jonathan se lembrou de Marjorie com as safiras rosadas e cintilantes no pescoço e uma luz provocante brilhando nos olhos. Pensou nela em seus braços, a boca contra a dele, o corpo cedendo aos seus avanços. Pensou em como seria tê-la tão perto, ao mesmo tempo tão proibida, e sentiu como se tivesse acabado de entrar no sétimo círculo do inferno de Dante.

— E por quanto tempo exercerei a função de homem solteiro nos jantares, para dançar com garotas acanhadas e apresentar colegas solteiros e adequados à minha protegida?

Irene pensou um pouco, colocando açúcar nas xícaras de chá.

— Se eu achasse que poderia me safar com a ideia — refletiu, pegando uma colher —, diria que até ela se casar. Mas, conhecendo você...

— Irene, seja razoável!

— Acha que não estou sendo razoável?

Ela o encarou, uma sobrancelha loira erguida. Uma expressão da qual ele lembrava muito bem, embora não a visse havia dez anos. Sabiamente, decidiu mudar de tática.

— O fundo fiduciário de Marjorie tem ações em empresas sul--africanas. Se a guerra com os bôeres estourar, ela pode perder de dez a quinze por cento da herança. Que tipo de guardião eu seria se deixasse isso acontecer?

— Ainda assim, minha opinião permanece a mesma.

— Isso é ridículo — resmungou, ignorando a risada abafada de Clara. — Não podemos concordar com algum meio-termo?

— Pelo que me lembro — começou Irene —, metade dos problemas que você teve com o papai veio da incapacidade dos dois de chegar a qualquer meio-termo.

— Isso não é justo, e você sabe disso.

— Talvez não, mas estou pensando na garota, e não no que é justo.

Aceitando a merecida repreensão, Jonathan ficou em silêncio.

— Falta quanto tempo para Marjorie atingir a maioridade? — perguntou Irene.

— Ela faz 21 anos no dia 13 de agosto.

— Muito bem. — A duquesa bateu com a colher na borda da última xícara e a colocou de lado. — Aqui vai a minha oferta: vou apresentar a garota, ajudá-la a fazer amigas. Clara fará o mesmo. Você, por sua vez, adiará a viagem até o aniversário dela. E, durante esses dois meses, se colocará à minha disposição e à dela, atuando da forma como já descrevi.

— E o que faço entre um jantar e outro? Fico sentado, girando os polegares?

*E me torturando.*

— Considerando sua natureza inquieta, sugiro que encontre algo útil e produtivo para fazer. Quanto à garota... Bem, você pode me ajudar a prepará-la para a vida como herdeira na sociedade britânica. Da maneira que vejo, garantir que ela esteja feliz e estabelecida aqui é uma tarefa tão importante para o guardião quanto cuidar das finanças. E, não, isso não está aberto a discussão.

Jonathan soltou um suspiro e se jogou para trás na poltrona.

— E quando ela fizer 21 anos?

— Ela estará pronta para tomar as próprias decisões sobre o que deseja fazer, e você garantirá que todo e qualquer arranjo que ela precisar será feito. Se ela estiver confortável em ficar conosco na hora de você ir à África, muito bem, e então adeus. Caso contrário, você permanecerá aqui até que ela se sinta confortável conosco e com a nova vida. De qualquer forma, se o que ela quer é fazer a temporada e ser apresentada, terei o maior prazer em ajudar, e espero que você esteja aqui para testemunhar todos esses momentos. Estamos de acordo? — Ela não esperou uma resposta. — Ótimo. Quer chá? — perguntou, oferecendo a xícara e o pires para ele.

— Não, obrigado — murmurou Jonathan, percebendo o quanto estava preso. — Depois de discutir com vocês duas, sinto que realmente preciso daquela bebida que Galbraith ofereceu.

— Meu marido — comentou Clara, a alegria evidente — é um homem muito perceptivo.

*Capítulo 13*

Marjorie sentiu-se muito melhor depois de devorar os sanduíches que Irene mandara. Com a fome saciada, se lavou em uma banheira luxuosa e surpreendentemente moderna e, então, com a ajuda de Eileen, colocou o vestido de noite.

Temendo que o ousado vestido preto da baronesa não fosse apropriado, Marjorie precisou se contentar com seu único outro vestido de noite, um traje apagado de veludo malva comprado quando tinha 16 anos para ir à opera ou ao teatro com o sr. e a sra. Jessop. O vestido tinha um decote modesto e enormes mangas bufantes e, embora estivesse completamente fora de moda, teria que servir. E, como a criada de lady Stansbury substituíra todos os bordados do vestido por bordados pretos, não via como alguém poderia reclamar.

Mas descobriu que sua suposição estava errada quando conheceu lady David.

Mal tinham sido apresentadas quando a cunhada do duque, uma mulher elegante trajando um vestido moderno de seda verde, a encarou, arqueando as sobrancelhas castanho-avermelhadas.

— Vejo que optou por fazer um luto mais brando, srta. McGann — disse. Embora o comentário parecesse inofensivo, algo no tom de voz dela fez Marjorie endurecer. — Uma escolha ousada, assim tão cedo.

*Ela acha que isso é ousado? Ah, se soubesse...* Qual seria a reação de lady David ao ver o vestido preto da baronesa?

— Isso é ousado? — perguntou Marjorie, olhando para baixo, então de volta para cima, fingindo surpresa.

— Nem um pouco — afirmou Irene, vindo em sua defesa. — Se entendi bem sua situação, Marjorie, você mal conhecia seu pai, não é?

— Não o via desde os 7 anos.

— Então está explicado. Ah, aqui estão nossos maridos, finalmente, Carlotta — exclamou a duquesa, olhando por trás de lady David para dois homens de gravata branca que chegavam. — Vocês em geral são os primeiros a descer! Estávamos nos perguntando se iriam aparecer. Deixe-me apresentá-los.

Lady David se viu obrigada a postergar a conversa sobre o vestido de Marjorie quando o duque e seu irmão se aproximaram.

— Henry, David — continuou Irene —, esta é a protegida de Jonathan, a srta. Marjorie McGann. Marjorie, este é meu marido, Henry, o duque de Torquil.

Irene fez uma pausa, e o duque, um homem alto de cabelo preto e olhos cinzentos e penetrantes, fez uma reverência para Marjorie. Então, apontou para o homem mais baixo, de cabelo mais claro e olhos da mesma cor.

— E este é o irmão do duque, lorde David.

Ela apresentou Jonathan aos dois homens e, depois de apertos de mão, o duque ofereceu xerez às damas. A oferta foi prontamente aceita. Enquanto Torquil seguia para o armário de bebidas acompanhado de lorde David e Jonathan, lady David teve a oportunidade de voltar ao tópico do vestido.

— É uma decisão pessoal, suponho, a escolha da duração do luto completo — afirmou, recebendo um suspiro cansado da duquesa em resposta. — Mas é sábio desprezar o convencional e pular esse período?

— No caso de Marjorie, o próprio luto completo deve ser opcional — declarou Irene, com convicção. — Se ela quiser seguir os costumes e utilizar apenas preto durante um ano...

Ela fez uma pausa, segurando o sorriso quando Marjorie a olhou com uma expressão desesperada.

— Como sua acompanhante — voltou a falar —, acredito que não há problema se ela desejar seguir direto para o luto mais brando. O que acha, Clara? — perguntou, quando a irmã se juntou ao grupo.

— Ah, eu concordo — respondeu Clara, para o alívio de Marjorie. — E, por mim, quando agosto chegar e formos para o interior, ela pode deixar de vez o luto.

— Talvez você tenha trabalho para convencer seu irmão disso — afirmou Marjorie, com secura. — Ele espera que eu fique trancada dentro de casa por um ano, usando preto da cabeça aos pés.

— O quê? — Irene riu e olhou para o irmão. — Ora, Jonathan, você não fala sério, não é? Um luto completo por um pai que ela nem conhecia?

Diante da censura provocativa das irmãs, Jonathan se mostrou envergonhado, como qualquer homem na mesma situação.

— O que eu sei sobre todas essas coisas? — resmungou, pegando as duas taças de xerez que o duque lhe passara e levando-as para as damas. — Irene, se quer diminuir o período de luto da Marjorie, a decisão é sua — declarou, entregando as taças à Marjorie e à duquesa. — Mas, da minha parte, achei melhor ser mais cauteloso.

— Cauteloso? — repetiu Clara, rindo, quando ele se virou. — Bem, suponho que poderia ser chamado de cautela.

— Ah, mas ele foi pior do que imaginam, minhas senhoras — comentou Marjorie, feliz em poder participar das provocações e se vingar de Jonathan por todas as horas que passara costurando. — Durante a nossa viagem, me deixou aos cuidados de lady Stansbury.

Todos grunhiram à menção do nome, menos Jonathan.

— Eu não me arrependo desta decisão — disse, com firmeza, voltando com xerez para Clara e lady David. — Antes ter a condessa Stansbury como acompanhante do que aquela tal de Vasiliev.

— A baronesa Vasiliev? — questionou Irene, surpresa. — Ela estava no navio?

Jonathan soltou um grunhido de escárnio.

— Baronesa, até parece!

— Ah, mas ela é — garantiu Irene, deixando Marjorie ainda mais satisfeita. — Henry e eu fomos apresentados a ela em Paris, durante nossa lua de mel, e Henry insistiu que ela não poderia ser uma baronesa de verdade...

— Foi o que eu disse! — Jonathan se virou para Torquil. — Ainda bem que alguém partilha da minha opinião.

— Só que parece que eu estava errado — informou o duque, servindo xerez aos homens. — Procurei o nome dela no *Almanaque de Gotha*, e lá estava.

— Ha! — exclamou Marjorie, lançando um olhar triunfante para Jonathan. — E você achou que ela era uma farsa.

— Não posso ser culpado por essa opinião — rebateu ele. — Para mim, a mulher é muito dramática. O título dela pode estar no *Almanaque de Gotha*, mas como podemos saber se é honesta?

— Ah, pelo amor de Deus — resmungou Marjorie, revirando os olhos. — Estão vendo? — acrescentou, olhando para as irmãs dele. — Estão vendo o que tive que aguentar?

As irmãs concordaram, e, vencido, Jonathan ergueu as mãos em um gesto de rendição.

— Tudo bem, tudo bem! Posso ter me enganado sobre aquela mulher, mas eu estava certo sobre o conde de la Rosa, não estava?

— De la Rosa? — David fez um som de desgosto enquanto aceitava a taça das mãos do irmão. — Aquele canalha? Ele também estava no navio?

— Estava — respondeu Jonathan. — E se *ele* está no *Almanaque de Gotha*, eu como meu chapéu.

— Não está — garantiu David. — Nossos criados têm mais linhagem aristocrática em seus antepassados do que aquele cafajeste.

— Mas ele é bonito — afirmou lady David, com um suspiro. — E muito charmoso. Não é muito sofisticado, claro, mas dá festas fabulosas. Fomos a uma na *villa* dele perto de Cannes, há sete ou oito anos. Lembra, David?

— Duvido que ele ainda dê festas como aquelas — respondeu o marido. — Está completamente endividado, pelo que ouvi falar.

— Não me surpreende — afirmou Rex, e tomou um gole de xerez. — E não há dúvidas sobre o caráter dele. O homem não vale nada, embora as damas não consigam ver isso.

Marjorie lembrou-se do encontro com o conde na porta da cabine, analisando-o à luz dessa nova informação. Também se lembrou da mão segurando a dela firmemente, da maneira como se aproximara... sinais de desespero, sabia agora. Iludida pelo charme dele, não tinha percebido o perigo que correra. Jonathan a salvara de um desastre social — ou de algo ainda pior.

Olhou para ele e ficou surpresa por encontrá-lo a encarando, mas não conseguiu decifrar sua expressão.

— Pelo contrário, Rex — disse Jonathan, a voz leve. — Algumas damas não são afetadas pelo charme dele. Lady Stansbury é uma delas.

— Ah — falou Irene, sorrindo —, agora entendemos por que você a deixou como acompanhante de Marjorie.

— Exato. Podem me provocar o quanto quiserem, mas...

— E nós vamos! — interrompeu Clara, e se virou para Marjorie. — Meu irmão foi muito cruel em deixá-la aos cuidados daquela mulher odiosa. Suponho que ela tenha obrigado você a costurar algo.

Marjorie concordou com a cabeça.

— Bordados — disse, solenemente, recebendo olhares de piedade de todas as mulheres da sala, até de lady David.

— Sabia que seria algo do tipo — continuou Clara. — Ela está sempre atrás de nós, pedindo que façamos algo para doar para o bazar da igreja, quando vamos para Ravenwood. É vizinha de Irene e Torquil, sabe?

— Para o desgosto dela — adicionou Irene, animada. — Ah, ela adora Torquil, mas não gosta muito de mim, como tenho certeza de que Marjorie sabe.

— Percebi que você não é uma das pessoas favoritas dela — admitiu Marjorie. — Parece que lady Stansbury não acha certo que mulheres tenham opiniões políticas.

— Ah, é pior que isso. — Os olhos de Irene brilharam, travessos, por cima da borda da taça de xerez enquanto ela tomava um gole.

— A velha acha que mulheres não devem ter opinião alguma. Não até nos casarmos, pelo menos. Então, precisamos que nossos maridos nos digam o que devemos pensar. Conquistei sua desaprovação por ousar ter opiniões próprias muito antes de conhecer meu marido, e não achei necessário mudá-las após o casamento.

— Para a minha decepção — acrescentou o duque. — Minha esposa, srta. McGann, está sempre disposta a contradizer minhas opiniões na primeira oportunidade. Às vezes, acho que ela o faz apenas por diversão.

— Alguém precisa enfrentá-lo — respondeu a duquesa. — Caso contrário, você seria insuportavelmente tirânico. Suas irmãs concordariam, se estivessem aqui.

— Ainda bem que não estão — afirmou David. — Esta casa fica menos parecida com um hospício durante a temporada, agora que Sarah e Angela têm a própria casa e os meninos de Jamie voltaram para Harrow para o semestre de verão.

— Podemos visitar Sarah e Angela amanhã. O que acham? — sugeriu Clara. — Elas vão adorar conhecer Marjorie. E sei que também estão morrendo de curiosidade de conhecer Jonathan — acrescentou, olhando para o irmão por cima do ombro. — Você deveria vir conosco, irmão. Faremos uma visita à tarde.

— Não posso, obrigado — respondeu ele, prontamente. — Estarei muito ocupado para ficar fazendo visitas por toda Londres.

— Ocupado com o quê? — perguntou Clara, curiosa.

— Pensarei em algo — resmungou ele.

Todos riram com a resposta, principalmente os homens.

— Gostaria de poder ajudar, mas estarei na Câmara dos Lordes amanhã — explicou Torquil. — Votação importante.

— Haverá uma votação amanhã? — questionou lady David. — Então Jamie estará na cidade. — Ela fez uma careta, como se tivesse chupado limão. — Espero que ele não traga aquela mulher.

— O nome dela é Amanda — disse Irene, com a voz dura. — Você já devia saber, depois de cinco anos com ela na família.

— Eu sei. — Lady David fungou. — Mas não significa que preciso usá-lo.

A tensão entre as duas era tão visível que poderia ser cortada com uma faca. Marjorie reconheceu a faísca dourada de desafio nos olhos cor de mel de Irene, tão parecidos com os de Jonathan. Por sorte, Clara quebrou a tensão:

— Então, Irene... O que podemos fazer que não quebrará o período de luto de Marjorie? Nada de bailes, certamente, ou de festas grandes. Suponho que possamos ir ao teatro ou à opera, mas teremos que pensar em outros meios de diversão.

— Que tal uma festa aquática? — sugeriu Torquil. — Podemos navegar pelo Tâmisa no *Mary Louisa* e fazer um piquenique em Kew.

— O *Mary Louisa* é um barco, suponho? — perguntou Jonathan.

— Meu segundo iate.

— Você tem mais de um?

— O *Mary Louisa* é menor, para ser usado no rio. O *Endeavor* é maior, para navegar pelo Solent e atravessar o Canal.

— Dois iates? — indagou Marjorie, dando a Jonathan um olhar de admiração. — Imagine só, pessoas gastando o dinheiro com algo do tipo — continuou, ignorando o olhar torto dele. — Me diga, Sua Graça, você também tem cavalos de corrida e automóveis?

— Não. Irene e eu conversamos sobre comprar um automóvel, mas não vejo por que fazê-lo enquanto não temos estradas melhores e mais acesso a gasolina. Quanto aos cavalos de corrida, não gosto da prática. Por que a pergunta?

— É uma piadinha da Marjorie — respondeu Jonathan antes dela. — Você faz muitas festas no barco, duque?

— Já fizemos duas nesta temporada.

— Se dependesse de Henry, teríamos uma toda semana — garantiu Irene, rindo. — Meu marido quer aproveitar toda a oportunidade que tem de estar na água. O que significa que preciso começar a planejar uma para a Marjorie. Para o fim de junho, ou começo de julho, talvez. Isso nos dará tempo de apresentar Marjorie a outros membros da família e amigos. Enquanto isso, temos teatros e óperas, como Clara disse, e podemos visitar ou receber visitas no período da tarde, coisas do tipo.

— Parece ótimo — afirmou Marjorie, com apreciação sincera. — Também tenho amigas da escola que estão morando na Inglaterra e, se algumas estiverem na cidade, adoraria visitá-las. Se for tudo bem por vocês. Mas, antes... — Ela fez uma pausa, dando às damas um olhar apologético. — Vocês se importariam se visitássemos uma costureira para que eu tenha roupas apropriadas? Não tenho trajes além dos uniformes de professora, dois vestidos para o domingo e dois vestidos para a noite.

— Só isso? — perguntou lady David, horrorizada, a cunhada escandalosa esquecida. — Ah, querida, você realmente está precisando de roupas! Irene, a primeira coisa que vamos fazer amanhã é visitar Jay.

— Claro — concordou a duquesa. — Sarah e Angela terão que esperar. Vamos à Jay amanhã e encomendaremos algumas coisas nas cores cinza, malva e branco, o suficiente para você se vestir até agosto. Então, antes de partirmos para o interior e você terminar o luto, pediremos novos trajes para seu guarda-roupa de outono, e então poderá ter vestidos da cor que quiser.

— Obrigada — disse Marjorie, aliviada. — Sou muito grata por você estar disposta a abrir uma exceção para mim, Irene. Espero... — Ela fez uma pausa e mordeu o lábio. — Espero que as pessoas não pensem que sou insensível por conta disso.

— Insensível? Não! — disse lady David, a voz leve, apesar do perceptível tom de desaprovação. — Um pouco arrogante, talvez.

Ela saiu para se juntar aos homens, e Irene se aproximou de Marjorie.

— Não se importe com Carlotta. Ela tem pavor de qualquer coisa que possa manchar o nome da família. E é um pouco esnobe. Quando nos conhecemos, analisou o vestido que eu usava do mesmo jeito que fez com o seu.

Marjorie analisou o lindo vestido de seda azul-safira que a duquesa usava, uma prova do bom gosto da mulher.

— Não consigo imaginar que seus trajes possam ser alvo de reprovação.

— Não? — Irene sorriu. — Quando conheci a família de Henry, eu não tinha nenhum senso de moda. Eu estava cuidando da editora, Clara era minha secretária, e nós duas nos vestíamos para o trabalho: saias lisas, blusas brancas e lenços de pescoço. Quando viemos ficar nesta casa, foi algo inesperado, e não tínhamos roupas apropriadas. Tivemos que passar depressa na loja de departamentos, no caminho para cá. Carlotta ficou horrorizada com nossos vestidos amassados da Debenham e Freebody, não é, Clara?

— Ah, sim. Mas isso é porque ela se preocupa muito com o que os outros pensam. Mas ela é mais simpática do que parece. De verdade — adicionou Clara, rindo quando Marjorie não respondeu. — Ela foi minha acompanhante enquanto Irene estava na lua de mel. Foi quando percebi que ela só quer mostrar o melhor da família. E, quando o assunto são roupas, ela tem um excelente gosto. Aprendi muitas coisas.

— Eu também — concordou Irene, apontando para o próprio vestido. — Eu nunca teria escolhido este vestido há seis anos, mas Carlotta me ajudou muito, e você verá que os conselhos dela sobre roupas são impecáveis. Também precisamos encontrar uma criada para você o mais rápido possível. Eileen é uma jovem adorável e muito prestativa, mas, embora sua temporada de verdade seja só no próximo ano, você precisa de uma criada adequada. Minha nossa! — acrescentou ela, surpresa com as próprias palavras. — Quem diria, há seis anos, que eu estaria falando algo assim?

— Eu não — garantiu Clara, tomando um gole de xerez. — Só passamos na Debenham e Freebody no caminho para cá naquele dia, há tantos anos, porque eu insisti. Se dependesse dela, teríamos batido na porta do duque parecendo uma dupla de datilógrafas, com manchas de tinta nas mangas e um lápis atrás da orelha.

Marjorie riu, imaginando as duas no saguão elegante do duque vestidas como Clara descrevera.

— Sua família está no ramo dos jornais há muitos anos, não é?

— Nosso bisavô começou o negócio, mas foi o filho dele que transformou a Deverill Publishing em um império — explicou Irene. — Para nada.

— Pobre papai — disse Clara, com um suspiro. — Queria ser um bom homem de negócios, mas não era. Deve ter sido muito difícil saber que o pai e o filho eram melhores que ele.

— E as filhas também — afirmou Irene. — Gosto de pensar que Clara e eu cuidamos bem da empresa. E, depois que papai morreu, Jonathan investiu na editora, o que nos permitiu expandi-la pela primeira vez desde os tempos de nosso avô.

— Eu cuido da editora agora — declarou Clara, orgulhosa. — É uma tarefa árdua e, sem a ajuda de Rex, duvido que eu conseguiria. Mas amo meu trabalho.

— Mas nem sempre foi assim — lembrou Irene.

— Não mesmo. Eu era como você, Marjorie. Queria ter minha temporada, encontrar um marido, ter uma família... Mas, quando Jonathan decidiu ficar na América enquanto Irene estava em lua de mel, não tive escolha a não ser assumir a empresa.

— Você ficou brava com seu irmão? — perguntou Marjorie.

— Brava é pouco! Se Idaho não ficasse do outro lado do mundo, eu teria ido até lá dar um tiro nele — afirmou ela, aumentando o tom de voz para que Jonathan ouvisse.

— E eu não sei? — disse ele, vindo se juntar às mulheres. — Por que acha que me mantive longe? Não sou idiota.

— Essa é uma questão passível de debate, querido irmão.

Observando os três, Marjorie ficou feliz em ver a facilidade com que Jonathan e as irmãs tinham entrado no clima de provocações e risadas. Aquilo era uma família, percebeu. Ou, pelo menos, era como uma família deveria ser. Brigavam e faziam as pazes, provocavam e discutiam, e, embora as circunstâncias tivessem os separado para lados diferentes do mundo, havia um alicerce de amor e apoio, aceitação e perdão. Havia lealdade. Ela nunca tivera aquilo.

De repente, sentiu um aperto no coração. Nunca sentira uma dor tão latente pela perda de sua família.

— Uma moeda pelos seus pensamentos — murmurou uma voz junto a seu ouvido, e ela virou-se para ver Jonathan ao seu lado.

Marjorie o encarou com uma expressão de dúvida e forçou um sorriso.

— Eles não valem tanto — disse, e virou-se depressa para falar com Clara. — Então você cuida da empresa? Um feito impressionante.

— Está mais para assustador. Mas, depois que aceitei a situação, comecei a gostar. É incrível como não conseguir o que quer leva a descobertas incríveis.

— Por exemplo? — perguntou Marjorie, curiosa.

— Como ser forte, como confiar no meu próprio julgamento...

— Como ser mandona — interrompeu Rex, juntando-se à roda.

— Bom, isso também — concordou Clara, e Marjorie e Irene riram. — Mas, mais importante, aprendi que as coisas contra as quais mais lutamos acabam por ser as melhores.

O sorriso dela desapareceu, dando lugar a uma expressão séria. Mordendo o lábio, olhou para o irmão.

— É por isso que nunca consegui ficar brava de verdade com você, sabe? Sua decisão transformou meu sonho em algo muito maior e mais maravilhoso do que jamais imaginei. Eu não mudaria nada, Jonathan. Falo sério.

— Fico feliz, florzinha. — Ele se inclinou e deu um beijo na bochecha da irmã. — Muito feliz.

— Aliviado, também, aposto — falou Rex. — Se tivesse voltado para casa antes, teria sido obrigado a ser a Lady Truelove no meu lugar.

— O quê? — perguntaram Jonathan e Marjorie, em uníssono, fazendo os outros rirem.

— Você é a Lady Truelove? — indagou Jonathan, encarando o cunhado. — Sério?

Rex abriu um sorriso.

— Precisa de algum conselho? — questionou. — A seu dispor. Mas é um segredo, então não conte a ninguém. Clara me contratou para escrever a coluna enquanto Irene estava passeando pela Europa, e continuo escrevendo até hoje.

— Não acredito — resmungou Jonathan. — Parece que minha decisão de ficar longe foi ainda mais sensata.

Clara o cutucou nas costelas.

— O que foi? — perguntou, lançando um olhar inocente à irmã. — Eu teria sido um péssimo conselheiro.

— Vá ao escritório amanhã — sugeriu Rex. — Estarei lá na parte da tarde. Vou mostrar tudo, e podemos discutir como andam as finanças. Um terço da empresa é seu, e você precisa saber como as coisas vão.

Jonathan negou com a cabeça.

— Outro dia, talvez. Preciso visitar um alfaiate. Meus ternos de tweed estão aos pedaços.

— Odeio falar isso para você, meu amigo, mas suas roupas para a noite também não estão melhores — respondeu Rex.

Jonathan fez uma careta, aceitando a verdade.

— Mais um motivo para ir ao alfaiate, então. E tenho vários outros negócios para tratar nos próximos dias. Podemos combinar algum outro dia?

— É claro.

— Você precisa de ternos de tweed? — perguntou Torquil, juntando-se a eles. — Não deveria, se está indo para a África.

— Ficarei mais tempo do que havia planejado.

*Ele vai ficar?* Marjorie parou a taça a meio caminho da boca, invadida por uma sensação de esperança irracional e surpresa feliz.

— O aniversário da Marjorie é 13 de agosto — continuou ele, olhando de soslaio para a irmã mais velha. — Não posso perder.

Vendo os irmãos trocando olhares, Marjorie percebeu que a decisão de ficar não partira dele. A felicidade sumiu, e a esperança evaporou. Mas, de alguma forma, conseguiu abrir um sorriso.

— Que ótimo — disse ela, o orgulho deixando a voz leve. — Mas você não precisa adiar negócios importantes por minha causa. Terei muitos outros aniversários.

— Ainda assim, precisamos fazer algo marcante para este — afirmou Irene. — Fazer 21 anos é um rito de passagem.

— No caso de Marjorie, é mais que isso — disse Jonathan, olhando para ela. — É o início de uma nova vida.

Uma vida que ele não queria. Jonathan a lembrara daquilo naquela mesma tarde, na carruagem, quando percebera as esperanças românticas dela e as destruíra antes mesmo que ela notasse que existiam. Marjorie supunha que o homem estava tentando protegê-la do sofrimento, mas falhara miseravelmente. Porque, naquele momento, o sofrimento dominava seu coração, e ela estava se esforçando muito para não demonstrar.

— O que acham de uma grande festa na casa de campo? — sugeriu Clara, em uma voz que soou estranhamente distante para os ouvidos de Marjorie. — Será a época certa.

— Parece bem divertido — respondeu Marjorie, ainda encarando Jonathan. — Contanto que os convidados realmente queiram estar lá.

Jonathan apertou os lábios, mostrando que ela também poderia machucá-lo, mas aquilo não era uma vitória. Marjorie ficou aliviada quando Boothby apareceu para anunciar que o jantar estava servido.

O duque ofereceu o braço para ela e a acompanhou até a sala de jantar, e Marjorie afastou qualquer senso absurdo de decepção da cabeça. Sabia o que queria da vida, e, se Jonathan não queria o mesmo... bom, era azar dele, não problema dela. Não podia se ressentir, mas podia acreditar no que ele dissera na carruagem — e era o que pretendia fazer. A vida era curta demais para esperar um homem mudar de ideia ou desejar que fosse o que não era. O pai lhe ensinara essa lição. Era melhor que Marjorie não a esquecesse.

# Capítulo 14

Jonathan nunca tivera uma opinião muito boa sobre a sociedade aristocrática, mas, ao observar a mesa de jantar do duque de Torquil, percebeu que teria que rever seus conceitos — pelo menos quanto à própria família.

Pelo que via, Irene e Clara estavam tão bem adaptadas quanto as cartas indicavam, e os respectivos maridos pareciam homens bons e honrosos. Ele ficou feliz e aliviado.

Enquanto os outros conversavam com Marjorie, perguntando sobre a vida na América e sugerindo coisas que ela poderia gostar na Inglaterra, Jonathan falou pouco, contente apenas em observar e aproveitar os rostos sorridentes das irmãs à luz das velas.

*É bom estar em casa*, pensou.

Ele se endireitou no assento, assustado com o pensamento. Aquela não era sua casa. E, certamente, não era sua vida. E a Inglaterra também não era mais seu lugar. Depois de dez anos longe, ele era um peixe fora d'água ali. Mas, mesmo assim, não era tão estranho estar de volta como antecipara. Talvez uma pessoa nunca abandonasse por completo o lugar onde nascera e crescera, não importava o quanto viajasse ou ficasse longe.

— Acho que sou eu que preciso oferecer uma moeda — murmurou Marjorie, interrompendo seus pensamentos. — Você está muito quieto.

— Estou? Estava só refletindo sobre... sobre estar de volta à Inglaterra, rever minhas irmãs.

— Mas você está feliz por estar de volta?

— Estou sim, e é que me surpreende. Na verdade... — Ele fez uma pausa e riu, um pouco envergonhado. — Não sei por que eu estava tão preocupado.

Aquilo a fez sorrir.

— Fico feliz que você tenha feito as pazes com suas irmãs.

— Eu também. Foi mais fácil do que imaginei. — Ele hesitou, pensando no que Irene dissera sobre suas obrigações como guardião. — Espero que seja feliz aqui. Se tiver algo que posso fazer para facilitar sua transição, farei.

— Tem sim, na verdade. Eu estive pensando e tive uma ideia.

— Ah, não... — murmurou ele. — Isso significa problemas.

Marjorie fez uma careta.

— Estou falando sério.

— Eu também. Suas ideias sempre me trazem problema.

— Essa não vai. Na verdade, essa minha ideia pode facilitar as coisas para nós dois.

Aquilo o deixou curioso, mas, antes que ele pudesse perguntar, Irene interrompeu.

— Damas — chamou, levantando-se, e todos fizeram o mesmo —, vamos?

Ela foi saindo da sala de jantar para deixar os homens beberem vinho, mas Marjorie se demorou o suficiente para sussurrar no ouvido dele:

— Conversaremos mais tarde.

Então saiu, forçando-o a deixar a curiosidade de lado. No entanto, quando os homens enfim se juntaram às mulheres na sala de estar, nem ele nem Marjorie tiveram a chance de tocar no assunto, pois David sugeriu que jogassem bridge.

— Estamos em oito — apontou o homem. — Ninguém ficaria de fora.

— Não podemos — falou Clara, deixando o copo de café de lado e se levantando. — São quase dez horas, eu e Rex precisamos ir para casa. Se minhas filhas continuarem com a rotina que estabeleceram nos últimos tempos, Daisy deve acordar a qualquer instante gritando como uma *banshee*, o que vai acordar Marianne, então teremos um caos no berçário.

— Quantos anos têm suas filhas? — perguntou Marjorie.

— Marianne tem quase 4 e a Daisy tem 18 meses, então dão trabalho. Preciso ajudar a babá.

— Ela só quer uma desculpa para colocar as meninas na cama — explicou Rex, virando-se para a esposa. — Já pedi para que tragam a carruagem.

Ela assentiu e se virou para Jonathan.

— Bem-vindo de volta — repetiu, fazendo Jonathan lembrar dos pensamentos que tivera sobre o significado de "lar". Quando Clara abriu os braços, ele a envolveu com felicidade. — Não ouse ficar longe por tanto tempo de novo — sussurrou ela enquanto o apertava.

Jonathan não conseguiu responder. Em vez disso, ele a segurou no abraço apertado enquanto sentia o próprio peito se contrair com a dor do amor e do arrependimento.

— Não ficarei — prometeu, por fim. — Além disso — continuou, impelido a aliviar o clima após o abraço —, agora que sei que você não vai atirar em mim assim que eu passar pela porta, a promessa ficou fácil de cumprir.

— Não conte muito com isso, irmãozinho — respondeu Clara, a voz mais severa, mas com um sorriso no rosto.

Depois que ela e Rex partiram, David sugeriu outro jogo de baralho, mas Jonathan olhou para Marjorie e recusou a oferta.

— Por que vocês quatro não jogam? — sugeriu. — Não se preocupem conosco. Marjorie e eu temos alguns negócios para discutir.

— Minha ideia não é relacionada a negócios — sussurrou Marjorie, enquanto os outros seguiam para a mesa de carteado.

— Talvez não, mas há outras coisas que envolvem o patrimônio do seu pai sobre as quais precisamos conversar. Volto em um minuto.

Ele deixou a sala de estar e, quando voltou com sua maleta, os outros já estavam absortos na primeira partida de bridge, com Marjorie sentada à mesa do outro lado do cômodo. Juntando-se a ela, Jonathan colocou a maleta de couro preto em cima da mesa e se acomodou na cadeira em frente.

— Como seu guardião, sinto que é importante que você saiba sobre sua situação — começou, mas parou ao notar o olhar torto dela.

— Me parece que você já esclareceu muito bem a minha situação nesta tarde. Mas não se preocupe. Não criarei nenhum ideal romântico sobre você.

Posto daquela maneira, a suposição de que ela corria o risco de tal coisa parecia o cúmulo da presunção. Ainda assim, as palavras seguintes disseram que ele não estava muito errado.

— Devo admitir — murmurou ela, a expressão suavizando e as bochechas corando de leve — que eu estava sendo um pouco sonhadora em relação a você. Você foi... digo... — Ela olhou para os casais jogando bridge do outro lado da sala, então inclinou-se para mais perto dele e acrescentou, em um sussurro: — Você foi meu primeiro beijo, afinal.

De repente, a lembrança do beijo voltou com força, e ele se lembrou de que Marjorie não era a única pessoa perigando criar ideais românticos — ou, no caso dele, eróticos.

— Mas você é o último homem do mundo pelo qual uma mulher racional criaria expectativas — continuou.

Um argumento que Jonathan tentara reforçar naquela mesma tarde.

— De fato — concordou ele, assentindo enfaticamente com a cabeça. Ele sabia que o reforço era tanto para si próprio como para ela. — É verdade.

— Deixando isso de lado, parece que passamos muito tempo provocando o outro de uma maneira ruim.

*Ou de uma maneira boa*, respondeu seu instinto masculino. *Depende do ponto de vista.*

Ordenando que o instinto masculino se calasse, Jonathan se esforçou para dar uma resposta mais apropriada.

— É compreensível que você fique irritada sob minha tutela. Apesar de ser minha protegida, você é uma mulher adulta.

Seu corpo esquentou com aquelas palavras, e ele se sentiu o pior dos hipócritas.

— Exatamente — concordou Marjorie, com um entusiasmo desconcertante. — Então eu estava pensando que podemos deixar os títulos de lado.

Jonathan franziu a testa, confuso.

— Não sei se entendi.

— Guardião, protegida... Será que não podemos deixar isso de lado? Redefinir nossa situação?

— Mas eu sou seu guardião e você é minha protegida. São fatos.

— Sim, mas nesses casos, a protegida costuma ser uma criança. E eu não sou uma, como você mesmo disse.

Com o beijo ainda tão vívido em sua mente, Jonathan estava começando a detestar ter as próprias palavras usadas contra ele.

— Acredito que já deixamos claro que não considero você uma criança — disse. E, embora se esforçasse para manter o rosto e a voz neutros, não pôde deixar de acrescentar: — Provei este ponto de forma bastante clara a bordo do *Netuno*, se bem me lembro.

O rosto dela ficou ainda mais vermelho.

— Sim — sussurrou ela. — Mas me agarrar e me beijar não é exatamente uma maneira prática de resolver nossos problemas, não é?

Havia maneiras piores, mas ele não respondeu.

— Se não encontramos uma nova maneira de seguir em frente — continuou ela, após aquele momento de silêncio —, uma que nos deixe em pé de igualdade, temo que vamos continuar a... a...

Ela se interrompeu e passou a língua pelos lábios, atraindo o olhar dele, mas ele rapidamente voltou a encará-la nos olhos.

— Nos provocar da maneira errada? — completou Jonathan, a expressão neutra.

— Isso. Não podemos começar do zero? Tentar ver o outro de uma maneira diferente?

— Ou você poderia simplesmente aceitar a situação e ceder à minha autoridade. Mas — ponderou ele, com um suspiro —, se fizesse isso, o mundo pararia de girar, o inferno congelaria e eu morreria de susto. O que você sugere?

— E se tentarmos... ser amigos?

— Amigos?

Ele ficou imóvel enquanto a encarava chocado, temendo que ser amigo de Marjorie fosse complicar ainda mais a situação.

Um pouco de sua angústia deve ter aparecido em seu rosto.

— Minha nossa — comentou ela, com uma risada quase forçada. — Isso é tão difícil de imaginar?

Era mais que difícil, era impossível. E, ainda assim, encurralado entre a obrigação e o desejo, que outra escolha ele tinha?

— Nem um pouco — mentiu. — É só um pouco incomum, não é? Um homem e uma mulher serem amigos.

— Mas você acha que podemos tentar?

Jonathan colocou um sorriso no rosto.

— Claro. É uma ótima ideia. É perfeita. A melhor coisa a se fazer.

— Estou tão aliviada de ouvir isso — confessou Marjorie, levando a mão ao peito e rindo de novo. — Achei que não concordaria.

Ele nem piscou.

— Que absurdo.

— É? — perguntou ela, com pesar, fazendo careta. — Você tem uma cabeça muito fechada quando o assunto são as minhas ideias, Jonathan.

— Isso não é verdade — começou, mas parou assim que viu Marjorie sorrir por ele ter provado seu ponto. — *Touché*. Quanto ao resto... — Ele se interrompeu novamente e respirou fundo. — Amigos, então.

A resposta foi um sorriso radiante que o lembrou de como seria difícil aquela amizade, então precisou mudar de assunto.

— Agora que já resolvemos isso... — Ele apontou para os documentos na mesa — Bem, ainda sou seu guardião legal, e há algumas coisas que precisamos discutir. Se vamos ser amigos — acrescentou, quando ela resmungou —, nós dois precisamos fazer exceções.

— Ora, está bem. Mas qualquer exceção que eu fizer não envolverá usar preto e me trancar no quarto.

— Não tema. Irene já está do seu lado nisso, não está? E ela tem um discernimento bem melhor que eu nessas questões. O que quero discutir com você envolve suas finanças.

Ele abriu a maleta e pegou uma caixa de madeira e uma pilha de papéis amarrada com um barbante.

— Isso — disse, passando os documentos para ela — é uma cópia do testamento do seu pai, um inventário de todas as suas propriedades e o relatório mais recente de todos os seus investimentos. Sei que você já leu uma parte, mas sinto que é importante que leia o resto.

— Ah, então agora eu tenho permissão para ler? — provocou ela. — Não são mais seus documentos privados?

— Não seja desaforada. Alguns dos meus documentos privados estavam naquela mesa, e acho que sabe disso.

— Talvez. Mas não os li — garantiu Marjorie. — E não leria. Amigos não fazem esse tipo de coisa.

— Fico feliz em saber. Você pode levar o tempo que quiser para ler isso tudo, mas documentos jurídicos podem ser um pouco confusos, então, se tiver alguma dúvida, pergunte a mim ou ao seu procurador.

Ela franziu a testa.

— O sr. Jessop?

— Não. Jessop é o advogado responsável pelo testamento do seu pai e um de seus provedores, mas, agora que você está morando aqui, terá que encontrar um procurador britânico. Pedirei a Torquil para indicar um.

— Se você pode responder minhas dúvidas, eu realmente preciso de um procurador?

— Quero que você tenha um advogado de sua escolha. Como herdeira, não é sábio confiar cegamente em ninguém, Marjorie. Nem mesmo em seus provedores. Você herdou uma fortuna enorme, e isso é uma grande responsabilidade. E também pode ser um grande fardo.

— Quão enorme?

— É difícil dizer o valor exato, pois está tudo em investimentos, mas, segundo as taxas de câmbio atuais, o valor é de aproximadamente vinte milhões de dólares.

— *Vinte milhões?*

O tom de surpresa na voz dela deve ter chegado ao outro lado da sala, pois Irene tossiu e disse "Sete de ouros" em uma voz desnecessariamente alta para atrair a atenção dos outros ao jogo.

— Minha nossa — afirmou Marjorie, encarando-o com uma expressão perplexa. — Pensei que era algo em torno de um ou dois milhões, talvez. Mas vinte? — Ela afundou na cadeira, refletindo. — Você diz que está tudo investido... No quê?

— Propriedades, fundos, ações, cativos. A maioria de origem norte-americana, mas algumas britânicas.

— E sul-africanas — lembrou ela, olhando para a pilha de papéis e brincando com a borda das folhas. — E é por isso que você precisa ir até lá.

— Sim.

— Mas esta não é a única razão, não é? — As mãos pararam de mexer nos documentos, e ela ergueu os olhos. — Você *quer* ir.

— Quero — admitiu Jonathan. — As histórias do seu pai sempre me fascinaram. Ele disse que a África tem alguns dos países mais lindos do mundo. Gostaria de conhecê-los.

Marjorie assentiu, e a aceitação da resposta deveria tê-lo aliviado, mas não ajudou em nada. Pelo contrário, ele se sentiu incerto e pego desprevenido, mas não sabia bem por quê.

*O que importa, então? O que você espera da vida?* As perguntas de Marjorie eram as mesmas que ele se fazia desde que deixara a Inglaterra, mas nunca conseguira encontrar as respostas. Pensou que estava em paz com sua ambivalência, mas, olhando para a mulher do outro lado da mesa, percebeu que não estava em paz com nada.

Respirando fundo, forçou-se a voltar ao assunto.

— Quero que leia isso — disse, apontando para a papelada. — Estude os documentos e aprenda tudo o que puder sobre sua herança, Marjorie. Você tem o direito de saber. Além disso, é crucial que comece a pensar em si mesma como herdeira e aprenda a se proteger, pois haverá pessoas que tentarão tirar proveito disso.

Ela mordeu o lábio e olhou novamente para os documentos.

— Pessoas como o conde de la Rosa, você quer dizer — disse ela, após uma pausa.

— Isso. Eu a ajudarei a evitá-las o melhor que eu puder, mas Irene, Clara e seus respectivos maridos serão de maior ajuda, pois conhecem melhor as pessoas daqui.

— Jonathan? — Ela ergueu os olhos castanhos, grandes e escuros. — O que teria acontecido se o conde... — Ela se interrompeu, como se tivesse dificuldade de terminar a pergunta. — E se ele tivesse tirado proveito de mim e eu tivesse que me casar com ele?

Raiva irrompeu em Jonathan, repentina e quente, e ele cerrou os punhos debaixo da mesa. Mas, quando falou, a resposta não envolvia estrangular o conde.

— O sr. Jessop e eu teríamos feito nosso melhor para restringir os ganhos do conde em um acordo pré-nupcial, mas sua reputação ficaria por um fio... Aquele homem garantiria isso. Por isso é importante que você não dependa apenas de suas acompanhantes, mas também de seu próprio julgamento.

— Não confie em ninguém, em outras palavras — afirmou Marjorie, com um suspiro, apoiando o cotovelo na mesa e colocando o rosto entre as mãos. — Não gosto nada deste novo aspecto da minha vida.

— Tem um lado bom. Abriremos uma conta bancária para você com uma mesada. Será generosa, mas não gaste tudo esperando receber mais, pois não darei. Herdeira ou não, espero que seja responsável com seu dinheiro.

— Nada de cavalos de corrida? — Ela abriu um sorriso atrevido. — Nada de iates? Nem automóveis?

— Não.

— Você é muito tirano.

— Sou? — Ele colocou a mão na caixa de madeira em cima da mesa, e a tentação de provocá-la de repente ficou irresistível. — Então acredito que devo colocar suas joias em um cofre no banco até agosto?

Ela se endireitou na cadeira, olhando para a caixa e de volta para ele.

— O colar está aí?

— Além de outras coisas.

— Eu tenho outras joias? Posso ver?

— Hum... — Os dedos dele tamborilaram na madeira. — Não tenho certeza se deveria mostrá-las. Sou um tirano, afinal.

— Você é impossível, isso sim! — reclamou Marjorie, saltando da cadeira para circular a mesa, sem perceber as quatro pessoas do outro lado da sala, muito atentas à conversa. — Ora, me deixe ver.

Ele não conseguiu segurar uma risada. Cedendo, abriu a caixa.

— Mas parecem pedrinhas — disse ela, surpresa, olhando para as gemas encaixadas nos bolsinhos de veludo. — E pedacinhos de vitrais.

— São gemas brutas — explicou Jonathan. Então acrescentou, apontando para uma pilha de pedras: — Esses são diamantes.

— Diamantes! — exclamou Carlotta, colocando as cartas na mesa e se levantando. — Preciso ver!

Irene e o marido também se levantaram. Ignorando os protestos de David sobre estarem no meio de uma partida, os três cruzaram a sala para examinar as gemas.

— Uma coleção impressionante — comentou o duque, olhando por cima do ombro da esposa. — Ametistas, opalas, granadas-estrela... — Ele olhou para Jonathan. — Posso guardá-las no cofre do andar debaixo, se quiser. Guardo as joias de Irene lá.

— Era exatamente o que eu esperava. Obrigado.

— Guardaremos tudo lá esta noite, depois que as damas derem uma boa olhada nas pedras. Mas, na verdade, o que você deveria fazer é levá-las a um joalheiro para que sejam lapidadas. Recomendo a Fossin & Morel, na New Bond Street.

— Jonathan? — A voz de Marjorie chamou sua atenção. — Onde está a Rosa de Shoshone?

Ele levantou o tampo da bandeja da caixa, revelando a caixa da Tiffany no compartimento abaixo. Colocando a bandeja de lado, tirou a caixa menor, levantou a tampa e mostrou o colar para todos.

Carlotta e Irene ofegaram, mas foi Marjorie quem capturou sua atenção. Os lábios rosados se curvaram em um sorriso misterioso, e os olhos escuros emanavam o fogo sensual que ele acendera ao colocar o colar no pescoço dela — o mesmo fogo que o queimara durante toda a tarde do dia anterior e ainda perigava dominá-lo. Ele se controlou, no entanto, lembrando-se de que Marjorie estava certa.

Uma amizade era sua única escolha. Mesmo assim, ao recordar daquele beijo apaixonado, Jonathan temeu que a amizade seria como andar em uma corda bamba a centenas de metros de altura. Muito complicado, de fato.

# Capítulo 15

As duas primeiras semanas de Marjorie na Inglaterra foram cheias de compromissos. Como planejado, ela foi levada à famosa Jay e, apesar da limitada escolha de cores e da exigência de que todos os trajes tivessem bordados pretos, conseguiu encomendar um número surpreendente de roupas de que ela realmente gostou para o dia, para caminhadas e para jantares.

Até Carlotta simpatizou com o estrago que a criada de lady Stansbury fizera nas roupas íntimas de Marjorie, e elas gastaram um dia inteiro com costureiras especializadas em lingerie e espartilhos.

A jovem também foi levada a uma grande quantidade de chapeleiros, luveiros e sapateiros. Comprou leques, lenços e até bolsas de mão. Também encomendou cartões de visita e papel de carta. Ela visitou a Harrods, mimando-se com os melhores sabonetes e loções da França que o dinheiro podia comprar. Como Irene prometera, contrataram uma criada própria para jovens debutantes. Apesar do rosto sisudo, a srta. Gladys Semphill era muito boa com cabelos e conseguia transformar a juba rebelde de Marjorie em cachos perfeitos.

Irene e Carlotta a levaram para visitar as irmãs do duque, Angela e Sarah, assim como muitos outros conhecidos. Elas também visitaram a baronesa Vasiliev, que ficou encantada em rever a duquesa depois de tantos anos e sustentou o olhar de desaprovação de Carlotta com indiferença, ao que Marjorie ficou grata.

Ela escreveu para as amigas da escola e descobriu, para sua alegria, que duas estavam em Londres para a temporada. Dulci agora era da nobreza, tendo se casado com o barão Outram em abril, e Jenna acabara de ficar noiva de um tal de coronel Westcott, o segundo filho do conde de Balvoir. Elas fizeram planos para tomar chá no Claridge, para que Marjorie soubesse de todos os detalhes românticos.

Marjorie via Jonathan no café da manhã e no jantar, mas raramente se encontravam entre esses dois momentos, pois tudo o que ela tinha feito até então era compras e visitas. E, apesar das provocações de Clara para que ele as acompanhasse, Jonathan recusara enfaticamente o convite.

Portanto, ninguém ficou mais surpreso que Marjorie quando, em seu décimo quinto dia em Londres, ela e as companheiras de compras o avistaram na Bond Street.

Clara, que tinha tirado o dia de folga para acompanhá-las, foi a primeira a vê-lo.

— Ora, minhas damas, olhem só! — exclamou, parando na calçada e fazendo as outras pararem. — Irene, acredito ter visto nosso irmão entrando na Fossin & Morel do outro lado da rua. Acho que devemos ver o que ele está fazendo lá — continuou, virando-se para dar uma piscadela para Marjorie. — Vamos?

A sugestão foi recebida com uma aprovação ansiosa e, após vários minutos andando pela rua movimentada, as quatro damas entraram nas elegantes instalações de um dos melhores joalheiros de Londres.

Jonathan não estava à vista, mas um cavalheiro moreno e bem-vestido apressou-se em atendê-las.

— Sua Graça! — Foi o cumprimento de Irene. — Viscondessa Galbraith e lady David, também. Que visita adorável.

— Bom dia, sr. Prescott — respondeu Irene. — Acredito que meu irmão esteja aqui.

— O sr. Deverill? Está, sim. Um cavalheiro educado, Sua Graça, com uma coleção impressionante de gemas. — O rosto do sr. Prescott ficou animado ao falar de seu ofício. — Diamantes, peridotos... Algumas granadas-estrela e opalas negras excepcionais. Sim, muito impressionantes.

185

— Esta é a protegida de meu irmão, srta. Marjorie McGann. As gemas pertenciam ao pai dela.

— É mesmo? — O sr. Prescott virou-se para ela. — Espero que decida lapidar as gemas, srta. McGann. Algumas darão cortes primorosos.

— Não duvido. Meu pai era um engenheiro de mineração, e gemas eram sua paixão.

O sr. Prescott piscou, como se estivesse perplexo, e Marjorie ouviu Carlotta bufar ao seu lado; duas pistas de que ela cometera alguma gafe, mas não conseguia imaginar qual poderia ser.

Ao silêncio desconfortável, o sr. Prescott voltou a falar com Irene.

— O sr. Deverill está com o sr. Fossin no escritório, fazendo um inventário das gemas. Deseja que eu o informe de que estão aqui?

— Não é necessário. Podemos esperar alguns minutos. — Ela olhou para as vitrines. — Tem algumas esmeraldas para me mostrar?

— É claro.

Ele se virou, estendendo o braço para que andassem na frente dele. Enquanto percorriam a loja, Marjorie sussurrou para Clara:

— O que eu fiz de errado?

Carlotta foi mais rápida:

— Não é necessário informar as pessoas da antiga profissão de seu pai, querida. Aconselho que seja discreta sobre isso.

— Por quê? — questionou, surpresa. — O que importa?

— Não importa — afirmou Clara. — Ah, olhem! — acrescentou, enganchando o braço no da cunhada e levando-a para uma estante. — Pérolas, Carlotta! Suas favoritas.

Marjorie as seguiu, esperando conseguir mais informações de Carlotta, mas não teve a oportunidade, pois Jonathan surgiu alguns minutos depois com uns papéis na mão.

— Obrigado, sr. Fossin — disse, para um homenzinho com um bigode enorme. — Pode me informar quando tiver terminado de avaliar as gemas?

Após a resposta, ele se virou e imediatamente viu Marjorie espiando ao lado de Carlotta e Clara.

— Mas que diabo? — perguntou, rindo com a surpresa.

— Vimos você do outro lado da rua — explicou Irene, juntando-se ao grupo. — Não resistimos.

— Claro — concordou, dobrando os papéis e colocando-os no bolso do casaco. — Mulheres e joias são como mariposas e lamparinas.

— Vamos tomar chá no Claridge com duas amigas de Marjorie da época de escola — disse Clara. — Venha conosco. Você não será o único homem. Rex estará lá, e Paul, um primo de Rex, também.

— Por um momento, achei que teria seis damas apenas para mim — brincou ele. Balançando a cabeça em desapontamento fingido, ele abriu a porta da joalheria e lhes deu passagem. — Bom, vamos.

O grupo saiu para a calçada, mas, quando as mulheres começaram a seguir na direção do Claridge, Marjorie ficou um pouco para trás, para se juntar a Jonathan.

— Posso andar com você?

— Claro. — Ele fechou a porta atrás de si e ficou entre ela e a rua enquanto seguiam as outras mulheres. — Você deve estar querendo saber o que o sr. Fossin disse sobre as gemas.

— Adoraria, mas não é sobre isso. Preciso perguntar algo. — Ela relatou a conversa na joalheria e a reação do sr. Prescott e de Carlotta. — O que eu fiz? — perguntou, por fim.

Jonathan riu.

— Achei que já seria óbvio para você. Depois de passar duas semanas com Carlotta, deveria saber que ela é uma esnobe.

— Soube disso depois de apenas uma hora. Mas o sr. Prescott não está na posição de ser esnobe.

— Creio que o sr. Prescott não tenha demonstrado reprovação, e sim surpresa. A Fossin & Morel lida com uma clientela exclusiva. Ele provavelmente não está acostumado com jovens damas falando sobre a profissão do pai.

— Não, mas não é como se meu pai fosse um escavador de vala ou estivador. Consigo entender por que um esnobe não aprovaria. Mas meu pai, apesar das falhas, era um homem educado com uma profissão digna.

— É isso. Na Bretanha, um cavalheiro não deve ter uma profissão. Nem uma educação útil, se quer saber a verdade. A Inglaterra, ou pelo menos a nata da sociedade britânica, prefere que os jovens estudem poesia e línguas mortas na universidade.

— Mas Clara tem uma profissão — apontou Marjorie, confusa.

— O que é ainda pior, porque ela é uma mulher. Aposto que ela não fala muito disso fora do círculo familiar.

— Então a sociedade sabe do envolvimento dela com a editora, mas, contanto que ela não fale sobre o assunto, as pessoas deixam de lado?

— Mais ou menos. Se quer conquistar a boa graça da sociedade, é melhor evitar falar que seu pai era um engenheiro de mineração.

— Carlotta disse o mesmo. — Marjorie suspirou, balançando a cabeça. — Às vezes eu não consigo entender a vida britânica.

— Se serve de consolo, também não faz sentido para mim, e olha que fui criado assim. Não na aristocracia, claro, mas perto o suficiente. Minha mãe era filha de um visconde, embora tenha sido deserdada quando se casou com meu pai. Nós, da família Deverill, gostamos de desafiar a aristocracia.

— Um fato de que você parece gostar muito — comentou ela, rindo com o sorriso dele. — Berço de ouro, não foi isso que você falou?

— E eu não estava certo?

Ela fungou.

— Sobre alguns deles. Não podemos falar de Galbraith ou de Torquil da mesma maneira.

— Percebi que você não mencionou David. Ele é um exemplo típico de berço de ouro. E tem orgulho disso.

— Bom, você me pegou — admitiu Marjorie. — Mas não entendo por que isso seria motivo de orgulho. Nos Estados Unidos, é encorajado, e até esperado, que cavalheiros tenham carreiras.

— Espera-se que cavalheiros deste lado do mundo trabalhem o mínimo possível. Como americana, isso é uma diferença cultural que você pode achar difícil de aceitar, ainda mais considerando seu objetivo de se casar com um nobre.

De repente, casar-se com um duque ou um conde não parecia mais tão interessante. O motivo, claro, era o homem que andava ao seu lado — um fato que ela considerava frustrante e deprimente. Ainda assim, não havia razão para pensar naquilo, então olhou para o lado, procurando uma distração, e a encontrou quase que imediatamente na vitrine de uma loja.

— Olha só! — exclamou, parando de supetão, com surpresa e alívio genuínos. — É uma Trotter!

— Bem, isso certamente não parece um cavalo — provocou Jonathan, fazendo-a rir. — Mas cada um com suas percepções.

— É uma câmera, bobo. — Marjorie se inclinou contra a vitrine o máximo que o chapéu permitia e soltou um gritinho de felicidade. — E com lentes Lancaster! Olhe!

— Isso, se o tom da sua voz e o seu sorriso são alguma indicação, é uma coisa boa. — Ele também se inclinou para a vitrine. — E parece ter uma bolsinha.

— Claro que tem. É uma câmera de campo.

Rindo, ela se virou para encará-lo. A câmera acabou esquecida quando reparou o quão próximo ele estava.

Jonathan estava sorrindo, olhando-a de uma maneira que a fez prender a respiração. De repente, a lembrança do beijo a bordo do *Netuno* cruzou sua mente, e Marjorie teve dificuldades de lembrar o que estava para dizer.

— Por isso ela acompanha uma bolsinha — falou, mais que depressa. — Uma câmera de campo foi criada para ser portátil, para que uma pessoa possa... possa... tirar fotos ao ar livre. De paisagens, sabe? Em... em...

— Campos? — provocou ele, o sorriso aumentando.

Então, Jonathan estreitou os olhos e se aproximou mais alguns milímetros, o sorriso desaparecendo, fazendo o coração dela dar um salto de excitação.

Ele iria beijá-la? Com certeza não. Não ali, no meio da rua. E, ainda assim, mesmo enquanto negava a possibilidade, Marjorie também se aproximou, puxada na direção dele como um imã, o coração martelando em seu peito.

Foi então que Jonathan ergueu o rosto, os olhos sérios encontrando os dela.

— Talvez eu devesse comprar uma — murmurou.

Marjorie piscou, atordoada, sem conseguir se recordar do que estavam falando.

— Uma o quê?

— Uma câmera de campo. — Ele apontou na direção da vitrine. — Pode ser útil nas minhas viagens.

O lembrete de que ele não ficaria na Inglaterra colocou as coisas no lugar; o feitiço foi quebrado. Talvez aquela tivesse sido a intenção.

— Melhor irmos andando — afirmou Marjorie, se afastando da vitrine. — Caso contrário, vou me atrasar.

Ele parecia surpreso quando apontou para a Trotter.

— Não vai comprar?

Marjorie hesitou, mordendo o lábio, tentada, mas negou com a cabeça.

— Não — respondeu, antes de se virar e continuar andando. — Não tenho por que comprá-la. Não mais.

Ficou surpresa com a amargura da própria voz, a amargura de muito tempo atrás, de uma decepção quase esquecida. Jonathan a alcançou, e ela sentiu seu olhar, o que a instigou a continuar o discurso.

— Lembra-se de quando eu disse de que não há razão para dar uma segunda chance a um sonho morto?

— Sim, me lembro. E a fotografia era um sonho seu?

Ela assentiu.

— Quando eu tinha 12 anos, tive a ideia absurda de que encontraria meu pai no Oeste e seria fotógrafa. Então viajaria com ele, tiraria fotos das paisagens e seria a primeira mulher fotógrafa do Velho Oeste... — Ela ficou quieta, pensando na garota que tinha sido. Uma garota que pensara que o pai ainda a queria, uma garota que ainda justificava todas as ações dele. — Foi uma ideia estúpida.

— Não me parece estúpida — retrucou Jonathan, com uma voz gentil. — Por que acha isso?

— Você precisa mesmo perguntar? — Ela virou o rosto para encará-lo, rindo, tentando aliviar a situação. — Meu pai me deixaria acompanhar vocês dois?

— Acho que não. Você aprendeu fotografia na escola?

— Ah, não... A Academia Forsyte promove uma educação clássica. As meninas aprendem artes clássicas, como desenho, aquarela e pintura à óleo.

— Mas essas coisas não eram de seu interesse?

Ela o encarou, fazendo careta.

— Não sei desenhar.

Ele riu.

— Entendo. Mas, se não aprendeu fotografia na escola, onde aprendeu?

— Um fotógrafo da região de White Plains ofereceu um curso quando eu tinha 15 anos. Pensei que era a minha chance e implorei para que a sra. Forsyte me deixasse atender. Ela disse que concordaria se eu convencesse pelo menos mais uma aluna a participar, então chamei minha amiga, Jenna, que você conhecerá hoje. Ela sempre estava disposta a fazer coisas divertidas.

— E o curso foi o que você esperava?

— Eu adorei. E eu era boa... — acrescentou, orgulhosa. — O instrutor disse que eu tinha um talento natural. Mas... — Ela hesitou um pouco, engolindo em seco. — Acabei desistindo.

— Por quê? Espero que não tenha sido por algo relacionado ao seu pai.

Marjorie negou com a cabeça.

— O fotógrafo me ofereceu uma posição de aprendiz. Era fora da escola, claro, mas a sra. Forsyte recusou. Não achava apropriado.

— Não consigo imaginar por quê. As mulheres praticam fotografia há décadas. Não é um ofício considerado masculino.

— Talvez não, mas você provavelmente teria concordado com ela. O fotógrafo era um homem solteiro. Era absurdo... O homem não tinha segundas intenções. Devia ter 60 anos, e eu tinha apenas 15.

— Ainda assim... — começou ele.

— Ah, eu sei. A pessoa precisa de decoro, ou acabará na boca do povo. — Ela o encarou com um olhar carregado de significado. — Ou, pelo menos, é o que vivem me dizendo.

Ele sorriu.

— Como seu guardião, é meu dever concordar com a sra. Forsyte. Não teria sido apropriado ser aprendiz daquele homem. Mas, como seu amigo... — Ele hesitou um pouco, o sorriso desaparecendo. — Sinto muito que tenha tido que desistir de algo que amava por causa do decoro.

Marjorie deu de ombros, forçando a decepção de volta ao passado.

— Está tudo bem. Tenho um sonho diferente agora, então não importa.

— Pelo contrário. Importa, sim. Importa para você.

A certeza na voz dele a surpreendeu, e Marjorie parou de andar, mas não conseguiu se obrigar a encará-lo.

— Por que diz isso?

Jonathan parou ao seu lado, inclinando-se um pouco para encará-la nos olhos por sob a aba do chapéu.

— Porque, quando você disse que precisou desistir do sonho, pareceu um patinho perdido no meio de uma tempestade.

Marjorie não conseguiu conter a risada.

— Um patinho perdido? Vocês, britânicos, têm expressões muito estranhas.

— A metáfora é mais que apropriada, considerando sua expressão há poucos minutos. E, se quiser retomar a fotografia, não precisa se preocupar com objeções minhas. Tenho certeza que Irene também vai aprovar. E você com certeza não precisa se preocupar com o que a sra. Forsyte diria.

— Graças a Deus! — retrucou ela, irônica.

— Era muito ruim? — perguntou ele, fazendo uma careta. — Lá na Academia Forsyte?

— Terrível — respondeu Marjorie, sem pensar, tentando não rir da expressão atrapalhada dele. — Como um reformatório nos livros

de Dickens. — Ela balançou a cabeça e deu um suspiro de sofrimento.
— E você esperava que eu ficasse lá!

Os cantos dos lábios dele levantaram levemente, e os ombros relaxaram.

— Só por oito meses.

— Durante os quais eu teria morrido de tédio. É sério — insistiu ela, quando Jonathan soltou uma interjeição de ceticismo. — Todas as mulheres eram gentis, e tudo era muito certinho e calmo e terrivelmente tedioso. Quando eu era aluna, as coisas não eram tão ruins, pois eu tinha minhas amigas e podíamos aprontar de vez em quando.

— Você? — Ele sorriu. — Estou chocado.

— Nunca fiz nada grave — garantiu Marjorie. — Só coisas bobas, como dar umas escapadas, pregar peças, fumar. Esse tipo de coisa. Mas, quando me tornei professora, não havia mais nada do tipo. Uma professora da Academia Forsyte — entoou, em uma excelente imitação da diretora — deve ser um exemplo correto para as alunas e ter uma conduta impecável sempre. — Marjorie suspirou. — Era tudo muito chato.

Jonathan riu.

— Consigo imaginar que tenha achado isso.

— Precisamente. E é por isso que criei um plano mais empolgante para a minha vida.

Jonathan a encarou com um olhar cético.

— Você acha que casar com um nobre britânico e morar em uma propriedade no campo será mais empolgante?

— Mais do que ensinar meninas a cumprimentarem os outros e a falar francês.

— Acho que você tem um ponto, principalmente porque pretende gastar todo o seu dinheiro em joias e festas extravagantes.

— Eu estava só provocando — admitiu ela. — Mas o principal motivo que me levou a esta escolha foi que eu sabia que queria me casar e ter filhos, e isso não aconteceria se eu continuasse como professora na Forsyte.

— Professoras não podem se casar?

— Não só isso, mas eu nunca conheceria nenhum homem lá dentro. Então precisava fazer alguma coisa. — Ela fez uma pausa e engoliu em seco. — Sabe, eu já tinha entendido que meu pai nunca deixaria que eu me juntasse a ele. E não ouse defendê-lo — acrescentou, quando o viu abrir a boca para responder.

— Não irei — prometeu Jonathan. — Já aceitei o fato de que meu amigo não foi um bom pai. Embora eu acredite que a doença tenha influenciado as decisões dele, Marjorie. De verdade.

Ela tentou ver a situação com outros olhos. Depois de um momento, assentiu, relutante.

— Talvez. Mas ele deveria ter me contado que estava doente. Eu tinha o direito de saber.

— Não vou argumentar. O mais impressionante é que vocês dois tinham os mesmos planos para o seu futuro. Ele queria que você tivesse tudo isso, o tipo de vida que sua mãe tinha na África do Sul. Sentia que tinha tirado isso dela e queria que você o tivesse.

— Deve ser por isso que escolheu você como meu guardião.

— Acredito que sim. Foi com você que ele teve essa ideia de casamento? Você chegou a contar que pensava em... vir aqui e se juntar às suas amigas?

— Não, nunca. Eu não queria dar a ele a chance de recusar.

Jonathan sorriu.

— Melhor pedir por perdão depois do que por permissão antes?

— Algo do tipo.

— Vou me lembrar desta sua tática. Acho que vou avisar Irene, também.

— Nossa — comentou Marjorie, rindo. — Acho que me entreguei, não é? De qualquer forma — acrescentou, enquanto viravam para entrar no Hotel Claridge —, espero que agora entenda por que eu simplesmente não permitiria que você me largasse na Academia.

Ela foi subindo a grande escadaria até onde um porteiro uniformizado segurava a porta aberta para eles, mas a voz de Jonathan a fez parar.

— Marjorie?

— Sim? — Ela virou para encará-lo e tomou um susto com a repentina e estranha intensidade do olhar dele. — O que foi?

Ele abriu a boca, como se fosse falar alguma coisa, mas logo a fechou. Então, balançou a cabeça.

— Não é nada.

<hr />

*Eu teria voltado para buscar você.*

As palavras flutuaram no ar, não ditas, enquanto Jonathan via Marjorie se afastar, os quadris delicados balançando dentro do vestido de seda branca e botões e renda preta conforme ela subia os degraus da entrada do hotel. Ainda queria dizer aquilo, as palavras estavam na ponta de sua língua. Mas do que adiantaria?

Tudo o que dissera na carruagem, duas semanas antes, era verdade. Utilizara a verdade para afastá-la, protegê-la, e tivera sucesso. Os dois eram amigos, uma relação segura e simpática, se ele conseguisse se controlar. Jonathan deveria se sentir aliviado. Então por que sentia vontade de jogar tudo para o alto e abraçar o caos ao puxá-la outra vez para perto?

Apesar da pergunta, temia já saber a resposta. Não sabia desde o início, no momento em que a vira pela primeira vez?

Marjorie chegou ao topo da escada e se virou para trás, a bainha do vestido ondulando em uma mistura de preto e branco até bater nos tornozelos. Sob o chapéu branco, um modelo chocante de penas de pombo cinzentas, plumas brancas de avestruz e fitas de seda preta, ela franziu o cenho, confusa.

— Você não vem?

Sem escolha, Jonathan subiu os degraus e a seguiu porta adentro. Dentro do hotel, andaram juntos pelo saguão até a entrada da sala de chá, onde suas irmãs e Carlotta esperavam junto de um sujeito de cabelo escuro; Paul, primo de Rex, sem dúvidas. Ao lado dele estava uma garota tão parecida com ele que deveria ser sua irmã e, embora Jonathan tivesse certeza de que nunca vira a mulher antes, o homem lhe parecia estranhamente familiar.

— Vocês demoraram, hein? — brincou Irene, quando ele e Marjorie se aproximaram.

— Estamos atrasados? — perguntou Marjorie.

— Não, não — respondeu Irene, tranquilizando-a. — O maître informou que suas amigas ainda não chegaram, e Rex também não. Mas os primos dele estão aqui — acrescentou, gesticulando para o casal —, então é melhor apresentá-los.

— Algumas apresentações não serão necessárias, Irene — afirmou o homem chamado Paul, sorrindo para Jonathan. — Olá, Johnny.

Jonathan piscou, surpreso, então começou a rir, percebendo que a sensação de que conhecia o homem era verdadeira.

— Minha nossa! Paul Chapman? Que coincidência! Você é primo do Galbraith? Eu não fazia ideia!

Os dois homens apertaram as mãos e, quando se separaram, Jonathan percebeu que todos olhavam surpresos.

— Época da escola — explicou. — Winchester.

— E Oxford — adicionou Paul.

— Oxford quase não conta — falou Jonathan. — Só fiquei lá por meio semestre.

— Tempo suficiente para se tornar uma lenda! — retrucou Paul. — Ou já se esqueceu de como entalhou frases indecentes nas antigas árvores de carvalho?

A garota ao lado de Paul se pronunciou antes que Jonathan pudesse responder:

— Já que Paul arruinou qualquer esperança de uma apresentação formal — começou, dando uma cotovelada na costela do irmão —, teremos que fazer uma informal. Sou a irmã dele, Henrietta, mas, se me chamam assim, eu ignoro...

— Funciona sempre — interrompeu Paul, ganhando outra cotovelada.

— Me chame de Hetty — continuou ela sem se abalar, então virou-se para oferecer a mão à Marjorie. — Você deve ser a srta. McGann. Que vestido incrível.

— Obrigada.

Hetty voltou a atenção para Jonathan e sorriu, um sorriso travesso em um rosto bonito e jovial.

— De volta da selva, pelo que ouvi, sr. Deverill? Espero ouvir suas histórias durante o chá.

Ele não teve tempo de responder.

— Marjorie?

Todos se viraram, observando uma jovem de cabelo escuro vestida de seda verde se aproximar do grupo junto de uma loira vestida de azul.

— Dulci! Jenna! — gritou Marjorie, correndo para encontrá-las. — Nossa, é tão bom ver vocês!

Ela passou um braço por cada amiga, em um abraço desinibido, feliz demais para notar os olhares desconfortáveis que as duas lançaram pela sala, mas Jonathan percebeu. E também notou que alguns hóspedes estavam encarando a cena. Ele se perguntou quanto tempo demoraria para que a sobriedade da Inglaterra abafasse o *joie de vivre* americano de Marjorie. Aquilo seria para o melhor, se ela queria se adaptar à vida ali — algo que Jonathan estivera tentando fazê-la entender aquele tempo todo. No entanto, ao olhar para aquele lindo rosto sorridente e vê-la tão feliz e radiante, sentiu-se aliviado por não ter tido sucesso.

Paul inclinou-se para perto dele, murmurando:

— Seu canalha! Como foi que se tornou guardião de uma mulher tão adorável?

Jonathan respirou fundo.

— Suponho que tenha sido sorte.

— E ela não está noiva, comprometida ou apaixonada por nenhum homem lá da América?

Jonathan ergueu bem a cabeça e tomou uma atitude honrosa.

— Não.

— Então, após o período de luto, eu tenho uma chance?

— Você? — Jonathan se virou, sorrindo, a honra esquecida. — Nunca.

# Capítulo 16

O reencontro de Marjorie com as amigas parecia um sucesso. *Mas, então, por que não seria?*, pensou Jonathan enquanto a observava com as amigas do outro lado da grande mesa da sala de chá. Aquela era a vida que ela queria.

*Vou gargalhar, dançar, me divertir e vestir as cores que eu quiser. Terei minha apresentação na temporada, quero conhecer rapazes, me apaixonar e me casar.*

Que maravilha saber o que queria. Ter certeza do próprio caminho e do próprio futuro. Jonathan invejava aquilo. Não se sentia daquela forma sobre a vida havia mais de uma década.

Aquele era o mundo para o qual Marjorie se mudaria, no qual se casaria e moraria. Ela ainda não compreendia algumas coisas da vida britânica, mas aquilo não duraria muito. Com a ajuda de Irene, a jovem logo encontraria seu lugar, como a última peça em um quebra-cabeça.

Jonathan, por outro lado, estava mais para uma peça na caixa do quebra-cabeça errado. Ou, talvez, nem tivesse um quebra-cabeça certo. Talvez nunca fosse se encaixar em lugar nenhum.

*O que eu quero?*, pensou, olhando pela sala, exasperado com o próprio descontentamento. *Pelo amor de Deus, o que eu quero?*

Enquanto se perguntava aquilo, olhou outra vez para Marjorie, atraído pela mesma força magnética que o impulsionara pelas portas do Claridge, poucos minutos antes — forças impossíveis de desejo e de paixão, as mesmas que o fizeram levá-la para seu quarto no navio e enfeitá-la com joias, que o fizeram pegá-la nos braços e beijá-la. O mesmo desejo que queria desesperadamente negar, pois sabia que não levaria a nada.

Mesmo assim, a excitação começou a dominar seu corpo enquanto se recordava dos momentos apaixonados a bordo do *Netuno*. Fantasias impossíveis inundavam sua mente... Soltar o cabelo dela e passar os dedos pelas madeixas vermelhas. Desabotoar os botões pretos da parte de trás do vestido e deslizar o tecido pela cintura dela. Descobrir e beijar cada sentimento da pele macia, da ponta do nariz à sola dos pés dela.

Ali, no ambiente elegante do Claridge, deixou sua imaginação voar livre. Tocou aquele corpo magnífico, contornando os seios fartos e as curvas delicadas da cintura. Acariciou cada pedaço dela, arrancando gemidos de prazer que ecoaram em sua mente e abafaram o som do tilintar de cristal e porcelana e da conversa em volta.

Como se sentisse seu escrutínio, Marjorie virou a cabeça em sua direção, e os olhares se encontraram. Jonathan tentou se manter impassível e esconder os pensamentos tórridos, mas, quando ela arregalou os olhos, corou e entreabriu os lábios, soube que falhara e sentiu-se mais nu do que estivera na própria imaginação.

Desesperado, desviou o olhar. Lembrando da relação de amizade que deveriam manter, se esforçou para se recompor. Conseguiu, mas continuava sentindo-se transparente como vidro e soube que precisava partir.

Felizmente, o universo decidiu se apiedar dele. Rex escolheu aquele momento para falar algo sobre negócios que precisava verificar e, quando se levantou e pediu licença ao grupo, Jonathan fez o mesmo.

— Está indo para a editora? — perguntou Jonathan, esperando não soar tão desesperado quanto estava. — Posso ir junto e dar uma olhada na empresa? — continuou, quando o homem assentiu.

— Mas é claro. Eu lhe ofereci uma visita, afinal.

Aliviado, Jonathan fez uma reverência para as damas, combinou com Paul que precisavam se encontrar em breve para beber e seguiu Rex para fora do salão.

— Obrigado — disse, enquanto o porteiro chamava uma carruagem.

— Frescura demais para você?

Jonathan ficou feliz de poder usar aquela desculpa.

— Não estou mais acostumado com essas coisas, então obrigado pela oportunidade de fuga.

Rex riu.

— Acho que Paul deveria agradecer a nós dois — disse, enquanto a carruagem parava em diante deles. — Você fez um grande favor, deixando o campo aberto para a sua adorável protegida.

Um ciúme feroz e poderoso o atacou com tanta força que Jonathan ficou paralisado do lado do veículo. Seu sangue, que mal esfriara após os devaneios no salão de chá, esquentou de novo. E não com desejo, mas com a mesma sensação selvagem de posse que quase o fizera jogar o conde de la Rosa no mar a bordo do *Netuno*; um sentimento que ele não tinha o direito de sentir.

— Não se preocupe com Paul — afirmou Rex, notando sua reação antes que ele conseguisse disfarçá-la, mas interpretando-a errado. — Ele não é mais o jovem da época de escola. Não possui nenhum título, claro, mas tem muito dinheiro e um cargo na diplomacia. Seria um bom partido para a garota, na verdade.

Garantias como aquela não ajudavam em nada, mas deveriam. Deveriam mesmo.

Jonathan levantou a cabeça, entrou na carruagem e deslizou pelo assento de couro para dar espaço a Rex, que deu instruções para o cocheiro e entrou logo atrás.

— Ainda assim, a garota pode levar as coisas devagar — continuou Rex. — Aos 20 anos, não há pressa alguma em se casar — adicionou, enquanto a carruagem começava a se mover.

— Infelizmente — resmungou Jonathan. Olhou de soslaio e notou a curiosidade no rosto de Rex, então apressou-se a falar: — Cara Lady Truelove, minha protegida está me enlouquecendo. — Forçou uma risada que soou falsa até para ele. — Preciso casá-la para me livrar. Tem algum conselho? Assinado, Futuro Louco de Mayfair.

Rex sorriu.

— Duvido que ela continuará a ser um problema por muito tempo. Depois que for apresentada à sociedade, os homens cairão aos pés dela, e Paul certamente terá muita competição.

Jonathan estava começando a achar que escapar com Rex não era muito melhor que seu tormento anterior.

— Claro — concordou, e decidiu mudar de assunto.

Durante o restante da jornada pela cidade, os dois discutiram os possíveis vencedores de Ascot, as chances de o clima continuar bom para a futura festa de Irene no barco e a possibilidade de jogarem tênis em Hampshire. Quando finalmente chegaram a Fleet Street, Jonathan sentia que havia recuperado o equilíbrio.

A Deverill Publishing mudara de escritório havia cinco anos, então não havia nada familiar no exterior do lugar. Porém, quando entraram no prédio, Jonathan foi atingido imediatamente por algo muito familiar: a combinação do cheiro pungente e avinagrado de tinta misturado com o cheiro de papel.

Os sons também avivaram sua memória. Datilógrafos ocupados teclando em suas máquinas, o barulho distante e rítmico dos equipamentos de impressão nas salas de produção aos fundos, os passos rápidos de jornalistas e funcionários que corriam de um lado para o outro... Era uma cacofonia tão familiar para Jonathan quanto seu próprio batimento cardíaco e, ainda assim, não despertou nenhuma emoção, apenas simples reconhecimento.

Rex o levou a um elevador elétrico operado por um atendente. Desceram no primeiro andar, onde seguiram para uma sala mais silenciosa e elegante. Uma secretária, cujo cabelo ruivo era salpicado por alguns fios grisalhos, ergueu os olhos de uma das duas enormes escrivaninhas cheias de pilhas de jornais, revistas e cartas e sorriu.

— Milorde! — cumprimentou ela, olhando para Rex, então levantou-se e deu um olhar curioso para Jonathan.

— Este é o sr. Deverill, srta. Huish. Jonathan, esta é a srta. Evelyn Huish, secretária de Clara. Stephen já foi, eu presumo? — perguntou, apontando para a mesa vazia ao lado da dela.

— Sim, senhor. Ficarei feliz em ajudar, se precisar de alguma coisa.

— Não, não, Evie, obrigado. Vá para casa. Jonathan, vamos para meu escritório.

Ele seguiu o cunhado pela porta atrás das mesas, para um escritório espaçoso com cadeiras modernas e móveis de teca.

— Bela vista — comentou, apontando para as duas janelas grandes atrás da mesa de Rex que davam para a Fleet Street e a Strand. À direita, uma porta aberta levava para uma sala muito mais delicada, decorada com tons de rosa-claro, branco e móveis de ébano. — O escritório da Clara? — adivinhou, com um sorriso. — Ela sempre gostou de rosa.

Rex sorriu de volta enquanto fechava a porta pela qual tinham entrado.

— É por isso que temos escritórios separados. Não conseguimos concordar em uma cor. — Ele abriu os braços. — Bom, aqui está parte do seu investimento. O que acha do lugar?

— Eu teria escolhido um prédio maior — admitiu Jonathan. — Dois andares não dão espaço o suficiente para uma expansão.

— É verdade, mas, até agora, não pensamos muito em expandir. Cinco jornais é tudo o que conseguimos cuidar no momento. — Ele gesticulou para uma mesa próxima com copos, uísque e um sifão. — Aceita uma bebida? Ou prefere fazer o tour primeiro?

— O tour, com certeza. Então, a bebida.

Rex consentiu, levando-o primeiro pelos escritórios, onde Jonathan conheceu os vários contadores, escriturários e secretárias que se preparavam para voltar para casa, depois foram para as redações, onde os jornalistas ainda trabalhavam arduamente.

Quando voltaram ao térreo, todos os funcionários e datilógrafos já tinham partido, e o lugar estava silencioso quando se dirigiram às salas de produção nos fundos. Lá, os equipamentos de impressão tinham parado, e as folhas do jornal da tarde estavam sendo passadas em grandes placas de ferro quente, a fim de que a tinta secasse antes de os jornais serem dobrados, empacotados e empilhados na porta dos fundos, para que os entregadores as distribuíssem.

Jonathan foi apresentado a vários funcionários da produção, fez uma variedade de perguntas e deu opiniões quando Rex solicitou. Mas, apesar de tudo, sentia-se desconectado do ambiente. Vivera e respirara aquele negócio durante os primeiros 18 anos de sua vida, era dono de quase um terço da empresa, e seu sobrenome ainda estava em uma placa de latão acima da porta da frente, mas a visita não atiçara nenhuma paixão para o que uma vez fora o propósito de sua vida. Poderia muito bem estar visitando uma fábrica ou uma cervejaria — ou qualquer uma das muitas outras empresas nas quais investira. Não parecia em nada com o negócio de família que tinha sido seu sonho desde antes de dar os primeiros passos.

Ao fim do tour, os dois voltaram para o escritório, onde Rex serviu um uísque para cada.

— Teremos uma reunião de diretoria na semana que vem — disse ele, enquanto se acomodavam na cadeira. — Já que está aqui, pode muito bem participar para ouvir o que está acontecendo e nos dar opiniões e ideias.

Jonathan considerou a proposta, mas negou com a cabeça.

— Perdi o direito de decidir qualquer coisa sobre a editora dez anos atrás.

— Absurdo. Você faz parte da diretoria. Comprou trinta por cento das ações de Irene e de Clara quando seu pai morreu. Foi seu dinheiro que nos permitiu tirar a editora da casa de seu pai. É claro que você tem o direito de decidir.

— Talvez, mas, sendo honesto, duvido que tenha algo para contribuir. Clara, você, Irene... Vocês estiveram esse tempo todo aqui, envolvidos nas operações diárias. Sabem o que a competição está fazendo, sabem tudo o que é novo neste mercado. Isso é vital para a área de jornais. Sou apenas um investidor silencioso que ficou esse tempo todo a quilômetros de distância.

Enquanto falava, Jonathan sentiu a mesma inquietude que o assombrava havia tanto tempo e a frustração que sempre a acompanhava. *O que eu espero da vida?*, ponderou. A pergunta que Marjorie fizera, uma para a qual ele não conseguia encontrar a resposta. Se montanhas de dinheiro e a completa liberdade não o deixavam satisfeito, o que o deixaria?

— Você é bem mais que um investidor — afirmou Rex, trazendo a atenção dele de volta à conversa. — A editora deveria ser sua por direito.

— Direito de primogenitura, você diz? — Jonathan sorriu. — Isso é seu lado aristocrático falando, lorde Galbraith. Os Deverill são muito classe média para essas coisas.

Rex riu.

— De qualquer forma, Clara, Irene e eu concordamos que você tem o direito de estar envolvido. — Ele fez uma pausa e tomou um gole de uísque. — Se desejar.

O comentário parecia simples e casual e, ainda assim, Jonathan percebeu que não era nada daquilo.

— Por que tenho a sensação de que você não está apenas me convidando para participar de uma reunião da diretoria enquanto estou de passagem pela cidade?

Rex hesitou.

— Clara, Irene e eu discutimos muito sobre seu retorno, antes de você chegar — respondeu ele. — Concordamos que, se desejar, é bem-vindo para retornar à editora.

Jonathan piscou, surpreso.

— Voltar para a editora em um cargo ativo?

— Sim. Espero que não pense que estou sendo precipitado em dizer isso. Clara achou que você ficaria mais aberto à possibilidade de retornar se não fosse ela quem lhe apresentasse a ideia.

— E ela concordou?

— Foi ela quem a sugeriu — afirmou Rex, para a sua surpresa. — Mas Clara disse que não gostaria que você se sentisse pressionado a aceitar por algum sentimento de culpa. De qualquer forma, ela e Irene querem que você saiba que sempre haverá um lugar para você aqui.

— Mas eu vou para a África do Sul.

— Esta é uma oferta aberta, claro. Você pode aceitá-la na volta. Estou apresentando-a agora para que pense no assunto enquanto estiver fora.

— Mas quais seriam minhas responsabilidades?

— Diretor editorial é uma possibilidade. Ou talvez ser responsável por começar uma nova divisão de revistas. Ou livros. Qualquer coisa que você quisesse seria uma possibilidade.

— Qualquer coisa que eu quisesse... — repetiu, pensativo, enquanto encarava o copo. — Aí que mora o perigo, como dizem.

Rex não respondeu, e o silêncio permitiu que Jonathan considerasse a oferta sem interrupções. Estava tentado, precisava admitir. Grande parte do que quisera tão desesperadamente recuperar entregue a ele em uma bandeja de prata, fácil assim. Uma solução tão simples, tão fácil, tão segura. O passado todo apagado, como se limpando um quadro negro.

Sem saber o que dizer, ele soltou uma risadinha.

— Você me pegou de surpresa. Não achei que Clara me deixaria chegar perto da empresa depois de tê-la abandonado da última vez.

— Suas irmãs querem que você esteja envolvido.

— Você quer dizer que elas me querem em casa — corrigiu Jonathan, sorrindo.

— Isso também. Mas elas acham que é o certo, já que a editora deveria ter sido sua desde o princípio. Era o que seu avô queria.

— Então o velho deveria ter escrito um testamento.

Curiosamente, ele não sentiu nenhuma da antiga amargura ao falar. As palavras eram apenas uma apresentação dos fatos.

— Este é um erro que podemos consertar, pelo menos até certo ponto. Podemos criar um lugar para você.

— Ah, mas aí é que está — disse Jonathan, percebendo que, apesar de não saber o que queria, sabia o que *não* queria. — Não quero que criem um lugar para mim.

— Eu me expressei errado...

— Não, não. Não importa o modo como você se expressou, quem me apresentou a ideia ou quais seriam as responsabilidades. A verdade é que...

Ele hesitou, considerando o que estava prestes a fazer. Então o fez, atirando os últimos fragmentos do velho sonho pela janela. Era um sonho morto e não poderia ser revivido.

— A editora não é mais minha — afirmou. — Sim, eu sei, tenho trinta por cento de tudo, assim como Irene, mas a empresa agora pertence à Clara. Ela é a verdadeira capitã deste navio. Ela conquistou esse direito com anos de coragem e trabalho duro. E talvez isso seja muito simplório da minha parte, mas acho que quem fez o trabalho e assumiu os riscos deve ser aquele que colhe os frutos, não quem apenas fugiu.

— Entendo. — Rex ficou um tempo em silêncio, então disse: — Então, África do Sul?

— Sim.

— O que vai fazer por lá?

— Preciso verificar os investimentos da Marjorie e alguns dos meus. Depois, não sei... Vou passear um pouco, ver o que me desperta interesse. Sei de alguns empreendimentos que estão buscando capital, mas preciso investigá-los.

Ao falar, ficou surpreso com a própria falta de entusiasmo com a viagem. Talvez fosse o fato de estar finalmente percebendo que o amigo com quem planejara a viagem não iria junto, ou talvez fosse porque, no fundo, sabia que não encontraria o que estava procurando lá — e essa era uma possibilidade muito mais perturbadora. Ou talvez, pensou, com desgosto, seu desejo por Marjorie fosse o motivo da relutância em ir. Uma ironia, considerando todos os seus esforços para se manter longe dela.

Mas, se ficasse, aqueles esforços seriam em vão, e o coração de alguém — provavelmente o dele, e talvez o dela também — acabaria despedaçado. Já tivera seu coração quebrado antes e não queria passar por aquilo de novo.

Além disso, não tinha nenhum objetivo ali. Não queria a editora, e não havia dúvida em sua mente de que recusar era a decisão certa. Mas, se ficasse, o que faria da vida? O que ele queria?

— Você está buscando apenas investimentos africanos? — perguntou Rex, interrompendo seus pensamentos. — Ou consideraria alguns britânicos?

Com dificuldade, Jonathan afastou a pergunta irritante e não respondida que parecia ter feito morada permanente em seu cérebro.

— Estou sempre aberto a empreendimentos potencialmente lucrativos, não importa o lugar de origem. Por que a pergunta?

— Tenho alguns contatos que podem interessá-lo. Homens que desejam formar empreendimentos conjuntos e precisam de pessoas como você.

Aquilo fez Jonathan sorrir.

— Então eles precisam de pessoas com dinheiro?

— Bom, achar capital sempre parece ser o grande obstáculo para grandes ideias, não é? Mas se você está mesmo procurando por oportunidades de investimento, tenho uma sugestão. Entre em um clube.

Jonathan grunhiu.

— Primeiro o clube, depois uma indicação pelos antigos colegas da escola. E depois? Fazer parte do Parlamento, comprar uma casa de campo para passar o final de semana e dar festas com convidados importantes da política?

— Estou falando sério, Jonathan — disse Rex, sorrindo. — Ser membro de um clube pode ser extremamente útil. E muitos membros têm conexões na África que poderão ser oportunas.

Por mais que adorasse ridicularizar as instituições mais pomposas e tradicionais do seu país, Jonathan também apreciava a sabedoria do amigo.

— Você está certo, embora eu não consiga imaginar nenhum clube sensato aceitando um traidor de classe como membro.

— Eu recomendo o Travellers. Com os seus dez anos de vivência na América e a futura viagem, sua inscrição será ótima para eles. E é um clube que combina com você. Henry é um homem bastante influente e é sócio de lá, assim como eu. Com nossa recomendação, não há motivos para você não ser admitido. E, até lá, pode frequentar o lugar como um convidado meu ou de Henry.

— Ah, está bem — aceitou Jonathan, suspirando, como se admitindo derrota. — Você me convenceu. Afinal, tenho muito tempo até partir para Joanesburgo. Melhor usá-lo de maneira útil.

— Ainda pretende voltar em janeiro?

— Não sei. Já que Marjorie parece ter se estabelecido aqui... — Ele fez uma pausa, as palavras de repente presas na garganta, e demorou a retomar: — Talvez eu fique na África por mais um tempo. Veremos.

— Só não fique longe por mais dez anos. — Rex olhou para o relógio na parece e para as janelas escuras. — Nossa, já são sete e meia. É melhor irmos.

Os dois se levantaram, tomaram o restante do uísque e desceram para o térreo.

— Tem um estábulo na esquina — falou Rex quando saíram do prédio. — Meu cocheiro costuma esperar lá, e aposto que está se perguntando o que aconteceu comigo. A família também.

— Você e a Clara vão se juntar a nós esta noite? — perguntou Jonathan, enquanto andavam pela calçada.

— Sim, e o cozinheiro do duque fará um escândalo se nos atrasarmos. Ele é muito temperamental.

Ao ouvir aquelas palavras, Jonathan pensou no que acontecera no salão de chá do Claridge, e a ideia de ficar frente a frente com Marjorie em uma mesa de jantar pareceu insuportável. Decidindo que uma hora de fantasias eróticas era tortura o suficiente para um só dia, ele parou a caminhada.

— Pode ir — falou, e Rex parou ao seu lado, surpreso. Jonathan inventou uma desculpa: — Lembrei que tinha combinado de jantar com um amigo.

— Qual restaurante? Posso deixá-lo no caminho.

— Não é necessário. É na direção oposta. Alugarei uma carruagem. — Ele começou a caminhar em direção ao posto de veículos. — Dê minhas desculpas para todos, sim?

— Claro. Boa noite.

Rex continuou andando em direção aos estábulos, e Jonathan foi até o posto de carruagens, onde uma já aguardava com as portas abertas. O cocheiro se endireitou quando ele se aproximou.

— Para onde, chefe?

*Ótima pergunta*, pensou Jonathan. *Em mais de um sentido.*

— Belford Row, número 12 — respondeu, por impulso. — Holborn.

Dez minutos depois, a carruagem parou em frente a uma casa térrea e grande, então o espaço no teto acima de Jonathan se abriu.

Ele tirou um punhado de dinheiro do bolso, separou o valor da corrida e estendeu a mão. O cocheiro pegou as moedas e acionou a alavanca para abrir a porta. Jonathan desceu para a calçada, devolvendo o resto do dinheiro para o bolso.

— Espere aqui — pediu Jonathan, então virou-se para encarar a casa onde crescera.

Foi até o local na calçada onde ficara parado com a mala, dez anos antes.

De repente, sentiu como se tivesse passado os últimos dez anos perdido em um deserto, andando em círculos. Quão apropriado, então, que estivesse de volta ao lugar de partida.

A casa tinha sido vendida após a morte do pai, cinco anos antes, mas, apesar da mudança de dono, parecia a mesma dos seus 18 anos.

Bom, não exatamente a mesma. Agora era noite, e lâmpadas brilhavam em algumas das janelas. A chuva não pingava dos beirais, Clara e Irene não estavam paradas na janela da sala de jantar, observando-o partir com rostos chocados e incrédulos, e o pai não o olhava carrancudo por entre as cortinas da janela acima. Mais importante: ele não estava olhando para a casa do ponto de vista de um jovem rebelde de 18 anos, mas como um homem de quase 30. Era uma perspectiva totalmente diferente.

Saíra da casa cheio de raiva, dor e ressentimento em relação ao pai, ao avô e à garota que partira seu coração, mas tudo aquilo se fora, desaparecendo no éter durante os anos na América, sumindo tão gradualmente que ele nem notara que não estava mais lá.

Dez anos antes, estava fumegando de raiva e queria provar seu valor. E conseguira. Era rico e, pela definição da maioria das pessoas, bem-sucedido. Mas, para ele, era um sucesso superficial. Não tinha mais o fogo da raiva para alimentar sua ambição e deveria estar se sentindo em paz, mas não estava. Em vez disso, se sentia vazio. Não tinha mais sonhos, seu melhor amigo estava morto e, embora uma grande parte do que perdera todos aqueles anos antes tivesse sido oferecida a ele em um prato, tinha acabado de recusá-la.

*O que você espera da vida?*

Aquela pergunta o assombrava desde que Marjorie a fizera pela primeira vez, a bordo do *Netuno*. Ou talvez o estivesse assombrando desde a última vez em que estivera ali, e passara os últimos dez anos fugindo dela.

Ele se movia, vagava, mas não era a vontade de aventura que o impelia nem o ímpeto de repor o que havia perdido, não de verdade. A verdade era muito menos romântica. Sua inquietação vinha do medo: se ficasse parado, temia parar por completo, cair na vida apática, privilegiada e tediosa tão comum da alta sociedade britânica. Uma vida em que coisas como que garfo usar e quais convites aceitar assumiam um significado crucial e na qual não havia nada mais importante do que visitas ao alfaiate, uíste no clube e caça a raposas infelizes na casa de campo.

Tinha dinheiro para aquela vida, certamente. Mas, ao contrário de Marjorie, não a queria. Queria outra coisa. Queria *mais*. E, embora parecesse tão impossível quanto o pote de ouro no fim do arco-íris ou uma miragem no deserto, sabia que não encontraria nada ali, parado.

Virando-se, voltou para a carruagem.

— Onde um homem pode conseguir um bom bife malpassado, uma porção de batatas e um copo de boa cerveja em Londres? — perguntou ao cocheiro.

— O Black Swan é logo virando a esquina, chefe. Na rua principal. O melhor bife de Holborn.

Jonathan pegou mais dinheiro do bolso e pagou o homem. Então, ignorando os agradecimentos do motorista, andou até High Holborn. Atrás de si, ouviu o estalo de rédeas, o barulho de rodas e, um momento depois, o coche passou por ele seguindo a rua.

Quando começou a andar, Jonathan teve uma sensação estranha e incômoda de que estava esquecendo de algo. Parou, percebendo o que era e o motivo que o fizera ir até ali.

Lentamente, virou-se para olhar por cima do ombro, para a janela do andar de cima, com cortinas de renda.

— Adeus, pai — disse. — Que Deus o tenha.

Com isso, mais uma vez deu as costas à casa do pai, às ambições não realizadas do avô e aos seus próprios sonhos perdidos. E não o fez com rancor ou ressentimento, mas com alívio, finalmente certo de que o passado ficara para trás.

A questão que tinha que enfrentar agora era o que fazer com o futuro, e Jonathan suspeitava que encontrar uma resposta para aquilo seria muito mais difícil que abandonar o passado.

*Capítulo 17*

O encontro com Dulci e Jenna tinha sido adorável, com lembranças da época da Academia e muitas risadas, mas Marjorie mal viu as amigas nos dias após o chá no Claridge. A agenda social delas já estava cheia até o fim da temporada, e seu círculo de conhecidos era completamente diferente dos de Irene e Clara.

Além disso, por causa do período de luto, Marjorie não podia comparecer a eventos sociais, então viu pouco as amigas em junho, mas ambas prometeram ir à sua festa de aniversário em agosto.

Conseguiu participar de algumas atividades da temporada graças a Irene, Clara e à prima de Rex, Hetty. Junto delas, Marjorie fez compras e foi a chás, visitas, piqueniques, pequenos jantares e ao teatro e à ópera. Ela gostava da nova vida, embora achasse o ritmo um pouco opressivo, depois de crescer sem vida social. Se estivesse participando de verdade do turbilhão social das debutantes, estaria exausta.

Quanto a Jonathan, ainda o via todos os dias. Conversavam um pouco à mesa do café, todas as manhãs, e bebiam xerez quase todas as noites. Ouviu suas histórias na América junto do restante da família. Ele era cordial, atencioso e escrupulosamente educado, mas Marjorie sentia como se houvesse uma barreira entre eles. Nunca brigavam nem discordavam. Quando pedia a sua opinião, ele atendia, mas nunca tentava dizer a ela o que fazer, o que vestir ou quem ver. As conversas eram amistosas, como devem ser entre amigos, mas sempre tinham o curioso efeito de deixar Marjorie inexplicavelmente deprimida.

Não via mais no rosto dele o que vira no Claridge. Não o pegou mais olhando para ela de uma maneira que fazia os lábios formigarem e o coração disparar. E, com o passar dos dias, começou a se perguntar se o que vira no Claridge não passara de imaginação. Até o beijo apaixonado a bordo do *Netuno* parecia apenas um sonho selvagem e febril.

No dia da festa no barco, sentiu-se tentada a fazer algo extremamente ultrajante apenas para ver se conseguia provocá-lo, mas se conteve, pois não queria envergonhar os anfitriões ou prejudicar sua posição social. E de que adiantaria? Não mudaria nada.

O duque e seu irmão partiram antes do café da manhã para se preparar para a festa, com o objetivo de verificar o *Mary Louisa* e certificar-se de que a tripulação estaria com o navio pronto para a excursão do dia, e Jonathan decidiu acompanhá-los. Irene fez o mesmo, pois tinha seus próprios preparativos como anfitriã. Então, quando chegou a hora de Marjorie e Carlotta partirem para o porto de Queen's Wharf, foi o landau de Rex e Clara que apareceu na frente da casa para buscá-las.

O topo do landau estava aberto para a bela manhã de julho, mas uma olhada para o casal bastou para Marjorie perceber que o clima ali não estava tão ensolarado.

— Ainda acho que você deveria falar com ele de novo — dizia Clara a Rex em um tom insistente, enquanto Marjorie e Carlotta se aproximavam do veículo. — Nós dois sabemos...

Ela parou de falar para cumprimentar Marjorie e a cunhada enquanto o criado de Torquil as ajudava a subir na carruagem, então voltou a atenção para o marido e a conversa.

— Nós dois sabemos o quanto você consegue ser persuasivo, quando quer. Se apresentar a oferta de outra forma...

— Clara, ele não quer — afirmou Rex, olhando para o cocheiro e o criados de Torquil, que fechava a porta. — Pode ir, Kettridge. Bom dia, senhoras — adicionou, enquanto o veículo começava a se movimentar.

— Ele não sabe o que quer — resmungou Clara. — É bem óbvio.

— E é igualmente óbvio que ele sabe o que *não* quer, e eu já lhe disso isso inúmeras vezes.

— Mas a editora também é dele — respondeu Clara, e Marjorie percebeu que estavam falando de Jonathan. — E já que ainda nem sabemos quais seriam as responsabilidades, não acredito que ele esteja tão decidido quanto parece. Além disso — adicionou, sem deixar o marido responder —, não entendo por que você não quer mais falar com ele sobre o assunto.

— Ora, mas o que é isso? — perguntou Carlotta, abrindo uma sombrinha. — Espero que não estejam brigando em um dia tão lindo.

Era uma tentativa clara de mudar de assunto para algo menos pessoal, mas Clara não parecia calma o bastante para entender a dica.

— Um desentendimento não é uma briga — retrucou, dando à cunhada um olhar um tanto impaciente antes de voltar a atenção para o marido. — Talvez eu deva falar com ele. Pedir para que reconsidere.

— Quer deixá-lo culpado o bastante para ficar? — argumentou Rex. — É o plano perfeito, afinal, funcionou tão bem da última vez.

— Isso não é justo — rebateu Clara. — Nunca usei a culpa para tentar fazê-lo voltar para casa. Nunca. E não o farei.

— Você nunca usou de forma direta, é verdade. De qualquer forma — ele se apressou a adicionar, antes que a esposa pudesse falar —, não aconselho que faça isso. Pode piorar as coisas.

— Não vejo como.

— Não mesmo, querida? — Rex deu risada. — Sei muito bem como é quando você abre seus olhões de dó e pede por algo. É impossível dizer não. Mas ele não quer fazer parte da editora e, se aceitar a oferta, vai acabar se arrependendo.

— Vocês ofereceram um lugar para o Jonathan na editora? — perguntou Marjorie, entrando na conversa antes de conseguir se conter, lembrando tarde demais que a vida de seu guardião não deveria ser problema dela. — Desculpe — adicionou. — Não é da minha conta.

— Não precisa se desculpar — garantiu Clara. — Se quiséssemos manter segredo, não estaríamos falando disso agora. E, sim, perguntamos se Jonathan gostaria de assumir um papel ativo na empresa.

— E ele recusou — disse Marjorie, as palavras amargas em sua boca.

— Sim — confirmou Rex, dando à esposa um olhar expressivo. — Clara, se você ama seu irmão e quer manter a paz recém-encontrada entre vocês, aconselho que aceite a decisão e o apoie no que ele decidir fazer. Você não pode forçá-lo a ficar se ele não quiser.

Marjorie já sabia daquilo, é claro, mas ouvir outra pessoa dizê-lo em voz alta doeu mais do que pensava ser possível, e ficou aliviada quando Clara parou de discutir.

Carlotta encerrou o silêncio com tato, fazendo um comentário sobre quão ultrajantes tinham sido os chapéus em Ascot naquele ano, e passaram o restante da viagem até Queen's Wharf em uma conversa sobre tópicos sem importância como moda, o estado delicado de saúde da rainha idosa e o clima.

— Parece um lindo dia para se estar na água — comentou Carlotta a Marjorie, enquanto a carruagem parava perto do cais, onde o iate de Torquil estava atracado. — E o vento também parece bom, graças a Deus — acrescentou, na caminhada ao longo do cais em direção à embarcação. — Quando a brisa está muito fraca, normalmente temos que cancelar.

— Nem sempre — afirmou Clara, sorrindo para elas por cima do ombro, indicando que seu humor tinha melhorado. — Lembra-se do ano passado, Carlotta? Quando decidimos tentar a sorte e ficamos presos no Kew? Tivemos que ser guinchados por um navio.

— Prefiro isso a outra opção — disse Carlotta, enquanto subiam a prancha. — Se a brisa é muito forte, todas as mulheres voltam para casa com dor de cabeça por causa dos alfinetes de chapéu.

— Como homem, acho o contrário — falou Rex, pisando no barco e virando-se para ajudar a esposa. — Com uma brisa forte, as saias das damas esvoaçam, dando aos cavalheiros a chance de verem os lindos tornozelos das esposas.

— O que não adianta de nada, querido, se sua esposa estiver com dor de cabeça — respondeu Clara.

Todos riram com o comentário enquanto Rex ajudava Marjorie a subir no barco. Irene já os esperava para cumprimentá-los, acompanhada de um criado que carregava uma bandeja com taças de espumante.

— Bem-vindos a bordo do *Mary Louisa* — disse a duquesa, entregando uma taça para Marjorie.

— Irene, seu marido não tem vergonha — comentou Clara, aceitando uma taça. — Ele forçou nosso irmão a ajudá-lo, pelo que vejo.

Marjorie se virou e viu Jonathan sentado na ponta da proa, as pernas longas balançando de cada lado. Sem paletó e com as mangas enroladas, um chapéu cobrindo os olhos, ele parecia completamente à vontade enquanto prendia a vela com um nó.

— Você sabe como o Henry é — disse Irene. — Qualquer homem a bordo pode ser forçado a trabalhar.

— É verdade — concordou Clara. — Mas Henry normalmente não permite que qualquer um sem experiência controle as velas.

— Mas Jonathan tem experiência — comentou Marjorie. — Ele já foi capitão de um barco de pesca.

— Foi? — Clara e Irene falaram juntas, e, quando Marjorie olhou para as duas, as irmãs a encararam com olhares surpresos.

— Sim. Logo que chegou na América.

— Bom, essa é uma história que não ouvimos durante o jantar, não é? — disse Irene, então olhou para trás de Marjorie. — Ah, vejo que temos mais convidados chegando. Com licença.

Marjorie e os outros deram espaço para Irene, deixando-a para cumprimentar o grupo seguinte de convidados. Rex saiu em busca de David, para ver como podia ajudar. Carlotta sentou-se em uma espreguiçadeira, e Clara e Marjorie foram até Jonathan.

— Olhe só para você, marujo — cumprimentou Clara enquanto se aproximavam, tirando a atenção dele da tarefa. — Decidiu ter um dia de trabalho honesto para variar?

Jonathan se endireitou e sorriu para a irmã.

— Disse a mulher que está bebendo espumante e fazendo de tudo, menos trabalhar. — Ele fez uma pausa e tirou o chapéu para limpar o suor da testa com o punho. — Ainda assim — acrescentou, recolocando o chapéu —, vocês duas estão lindas, então não posso reclamar.

Era um elogio, mas impessoal e sem malícia, do tipo que ele poderia fazer a qualquer conhecida. Para Marjorie, a barreira invisível entre os dois parecia mais impenetrável que nunca.

— É por isso que não tenho coragem de falar sobre quão preguiçosas estão sendo — continuou ele, ainda sorrindo.

— Preguiçosas? — exclamou Clara, com uma falsa expressão ofendida. — Bom, gosto da ideia de um pouco de preguiça. E acho que não precisamos ficar aqui ouvindo os "elogios" de meu irmão. Vamos, Marjorie. Vou lhe mostrar o barco.

Marjorie se virou e começou a segui-la, mas, então, olhou de volta para Jonathan, pensou na conversa de Rex e de Clara sobre ele na carruagem e mudou de ideia.

— Pode ir na frente. Alcânço você em um minuto.

Clara assentiu e continuou andando, e Marjorie se virou de volta para Jonathan. Ocupado com a tarefa, ele nem parecia notar sua presença, mas ela falou mesmo assim.

— Ouvi dizer que Clara e Irene ofereceram um cargo para você na editora.

Ele nem ergueu os olhos.

— Sim.

— Mas você recusou a oferta.

— Recusei.

Ele amarrou o nó, pegou um pouco do cordame e se endireitou. Equilibrando-se na ponta da proa, ele girou em torno da vela que acabara de prender e deslizou de volta para prender outra.

— Por quê? — perguntou, a resposta taciturna só servindo para encorajá-la. — Seu pai não está mais aqui, então você não precisaria se preocupar com as interferências dele. E voltar à editora seria como recuperar o que você perdeu.

As mãos deles pararam.

— Nada pode fazer isso — disse Jonathan, e olhou para trás dela.
— É melhor você ir — aconselhou, voltando para a tarefa. — Clara
está esperando.

A rejeição foi clara e doeu, fazendo-a respirar fundo. *Do que
adiantava tentar quebrar a maldita barreira? Não sei nem por que tentei,*
pensou. Mas não tinha dado nem dois passos quando ouviu a voz dele:

— Marjorie?

Ela se forçou a encará-lo, o orgulho ferido.

— Sim?

— É melhor usar sua sombrinha.

Marjorie piscou, perplexa.

— O quê?

— Sua sombrinha. — Ele apontou para o cabo de ébano com linho
branco, renda malva e fita preta na mão dela. — O sol é cruel quando
estamos na água, e este chapéu não vai ser o suficiente para protegê-la.
Sua pele é muito... — Ele se interrompeu, engoliu em seco e olhou
para baixo, fazendo mais um nó na corda em suas mãos. — Sua pele
é muito clara. Vai ficar queimada, se não tomar cuidado.

Era a primeira coisa realmente pessoal que Jonathan lhe dizia em
dias, e Marjorie sentiu-se tão surpresa e aliviada que levou um tempo
para pensar na resposta.

— É como nos velhos tempos — disse, rindo enquanto abria a
sombrinha. — Você me dando conselhos sobre como me vestir. Me
lembra dos dias a bordo do *Netuno*. Você se lembra?

— Sim.

Uma única palavra. Ainda assim, a intensidade foi como um
tiro, reverberando no ar ao redor deles. Jonathan ergueu os olhos, e
Marjorie quase derrubou a sombrinha. O rosto dele expressava tudo
o que vira no Claridge.

Seu corpo reagiu imediatamente. Sentiu um calor subir pela barriga, os lábios formigaram e o coração deu um salto de alegria pura
e irracional.

Mas, tão repentinamente quanto havia aparecido, a expressão se foi, e Jonathan continuou a trabalhar como se nada tivesse acontecido, deixando claro que a barreira entre eles ainda existia.

Marjorie esperou um momento, mas, como ele não fez nenhum esforço para continuar a conversa, desistiu e foi embora, jurando não perder um único momento do que prometia ser um dia glorioso se preocupando com ele.

Ao longo do dia, no entanto, descobriu que era difícil cumprir a promessa. A cada hora que passava, ficava mais dolorosamente óbvio que, não importava onde ela estivesse, Jonathan queria estar em outro lugar. Aquilo a deixava tanto perplexa quanto magoada.

Era de se pensar que seria impossível evitar uma determinada pessoa por um dia inteiro em um iate de trinta metros, mas, de alguma forma, ele conseguiu. Se não estava no comando com Henry ou ajudando David e Rex, estava jogando damas com Paul, rindo com Hetty ou falando com qualquer um dos quarenta convidados a bordo.

O considerável orgulho dela permitiu que Marjorie escondesse a dor de ser tão óbvia e inexplicavelmente desprezada, mas só no meio da tarde, quando o *Mary Louisa* estava voltando para Queen's Wharf, é que finalmente conseguiu reprimir a mágoa dentro de si. Parou de olhar pelo convés procurando por ele entre a multidão, desistiu de se perguntar o que havia de errado com a amizade recém-descoberta dos dois e decidiu que, se ele queria uma barreira, então tudo bem. Foi quando finalmente começou a se divertir.

Quando algumas das outras senhoras montaram um jogo de *shuffleboard** a bombordo, ela se juntou a elas, feliz por lady Stansbury não estar presente para franzir a testa em desaprovação. Quando Henry explicou um pouco sobre navegação, ela ouviu com atenção e, quando ele ofereceu que ela assumisse o leme, Marjorie alegremente conduziu o barco de Chiswick a Battersea Park antes que Henry a obrigasse a devolvê-lo.

---

* Jogo popular em navios, em que o jogador, com um taco, lança discos sobre uma pista, tentando posicioná-los dentro de uma zona de pontuação triangular. (N.E.)

— Você está se revelando uma excelente marinheira, Marjorie — disse Clara, quando a jovem se juntou a ela e a várias outras damas sentadas em espreguiçadeiras sob a sombra de uma lona. — Talvez tenha nascido para isso. Da primeira vez que tentei controlar o barco, quase bati, e Henry só me deixou tentar de novo no verão seguinte. Eu...

Ela fez uma pausa, franzindo a testa e inclinando-se para estudar o rosto de Marjorie, então comentou:

— Seus lábios estão rachados e um pouco vermelhos.

— Estão?

Ela encostou os dedos nos lábios, estremecendo ao sentir uma pontada de dor.

— É melhor passar uma pomada de óxido de zinco. Tenho um pouco lá embaixo, se quiser. Está na mesinha no fim da escada.

Marjorie tocou os lábios de novo e decidiu que óxido de zinco era uma ótima ideia.

— Pode me servir um pouco de chá, Clara? — perguntou, por cima do ombro, enquanto andava até a cabine. Abriu a porta, entrou e desceu para o convés, mas, embora tivesse encontrado a mesinha que Clara mencionara, o creme labial não estava lá. Procurou nas três gavetas, mas precisou admitir a derrota.

Ela fechou a última gaveta e se levantou para sair, então percebeu que não estava sozinha. Atrás dela, a porta de um dos quartos se abriu de repente; quando ela se virou para ver o que era, o homem que a evitara o dia todo saiu, com o cabelo úmido e o paletó azul-escuro na mão.

Ele parou de supetão ao vê-la, e a expressão consternada em seu rosto a fez querer afundar no chão de teca.

— Vim buscar óxido de zinco, mas não encontrei — disse, então parou, percebendo que não devia nenhuma explicação a ele.

— Eu tenho um pouco.

Jonathan vestiu o paletó, enfiou a mão em um dos bolsos e tirou um pequeno frasco de vidro. Dando um passo à frente, estendeu o frasco para ela.

— Obrigada.

Marjorie pegou o frasco da mão estendida, abriu a tampa e se voltou para o espelho aparafusado na parede acima da mesa. Mas. antes que pudesse aplicar um pouco da pasta branca e espessa nos lábios, viu o rosto de Jonathan no espelho. Mais uma vez, teve um vislumbre do que vira no Claridge, três semanas antes.

Ela congelou, o frasco e a tampa ainda na mão.

— O que você pensa quando olha assim para mim? — sussurrou.

Jonathan desviou o olhar na hora.

— É melhor eu ir — disse, e começou a andar.

— Espere — pediu Marjorie, desesperada para encontrar um motivo para que ele ficasse.

Queria perguntar a ele o que estava diferente, o que mudara entre os dois, o que estava errado. Mas, quando encarou seu rosto de novo, o fogo em seus olhos tinha desaparecido, e seu semblante estava tão duro e tão rígido que a perguntou ficou presa na garganta e ela perdeu a coragem.

— Você esqueceu isso.

Ela ia pegar um pouco da pasta com o dedo antes de devolver o frasco, mas a voz dele a impediu:

— Pode ficar.

Mais uma vez, ele foi saindo do ambiente. A aspereza em sua voz foi demais para Marjorie.

— Eu não quero! — gritou, magoada demais para ser salva pelo orgulho. Fechou o frasco, segurou a mão dele e colocou a pomada lá. — O que eu quero é saber por que você está me tratando como uma estranha. O que fiz para merecer isso?

Jonathan enrijeceu, os dedos se fechando ao redor do frasco. Bem devagar, com cuidado deliberado, ele puxou a mão da dela.

— Não sei do que você está falando.

— Sabe sim! — insistiu ela. E sua tese se confirmou quando viu como ele estava inquieto. — Nossa caminhada para o Claridge foi ado-rável. Nós conversamos e rimos como amigos, não foi? Mas então…

Algo apareceu na expressão rígida dele, um traço de emoção.

— Tudo mudou depois daquele dia — continuou ela, insistindo.

— Desde aquele dia, é como se tivesse uma barreira entre nós, e não sei como isso aconteceu. E, hoje, você está me evitando, fugindo toda vez que estou há três metros de distância. Eu o ofendi por perguntar sobre a editora?

— Nem um pouco.

— Então talvez você só ache que a conversa de qualquer um dos outros convidados é melhor que a minha. Bem, seja lá o que for — acrescentou Marjorie, antes que ele pudesse responder —, está claro que há algo de errado entre nós, e isso...

Ela se interrompeu. O orgulho não poderia aguentar a admissão humilhante de que estava magoada.

— Pensei que fôssemos amigos — completou, simplesmente.

— E somos. Agora eu preciso...

— Você diz isso com tanta convicção, mas, mesmo assim... eu não acredito.

Ele parou, um pé na escada, a postura rígida.

— Ah, que Deus tenha piedade — murmurou Jonathan, e então, de repente, se virou e a segurou pela cintura.

Ele a puxou com força contra si, deixando o frasco de pomada cair quando o outro braço envolveu os ombros delicados de Marjorie. Ele inclinou a cabeça, abaixando-se sob a aba do chapéu dela, então sua boca estava na dela, quente e feroz, mas tão gentil que os lábios dela se abriram imediatamente por vontade própria.

Jonathan gemeu, e sua língua invadiu a boca de Marjorie, provando seu sabor. Abalada, a jovem fechou os olhos, mas tudo começou a girar. Pensando em se firmar no redemoinho que a dominava, ela tentou deslizar os braços em volta do pescoço dele, mas Jonathan segurou seus pulsos. Com outro gemido, ele afastou as mãos dela e interrompeu o beijo. Então se distanciou, a respiração quente e rápida contra a bochecha dela e, quando Marjorie abriu os olhos, viu que os dele brilhando com intensidade, a cor viva.

— Ser seu amigo está me matando — sussurrou Jonathan. — Por Deus, você não entende? Está me matando aos poucos.

Então, de repente, ele a agarrou pelos braços, a empurrou para trás e a soltou. Depois disso, virou-se e foi embora, subindo a escada sem olhar para trás uma única vez, deixando Marjorie encarando o vazio. *Homens*, pensou ela, balançando a cabeça, *eram absolutamente impossíveis de entender.*

⚬⚬⚬

Se o *Mary Louisa* ainda estivesse em uma parte mais remota do Tâmisa, Jonathan teria mergulhado no mar e nadado até a costa.

Depois de semanas lutando e reprimindo seu desejo, finalmente cedera. Ele se permitira uma hora de fantasias sexuais selvagens sobre a protegida, e estava pagando por aquilo desde então. Em vez de ser um alívio, aquela tarde no salão de chá do Claridge aprofundara sua agonia e, nas semanas que se seguiram, a companhia dela se tornara uma tortura quase insuportável.

Agora, depois de um dia inteiro evitando-a — uma tarefa que exigira muita engenhosidade sua —, fora forçado a se refugiar no convés, onde engolira dois dedos de uísque, mergulhara a cabeça em uma bacia de água fria e lembrara-se pelo menos vinte e sete vezes de coisas como dever e responsabilidade e conduta cavalheiresca.

Mal conseguira se recompor quando ela apareceu, e Jonathan arruinou todo o seu esforço puxando-a para um beijo. Depois daquele desastre escaldante, fugir nadando para a costa começava a parecer a única alternativa.

Infelizmente, o iate já estava bem longe do Battersea Park quando Jonathan emergiu no convés. Mesmo que quisesse uma fuga desesperada, havia muitos navios no rio para tentar.

Do jeito que estava, não tinha escolha a não ser fazer o que vinha fazendo nas últimas semanas: resistir. Suprimiu qualquer pensamento malicioso sobre Marjorie logo que apareciam em sua mente. Relembrou os tempos de escola em Winchester com Paul e manteve Hetty entretida com contos sobre as traquinagens que o irmão cometera na juventude. Ele socializou, conversou, contou histórias de sua vida na

América e sorriu tanto que, quando chegaram a Queen's Wharf, sua mandíbula doía.

Nos dias depois da festa, tomou medidas para garantir que o que aconteceu no *Mary Louisa* não se repetisse. Ignorando os planos de Irene em relação à sua agenda social, ficou o máximo possível longe da casa na Upper Brook Street e da hóspede voluptuosa de cabelo ruivo.

Supunha que maioria dos homens em sua situação teria recorrido a outra mulher para aliviar a agonia, mas, para Jonathan, a solução não tinha apelo. Não era um homem de frequentar bordéis. Mesmo na América, onde as prostitutas eram a única escolha viável de um sujeito solteiro, nunca gostara muito daquilo e raramente procurava essas companhias. Além disso, sabia que qualquer alívio que pudesse encontrar nos braços de outra mulher seria puramente físico e temporário, pois Marjorie era a única que desejava. Em vez disso, se inscreveu num ginásio e descobriu que um saco de pancadas e um florete de esgrima eram saídas físicas razoáveis, ainda que não totalmente eficazes, para a frustração.

Também buscou outras distrações. Foi atrás de velhos amigos dos tempos de escola. Cuidou de vários assuntos de negócios que sua parada em Londres exigia. Tomou banhos frios e fez longas caminhadas.

Seguindo o conselho de Rex, se inscreveu como membro do Travellers e, com a influência de Torquil, o endosso de Rex e as recomendações de vários colegas de escola com os quais se reaproximara, foi colocado no topo da lista de espera. Nesse meio-tempo, frequentou o clube como convidado e, para evitar a Upper Brook Street, aproveitou-se de ambos os cunhados para isso sempre que possível.

— Sabe que suas irmãs estão ficando irritadas conosco, não sabe? — comentou o duque, quando encontraram Rex para beber, certa noite no final de julho. — Elas sabem que você está fugindo do convívio e não estão nem um pouco felizes com o fato de estarmos ajudando.

— É só por mais algumas semanas — falou Jonathan, bebendo um gole de uísque. — Graças a Deus.

Henry riu.

— Cara Lady Truelove — disse, olhando para Rex —, as mulheres de nossa vida estão insistindo para nos misturarmos com a sociedade, mas, depois de todas essas semanas da temporada, estamos exaustos e só queremos um pouco de paz. Como podemos fazer nossas esposas compreenderem que as noites no clube são vitais para nossa saúde e bem-estar masculinos? Assinado, Entediado com os Bailes de Belgravia.

Jonathan e Rex riram — não apenas da piada do duque, mas também pelo fato de ele normalmente ser certinho demais para aquele tipo de piada.

— Lady Truelove nunca aconselharia um homem a ir para o clube em vez de ir para a casa — falou Rex, depois de um falso olhar de reprovação para o cunhado. — A não ser que... — adicionou, com um sorriso — ele tenha um bom motivo.

— Que seria? — perguntou Henry. — É melhor combinarmos essa história direito, senhores, antes de partirmos.

— Já pensei em tudo. — Rex olhou por cima do ombro do duque e seu sorriso aumentou. — Aliás, o motivo para estarmos aqui esta noite acabou de passar pela porta. O marquês de Kayne chegou.

Jonathan, que não conhecia o marquês de Kayne nem sabia qualquer coisa sobre o sujeito, não entendeu o significado da chegada do homem, mas Henry pareceu entender.

— Ah! — exclamou o duque, assentindo. — Entendi seu raciocínio, Rex. Você é um canalha inteligente.

— Ora, obrigado — murmurou Rex, limpando a lapela do paletó e fazendo uma expressão de humildade. — Eu faço o possível.

Então, inclinando-se para Jonathan, continuou:

— Kayne é alguém que você precisa conhecer, por isso o chamei aqui esta noite. E, considerando o que falei de você, o homem quer muito conhecê-lo.

Jonathan não teve oportunidade de responder antes que um homem alto de cabelo escuro parasse ao lado da mesa, e os três se levantaram.

— Torquil — cumprimentou o marquês. — Galbraith. É bom vê-los. Já faz um tempo, não é?

— Não o vimos muito durante a temporada, Philip — comentou Henry. — Desde o baile anual de caridade em maio.

— Estive ocupado em Hampshire, então eu e minha esposa não fomos a muitos eventos este ano. Vim mais para a Câmara de Lordes.

— Permita que eu apresente meu cunhado, Jonathan Deverill — disse Henry. — Jonathan, este é o marquês de Kayne.

Se o homem realmente estava ansioso por conhecê-lo, não demonstrou. Um par de olhos azuis o encarou de maneira polida e impessoal, e o aperto de mão, embora firme, foi breve.

— Sr. Deverill.

Henry perguntou se o marquês já tinha jantado e, ao saber que não, convidou-o a se juntar a eles, e a proposta foi aceita.

— Como está o negócio de navios, Philip? — perguntou Rex, após pedirem os pratos e garrafas de vinho e se sentarem. — Lorde Kayne é um camarada muito pioneiro — explicou a Jonathan. — Entrou no mercado bem cedo.

— A Hawthorne Shipping era do meu pai, não minha — disse o marquês. — Embora eu admita que teria feito algo, mesmo sem ele. Qualquer homem que dependa de renda de aluguel não é apenas um esnobe, é um tolo.

Aquilo atiçou o interesse de Jonathan, que perguntou:

— O que a Hawthorne Shipping faz? Importação e exportação?

O marquês negou com a cabeça.

— Construímos navios a vapor transatlânticos em Liverpool e Southampton.

— É mesmo? Para carga ou passageiros?

— Carga. Eu... — Ele hesitou, dando um olhar de soslaio para Rex que não passou despercebido por Jonathan. Rex deve ter assentido, porque Kayne continuou: — Eu gostaria de expandir e fazer linhas para passageiros, também.

Por isso o encontro. O homem precisava de capital.

— Você deseja fazer e vender navios para a Cunard, White Star e... — Jonathan se interrompeu, surpreso quando Kayne negou com a cabeça outra vez.

— Essa é uma opção, claro, mas não é exatamente o que eu gostaria de fazer. — Os olhos azuis brilhantes encontraram os de Jonathan. — Estou pensando em algo maior.

Jonathan ficou intrigado.

— Você não quer construir para eles — concluiu, sentindo seu interesse aumentar ao perceber o objetivo do outro homem. — Quer *competir* com eles. Uma estratégia ousada — adicionou, e o marquês assentiu.

— Sim — disse, apenas. — É sim.

O homem fez uma pausa para um tomar um gole de uísque, então continuou:

— Meu parceiro era para ser o sogro americano do meu irmão, o coronel Dutton, e meu irmão me ajudaria com o empreendimento. Infelizmente, Dutton perdeu bastante dinheiro na última quebra de Wall Street, então tivemos que descartar o plano, e meu irmão assumiu um cargo diplomático na embaixada britânica em Washington.

— Mas você ainda quer seguir com o plano.

— Sim. Já estou há alguns anos com este projeto e investi uma pequena fortuna, então não quero abandoná-lo por completo.

— Então você precisa de investidores para substituir Dutton. Já conseguiu algum?

— Ainda não — admitiu Kayne. — Mal comecei a procurar.

— É aí que você entra, companheiro — disse Rex.

Jonathan refletiu.

— Eu gosto da ideia — falou, depois de um tempo. — Mas, para competir com as companhias existentes, é necessário estabelecer portos e rotas e conquistar pontos de atracação.

— Meu irmão já tinha começado esse processo, fazendo acordos em Ostend e Nova York antes de partir para Washington. Farei uma reunião com oficiais em Gibraltar no mês que vem, para retomar de onde paramos. Mas, se eu não tiver capital, não adiantará de nada.

— Você despertou meu interesse, lorde Kayne — disse Jonathan, com sinceridade. — Sempre tenho curiosidade em conhecer homens com visão para o futuro. A maioria pensa pequeno. Mande seus planos para mim na Upper Brook Street. Vou estudá-los e, se gostar do que vir, podemos conversar mais.

Naquele momento, o jantar chegou, e a conversa de negócios foi deixada de lado. Depois do jantar, Kayne sugeriu um jogo de bridge. Henry e Rex precisaram recusar por já terem compromissos, mas Jonathan ficou mais que feliz de aceitar o convite. E, se a quantidade de dinheiro que os dois ganharam como parceiros de bridge naquela noite fosse algum indicativo, uma parceria seria extremamente lucrativa.

Quando Jonathan voltou para a casa da Upper Brook Street, já passava da meia-noite, e a porta estava trancada. Mas, como Irene lhe dera a chave, ele entrou sem problemas.

A casa estava escura e silenciosa, indicando que todos, inclusive os criados, tinham ido para a cama. Ele começou a subir as escadas, pensando em fazer o mesmo, mas parou no primeiro andar depois de ver uma luz se derramando no corredor da sala de estar.

Uma lamparina deixada acesa sem vigilância podia ser perigosa. Bastante surpreso que um dos criados de Torquil pudesse ser tão descuidado, seguiu pelo corredor, com a intenção em apagar a luz antes de ir para a cama. Quando entrou na sala de estar, descobriu que os criados de Torquil não tinham sido descuidados.

Pelas portas duplas abertas que davam para a biblioteca, viu Marjorie sentada no chão, com um baú aberto à sua frente — um baú que ele reconheceu, pois fora ele quem o enchera com as coisas do pai dela e mandara para White Plains. Seguindo as instruções em seu telegrama, a sra. Forsyte enviara o baú para a Inglaterra.

Marjorie não pareceu notá-lo na porta. Estava com a cabeça inclinada, a trança longa e solta caindo sobre um ombro e um seio, o tecido branco macio da camisola ondulando ao redor do corpo, dando a impressão de que ela estava sentada em uma nuvem.

Jonathan andou na direção dela, mas a jovem nem ergueu os olhos. Quando ele se aproximou da biblioteca, viu que ela estava lendo uma carta — uma carta em um papel azul inconfundível.

Ele parou, olhando para o papel, a própria mente percebendo pela primeira vez as implicações mais profundas da informação que aquela carta continha. E, quando Marjorie falou, sabia que ela percebera as mesmas implicações.

— Ele esteve em Nova York — disse ela, deixando a carta cair no colo. Olhou para cima, e Jonathan viu choque e dor em seus olhos. — Três anos depois de me deixar com a sra. Forsyte, ele voltou para Nova York, mas não foi me ver.

O rosto dela se contorceu, e Jonathan sentiu o peito apertar. A dor que ela sentia o sufocava como uma vinha. Quando uma lágrima rolou pela bochecha de Marjorie, ele sentiu como se tivesse sido queimado com ácido.

— Ele viajou de Idaho até lá. Estava há menos de uma hora de mim. Uma hora! E não foi me ver.

Jonathan não aguentou. Começou a andar de novo, mas bastaram apenas alguns passos para se lembrar do que acontecera da última vez que estivera sozinho com ela.

O pensamento o fez parar, deixando-o alerta sobre o estado de vulnerabilidade dela e o próprio. Relembrou os motivos para virar e ir embora, mas não adiantou. Não podia deixá-la. Não daquele jeito.

Respirando fundo e rezando por força moral, Jonathan entrou na biblioteca.

# Capítulo 18

Os olhos dela, arregalados e escuros, eram como os de um animal ferido, e Jonathan se aproximou da mesma forma que faria com um bichinho machucado, entrando devagar no cômodo e fechando as portas atrás de si o mais suavemente possível. Rodeou o baú, então empurrou as saias onduladas da camisola para evitar se sentar nelas e se acomodou com as pernas cruzadas no chão ao lado dela.

— Marjorie — começou, mas ela não lhe deu tempo de continuar.

— Esta é uma avaliação da Rosa de Shoshone datada de 21 de julho de 1888, três anos depois ele me deixar. Você viu isso? É claro que viu! Você empacotou as coisas dele, cuidou dos negócios…

Jonathan olhou para a carta, e então de volta para Marjorie.

— Sim, eu vi.

— Então você sabia. — Ela estreitou os olhos em uma expressão acusatória, e Jonathan sentiu como se tivessem cravado uma flecha em seu peito. — Você sabia que meu pai tinha ido a Nova York enquanto eu estava lá, mas não me contou.

— Não. Digo, não exatamente — corrigiu quando viu a expressão incrédula dela. — Sim, eu sabia que seu pai tinha ido a Nova York para solicitar que as safiras fossem lapidadas e colocadas no colar, mas a viagem aconteceu cinco anos antes de eu conhecer você, e eu não sabia da sua existência há dois meses. Você sabe disso. E, sim, eu vi o papel da avaliação quando empacotei as coisas dele após o enterro, mas pensei que você fosse uma criança, então achei que a viagem para Nova York tinha acontecido antes de você nascer. Depois de conhecê-la, não liguei sua idade à avaliação da Tiffany. — Jonathan a encarou, infelizmente ciente das outras coisas que tinha em mente desde que a conhecera. — Pode me chamar de estúpido, mas a verdade é que eu não tinha juntado os pontos até agora. Se tivesse, teria lhe contado. Lamento, Marjorie.

— Por quê? — perguntou ela, o tom perplexo de volta à voz. — Por que ele não foi me ver? Você era amigo dele. Me explique.

Jonathan desejou ter as respostas.

— Não sei. Se fosse tentar adivinhar, diria que ele quis visitar e acabou desistindo no último momento.

— Ele era um covarde. É o que você quer dizer.

— É difícil pensar nele dessa maneira. — Jonathan tentou pensar de forma objetiva sobre o amigo que fora um irmão para ele, mas era impossível. — Desbravamos muitas coisas juntos, e ele nunca fugiu de nada. Tinha muita coragem física, mas...

— Mas tinha medo de uma garotinha?

Marjorie soltou um grunhido de desprezo, o que Jonathan foi forçado a admitir que o pai dela merecia.

— Estou só supondo.

— E você o chamava de amigo? — Marjorie balançou a cabeça em negação. — Um amigo ruim, que abandona a própria filha, faz promessas que não cumpre e a deixa esperançosa sobre algo que ele sabe que nunca acontecerá.

Jonathan não podia discordar daquilo e percebeu que, desde que conhecera Marjorie, sua opinião sobre o amigo vinha caindo, embora a dor e o senso de lealdade o tinham impedido de perceber aquilo.

— Sim — concordou, simplesmente. — Lamento.

O rosto dela se contorceu, e Jonathan precisou de todo o seu autocontrole para não se mover. A mulher precisava de um ombro para chorar, um abraço reconfortante, mas ele não podia fornecer aquele tipo de consolo. Não se atreveria. Que Deus o ajudasse, pois não era forte o suficiente.

Ao invés disso, fez a coisa mais certa e segura: tirou um lenço do bolso.

— Odeio ele — disse Marjorie, com a voz embargada, as palavras cheias de dor e ódio, e aceitou o lenço. — Odeio ele — repetiu, mas com menos intensidade. Então abaixou a cabeça, os ombros sacudindo. — Odeio ele — sussurrou, amassando o lenço em uma bola.

— Não — disse Jonathan, gentilmente. — Você não o odeia.

Marjorie olhou para cima, as lágrimas fazendo os olhos castanhos brilharem à luz da lâmpada, e ele sentiu como se estivesse deslizando para a beira de um penhasco.

— Mas eu deveria.

— Sem dúvidas. Mas não o odeia.

Ela soltou um soluço, reconhecendo a verdade. Mais do que nunca, ele queria envolvê-la em seus braços, confortá-la... *Não*, se freou, imediatamente, destruindo qualquer pretensão do tipo. O cavalheirismo seria apenas uma desculpa. Desesperado por uma distração da direção perigosa que seus pensamentos estavam tomando, Jonathan se ajoelhou diante do baú.

— Se isso a consola — falou, enquanto vasculhava o conteúdo —, eu sei como é ter um pai horrível. E como é desejar odiá-lo. Mas você pode dizer algo sobre o seu pai que não posso dizer sobre o meu.

— O quê?

Em vez de responder, ele pegou o que estivera procurando: uma caixa de madeira que parecia um baú de tesouro pirata e um molho de chaves. Ele recuou um pouco para colocar a caixa no chão, destrancou-a com uma das chaves e levantou a tampa, revelando dobras de seda amarelada. Ele as puxou para que ela pudesse ver os maços gordos de cartas embaixo, cada um amarrado com uma fita.

Jogando as chaves de volta no baú, ele puxou o primeiro pacote de cartas da caixa e as estendeu para ela.

— Acredito que são suas.

— Sim — sussurrou ela, espantada, deixando o lenço dele cair ao chão e apoiando-se nos joelhos para pegar as cartas. — Mas... — Ela olhou para cima, franzindo a testa em uma expressão perplexa. — Você as leu?

— Claro que não — respondeu Jonathan, afrontado. — Um cavalheiro nunca lê as cartas de outro homem, mesmo que o homem esteja morto.

— Desculpe. Mas como sabe que são minhas?

Ele virou o pacote para que ela pudesse ver o endereço escrito no envelope.

— Não acho que ele conhecia duas garotas na Academia Forsyte, não é?

— Ele guardou minhas cartas... — Marjorie olhou para a caixa, então para o pacote em suas mãos. — Parece que guardou todas.

— Não só isso. Ele as guardou em um baú de tesouros, enroladas em seda.

— Mas... — Marjorie parou de falar e olhou para Jonathan, claramente confusa. — Por que ele faria isso?

— Talvez porque, do jeito errado dele, seu pai a amava. Considerava você um tesouro.

Ela o encarou, balançando a cabeça em negação, como se não quisesse acreditar. De repente, as mãos caíram para os lados, e as cartas escorregaram de seus dedos, acertando o tapete perto de seu quadril com um baque silencioso. Ela começou a chorar baixinho, as lágrimas escorrendo pelo rosto, e Jonathan não suportou mais.

— Não faça isso — Sua voz soou feroz para os próprios ouvidos quando ele ergueu a mão para segurar o rosto dela. — Não chore.

— Não sei por que estou chorando — sussurrou Marjorie.

Jonathan pensou nos próprios sonhos perdidos.

— Eu sei — murmurou, enxugando uma lágrima com o dedo. — *Hiraeth*.

— O quê? — Marjorie franziu a testa, confusa com a palavra desconhecida. — O que significa?

— Significa tristeza por aquilo que já passou e se foi, ou por coisas que nunca existiram, ou saudade de lugares que existem apenas em nossa imaginação.

Ele hesitou, ciente da pele quente e feminina sob a ponta dos dedos e da trança sedosa contra as costas da mão, um combustível perigoso para o fogo dentro dele.

— É uma palavra galesa — continuou, desesperado, mas incapaz de fazer a coisa certa e recuar. — Aprendi galês na escola, assim como latim, grego e diversas outras línguas que ninguém usa. É para isso que serve uma escola preparatória, sabe? Para ensinar a homens de famílias ricas coisas sem valor prático.

Marjorie riu, e seu sorriso foi como os raios de sol aparecendo por entre nuvens de chuva.

— Escolas para meninas também são assim. Aprendemos a valsar, escrever numa caligrafia perfeita e falar francês polido.

— Pelo menos o francês é útil em viagens. Muitos falam essa língua. Tente conversar com um maître de um hotel ou garçom em galês para ver só.

Ela riu de novo, e Jonathan riu também. Mas, quando o riso esmaeceu, ele sentiu a mudança no ar, no aumento da tensão no próprio corpo, na aceleração dos batimentos dela sob seus dedos. Ouviu no silêncio repentino entre os dois e no palpitar alto de seu coração. Viu na abertura dos lábios dela e no semicerrar dos olhos.

Jonathan sentiu sua resistência cedendo. Desesperado, tentou se lembrar de que ela estava em uma condição vulnerável, e o que o que estava pensando em fazer era a conduta de um canalha, não de um cavalheiro. Olhou para as lágrimas ainda úmidas nas bochechas de Marjorie e se lembrou das promessas que fizera e da inocência dela.

Mas então ela se aproximou, a respiração ofegante e quente em seu rosto, e Jonathan sentiu sua resolução ruir.

*Não faça isso*, pensou, desesperado, incerto se o aviso não dito era para ela ou para si mesmo. *Saia. Agora.*

Apesar da ordem do cérebro, seus dedos deslizaram para a nuca dela, a honra desaparecendo, a excitação inundando seu corpo, o desejo dilacerando sua alma. Foi a vez dele de se aproximar, o polegar traçando o queixo delicado para inclinar a cabeça dela para trás.

Lentamente, Jonathan abaixou a cabeça. Seus lábios roçaram os dela, o mínimo dos toques, mas, ainda assim, depois de semanas se torturando com a lembrança dos beijos, o prazer foi tão delicioso que ele gemeu.

Na primeira vez que a beijou, soube que estava brincando com fogo. Na segunda, acendeu o fósforo e o apagou. Mas, na terceira, quando Marjorie o envolveu em um abraço e seus lábios se abriram sob os dele, o fogo queimou tão intensamente que ele simplesmente não conseguiu contê-lo.

Em vez disso, aprofundou o beijo, deslizando a língua para saboreá-la. A mulher gemeu em resposta, atiçando a chama, os dedos acariciando, a boca se abrindo mais, a língua encontrando a dele.

Jonathan deslizou os braços ao redor dela e a puxou para mais perto. Marjorie se entregou com toda a sua inocência, um lembrete e um aviso — uma última chance de proteger a virtude dela. Mas sua boca era tão doce, seu corpo, tão quente, e seu beijo, tão exuberante, que ele não conseguia parar. Ainda não.

Mantendo um braço apertado em volta da cintura dela, deslizou a mão livre por seu corpo, gemendo de prazer ao descobrir que apenas duas camadas de musselina o separavam da pele nua. Ainda saboreando profundamente sua boca, Jonathan colocou a mão por entre os corpos para acariciar um seio.

Marjorie interrompeu o beijo, ofegante, mas, como que por instinto, arqueou o corpo para mais perto.

— Está tudo bem — murmurou ele, proferindo a mentira enquanto a abraçava com mais força e a outra mão tomava o formato redondo e cheio de seu seio.

Marjorie se mexeu, claramente agitada, e ele parou, o coração palpitando forte no peito, o corpo envolto em puro caos. Mas, quando ela não recuou, Jonathan começou de novo, apertando e moldando o seio contra a palma da mão enquanto murmurava palavras para persuadir e acalmar. A boca traçou beijos ao longo da bochecha delicada, fazendo um caminho pelo queixo e pela lateral do pescoço, onde os tendões da garganta dela estavam tensos como cordas de harpa.

Sob sua palma, sentiu a forma do mamilo e usou os dedos para provocar o botão enrijecido.

Marjorie gemeu, apertando os braços em volta do pescoço dele, os quadris roçando contra seu corpo, lembrando-o de que ele logo teria que parar. Logo, mas não ainda. Mantendo um braço em volta da cintura dela, Jonathan soltou o seio e puxou as pontas do penhoar.

— Jonathan? — sussurrou Marjorie.

Era uma pergunta ou uma súplica? Talvez os dois.

— Vai ficar tudo bem — disse ele, rezando para que tivesse forças para garantir que aquilo fosse verdade. Então, abaixou a cabeça. Abriu a boca sobre o mamilo rijo, umedecendo o tecido da camisola enquanto sugava seu seio.

Marjorie ofegou, arqueando as costas, os quadris roçando a virilha dele. Jonathan estava completamente excitado, e o contato era uma tortura deliciosa que enviava espasmos de prazer por seu corpo, transformando a excitação em luxúria e lembrando-o de que não tinha muito tempo até precisar parar.

Esticando a mão livre, passou-a por baixo da barra da camisola. Como tinha imaginado, Marjorie estava nua por baixo do tecido, e a pele estava escaldante. Deslizou a palma da mão pela coxa, o quadril e as nádegas várias vezes, marcando os contornos da forma feminina ainda mais profundamente em sua memória enquanto a boca sugava o seio dela, a língua usando o tecido úmido para excitá-la ainda mais.

Marjorie chamou seu nome, um gemido suave e abafado. Seu corpo, roçando no dele, declarava o que ela queria.

Feliz em obedecer, Jonathan a deitou de costas, ficando por cima, capturando sua boca outra vez. Num ritmo lento e suave, ele deslizou a mão por entre as coxas dela e apalpou seu ponto mais central. Marjorie interrompeu o beijo com uma exclamação chocada, os quadris vibrando bruscamente quando ele deslizou o dedo para dentro de seu sexo. Ela estava molhada, pronta, e o conhecimento do que estava ali, tão perto, ameaçou dominá-lo. Mas Jonathan sabia que aquele momento não era sobre ele e se esforçou para banir qualquer pensamento sobre a própria necessidade. Ele a acariciou, aproveitando a agitação e os sons suaves e ofegantes.

— Isso mesmo, querida — murmurou, observando o rosto dela, que se aproximava do orgasmo.

Marjorie estava de olhos fechados, com as bochechas rosadas, e ele sabia que não importava para onde fosse a partir dali ou o que fizesse, nem quanto tempo vivesse, nunca veria nada mais bonito do que aquela mulher naquele momento.

— Você está quase lá.

Jonathan mal acabara de falar quando ela atingiu o pico, e a visão de seu rosto quando ela chegou ao clímax era a coisa mais linda que ele já tinha visto na vida.

Marjorie desabou contra o tapete, ofegante, mas ele continuou a acariciá-la, amplificando a sensação e levando-a ao orgasmo de novo e de novo.

Então recuou e, ao tirar a mão de baixo da camisola dela, mais uma vez notou sua própria necessidade. Sabia que tinha que deixá-la naquele momento, enquanto sua resistência ainda sobrevivia, mesmo que por um fio.

Ele a beijou mais uma vez, então se sentou, a agonia rasgando o corpo com a nova distância. Respirando fundo, puxou a camisola dela de volta para baixo. Não aumentou a própria tortura espiando as pernas nuas e os quadris sensuais. Em vez disso, olhou para seu rosto.

A visão foi como uma flecha em seu peito.

Marjorie estava radiante, sorridente, tão adorável com o efeito do que acabara de acontecer... Ele nunca desejou tanto uma mulher. O membro latejava, o coração doía, até a alma ardia de desejo, mas ele tinha jurado que cuidaria dela, que a protegeria. Tirar a virtude dela no chão de uma biblioteca não apenas quebraria tal promessa: aniquilaria sua palavra, seu ser e qualquer senso de honra que um dia tivera.

Jonathan se levantou. Estendeu a mão para ajudá-la a fazer o mesmo, mas não a olhou nos olhos e a soltou assim que ela tocou os pés no chão.

— É melhor irmos para a cama — aconselhou, encarando a parede além do ombro dela. — Antes que eu esqueça...

Ele se interrompeu, porque esquecera que era um cavalheiro minutos atrás.

— Antes que alguém nos encontre aqui, assim — ele se corrigiu e virou de costas, aliviado por descobrir que tivera a esperteza de fechar a porta. — Boa noite, Marjorie. Durma bem.

— Você também — respondeu ela, enquanto ele saía da sala, e Jonathan não evitou uma risada ácida. Sabia que não pregaria o olho.

Enquanto subia para o próprio quarto, temeu que o ocorrido fosse assombrá-lo pelo resto da vida.

---

Ao contrário de Jonathan, Marjorie não subiu para o quarto, pois dormir parecia impossível. Nunca se sentira tão acordada, tão viva quanto naquele momento. Ou tão confusa.

Por semanas, ele tinha sido educado e distante, deixando claro que não a queria por perto. Então, de uma forma repentina que lhe tirara o fôlego, ele a beijara no *Mary Louisa* e fizera aquela admissão incrível: *Ser seu amigo está me matando.*

As palavras e ações demonstravam que havia certa paixão por ela. Pelo menos fora isso que Marjorie achara, e ficara num estado vertiginoso de antecipação glorioso, morrendo de vontade de vê-lo novamente, vivendo na incerteza, apenas para passar as duas semanas seguintes sendo ignorada. Na verdade, mal o vira, um desdobramento que a deixara decepcionada, insultada e mais confusa que nunca. À luz de tudo aquilo, o que deveria pensar dos eventos daquela noite?

Marjorie não tinha nenhuma experiência romântica em que se apoiar. E, de qualquer forma, considerar o que acontecera naquela noite como "romântico" parecia inadequado. As carícias, tão quentes e suaves, acenderam uma paixão dentro dela que nunca soubera ser capaz de sentir. E o prazer que veio em onda após onda, tão inesperado e intenso, a deixara despedaçada. Fora tudo terrivelmente perverso, carnal. Mas o que aquilo significava?

Não havia como responder àquela pergunta, mas Marjorie passou a maior parte da noite tentando, e, enquanto repassava tudo o que tinha acontecido entre eles desde o momento em que se conheceram, suas emoções saltaram de alegria para perplexidade, de desejo para raiva e de volta para a alegria novamente, em círculos.

Quando o dia amanheceu, estava exausta, irritada e ainda mais confusa, então desistiu. Só havia uma maneira de dar sentido a tudo aquilo, e era perguntando a Jonathan.

O que não foi uma tarefa fácil. Como era seu costume ultimamente, Jonathan não estava presente no café da manhã, e uma discreta pergunta a Boothby a informou que ele tomara o desjejum antes de todos e saíra, embora o mordomo não soubesse para onde.

Jonathan permaneceu igualmente esquivo durante o resto do dia, mas Marjorie não tinha intenção de passar mais duas semanas naquele estado de incerteza agonizante. A família iria a um baile naquela noite, e ela decidiu que encontraria uma maneira de encurralá-lo antes que ele partisse com os outros e exigiria explicações. Mas Jonathan conseguiu frustrar seus planos mandando um bilhete para Irene, no final da tarde, avisando que jantaria no clube e os veria no baile depois.

Marjorie, incapaz de comparecer porque ainda estava de luto, sabia muito bem o que o bilhete de Jonathan realmente significava. Ele voltara a evitá-la como uma doença, e ela não aceitaria aquilo. Depois que o resto da família partiu para o baile, se acomodou na biblioteca para esperar até que voltassem, determinada a encontrar uma maneira de falar com ele a sós antes do fim da noite.

Enquanto esperava, tentou ocupar sua mente com os papéis que Jonathan lhe dera para estudar, mas os documentos legais e financeiros não eram suficientes para distraí-la dos eventos emocionantes da noite anterior.

O baú não estava mais lá, tinha sido levado para o sótão por um criado, mas os olhos de Marjorie não tiveram problemas em se fixar no local exato onde Jonathan a beijara e acariciara. Ela mordeu o lábio, olhando para o pedaço de tapete onde se deitaram, e as lembranças a fizeram corar mesmo depois de um dia todo. Não sentia exatamente vergonha, mas choque, pois nunca soubera ser capaz de possuir sentimentos tão primitivos e carnais, ou mesmo que tais sentimentos existiam.

A Academia Forsyte era uma escola conservadora para meninas e, durante seu tempo lá, ninguém lhe explicara nada a respeito das relações íntimas entre homens e mulheres. Eram as mães que deviam repassar essas informações muito necessárias, e, embora a sra. Forsyte tivesse sido a coisa mais próxima que Marjorie tivera de uma mãe desde que a sua morrera, a diretora não achara por bem assumir esse aspecto específico dos deveres maternos.

Além disso, embora a carreira de Marjorie como professora tivesse dado acesso a certos livros sobre biologia humana, as informações fornecidas pelos volumes da biblioteca da academia eram vagas, eufemísticas e profundamente insatisfatórias.

Mas algum livro seria realmente capaz de explicar a realidade? A tensão crescente, as sensações maravilhosas, a conclusão devastadora?

— Seu café, srta. McGann.

A voz de Boothby, tão prática, arrancou-a das especulações carnais. Quando o mordomo entrou na sala com uma bandeja carregada, ela voltou a atenção para os papéis espalhados sobre a mesa à frente. Enquanto ele servia o café, ela inclinou a cabeça como se estivesse totalmente absorta com a situação atual de seus investimentos financeiros.

— Pode colocar na mesa, Boothby — disse, pegando um lápis para rabiscar uma nota sem sentido na margem de uma folha.

Ouviu o barulho da xícara e do pires quando o mordomo atendeu às instruções.

— Precisa de mais alguma coisa?

— Não. Obrigada, Boothby. Pode ir.

Ele se curvou e partiu, e Marjorie se inclinou ainda mais para a frente, apoiando a bochecha quente contra as folhas de papel frio sobre a mesa com um gemido. Se corasse toda vez que pensasse nos eventos da noite anterior, como enfrentaria Jonathan e pediria que ele explicasse o que tudo aquilo significava?

Aquela pergunta mal passara por sua mente quando ouviu mais passos ressoando pelo corredor. Ela se sentou e pegou o lápis, fingindo grande interesse nos papéis. Mas, quando o objeto de todas as suas contemplações atormentadas entrou na sala, sentiu seu rosto esquentar novamente.

Jonathan parou na porta e, embora ela desejasse se refugiar nos documentos legais diante dela, Marjorie se lembrou de seu propósito, disse a si mesma para não ser uma covarde e ergueu os olhos.

— Olá — disse, ignorando o rosto quente e tentando manter a voz fria. — Achei que estaria no baile. — Enquanto falava, notou que ele não estava de gravata branca, mas com um terno matinal comum cinza-carvão. — Você não vai?

— Não.

Ele entrou na biblioteca, fechando a porta atrás de si, e o ato fez Marjorie se levantar de um salto. Ele certamente não planejava repetir os atos da noite anterior, não é?

O rubor cresceu com os pensamentos, o calor se espalhando pelo seu corpo. Jonathan percebeu a reação dela, os lábios se contraindo, e a determinação de enfrentá-lo começou a se dissipar. Quando o homem veio em sua direção, Marjorie olhou além dele, sentindo um desejo repentino e covarde de correr para a porta. Empurrou a covardia de lado, agarrou a coragem e reforçou o orgulho. Quando Jonathan circulou a mesa, ela se virou para encará-lo, segurando o lápis com força entre os dedos enquanto se preparava para exigir saber o que ele estava fazendo, rebatendo-a como uma bola de tênis.

Jonathan parou diante dela.

— Queria falar com você, e esta me pareceu a melhor oportunidade.

— É mesmo? — perguntou Marjorie, orgulhosa do tom incisivo em sua voz. — Isso é novidade.

Ele fixou o olhar no tapete, depois de volta nela.

— Quis dizer que queria falar com você a sós.

Apesar de tudo, ela sentiu uma onda de empolgação, mas logo o abafou.

— Outra novidade — murmurou.

Jonathan estendeu a mão, fechando os dedos sobre o lápis na mão dela, como se fosse pegá-lo. Marjorie sentiu a estranha tentação, quase irresistível, de segurá-lo com mais força, mas se obrigou a relaxar e o deixou tirá-lo de seus dedos.

Jonathan jogou o lápis sobre a mesa ao lado deles, então a encarou novamente e, para seu completo espanto, pegou suas mãos e disse a última coisa no mundo que Marjorie esperava ouvir:

— Acho que devemos nos casar.

*Capítulo 19*

Ele estava pedindo a mão dela em casamento? Marjorie piscou, abismada.

— Você quer se casar comigo?

— Sim. — Apesar da confirmação, ela ainda não conseguia acreditar. Parecia muito absurdo. — Sim. Depois do que aconteceu ontem à noite, acho que é o melhor a se fazer.

A natureza da situação à atingiu como um raio.

— Meu Deus.

Ela afastou as mãos, horrorizada, enquanto vozes de colegas da escola invadiam sua mente, cochichos sobre uma outra professora nos quais Marjorie não prestara atenção na época.

*Foi aquele homem com quem ela andava. Aquela promíscua se deitou com ele, mas ele não quis casar... por isso ela teve que ir embora, sabe? Para ter o bebê.*

— Eu me deitei com você — sussurrou, estarrecida, e amaldiçoou sua aversão por fofocas. Se tivesse prestado mais atenção, poderia ter aprendido o suficiente para prevenir o desastre. — Bem ali no chão. Estou arruinada.

— Não, não está. — A voz dele era baixa e dura, mas nem um pouco tranquilizadora. — Não ainda, pelo menos.

Marjorie balançou a cabeça em negação, tentando pensar, mas estava desesperada demais para aquilo. Qualquer felicidade que pudesse ter sentido pela primeira proposta de casamento tinha sido obliterada pelo pânico.

— Marjorie — disse Jonathan, com voz gentil, sentindo o pânico dela —, nada aconteceu.

— Nada? — repetiu ela, a voz se elevando um pouco. — É assim que você chama aquilo?

— Quis dizer que o que fizemos... o que eu fiz — corrigiu ele — não vai arruinar você. Poderia, é claro, se alguém tivesse visto. Mas ninguém viu.

Ela achou que ia desmaiar.

Jonathan a segurou pelos braços.

— A porta estava fechada. Todos estavam dormindo. Ninguém viu.

— Mas... mas... — Ela fez uma pausa e refletiu, mas não havia jeito delicado de tocar no assunto. — Mas e quanto a um bebê?

Ele piscou e então, para o vergonha dela, começou a gargalhar.

— Isso não tem graça!

— Não — concordou ele, voltando à expressão séria, mas os olhos ainda brilhavam com um pouco de humor. — Me desculpe. Eu sei que não tem graça. Mas você tem um jeito especial de me desconcertar, Marjorie... Pensei que estava completamente preparado para este momento e para tudo o que você poderia falar, mas eu deveria ter imaginado...

— Não me interessa saber para que você está preparado, Jonathan.

— Não, mas acreditei que alguém já teria lhe explicado sobre essas coisas. A sra. Forsyte ou alguma das suas amigas casadas... alguém...

A voz dele se perdeu, deixando uma pergunta subentendida, mas, quando ela negou com a cabeça, Jonathan retomou:

— O que aconteceu ontem à noite não é como se faz bebês. Não é assim que funciona. Não exatamente. — Então acrescentou, quando ela respirou fundo, desesperada: — Não fomos longe o suficiente.

— Ah — ofegou ela, aliviada por ter se preocupado à toa, mas também curiosa.

O que seria "ir longe o suficiente"? Achava que as intimidades da noite anterior tinham ido bem longe.

— Mas poderíamos ter ido — respondeu ele, antes que Marjorie pudesse perguntar, e a diversão sumiu por completo de seus olhos. — E isso nos deixaria em uma situação complicada. E temo que, em algum momento, iremos mais longe.

— Entendo — disse ela, uma resposta inadequada, pois não entendia nada, mas não sabia o que mais dizer. Não conseguia raciocinar direito.

Jonathan a pedira em casamento. *Casamento*. Ela. Era difícil de acreditar.

— Então não estou arruinada? — perguntou Marjorie. Quando ele assentiu, continuou: — E não há a possibilidade de um bebê depois... depois de... — Ela hesitou, olhando-o com desconfiança. — Tem certeza?

Jonathan deu um sorriso terno que fez seu coração palpitar forte.

— Sim.

— Mas, então, por que quer se casar comigo? Você...

Marjorie não terminou a pergunta e o encarou com olhos novamente surpresos quando percebeu algo. Algo que não tinha pensado antes, mas não conseguiu completar, porque Jonathan voltou a falar, e parecia que tinha lido sua mente:

— Você quer saber sobre os meus sentimentos, claro. — Ele a soltou e deu um passo para trás. — E preciso confessá-los, embora isso signifique confessar coisas difíceis para um homem. Primeiro, sendo bastante honesto, preciso dizer que quero você.

O calor a invadiu, se espalhando da barriga para todo o corpo, dominando-a, e ela conseguiu dizer apenas:

— Ah.

— Sinto um desejo profundo e ardente por você.

Arrepios de excitação explodiram dentro dela como fogos de artifício, mas, dado o recente e enervante descaso dele, o ideal parecia ser que ela fosse o mais impassível que pudesse diante daquela confissão.

— Sim — respondeu, mas a resposta prática saiu como um sussurro estrangulado e destruiu qualquer pretensão de indiferença sofisticada que tivera. Ela deu uma tossidela e tentou de novo. — Sim. Eu, hum, é... percebi.

— Certamente. Mas o que você não deve saber é que eu a desejo desde a primeira vez que nos vimos.

— O quê?

Marjorie começou a se sentir como Alice no País das Maravilhas, só que as seis coisas absurdas que deveria acreditar estavam acontecendo à meia-noite, não no café da manhã.

— Dada minha posição como seu guardião, soube desde o início que era muito inapropriado, mas nem eu tive consciência de quão ingovernável seria o meu desejo por você. Tentei instintivamente protegê-la disso. Primeiro, deixando-a em Nova York, depois colocando lady Stansbury entre nós. E, então, tentando deixá-la com minhas irmãs e fugindo para a África.

Ele riu de novo, um som ácido de autodepreciação.

— Eu disse a mim mesmo que tudo isso era motivado pelo meu dever e que eu estava protegendo você das atenções indevidas de canalhas e libertinos. Mas, após ontem à noite, não posso mais ser hipócrita. Sinto-me na obrigação de ser honesto. — Ela e encarou nos olhos, resoluto e firme. — Este tempo todo, eu estava tentando protegê-la de mim.

O coração de Marjorie batia tão forte no peito que era como se tivesse corrido uma maratona. Sua cabeça girava.

— Para ser franco, os últimos dois meses foram um inferno. Ser apenas seu amigo é impossível, pois, quanto mais perto fico de você, mais eu a desejo. Apesar das minhas tentativas de resistir, sinto essa resistência enfraquecendo, deixando-a mais vulnerável a essas minhas atenções a cada dia que passa. Como pareço demonstrar repetidamente — continuou, com óbvio desdém por si próprio —, não posso confiar que me comportarei com honra no que diz respeito a você.

Marjorie, que nunca fora o centro de atenções masculinas, desonrosas ou não, não podia compartilhar da opinião negativa sobre a conduta dele. Talvez tivesse um lado selvagem em seu interior, mas o que Jonathan fizera na noite anterior tinha sido a coisa mais emocionante e gloriosa que já acontecera em sua vida. E poderia ter dito aquilo, mas não conseguia encontrar as palavras.

— Em tais circunstâncias — retomou ele —, a coisa mais certa a fazer teria sido sair de perto de você, mas minhas irmãs me negaram isso, insistindo que eu ficasse até o seu aniversário. Tendo quebrado minha promessa com elas no passado, eu sabia que não poderia fazer isso pela segunda vez.

— Espere — pediu ela, recuperando a capacidade de falar. — Volte para a parte sobre os desejos ingovernáveis. Queria de ouvir essa parte de novo. Não sei se entendi bem o que você quer dizer.

— Não? — Jonathan deu um leve sorriso. — Depois da noite de ontem, acho que sabe.

Ela mordeu o lábio, incapaz de negar, mas muito envergonhada para admitir. Mas seu próprio comportamento desenfreado na noite anterior tornava qualquer admissão desnecessária.

— Por causa disso — continuou Jonathan, após o silêncio dela —, só há uma solução possível, e eu preferiria que essa solução fosse honrosa e feita por escolha, não pelas circunstâncias.

Marjorie franziu o cenho, tentando compreender.

— Então você acha que vamos perder a cabeça e fazer... algo estúpido, então seremos forçados a nos casar.

— Prefiro que não chegue a esse ponto. Casando-se comigo, você não teria que se preocupar em se casar com um homem que está interessado apenas em seu dinheiro. E ninguém poderia falar que nosso casamento não é adequado. Na verdade, faz muito sentido, eu e você.

— Mas... — Ela desistiu de falar, dominada pela inquietação que jogava baldes d'água em suas noções românticas sobre a proposta. — Você...

Ela parou de novo, embora não entendesse por que era tão difícil fazer a pergunta. Mas precisava saber.

— Jonathan, você está se apaixonando por mim? — Marjorie riu, porque a ideia parecia absurda, apesar da confissão sobre os desejos dele.

— Não — respondeu ele. — Já estou apaixonado.

Qualquer motivo para rir desapareceu. Ela o encarou, sentindo como se o chão estivesse sumindo. Não acreditava nele. Como poderia? Era absurdo. Ele só a esnobara nos últimos tempos. Além disso, homens como ele não se apaixonavam e se casavam. Não de verdade. Não para sempre. E aquele era o sentido de um casamento... Pelo menos para ela. Uma vida juntos. Para sempre.

— E, depois da noite anterior — ele voltou a falar —, comecei a pensar que talvez você sinta o mesmo.

Marjorie respirou fundo, temendo que ele estivesse certo.

— Isso é ridículo. — Ela soltou as mãos. — Dois meses é um tempo curto demais para sentimentos como esse florescerem.

— É mesmo? — Ele fez uma cara magoada. — Acho que comecei a me apaixonar por você quando a encontrei na minha cabine no *Netuno*. Mas foi só ontem à noite que finalmente parei de lutar contra o sentimento e admiti a verdade.

Ela começou a tremer por dentro.

— Bom, mesmo que seja verdade para você, não é para mim! — explodiu. — Me recuso a me apaixonar por um homem só porque ele foi meu primeiro beijo! Não é assim que funciona — acrescentou, fazendo uma careta quando Jonathan sorriu.

— Espero que isso não signifique que você queira beijar outros homens para decidir. Porque, se for o caso, vou ter que pular de um penhasco.

Marjorie soltou um soluço de pânico misturado com risada e, desesperada, mudou de tática.

— Deixe-me ver se entendi — disse, a voz endurecendo enquanto se forçava a deixar o romance de lado e considerar os fatos friamente. — Nós nos casamos, passamos algumas semanas juntos, satisfazendo nossa... nossa...

— Paixão mútua? — sugeriu Jonathan,

— Atração — corrigiu ela. — E então você partiria para a África, enquanto eu ficaria esperando em casa, como uma esposa obediente. É esse o plano?

— Bom, não cheguei a fazer planos definitivos, mas você não poderia ir à África do Sul comigo. Se a guerra com os bôeres estourar, as coisas podem ficar complicadas. Eu não a colocarei em risco dessa forma. Mas...

— Mas *você* se colocaria em risco — interrompeu ela. — Meu Deus, Jonathan, se algo acontecesse com você... — Marjorie parou, a horrível possibilidade da morte dele a sufocando, indicando que a suposição dele sobre os sentimentos dela tinha alguma validade, e se esforçou para recuperar a compostura e provar que ele estava errado.

— Se você morresse lá, eu ficaria viúva — disse, por fim, conseguindo injetar um tom de desinteresse na voz. Um desinteresse que ela não estava nem perto de alcançar. — Não, obrigada.

— Eu poderia morrer atropelado por um ônibus atravessando uma rua de Londres.

— Não é a mesma coisa!

— Seria para mim — respondeu ele, secamente.

— Pare com isso!

— Desculpe. Estou um pouco nervoso, Marjorie, eu admito. A maioria dos homens fica nervoso ao pedir uma mulher em casamento. Sobre minha morte, não pretendo bater as botas na África do Sul. Tenho muito esperando por mim aqui.

— Só se você decidir voltar.

— Ah, agora chegamos ao ponto — murmurou ele.

Marjorie não respondeu. Ficou tensa quando ele tocou em sua bochecha. O toque ameaçava fazer sua resolução desmoronar.

— Eu vou voltar — garantiu.

— Quando? — questionou ela, tentando ser forte, pois não estava disposta a deixar que o abandono e a solidão do passado se tornassem seu futuro. — Em oito meses? Dez anos? Algum dia?

— Está bem, então. Vamos simplificar as coisas. — Jonathan a soltou, os braços caindo junto ao corpo. — Eu não vou. Encontrarei um representante que vá no meu lugar enquanto fico aqui com você.

De uma forma estranha, a sugestão intensificou sua apreensão em vez de acalmar.

— Mesmo que você ficasse, o que aconteceria? Como seria o casamento? Quanto tempo vai demorar até você se entediar com a sociedade, com tudo, e querer viajar? E então? Ficarei presa aqui, esperando, me perguntando quando você vai voltar de onde quer que tenha ido. Eu vi meu pai fazer isso com minha mãe. Eu o ouvi fazer as mesmas promessas que mais tarde fez para mim.

— Mas eu não sou o seu pai — disse Jonathan, a voz tão terna que quase dissolveu a compostura dela. — E não teria que ser assim para nós dois. Se eu quisesse viajar um pouco pelo mundo, não há nada que diga que você teria que ficar aqui. Você poderia ir comigo.

— E fazer o quê? — gritou ela. — Ficar por um, dois ou três anos em uma cabana de mineração em Idaho ou em uma choupana na Flórida ou em um barraco ao lado de um campo de xisto na África do Sul?

— Acho que poderíamos pagar por acomodações melhores.

— Esse não é o ponto, e você sabe disso. Você disse que vive dessa maneira porque está procurando por algo para substituir o que perdeu. Mas não tenho intenção de vagar pelo mundo com você nessa busca. E se você nunca encontrar? Não quero o tipo de vida sem objetivo que você vive, e certamente não quero o mesmo para meus filhos.

— Marjorie — começou Jonathan, mas ela negou com a cabeça, recusando-se a ouvir como seria emocionante viajar para lugares desconhecidos e explorar o mundo.

— Não, Jonathan. Eu disse o que queria no primeiro dia em que nos conhecemos. Fui protegida e isolada a maior parte da minha vida, eu sei, mas agora tenho uma nova vida, com companhia e eventos sociais, e ainda estou aproveitando tudo. Não fui apresentada à sociedade direito, nem tive pretendentes, nem mesmo fui a um baile. Não estou pronta para me casar e, como você mesmo disse dois meses atrás, tenho muito tempo para isso. Vou usar esse tempo para encontrar o homem certo para mim.

A voz dela tremia, cheia de medo, dúvida e da frustração de se sentir forçada a uma escolha com a qual sabia que seria insuportável viver.

— O homem certo, que poderá me cortejar com honra, demonstrando que pode ser não só meu amante, mas também meu amigo, meu companheiro e meu parceiro para sempre. Esse homem saberá o que deseja da vida, terá uma visão clara para o futuro e ficará feliz em criar raízes e construir um lar. Ambos sabemos que esse homem não é você.

A voz vacilou na última palavra, os últimos vestígios de autocontrole se dissolvendo, e Marjorie sabia que precisava encerrar a conversa antes que começasse a chorar. Tinha chorado na frente dele na noite anterior, iniciando toda aquela confusão. Não tinha intenção de repetir o ato.

Engolindo em seco, reuniu todo o seu autocontrole para dizer:

— Sinto muito, Jonathan, mas minha resposta é não.

E começou a contorná-lo, mas ele se colocou diante dela, bloqueando seu caminho.

— Deve haver algum meio-termo. Por Deus, Marjorie — falou ele, a voz falhando quando ela não respondeu. — Não há lugar para nós? Não há como construir uma vida que se adapte a nós dois?

Ela sentiu uma explosão irracional de desejo e esperança, mas logo os apagou.

— Não vejo como.

Jonathan continuou imóvel.

— Eu vejo.

Marjorie começou a tremer por dentro, desesperada.

— Eu já dei minha resposta. Agora, por favor, me deixe ir.

— Tudo bem — disse ele, muito calmo, afastando-se para deixá-la passar.

Ela praticamente correu para a porta, mas, quando a abriu, a voz dele a chamou de volta.

— Eu não desisti. Quero você demais, não tenho como desistir.

Ela o ignorou e saiu de cabeça erguida, mas se enganou ao pensar que conseguiria alguma fuga: enquanto disparava pelo corredor e subia a escada para o quarto, as palavras dele voltaram à mente.

*Eu quero você.*

*Sinto um desejo profundo e ardente por você.*

Fechou a porta do quarto ao entrar, tentando deixar os pensamentos sobre ele do lado de fora, mas foi inútil.

*Eu não desisti. Quero você demais, não tenho como desistir.*

Com as palavras dele ainda ecoando em seus ouvidos, Marjorie se lembrou do dia em White Plains e de qual era seu objetivo mais importante desde então. Queria, mais que qualquer coisa, ser desejada.

Parecia que tinha realizado esse sonho.

Marjorie afundou na beira da cama e começou a chorar.

Se Jonathan tivesse pedido a opinião das irmãs a respeito do pedido de casamento a Marjorie, sabia o que teriam dito. Teriam apontado que o pedido não fora um pedido de verdade, e sim um ato intempestivo, imprudente e arrogante, e teriam considerado a recusa exatamente o que ele merecia.

E estariam certas.

Jonathan tinha uma proposta muito melhor em mente, que incluía se ajoelhar e tudo o mais, mas Marjorie, como sempre, conseguira acabar com seus planos. Como resultado, ele lidara com a situação como um bêbado tentando andar em linha reta. Ainda assim, embora a proposta não tivesse sido particularmente eloquente, fora honesta e sincera.

Na noite anterior, quando vira o rosto radiante e adorável de Marjorie, a mente finalmente aceitara o que o coração e a alma sabiam o tempo todo. Marjorie era sua mulher, e amá-la, fazê-la feliz e protegê-la do perigo tornara-se muito, muito mais que uma promessa a um amigo no leito de morte. Aquilo era a base sobre a qual ele poderia construir uma nova vida, exatamente o que vinha procurando havia mais de uma década.

Marjorie, no entanto, não via as coisas da mesma maneira. Suas objeções eram válidas, sem dúvida, mas Jonathan tinha quase certeza de que eram motivadas por medo, não por falta de afeto.

Ainda assim, a jovem tinha bons motivos para temer, e Jonathan sabia que precisaria encontrar um jeito de acabar com o medo dela para fazê-la mudar de ideia. Apesar da resposta inflexível, sabia que havia um meio-termo para eles e iria encontrá-lo, mesmo que tivesse que minerá-lo de uma rocha com as próprias mãos.

***

Quando Marjorie recusou a proposta, Jonathan declarou que não desistiria, mas não fez nenhuma tentativa de retomar o assunto na semana seguinte, nem mesmo para oferecer contra-argumentos ou persuadi-la a mudar de ideia. Na verdade, nos dias que se seguiram, ele agiu como se toda a conversa nunca tivesse acontecido.

Aquilo era a coisa certa e apropriada a se fazer, e Marjorie deveria ter ficado aliviada. Mas não estava, porque agora sabia as verdadeiras razões pelas quais ele estava mantendo distância — razões que insistiam em passar por sua mente e testar sua resolução em todas as oportunidades possíveis.

*Para ser franco, os últimos dois meses foram um inferno para mim. Ser apenas seu amigo é impossível, pois, quanto mais perto fico de você, mais a desejo.*

Aquilo explicava algumas coisas, mas não era uma explicação satisfatória. O homem não entendia que uma mulher queria e merecia ser cortejada de maneira adequada?

*Apesar das minhas tentativas de resistir, sinto essa resistência enfraquecendo, deixando-a mais vulnerável a essas minhas atenções a cada dia que passa.*

As atenções a que ele se referia eram as intimidades que os dois partilharam naquela noite na biblioteca; beijos e carícias que só podiam acontecer de forma honrosa entre marido e mulher. Mas, quando as lembranças daquela noite voltavam para atormentá-la, tarde da noite, ela não conseguia se imaginar compartilhando tais intimidades com qualquer outro homem — um fato que não a deixava ter certeza de que tomara a decisão correta.

Para piorar as coisas, não demorou para que aquelas lembranças eróticas começassem a aparecer também durante os dias. Em salões de chá e salas de estar, durante almoços com outras damas e passeios de carruagem no parque, as memórias voltavam com intensidade, não importando o quanto Marjorie tentasse suprimi-las.

*Isso mesmo, querida.*

*Você está quase lá.*

Até quinze dias depois, enquanto esperava para ser atendida por uma costureira, a lembrança das palavras sensuais, carícias quentes e de suas próprias respostas apaixonadas faziam seu corpo arder com desejo.

Certa de estar da mesma cor rosa do sofá de veludo macio em que estava sentada, Marjorie lançou um olhar frenético pela sala opulenta de Vivienne, mas descobriu que ninguém na sala da modista estava prestando a mínima atenção a ela. Irene estava em outra sala, tirando medidas para um vestido, e as damas que a acompanhavam no cômodo principal estavam preocupadas demais em observar os manequins com as últimas roupas da moda para prestar atenção nela.

Marjorie, que já encomendara todas as peças do guarda-roupa pós-luto, olhou ao redor, desesperada por algo que ocupasse sua atenção além das lembranças eróticas de Jonathan. Poderia pedir mais alguns vestidos, mas já tinha mais do que conseguiria vestir. Alguns meses antes, estar na loja de uma costureira bem-conceituada, escolhendo designs, tecidos e acabamentos, tinha sido muito divertido, mas, depois de semanas de compras, ela estava começando a achar que era tudo um tanto monótono. E a rotina interminável de visitas e chá, embora a princípio tivesse sido emocionante, estava se tornando mais um tédio do que um prazer. Na verdade, a nova vida estava se tornando uma chatice.

Marjorie se endireitou no sofá, assustada e consternada com a constatação. Aquela vida era exatamente o que tinha imaginado, era tudo o que queria. Como poderia estar entediada?

Ao se fazer aquela pergunta, as palavras de Jonathan do dia em que se conheceram ecoaram na mente dela:

*Oito meses não é tanto tempo, e esse período passará mais rápido para você se estiver na Academia Forsyte, onde tem uma vocação com que se ocupar.*

Marjorie recostou-se no sofá, suprimindo um gemido. Precisava tirar aquele homem da cabeça. Não sentia falta de estar presa no meio do nada, ensinando dança, piano e francês. Sentia falta das alunas, é verdade, e do desafio de ensinar, mas aquilo certamente sumiria quando se casasse e tivesse os próprios filhos.

*Acho que devemos nos casar.*

Desesperada, Marjorie se endireitou no sofá, pegou uma das revistas femininas sobre a mesinha à sua frente e começou a folhear as páginas, mas anúncios de cremes antirrugas, redutores de busto e cartas francesas — seja lá o que fossem — se provaram distrações inúteis para tirar os pensamentos do homem impossível que ocupava sua cabeça.

*Eu quero você.*

*Eu a desejo desde a primeira vez que nos vimos.*

Aquilo era tão inacreditável que Marjorie quase riu. Jonathan não fizera nada além de afastá-la desde o início, mas, agora, queria que ela aceitasse essa reviravolta? Agora deveria acreditar que ele era sincero e que o afeto duraria? Como Jonathan poderia ter pensado que ela aceitaria essa proposta?

*E ninguém poderia falar que nosso casamento não é adequado. Na verdade, faz muito sentido, eu e você.*

Sentido? Ela fungou. O homem estava louco. Não tinha planos para o futuro, nenhuma consideração pelo que ela queria e, apesar de ter confessado seus sentimentos, claramente não tinha intenção de sossegar.

Infelizmente, todos aqueles lembretes de por que estava certa em recusá-lo não fizeram nada para tranquilizá-la. Na verdade, quanto mais dizia a si mesma como havia sido sensata em recusá-lo, mais confusa e miserável ficava. Como poderia se casar com ele? Mas como poderia se casar com qualquer outro homem, permitir que ele a tocasse e a acariciasse daquela maneira extraordinária? Ambas as opções pareciam igualmente impensáveis.

— *Ach*, Marjorie, sua danadinha — murmurou uma voz familiar ao lado de seu ouvido, e ela virou a cabeça para encontrar a baronesa Vasiliev de pé atrás do sofá, inclinada sobre seu ombro.

— Baronesa! — exclamou, aliviada e feliz por finalmente ter uma distração digna. — Que bom ver você!

A mulher se endireitou, rindo, e contornou o sofá para se sentar ao lado de Marjorie.

— É bom ver você também, minha jovem amiga. E não se preocupe — acrescentou, os olhos azuis cintilando com malícia —, não conto a ninguém.

Marjorie se perguntou se os pensamentos travessos tinham sido altos o suficiente para serem ouvidos pela mulher ao lado, mas tentou recuperar a dignidade.

— Não sei do que você está falando.

— Não? — A baronesa se aproximou para bater o dedo na revista aberta no colo de Marjorie. — Cartas francesas — disse, em um sussurro provocador. — Você não deveria estar lendo sobre essas coisas perversas.

Perplexa, Marjorie franziu a testa.

— Não entendo. O que pode haver de perverso nas cartas? Embora sejam francesas — acrescentou —, então acho que isso explica tudo. Mas não entendo por que alguém gostaria de comprar cartas de alguém, francesas ou não...

A risada alegre da baronesa a interrompeu.

— Ai, querida, como senti sua falta! Sua inocência é encantadora.

Marjorie estava cansada de apontarem sua inocência. Era irritante que todos ao redor pareciam saber muito mais sobre a vida do que ela. E pior: ninguém estava disposto a explicar. Obviamente, uma carta francesa era algo que ela não deveria conhecer. Ainda assim, se alguém pudesse explicar, esta pessoa era a baronesa.

— Mas o que há de perverso nessas cartas? — perguntou, em um sussurro. — Você precisa me contar.

— Elas estão longe de ser cartas.

— Mas o que são, então?

— Elas não são assunto para você ainda — respondeu a mulher, franzindo a testa e tentando parecer severa. — Você não é casada. Para mim, no entanto... — continuou, com uma piscadela que arruinou qualquer tentativa de severidade — Uma carta francesa é uma coisa muito conveniente.

— Mas você não é casada — apontou Marjorie, ainda confusa. — Você é viúva.

— Posso ser viúva, querida, mas não estou morta!

— Entendo.

Ela não entendia, mas estava começando a ter uma ideia bem vaga sobre o que estavam falando, e tinha algo a ver com homens.

As palavras seguintes da baronesa confirmaram a teoria.

— São os homens que precisam cuidar de tais detalhes, mas parece que nunca se pode confiar neles. Então, eu guardo algumas cartas francesas, porque, afinal, nunca se sabe. E um bebê ... *ach*, não seria nada bom. Na verdade, seria muito inconveniente agora.

— Ah.

Marjorie enrubesceu, pensando nas palavras de Jonathan sobre bebês e no que acontecera e não acontecera entre eles na biblioteca. Querendo detalhes sobre bebês, cartas francesas e todos os outros assuntos proibidos, ela se inclinou na direção da baronesa, mas não teve chance de fazer mais perguntas.

— Nossa, finalmente acabou — a voz aliviada de Irene a interrompeu enquanto ela se aproximava do sofá, e Marjorie suprimiu um gemido de frustração com a interrupção, fechando a revista. — Eu odeio os primeiros ajustes. A musselina dificulta dizer como será o vestido, e sempre há o medo de que seja uma decepção. Baronesa! — cumprimentou, com um sorriso. — Que bom ver você.

— Duquesa. — A baronesa se levantou. — Por favor, deixe-me dizer o quão feliz fiquei ao receber seu amável convite para sua festa em Ravenwood. Estou muito ansiosa. Só lamento não poder chegar antes de sábado.

— Mas você chegará a tempo do baile? — perguntou Marjorie.

A baronesa deu um sorriso afetuoso.

— Eu não perderia o baile por nada neste mundo. — Então, virou-se para Irene. — Meu trem chega às quatro e quinze.

— Mandarei uma carruagem buscá-la na estação — afirmou Irene. — Estamos ansiosos para recebê-la.

— Baronesa Vasiliev? — chamou outra voz, e uma das atendentes apareceu. — Vivienne está pronta para atendê-la. Pode me acompanhar?

— Com licença, senhoras. Parece que estou sendo solicitada. — Ela se virou e se abaixou para dar um beijo afetuoso nas duas bochechas de Marjorie. — Nos vemos em breve. E, após sua apresentação à sociedade, você conhecerá muitos rapazes e desejará se casar, então lembre-se de nossa conversa de hoje, pois será muito útil para você nos anos que virão.

Ela deu outra piscadela para Marjorie e se virou para seguir a atendente em direção aos provadores, acrescentando por cima do ombro:

— E lembre-se: nunca confie em um homem mais do que em si mesma.

Após a partida da mulher, Irene deu uma risadinha.

— O que diabo foi isso?

— Nem ideia — respondeu Marjorie com uma expressão neutra, jogando a revista na mesa. — Não faço a menor ideia.

*Capítulo 20*

Recusar-se a desistir tinha sido acertado, mas, durante a quinzena após o "não" de Marjorie, Jonathan se viu sem ideias do que fazer para convencê-la a mudar de ideia.

Pedi-la em casamento mais uma vez só a afastaria ainda mais, então ele foi forçado a retomar uma distância respeitosa. E, já que teria que cortejá-la, tarefa que exigiria toda a sua dedicação, sabia que a distância seria boa por enquanto.

Por isso, não acompanhou a família na viagem para Ravenwood uma semana antes da festa, preferindo chegar na mesma tarde que os outros convidados.

Sendo um homem de ação, não estava acostumado a entrar num jogo de paciência, mas tentou se manter ocupado. Comprou um presente de aniversário para Marjorie, pegou as pedras lapidadas na Fossin & Morel e, embora aquilo pudesse ser um otimismo injustificado de sua parte, escolheu um anel de noivado. Como prometera a ela, cancelou a viagem à África do Sul e contratou um dos advogados de Torquil para ir em seu lugar. Para demonstrar ainda mais sua sinceridade e vontade de se aquietar — ao menos até certo ponto —, contratou um valete e tentou se acostumar a deixar outra pessoa dar nó nas gravatas e apertar os botões da camisa. Por recomendação do novo criado, foi novamente ao alfaiate, onde encomendou um guarda--roupa inteiro mais adequado para o outono no campo. Enquanto estava sendo medido para tweeds e botas de montaria, tentou se imaginar caçando perdizes e cavalgando.

Visitou várias casas em Londres para comprar ou alugar, mas, enquanto caminhava por quartos imponentes de elegância vitoriana, percebeu que não seria capaz de ter a decoração opulenta e exagerada da classe alta britânica em sua casa nem mesmo para acomodar a visão de Marjorie de um casamento perfeito. Papel de parede de veludo flocado era demais para qualquer homem.

Enquanto trabalhava para moldar uma vida que Marjorie pudesse ser persuadida a compartilhar, as palavras dela ecoavam em sua mente.

*Você disse que vive dessa maneira porque está procurando por algo para substituir o que perdeu. Mas não tenho intenção de vagar pelo mundo com você nessa busca.*

E quem poderia culpá-la? Jonathan sabia que, para ter aquela mulher, precisaria responder à pergunta que passara anos evitando:

*O que eu quero?*

Queria Marjorie, mas a resposta era ainda mais profunda do que o amor. Amor, casamento, filhos, vida doméstica... essas coisas nunca seriam o suficiente se ele não tivesse um propósito, uma ambição própria. Poderia vestir seu tweed e sair para caçar nos fins de semana, em sua propriedade rural, mas sabia que ser um cavalheiro do campo nunca seria seu verdadeiro modo de vida. Precisava de algo mais.

Queria encontrar seu propósito antes da festa e, para isso, passou muitas horas no clube, na companhia de outros membros que também eram empresários. Mas, embora muitos quisessem seu capital de investimento, Jonathan buscava de um desafio maior que apenas investir dinheiro na empresa de outra pessoa. Queria criar algo próprio, construir algo que os filhos pudessem expandir e levar para o próximo século. Mas também teria que ser algo que o entusiasmasse, e nada do que via parecia atender a seus critérios. Como os tweeds para o campo, nada parecia se encaixar. E, quando embarcou no trem para Hampshire para se juntar aos outros em Ravenwood, foi forçado a aceitar que o plano não seria alcançado tão depressa quanto esperava.

Apesar disso, durante a viagem de trem, examinou a pilha de prospectos que estivera reunindo e, para sua surpresa, encontrou uma proposta bem atraente que recebera semanas antes. Quase se esquecera dela por causa da preocupação com Marjorie, mas, quando leu tudo no trem, percebeu que aquilo poderia ser exatamente o que estava procurando. Infelizmente, não era uma solução perfeita — sobretudo no que se referia à visão de futuro de Marjorie, mas poderia ser o meio-termo que procurava e apresentava possibilidades empolgantes.

Ainda assim, mesmo se tivesse acabado de encontrar seu futuro, convencer Marjorie a compartilhá-lo poderia levar meses, ou até anos. E, quando a carruagem que Irene enviara para buscá-lo na estação chegou a Ravenwood, Jonathan foi lembrado de que o tempo não estava do seu lado.

O landau contornava um amplo gramado onde os hóspedes tomavam chá, jogavam tênis e aproveitavam a bela tarde de verão. O cabelo brilhante de Marjorie chamou sua atenção. Estava na quadra de tênis, de vestido branco e raquete nas mãos, parada atrás da linha de fundo desenhada na grama, conversando com um sujeito de traje creme e gravata elegante.

Enquanto a carruagem passava, Jonathan viu o homem se inclinar intimamente para perto de Marjorie e sentiu uma onda de ciúme tão forte que quase saiu da carruagem. O que o conteve foi saber que ela provavelmente não apreciaria o gesto. Não tinha gostado quando Jonathan empurrara De la Rosa, e, se ele agisse como um brutamontes ciumento durante o fim de semana de aniversário dela, não conquistaria nenhuma simpatia.

Ele se forçou a relaxar o aperto na maçaneta da porta, sabendo que Marjorie conheceria dezenas de outros homens nas semanas e meses que viriam e que não havia nada que pudesse fazer a não ser aceitar o fato com a maior elegância possível e esperar que ele fosse o escolhido.

A carruagem parou, tirando-o de seu devaneio, e, quando ele olhou para cima, viu Irene correndo pelo caminho de cascalho para cumprimentá-lo, uma distração muito bem-vinda.

— Que bela casinha você tem aqui, Irenie — comentou, apontando para a estrutura italiana de quatro andares que se espalhava em todas as direções.

— Terrivelmente grandiosa, não é? — concordou ela, olhando por cima do ombro enquanto o irmão saía do veículo. — Às vezes chamo de Mausoléu, só para provocar o Henry. — Irene olhou por cima do ombro dele. — Você não me disse que traria um amigo — murmurou.

— Amigo? — Ele olhou para trás e caiu na risada. — Não é um amigo, Irene. Esse é Warrick, meu valete.

— Você contratou um valete? Agora? — Ela deu uma risada animada. — Para quê? Precisa de ternos passados na África?

— Não vou mais. Cancelei a viagem.

A risada dela morreu na hora.

— Cancelou?

— Sim. Sabe, eu...

Um grito de surpresa e alegria o interrompeu, e Irene se jogou em cima do irmão, abraçando-o.

— Você vai ficar mais tempo? Que notícia maravilhosa! — Ela deu um beijo estalado em uma bochecha, depois na outra. — Quanto tempo mais? Não importa — acrescentou, mais do que depressa. — Não vou pressioná-lo. Mas você sabe que pode ficar conosco o tempo que quiser, não é?

— Cuidado — alertou. — Posso virar um daqueles hóspedes inconvenientes que nunca vão embora.

— Se isso acontecesse, ninguém seria mais feliz do que eu — garantiu a mulher, virando-se para enganchar o braço no dele. — Bem, quer primeiro subir para o quarto? Ou prefere caminhar até o gramado e se juntar aos outros para o chá?

— Chá — respondeu, sem hesitar. Não deixaria Marjorie sozinha na companhia de algum jovem dândi.

Enquanto cruzavam o gramado, percebeu que a partida de tênis parecia ter acabado. Marjorie estava sentada com Clara e Rex no gramado ao lado da mesa de chá, mas, para sua irritação, o parceiro de tênis estava bem ao lado dela.

Henry, David e Carlotta também estavam lá, e Jonathan os cumprimentou primeiro. Então, depois de aceitar a oferta de Carlotta para uma xícara de chá, Irene o apresentou aos convidados que ele ainda não conhecia, começando com os da mesa e terminando com o dândi loiro e esguio sentado na toalha ao lado de Marjorie.

— Jonathan — disse Irene — este é o sr. Cecil Ponsonby. Cecil, este é o sr. Jonathan Deverill, meu irmão.

Ponsonby estendeu a mão, sem se preocupar em se levantar.

— O irmão da duquesa, então?

— Sim.

Jonathan se inclinou sobre o sujeito com seu sorriso mais cordial no rosto, mas imprimiu uma advertência nos olhos enquanto apertava a mão de Ponsonby com força suficiente para fazer o outro homem estremecer.

— Acontece que também sou o guardião da srta. McGann.

Pensou ter ouvido Rex engasgar, mas a atenção estava fixada em Ponsonby, que murchou sob o escrutínio. Quando Jonathan o soltou, o pobre rapaz deu um pulo, murmurou algo sobre precisar encontrar a irmã e saiu depressa pelo gramado, apertando a mão dolorida. Jonathan o observou partir, muito mais satisfeito do que provavelmente deveria.

— Seu chá, Jonathan.

Ele pegou a xícara que Carlotta estendia com um murmúrio de agradecimento, agarrou um sanduíche de pepino da bandeja mais próxima e, ainda sorrindo, afundou na toalha, se acomodando no lugar vago de Cecil. Mas seu sorriso desapareceu quando viu Marjorie o encarando, estreitando os olhos.

— Sério, Jonathan — disse Clara, com um suspiro. — Estou orgulhosa de você por levar os deveres de guardião tão a sério, mas era mesmo necessário deixar o pobre sujeito apavorado? Ele talvez nunca mais volte a Ravenwood depois disso.

Jonathan viu a repreensão no olhar de Marjorie, mas simplesmente não conseguia se arrepender.

— Se eu o assustei com uma simples declaração de um fato e um aperto de mão, é mesmo uma grande perda?

— Sim — respondeu Clara, relaxando na toalha e apoiando o peso nos cotovelos. — Ele é solteiro, bonito e bastante agradável. E também é um excelente jogador de tênis. Mas não sei por que estou elogiando isso, já que ele e Marjorie são tão bons que derrotaram Rex e eu de zero, agora pouco.

Rex se recostou ao lado da esposa com um suspiro.

— Não sou tão jovem como antes.

— Ora, pare com isso — falou Clara, cutucando a perna dele com o pé. — Eu sou a ponta mais fraca, e você sabe disso.

— É, mas coloque um martelo de croquete nas mãos dela que você vai ver — comentou Rex, olhando para Jonathan.

Jonathan riu, lembrando-se da infância.

— E eu não sei?

Olhou para a quadra de tênis vazia, percebendo que poderia haver uma maneira de amenizar o ressentimento de Marjorie. Engoliu o chá, enfiou o último pedaço de sanduíche na boca e se levantou, olhando para ela.

— Vamos — chamou, apontando para a quadra enquanto tirava o chapéu e a jaqueta e os jogava na grama. — Vamos ver se você é boa mesmo.

— Mas acabei de jogar três sets.

— Então já está aquecida. — Ele tirou as abotoaduras, jogou-as dentro do chapéu, depois tirou a gravata, desfez o colarinho e começou a arregaçar as mangas. — Se bem que faz dez anos desde a última vez que peguei numa raquete. Um set. A menos que você esteja com medo — acrescentou, quando viu que ela ainda hesitava.

— Esteja avisada, minha amiga — interveio Clara. — Jonathan era um ótimo jogador em Winchester. Ajudou a equipe a vencer a categoria de duplas por três anos consecutivos.

— Duplas? — Marjorie fez um som de escárnio, mas, quando Jonathan estendeu a mão, permitiu que ele a colocasse de pé. — Se ele tivesse vencido a categoria solo da escola por *quatro* anos consecutivos, então eu ficaria impressionada.

Com a advertência de que ele poderia ter um desafio pela frente, Marjorie se abaixou, agarrou a raquete e uma bola do gramado e foi em direção à linha de base da quadra esquerda, como se fosse sacar.

As palavras dele a fizeram parar antes que chegasse ao destino:

— Nada de cara ou coroa?

Marjorie se virou, erguendo uma sobrancelha.

— Um cavalheiro geralmente permite a primeira jogada à dama. Mas, se você preferir não ser um cavalheiro…

— Não, não. Fico feliz em permitir a cortesia. — Ele abriu um sorriso provocativo. — Todo mundo sabe que as mulheres são o sexo mais frágil. Até lhe dou um ponto — ofereceu, quando ela soltou um grunhido indignado —, só para deixar as coisas mais justas.

Ela ignorou a provocação.

— Rex? — chamou ela, olhando para trás dele. — Pegue uma moeda. Eu escolho coroa.

Ela ganhou na moeda, mas, antes de Jonathan deixá-la sacar, ele a chamou para junto da rede.

— Quer apostar alguma coisa?

— Adoraria — retrucou Marjorie, com uma rapidez enervante. — Se eu ganhar, você para de intimidar meus amigos.

Ele tentou parecer inocente.

— Não sei do que você está falando. Não fui nem um pouco intimidador.

— Não? — Ela tossiu, e então continuou, com uma voz visivelmente mais grave — "Acontece que também sou o guardião da srta. McGann." — Marjorie bufou, com desdém. — É assim que você pensa que vai me conquistar? Sendo rude com cada homem que se aproximar de mim?

Uma ideia atraente, sem dúvidas, mas Jonathan não estava disposto a admitir isso a ela.

— Não posso evitar se seu amigo é medroso como um coelho. Quanto a tentar conquistá-la… suas palavras indicam que pelo menos tenho uma chance.

— Você está louco — retrucou ela, tão depressa que Jonathan sentiu uma centelha de esperança.

— Você já me recusou, então por que deveria se importar?

Ela endureceu o rosto.

— Não me importo. Agora, se eu ganhar este jogo, você concorda em parar de intimidar os homens que prestam atenção em mim. De acordo?

— Ainda não decidimos o que acontecerá se eu ganhar.

— O que você quer?

Ele baixou os olhos para a boca rosa e macia.

— Essa é uma pergunta interessante.

— Pare com isso, Jonathan. — Ela franziu ainda mais o cenho. — Por que você está fazendo isso?

Ele a encarou.

— Eu disse que não desistiria.

Pensou ter visto uma brilho de alarme brotando nos olhos dela — outro bom sinal —, mas não tinha certeza, e não teve chance de descobrir.

— Vocês dois vão jogar ou não? — gritou Clara, e Jonathan decidiu o que queria.

— Se eu ganhar, quero ter você em meus braços.

— O qu...? — Ela fez uma pausa, o pânico evidente em seus olhos, e Jonathan se animou. — Como assim? — perguntou, em um sussurro.

— Quero três valsas amanhã à noite.

Ela bufou.

— Nunca.

— Uma, então — emendou ele. — Mas a última.

— Uma valsa? — A tensão relaxou. — Combinado — disse, antes de se virar, voltando para a linha de base.

Jonathan também se virou, posicionando-se para aguardar o saque. Quando jogavam tênis, as mulheres eram prejudicadas pelos espartilhos e pelas saias, o que geralmente dava toda a vantagem aos homens. Porém, qualquer esperança de que aquilo acontecesse foi completamente descartada no primeiro saque de Marjorie, quando ela mandou a bola em uma jogada irreversível para o canto. E, quando a mulher continuou jogando naquele canto, ganhando o primeiro *game* em uma vitória fácil, Jonathan começou a temer que passaria o fim de semana ansiando por ela de longe, como um adolescente apaixonado.

— Está tendo problemas, meu velho? — perguntou Rex, rindo, enquanto Jonathan se preparava para atacar.

— Não — mentiu Jonathan.

Ele ergueu a bola no ar e a mandou por cima da rede, em uma jogada certeira que Marjorie teve que se esforçar para devolver. Ela deu um jeito de rebater, mas, para alívio de Jonathan, a bola saiu. Aquilo era um indicativo de que a oponente tinha dificuldades de fazer um *backhand*; mas, embora ele tivesse tentado ao máximo explorar aquela fraqueza, estava tão enferrujado quanto um parafuso velho. Apesar de seus melhores esforços, venceu o segundo jogo por pouco. O terceiro ficou empatado até ele finalmente vencer por meros dois pontos, apenas porque Marjorie tropeçou na saia.

Quando chegaram à rede para apertar as mãos, ela olhou com tristeza para a bainha rasgada, dizendo:

— Se jogarmos tênis de novo este fim de semana, vou usar as calças de bicicleta, e não me importo se isso chocará todos aqui.

— Você quer jogar de novo? — Jonathan balançou a cabeça, olhando com pena fingida. — Você gosta de sofrer.

Ela fez careta.

— Eu não disse que jogaria *com você*.

— Ah. — Jonathan sorriu, aliviado demais com a vitória para ficar triste. — Erro meu.

— Suponho que agora tenho que dançar com você amanhã à noite — comentou ela, com um longo suspiro. — A última valsa é sua, mas não vejo como você acha que isso vai me fazer mudar de ideia, já que vai embora no dia seguinte.

— Mas eu não vou.

A irritação no rosto dela diminuiu um pouco, trocada por incerteza.

— Como assim?

— Eu disse que cancelaria a viagem e cancelei.

Marjorie se recuperou depressa.

— Bem, fique ou vá... não me importa — disse, dando de ombros.

— Nós dois sabemos que você irá embora algum dia, de qualquer jeito. É algo tão previsível quanto a maré.

Marjorie se virou e foi voltando para a casa. Jonathan não tentou impedi-la; enquanto ela se afastava, foi ele quem sentiu a dor do abandono. Porém, em vez de abatê-lo, a dor o deixou mais determinado do que nunca a fazê-la mudar de ideia.

— Você cancelou mesmo a viagem?

Jonathan respirou fundo, virando-se para a irmã logo ao lado, que ostentava um sorrisinho nos lábios.

— Você ouviu tudo, suponho?

O sorriso de Clara se alargou.

— Praticamente.

Jonathan grunhiu, lembrando-se da verdade universal de que as irmãs sempre conseguiam descobrir os segredos de um homem.

— Estou envergonhado.

— Não se preocupe. Acho que ninguém mais ouviu.

O sorriso dela esmaeceu, revelando a garota tímida e séria que ele conhecera na infância.

— É sério, então?

Ele nem tentou mentir.

— É, para mim. Resta saber se é sério para ela.

— Ah, meu sapinho... — murmurou Clara, e abriu outro sorriso, balançando a cabeça. — Você nunca para de me surpreender, irmãozinho.

*Capítulo 21*

SE MARJORIE ESTAVA RECEOSA DE ser pressionada a reconsiderar o pedido de casamento, logo descobriu que suas preocupações eram infundadas. Depois da batalha na quadra de tênis, ela não falou mais com Jonathan naquela noite. Mas o viu sentado na outra ponta da longa mesa de jantar do duque e notou que os companheiros de jantar de cada lado eram mulheres jovens e bonitas que pareciam completamente entretidas com sua companhia.

Não que fosse da conta dela, fato que Marjorie teve que repetir para si mesma várias vezes até o final da refeição. Depois de tomarem vinho, Jonathan fez dupla com uma das lindas companheiras em uma partida de bridge, junto de Irene e Henry, e, embora Marjorie devesse ter ficado grata e aliviada, não sentiu nada disso — e ficou sem entender por quê.

Na manhã seguinte, Jonathan já tinha saído quando ela desceu para o café da manhã e, horas depois, quando saiu com Clara para acompanhar uma caçada, a mulher confirmou que o irmão de fato ficaria o dia inteiro fora.

Jonathan ainda não tinha voltado quando a caçada acabou, e, depois de voltarem para casa, também não apareceu para o jantar. Quando ela subiu para se preparar para o baile, perguntou-se, indignada, como o maldito homem esperava que ela mudasse de ideia sobre o casamento se não parecia nem um pouco inclinado a ficar perto dela. De pé diante do espelho de corpo inteiro, enquanto a criada deslizava o vestido de baile cor-de-rosa de chiffon de seda pela sua cabeça — seu primeiro vestido de baile na vida —, Marjorie não sentiu nada da empolgação que sentira quando escolhera os tecidos e acabamentos e discutira o desenho com Vivienne.

— Nossa! — exclamou Semphill, o rosto normalmente severo se abrindo em um sorriso satisfeito. — Você parece uma princesa.

Parecia? Que adequado. Afinal, estava vivendo um conto de fadas, não estava? Ainda assim, quando se olhou no espelho, tudo o que Marjorie conseguiu ver foram os próprios olhos preocupados a encarando de volta. Aquela era *sua* noite, *seu* baile, *seu* começo... mas não conseguia se livrar daquela incerteza terrível e agonizante, aquele sentimento que começara na noite em que recusara o pedido de Jonathan e só ficava mais forte a cada dia.

Continuava duvidando se tinha feito a coisa certa, mas, quando contemplava como se sentiria se tivesse dito sim, a incerteza e a confusão só aumentavam. Tinha desistido da ideia de que as pessoas mudam por amor quando desistira do pai, e simplesmente não conseguia ver por que tudo seria diferente com Jonathan. O homem não mudaria por ela, e por que deveria? Por que Marjorie deveria esperar que ele fosse algo além do homem que de fato era?

Sentia-se presa entre duas escolhas impossíveis. De um lado estava a vida que passara os últimos três anos sonhando em ter — e, embora não fosse exatamente a vida empolgante que imaginara, era segura e previsível. Do outro, estava a vida que Jonathan oferecia — uma vida que a enchia de medo, porque só conseguia se ver no lugar da mãe, chorando por um homem que estava sempre fora de casa.

*Qual é o meu problema?*, queria gritar para o espelho. *O que está errado?*

Uma batida na porta interrompeu seus pensamentos agonizantes, e Irene entrou, sorridente e animada, trazendo uma caixa azul e retangular.

— Trouxe uma coisa para você.

Marjorie olhou para a caixa e lembrou-se do que acontecera naquela tarde a bordo do *Netuno*. A incerteza que sentia se intensificou ainda mais.

— Obrigada, Irene — disse, voltando-se para o espelho. — Poderia colocá-la na penteadeira?

Se Irene ficou surpresa com a reação morna, Marjorie não reparou, pois estava ocupada em fingir um grande interesse pelo estado de seu cabelo.

— Vejo você lá embaixo — falou a duquesa, voltando para a porta. — Henry está esperando lá fora. Ele vai acompanhá-la quando você estiver pronta.

Quando a porta fechou, Marjorie foi até a penteadeira e se sentou. Olhou para a caixa por um momento, então a abriu, ouvindo outro suspiro de surpresa da criada.

Tirou o colar da caixa, mas não sentiu nada da magia anterior quando o segurou contra o pescoço. E, quando Semphill foi prender o fecho, Marjorie a impediu.

— Acho que não quero usar isso — disse, puxando o colar dos dedos da criada e colocando-o de volta na caixa.

— Não quer? — A criada olhou para o reflexo dela no espelho, como se Marjorie tivesse acabado de crescer uma segunda cabeça. — Mas é tão adorável! E combina muito com o vestido.

Por sorte, outra batida na porta a salvou de ter que responder. Quando viu quem entrava, Marjorie soltou uma exclamação de alívio.

— Baronesa! — cumprimentou, virando-se do espelho. — Você chegou!

— Finalmente cheguei — disse a mulher, andando como se flutuasse em uma nuvem de *charmeuse* de seda verde-esmeralda e perfume francês caro. Fechando a porta atrás de si, começou a avançar, as mãos estendidas. — Antes tarde do que nunca, não é? — comentou, apertando as mãos de Marjorie. — Eu teria chegado hoje de tarde, mas perdi meu trem em Victoria e tive que pegar o... como chamam? O circular para a estação de Waterloo. Assim que cheguei lá, eu...

A baronesa parou de repente, franzindo a testa em preocupação.

— Mas o que é isso? — indagou, soltando uma das mãos de Marjorie para segurar seu queixo. — Qual é o motivo desta carinha triste, pequena *kiska*? Ainda mais no seu aniversário?

— Ainda não é meu aniversário. Não até a meia-noite.

— *Ach!* — A russa fez um gesto de desdém. — São só algumas horas. As comemorações já começaram lá embaixo. Qual é a causa de toda essa infelicidade? — Quando Marjorie não respondeu, ela a conduziu até a cadeira diante da penteadeira e guiou a criada em direção à porta. — Vamos, me conte o problema, e verei o que pode ser feito.

Ela puxou outra cadeira, sentou-se e deu um tapinha na mão de Marjorie.

— Conte tudo — mandou, enquanto Semphill fechava a porta.

— Falar sobre isso não vai ajudar, infelizmente.

— Então terei que adivinhar. — A baronesa inclinou a cabeça, estudando o rosto de Marjorie. — Eu acho que, talvez... — começou, após um momento — você esteja apaixonada.

O coração de Marjorie deu um salto violento de alarme.

— O que a faz pensar isso?

— Bem, sei que dinheiro não é uma preocupação. E não pode ser onde você está morando. Ou os amigos. Ou a vida. Você parece estar vivendo tudo o que sempre desejou.

Ao ouvir aquilo, Marjorie teve um desejo inexplicável de chorar.

— Você é jovem e bela e tem toda a vida pela frente — continuou a baronesa. — Então deve ser uma questão de amor, pois o que mais poderia estar perturbando você? E... — Ela fez uma pausa, lançando um olhar malicioso para Marjorie. — Não esqueci de nossa conversa na Vivienne, há quinze dias, e de sua curiosidade sobre determinados assuntos. Então, quem é o homem?

— Não vejo por que deveria lhe contar — retrucou Marjorie. — Já que você é tão boa em adivinhar.

A baronesa não pareceu nem um pouco incomodada com a resposta.

— Se você quer um palpite, digo que é aquele seu guardião inglês de pernas longas.

Algo no rosto de Marjorie deve tê-la delatado, pois a baronesa soltou uma exclamação de triunfo.

— Ahá! Estou certa, então! Mas qual é o problema? Ele não a ama de volta? Se for isso, então...

— Não é isso! — exclamou Marjorie. — Ele disse que está apaixonado e que quer se casar comigo.

— Então qual é o problema? Ninguém pode dizer que ele não é adequado. Ele é rico, bonito... seria um marido excelente.

— Mesmo que eu não esteja apaixonada por ele?

— É isso, *kiska*? Você não o ama?

— Eu não sei! — gritou Marjorie, o coração trêmulo com a confissão maldita. — Como isso seria possível? Como isso pode ser amor de verdade, se estou tão insegura?

— E você acha que ficar aqui, emburrada e chorando, vai ajudar a encontrar a resposta?

— Você disse que queria ajudar. Isso não está ajudando!

— Mas o que você quer que eu diga? Você não é mais uma criança, protegida pelas paredes da escola. É uma mulher, está no mundo real. Você sabe, ou já deveria saber, que a vida nem sempre é como pensamos que deveria ser. O amor não é um caminho certinho que leva direto à felicidade eterna. Shakespeare não diz que o percurso não é tão fácil? O amor é algo problemático e assustador, mas, ainda assim, é tão maravilhoso que a vida seria um horror sem ele. A vida é cheia de dor e perda, de perigos e decepções, bem como de felicidade e alegria. Você vai experimentar cada uma dessas coisas nos próximos anos, minha jovem amiga. Isto é — acrescentou, sorrindo —, se tiver sorte.

— Perda, medo e dor são considerados sorte? — Marjorie olhou para a baronesa, incrédula. — Decepção é sorte?

— Sim! Pois, sem o amargo, como poderíamos ter o doce? Sem risco, como a vida poderia ser qualquer outra coisa senão um tédio?

— Mas um casamento é para sempre. E se eu fizer a escolha errada? — choramingou ela. — E se eu me casar e ele me abandonar? O que farei?

— Se quer certeza na sua vida, posso dizer que há uma escolha clara diante de você. — A baronesa se levantou, tirou o colar da caixa e se posicionou atrás da cadeira de Marjorie. — Você pode viver atrás de paredes seguras e ter sempre certeza. Nunca correr riscos ou sentir dor. Ou...

Ela fez uma pausa, deslizando o colar em volta do pescoço de Marjorie.

— Ou você pode viver, minha querida. Pode experimentar cada momento da vida conforme vai vivendo. A dor e a alegria, o amargo e o doce.

A baronesa fez outra pausa, encontrando os olhos de Marjorie no reflexo do espelho.

— Se quer a primeira opção, por que deixou a Academia? E, se quer a segunda, o que você está fazendo aqui em cima?

Marjorie olhou para seu reflexo enquanto a baronesa prendia o fecho do colar e, de repente, a sombra da incerteza e do medo que a assombrava se dissipou. Sentiu que a jovem a bordo do *Netuno* estava de volta, aquela que não queria viver confinada, que queria romance e amor e uma vida que valesse a pena.

A baronesa estava certa. Ela não sabia qual seria seu destino, mas, fosse o que fosse, não iria encontrá-lo ali, sentada, tomando cuidado.

Quando a baronesa se afastou, Marjorie ficou de pé e respirou fundo.

— Vamos descer. Eu tenho que dançar.

⬤⬤⬤

Insistir em dançar a última valsa com Marjorie, em ser o último homem a tê-la nos braços, a falar com ela e dançar com ela, parecera uma estratégia brilhante no dia anterior. Por ser o último, Jonathan seria a lembrança final de seu primeiro baile — e, com sorte, seria o homem com quem ela sonharia ao ir se deitar. Ser o último também permitiria que escapulisse para a sala de jogos ou para o terraço durante a maior parte do baile, poupando-se do tormento de vê-la dançar com dezenas de outros homens antes de chegar sua vez.

Aquele era o seu plano. Até ela aparecer no topo da escadaria.

De braço dado com Torquil, em um vestido rosa-escuro, Marjorie parecia flutuar como uma deusa descendo para a terra. O cabelo, brilhando como fogo incandescente sob a luz dos lustres, estava preso em um coque de cachos que parecia prestes a desmanchar. As joias do pai cintilavam no pescoço, mas ele sabia que era o seu sorriso, grande e cheio de alegria, que deixara todos ofegantes. Marjorie estava tão radiante e linda quanto o sol, e Jonathan sentiu os olhos doerem ao observá-la. Mas não conseguia desviar o olhar.

Quando ela chegou ao patamar e o viu, parado na multidão abaixo, o sorriso deslumbrante desapareceu. Por um momento, Jonathan sentiu o coração parar, congelado de medo. Então Marjorie sorriu para ele. Era o mesmo sorriso misterioso que ele vira pela primeira vez naquela tarde a bordo do *Netuno*; o sorriso de Eva; o sorriso com o qual incontáveis mulheres seduziram incontáveis homens através dos tempos. Naqueles olhos escuros, Jonathan viu um brilho sensual que poderia tocar todos os lugares eróticos dentro de um homem e fazê-lo enlouquecer. No queixo levantado com orgulho e na postura confiante da cabeça, viu o tipo de beleza que não desaparecia com o tempo.

Estava tentando fugir daquele sorriso desde a primeira vez que o vira, porque percebera que aquele momento um dia chegaria e o deixaria de joelhos.

Não fugiu para a sala de jogos. Não foi ao terraço para tomar ar. Não dançou com mais ninguém. Em vez disso, se acomodou em um canto obscuro da sala e esperou sua vez.

Às vezes, um criado aparecia, permitindo-lhe roubar uma taça de espumante, ou um conhecido se aproximava para alguns minutos de conversa, mas, fora isso, permaneceu afastado de todos, à sombra de samambaias e palmeiras. Enquanto esperava, ele a observava e pensava nos planos para o futuro que fizera mais cedo, naquele dia.

A visita a lorde Kayne naquela manhã fora melhor do que poderia ter esperado. O marquês estava ansioso não apenas pelo capital, mas também pelas ideias que Jonathan poderia ter, e os dois passaram a maior parte do dia transformando-as em uma parceria viável. Em seguida, fora a Southampton, em uma missão de compra muito específica. Para seu espanto e alívio, em apenas algumas horas encontrara o que esperava. Quando voltou a Ravenwood para se vestir para o baile, sabia que tinha o plano certo para o futuro.

O que não sabia era se aquilo bastaria para convencer Marjorie. Por um lado, a mulher tinha uma capacidade enervante de acabar com seus planos e intenções. Por outro, o plano envolveria alguns sacrifícios que ela talvez achasse difícil de fazer. Mas era tudo o que Jonathan tinha a oferecer, tudo o que queria, e ele só podia esperar que ela pudesse superar o medo, confiar nele e ajudá-lo a fazer tudo dar certo.

Do contrário, Jonathan temia que passaria muito tempo vagando no deserto do coração partido.

Por fim, por volta de uma e meia da manhã, chegou seu momento, e ele saiu do canto escuro para reivindicá-lo. Fez uma mesura, ofereceu o braço e a conduziu até o meio do salão. Quando as notas cadenciadas de Strauss começaram, ele a segurou nos braços e a guiou pela valsa.

Não falaram muito; uma valsa não era o tipo de atividade que permitia conversas prolongadas. Perguntou se ela estava gostando do primeiro baile, embora o cintilar dos olhos castanhos e o brilho do sorriso tivessem dito que sim antes mesmo de ela confirmar. Depois de várias voltas no salão, Marjorie comentou que ele não tinha dançado muito — uma observação muito encorajadora, pois significava que, apesar de estar rodeada de pretendentes, ela prestara atenção em seu paradeiro.

— Não — concordou Jonathan. — Eu não dancei nenhuma música até agora.

— Por que não?

— Não é óbvio? — Ele a encarou. — Há apenas uma mulher aqui com quem quero dançar e, já que ela negou tão cruelmente as três valsas que pedi, fui forçado a me contentar com apenas uma.

Foi recompensado com um sorriso, mas Marjorie desviou o olhar depressa; só depois de várias voltas no salão é que respondeu:

— Três valsas com o mesmo homem implicam um noivado — explicou. — E, se você bem lembra, eu recusei o pedido.

— Esse não é o tipo de coisa que um homem esquece, pode acreditar. Mas...

Ele hesitou, se perguntando se o salão de baile era o momento certo para dar o próximo passo. Mas... Oras, o que tinha a perder?

— Mas — retomou — eu disse que não desistiria, e falei sério. — Quando ela abriu a boca para responder, apressou-se a continuar: — Pensei muito desde sua recusa. Pensei sobre os motivos que você deu e o que eu poderia fazer para superá-los, e como eu poderia fazê-la mudar de ideia e ter outra chance.

— Jonathan...

— Eu acho que posso ter encontrado uma maneira de dar a nós dois o que queremos. É minha visão para o futuro, mas com sorte pode ser a sua também, e quero mostrá-la para você. Amanhã de manhã. Às dez horas. Clara pode levá-la em uma charrete.

— Para onde?

— Para a minha casa.

Marjorie tropeçou, e Jonathan teve que segurá-la para evitar uma queda.

— Cuidado — advertiu, se afastando um pouco, mesmo que tudo o que quisesse fosse puxá-la para mais perto. Havia olhos demais observando.

— Como assim sua casa? — questionou, enquanto eles retomavam a dança. — Você não tem uma casa.

— Agora tenho. Comprei uma. Foi uma das coisas que fiz hoje. Se você não gostar — acrescentou, nervoso sob o escrutínio dela —, posso vendê-la e procurar outra. Mas, para mim, pareceu a casa perfeita. Ainda mais considerando o que farei da minha vida a partir de agora.

A valsa terminou antes que ela pudesse responder — o que era bom, pois a perplexidade em seu rosto mostrava que ele já tinha falado demais.

— Tudo fará mais sentido amanhã, acredite em mim — garantiu Jonathan, enquanto oferecia o braço para escoltá-la para fora da pista. — Espero que isso faça você reconsiderar sua decisão. Mas, se não fizer, vou esperar. Se quiser ter uma temporada inteira, conhecer outros homens...

Ele fez uma pausa, as palavras para libertá-la presas na garganta. Estavam quase chegando ao outro lado do salão, então ele se forçou a terminar de uma vez.

— Não vou gostar, mas vou suportar. Vou esperar. Vou cortejá-la de uma maneira honrosa. Sei que você não acha que eu sou o homem certo, mas pretendo mudar sua opinião, porque sei que você é a única mulher para mim. Eu te amo, quero passar minha vida com você. Só peço que me dê uma chance. Que dê uma chance a nós.

Não houve tempo para falar mais nada, pois tinham alcançado Irene. Ele cumprimentou a irmã com um movimento da cabeça e pegou a mão de Marjorie.

— Dez horas, amanhã — disse. — Espero que você apareça.

Então, curvou-se sobre a mão dela e se virou, saindo do salão sem olhar para trás.

*Capítulo 22*

O BAILE TINHA TERMINADO. Os hóspedes que moravam no condado voltaram para casa, e os que estavam em Ravenwood foram para a cama. Até os criados tinham ido para seus aposentos, e o lugar estava silencioso como uma tumba, indicando que todos estavam dormindo.

Todos, claro, menos Jonathan.

Depois de deixar Marjorie no salão de baile, ele não acompanhou a família na despedida aos convidados. Em vez disso, foi para o quarto, colocou o pijama e se deitou, mas não dormiu.

Sem sono, ficou encarando o teto e pensando nela — em como estava tão linda que chegava a doer, na sensação de tê-la em seus braços enquanto dançavam, no sorriso misterioso que poderia deixá-lo de joelhos.

Pensou nos planos que fizera mais cedo, no futuro que começara e em todas as possibilidades emocionantes à sua frente. Sabia que aquele era o futuro certo para ele, mas precisaria convencer Marjorie a compartilhá-lo.

Jonathan estendeu o braço, pegou o relógio de bolso do gancho na parede e, à luz da lua, viu no visor que eram pouco mais de três da manhã. Ainda estava bem acordado, então decidiu sair para uma caminhada. Era uma noite agradável, e o luar estava perfeito para um passeio.

Saiu da cama, acendeu uma lamparina e caminhou até o armário, mas mal vestira a calça e o paletó quando a porta do quarto se abriu de repente.

Surpreso, ele se virou, e ficou perplexo ao encontrar Marjorie parada no batente, uma vela acesa na mão.

— Que diabo? — murmurou Jonathan, enquanto ela entrava no aposento.

— Você ainda está acordado — sussurrou ela, fechando a porta atrás de si e apagando a vela. — Que bom. Achei que teria que acordá-lo.

— O que aconteceu? — perguntou ele, desconfiado, também mantendo a voz baixa. — O que você está fazendo deste lado da casa? E como sabia qual era o meu quarto?

— A baronesa descobriu para mim. Só que demorei uma eternidade para encontrar o caminho. É difícil andar pela casa só com uma vela.

— Deve ser. Mas...

Ele parou quando compreendeu a situação — uma situação muito parecida com suas fantasias eróticas —, e a garganta secou. Marjorie estava no quarto dele, usando só a camisola e um penhoar, o cabelo solto caindo em longas ondas sobre os ombros.

— Mas por que você está aqui?

— Eu precisava ver você.

— Agora? São três da manhã.

— Sim, o que significa que não temos muito tempo.

— Tempo para quê?

— Bem, certamente não para conversar. — Ela riu baixinho, um som animado que ele não entendeu. — Estou aqui para seduzi-lo.

— O quê?

Uma resposta inadequada para uma notícia tão incrível, mas Jonathan supôs que a eloquência não era importante no momento, já que estava obviamente sonhando — embora não soubesse como aquilo estava acontecendo, já que não pregara os olhos.

— Indecente da minha parte, eu sei. Mas a vida é muito curta para se preocupar com regras, não acha?

— Não — respondeu ele, mais que depressa. — Não acho.

Apesar da resposta, seu corpo já estava começando a ficar excitado, algo muito comum nos últimos tempos.

— O que eu acho é que você bebeu espumante demais esta noite.

Ele estendeu a mão para a maçaneta, mas Marjorie não saiu da frente da porta.

— Não, não é o espumante. Acho que é o colar. — Ela levantou a mão, deslizando os botões de pérola para abrir o penhoar e revelar a Rosa de Shoshone ainda em seu pescoço. — Me sinto diferente sempre que estou com ele — sussurrou, inclinando-se mais para perto, como se estivesse contando um segredo.

— Diferente como? — perguntou Jonathan, e a pergunta o fez querer se estapear.

— Devassa — confessou Marjorie, e ele sentiu o autocontrole escorregar um pouco. — Um pouco selvagem.

Uma Marjorie devassa e selvagem era demais para um homem suportar, e ele sabia que não conseguiria ouvir mais nada. Nem mais uma palavra. O uso de força podia não ser nobre, mas, naquele caso, era necessário.

Estendeu a mão para agarrar o braço dela, pensando em tirá-la do caminho para que pudesse abrir a porta e enxotá-la para o corredor, mas Marjorie se esquivou, o rosto lindo e sorridente destruindo suas resistências.

— Marjorie, você tem que sair daqui. Agora.

Ela negou com a cabeça, chegando tão perto que Jonathan podia sentir seu cheiro, o aroma fresco e puro de sabonete de lavanda e talco. A mulher tomara banho antes de ir se deitar. Saber daquilo o deixou tonto de prazer, e sua resolução vacilou. Ele se perguntou se chegaria um dia em que não se sentiria à beira de um abismo por causa da presença dela.

Desesperado, tentou de novo:

— Você nem sabe o que é sedução… mas, se ficar aqui por mais alguns minutos, vai saber o que ela traz.

— Nossa, espero mesmo que sim. Do contrário, terei criado coragem, atravessado esta casa enorme e arriscado me humilhar e arruinar minha reputação entrando no quarto errado... tudo por nada.

Havia muito mais em jogo para ela do que constrangimento. Jonathan tinha que fazê-la entender a situação.

— Se você não for embora, eu tirarei sua inocência, e você terá que se casar comigo. Você não terá escolha. Eu terei arruinado você. E, por mais tentador que seja saber que poderia ganhar sua mão por meios tão deliciosamente nefastos, preferiria fazê-lo da maneira mais honrosa.

— Então você está tentado? Isso é mesmo encorajador.

— Claro que estou tentado. Você acha que sou feito do quê? Pedra?

— Não tenho certeza. Vamos descobrir?

Marjorie se aproximou, erguendo os braços como se fosse tocá-lo, mas Jonathan se esquivou como se *ele* fosse o virgem ali.

— Pelo amor de Deus, Marjorie — sussurrou, ficando mais desesperado à medida que o desejo aumentava. — Você não se lembra do que eu disse antes? Quero persuadir você a se casar comigo. Não quero que você case comigo porque está esperando um bebê. E, por favor, não me faça explicar, pois é uma possibilidade, caso você fique. Meus nervos não aguentam...

Ela soltou uma risadinha de chacota, como se ele estivesse falando bobagem.

— Não haverá bebê nenhum.

— Você não sabe nada do assunto, já constatamos isso algumas semanas atrás. Mas, ao contrário de você, eu sei, e posso assegurar que, se ficar, darei tudo o que está pedindo com muito entusiasmo, aumentando as chances de haver um bebê.

— Não vejo como.

Colocando a mão no bolso do penhoar, ela puxou um envelope de veludo vermelho que ele reconheceu imediatamente.

— Me disseram que o que está dentro deste pacote evita bebês — disse ela, enquanto Jonathan a observava incrédulo.

— Jesus — engasgou ele, dando outro passo para trás, prestes a ruir. — Socorro.

— É uma carta francesa.

— Eu sei o que é — rebateu ele, a voz rouca. — Como *você* sabe o que é?

Marjorie deu de ombros, tão despreocupada que parecia que ela sempre soubera sobre preservativos.

— Eu li em uma revista. Eu não sabia o que eram, não na época, mas...

— Onde você conseguiu isso? Você não tem como comprar essas coisas, já que não é casada.

— Com a baronesa, claro. Fui até ela depois do baile, e ela me deu.

Jonathan gemeu.

— A baronesa. É claro. Eu deveria ter imaginado.

— Ela me explicou tudo. Como os bebês são feitos, o que acontece e... e... tudo mais. — Marjorie corou. — Foi uma revelação e tanto, devo dizer.

Jonathan não podia conversar sobre aquilo tudo com ela. Não naquele momento, quando Marjorie estava parada na frente dele — de novo — apenas de camisola.

— Fico feliz que você tenha sido informada sobre os fatos da vida — disse, com firmeza, tirando o envelope de seus dedos finos e jogando-o de lado.

Marjorie pareceu não notar o sarcasmo.

— Aquela noite na biblioteca agora faz muito mais sentido. Me sinto aliviada por saber o que esperar.

— Eu tinha um plano... — murmurou ele. Como já reparara em outras ocasiões desses últimos meses, parecia que, quando um homem se apaixonava por uma ruiva impulsiva, o caos era certo. — Por que toda vez que tenho um plano, você consegue destruí-lo?

— Sinto muito. — Marjorie mordiscou o lábio, tentando parecer arrependida, mas, aos olhos dele, parecia deliciosamente travessa. — Mas, quando você percebe o que realmente sente por alguém, esperar para contar é intolerável, mesmo que sejam só algumas horas. É por isso que estou aqui.

Jonathan a encarou, esperança e descrença lutando por controle, e o lado racional dizendo para não fazer suposições.

— Parece que deixei você sem palavras — murmurou ela.

— Vamos deixar isso bem claro. — Ele a segurou pelos braços, sem saber se conseguiria soltá-la depois. — Eu estou apaixonado por você. E você está dizendo que está apaixonada por mim?

— Sim. — Marjorie sorriu, tão radiante e linda que ele teve que segurar o fôlego. — Sim, estou apaixonada por você. Percebi isso quando estávamos dançando, porque, quando você estava falando sobre esperar e deixar que outros homens tivessem uma chance, eu não consegui imaginar nada disso. Na verdade, não consigo imaginar nenhum outro homem me tocando do jeito que você fez.

Ele estava atônito demais para responder. O que um homem deveria dizer quando o paraíso lhe era entregue de bandeja?

— Então... vai me deixar fazer o que eu quiser? — perguntou Marjorie, após o silêncio dele. — Ou tenho que ser ainda mais indecente — sugeriu, abrindo outro botão do penhoar — e tirar todas as minhas roupas antes de você se render?

Jonathan tentou se conter. Os instintos, a razão e toda a experiência anterior diziam que, apesar da declaração de amor e de toda a sabedoria recém-descoberta sobre o ato físico, Marjorie não sabia de verdade o que estava fazendo.

E o futuro deles? Sim, tinha comprado uma casa e daria a Marjorie o lar que ela queria, mas os planos que fizera pediam outros sacrifícios — sacrifícios grandes, sacrifícios que sabia que ela não gostaria de fazer. Precisava resistir, esperar pelo menos mais dois dias.

Então ela abriu outro botão, e ele sentiu a garganta seca. Sua resistência desmoronou, e qualquer sugestão de esperar ou resistir sumiu.

— Só se você tiver certeza — disse Jonathan. — Porque, depois de feito, não há como voltar atrás.

— Eu entendo e tenho certeza.

Marjorie puxou a faixa da cintura, e o penhoar se abriu. Jonathan não aguentou mais. Ele a segurou, puxou-a para seus braços e a beijou.

Os lábios dele se abriram, os dela também, e Jonathan tomou aquela boca em um beijo longo e lento enquanto deslizava as mãos pelo corpo dela. Enquanto desabotoava a camisola, os dedos roçaram nos seios arrebitados, e o desejo ameaçou tomar conta. Ele se esforçou para mantê-lo sob controle, sabendo que tinha um longo caminho pela frente se quisesse conquistar mais que o corpo dela.

Para desacelerar o ritmo, deslizou as mãos para longe dos seios dela e deu um passo para trás. Em troca, recebeu um grunhido de protesto, então colocou um dedo nos lábios dela.

— Se vamos fazer isso, não podemos fazer barulho — explicou. — Tem convidados em ambos os quartos ao lado, e, se fizermos algum barulho, eles vão acordar e saber que tem uma mulher aqui. Como você é a única com quem dancei, vão adivinhar que é você. Isso não pode acontecer, então precisamos ser discretos. Está bem?

Ela assentiu.

— Contanto que você não pare — sussurrou.

— Não acho que eu conseguiria resistir a você nem se minha vida dependesse disso.

Mas Jonathan não se moveu para tocá-la e, quando Marjorie fez menção de se aproximar mais, levantou uma mão para detê-la.

— Quero que isso seja bom para você, e, apesar do que você aprendeu, sei um pouco mais sobre o assunto. Então, vamos no meu ritmo, não no seu. Eu fico no comando. De acordo?

— De acordo. — Ela sorriu, então mordeu o lábio, dando um olhar perverso por baixo dos cílios. — Por enquanto.

Jonathan recuou, passando a mão no cabelo e tentando se recompor. Praticamente todo o seu conhecimento sexual fora adquirido com mulheres que eram tudo, menos inocentes. Fazia uma década desde que correra o risco de deflorar uma virgem. Na época, era um garoto desajeitado de 18 anos, com uma experiência lamentavelmente limitada. O noivado formal já tinha sido anunciado para ambas as famílias, e ele e a garota em questão estavam completamente vestidos e dentro de um armário de casacos, embaixo de uma escada — dificilmente o lugar para um amor lento e gentil. No entanto, sabia que precisaria ser lento e gentil com Marjorie. E, tendo passado semanas em uma condição muito precária, parou por um momento para respirar fundo.

— Tudo bem, então — disse, por fim, e estendeu a mão para deslizar o penhoar pelos ombros dela.

Quando a peça caiu no chão, Jonathan viu o fraco contorno dos mamilos sob a camisola fina de cambraia, uma visão que ameaçou quebrar seu domínio sobre o desejo antes mesmo de começarem. Ele parou outra vez e respirou fundo, então ergueu as mãos e envolveu os seios dela através do tecido.

Os braços de Marjorie enlaçaram seu pescoço. A respiração dela acelerou, quente contra sua pele, enquanto ele envolvia os seios dela com as mãos. Eram tão cheios e exuberantes quanto se lembrava — o que não era surpresa, já que aquela noite na biblioteca o perseguia havia dias.

Os mamilos estavam duros e redondos, e Jonathan brincou com eles, rolando-os entre os dedos. Marjorie ofegou, os braços se apertaram ao redor do pescoço dele, e, quando os quadris se moveram contra os dele, Jonathan gemeu baixo.

Ele recuou, mas não foi o suficiente para sentir qualquer alívio. Os braços dela deslizaram para baixo, e os dedos começaram a abrir seu paletó.

Ele gemeu de novo, sabendo o que ela queria, mas sem saber se conseguiria aguentar por muito tempo. Segurou seus pulsos finos.

— Eu fico no comando, lembra?

— Mas eu quero ver você — sussurrou Marjorie, corando enquanto o beijava.

Jonathan cedeu, liberando os pulsos dela e deixando-a deslizar o paletó de seus ombros. Quando ela o tocou, pousando as palmas das mãos sobre seu peitoral nu, ele respirou fundo e inclinou a cabeça para trás, suportando a doce agonia enquanto as mãos deslizavam sobre seus ombros e peito. Mas, quando desceram para seu abdômen, Jonathan não conseguiu suportar mais. Segurou os pulsos dela de novo.

— Isso vai acabar muito cedo se continuar me provocando deste jeito — alertou, enquanto afastava as mãos dela.

Marjorie respondeu com um olhar malicioso, o colar cintilando no pescoço.

— E isso seria muito ruim?

— Sim, seria. Eu já disse: eu estou no comando. E é a minha vez de espiar. — Jonathan pegou a barra da camisola dela nas mãos. — Levante os braços.

Ela obedeceu, esticando os braços para o teto, e ele puxou o traje para cima, passando por cima da cabeça dela, deixando-a completamente nua.

Não a tocou, mas a visão foi o suficiente para ameaçar o pouco controle que conquistara. A visão real era ainda mais primorosa do que qualquer uma das imagens conjuradas por sua imaginação febril. Se o calor sexual pudesse matar, ele teria se desfeito em cinzas ali mesmo.

Marjorie estava toda corada, a pele em um tom de rosa suave. O rosto estava virado, e mechas soltas do lindo cabelo caíam sobre a bochecha. Com toda a delicadeza, Jonathan afastou as madeixas, colocando-as atrás da orelha dela, então abaixou a cabeça e beijou a bochecha quente, o nariz, a testa, os lábios.

— Agora que sei que você me ama, tem outra coisa que preciso saber — murmurou ele, jogando a camisola de lado e voltando a tocar nos seios dela.

— O quê? — indagou Marjorie, dando um suspiro suave quando ele a acariciou.

— Você quer se casar comigo?

Ela afundou o rosto em seu pescoço e beijou a pele ali.

— Você disse, mais cedo, que eu teria muito tempo para decidir isso.

— Isso foi antes de você invadir meu quarto no meio da noite, se lançar sobre mim dessa forma indecente e admitir que está apaixonada. Acho que tenho direito a uma resposta definitiva sobre a questão do matrimônio, porque, se você acha que vou deixar qualquer outro homem se aproximar de você depois desta noite, está redondamente enganada.

— Está tentando bancar o guardião mandão de novo, é?

Ao ouvir aquilo, Jonathan sentiu uma pontada de alarme, suspeitando que ela estava se equivocando. Mas, quando se afastou, viu que a mulher sorria — aquele sorriso misterioso e astuto — e riu baixinho.

— Ah, então você quer provocar, é? Nós dois podemos jogar este jogo.

Jonathan capturou os lábios dela em um beijo profundo e lento enquanto deslizava as mãos por seus seios, sua barriga e sua cintura.

— Case comigo — pediu, a boca pressionada na dela, enquanto acariciava as nádegas com as mãos.

Marjorie se remexeu e levou as mãos ao cós da calça dele, como se fosse desabotoá-la. Mas Jonathan sabia que não podia deixá-la. Estava duro como uma rocha e, se ela começasse a fazer aquelas explorações, nunca seria capaz de resistir. Não estava disposto a estragar a primeira vez dela terminando rápido demais. Além disso, seu outro objetivo também era importante.

Colocando as mãos na cintura delicada dela, Jonathan a empurrou de leve para trás, guiando-a em direção ao pé da cama. Então, colocou uma mão entre suas coxas.

— Ainda não consegue decidir?

— Jonathan — gemeu Marjorie, os braços enlaçando o pescoço dele, os quadris se movendo contra sua mão, as pernas se apertando instintivamente, mas ele não cedeu.

— Vejo que terei que ser um pouco mais persuasivo — provocou ele, girando a mão, apalpando seu cerne.

Ela soltou um ruído de surpresa, os joelhos se dobraram, e os braços apertaram mais seu pescoço. Jonathan a acariciou, apreciando a umidade sedosa de seu interior, então se afastou de novo. Se Marjorie queria provocações, ele podia fazer o mesmo.

Pegando-a pelos pulsos, puxou as mãos dela para os lados.

— Segure — ordenou, envolvendo os dedos finos ao redor do metal do pé da cama, atrás dela.

Então a beijou novamente, deslizando a mão de volta para o ponto entre as coxas dela. Marjorie relaxou contra o pé da cama, soltando outro gemido baixo enquanto ele continuava a acariciá-la. Ali, com a cabeça inclinada para trás, os lábios semiabertos de desejo e o corpo totalmente exposto, ela estava mais bonita do que qualquer coisa que ele poderia ter imaginado. Os seios subiam e desciam com a respiração ofegante, redondos e cheios, os mamilos de um tom rosa-acastanhado à luz da lamparina.

Ele inclinou a cabeça para sugar um enquanto acariciava as dobras sedosas de seu sexo, admirando o quanto Marjorie estava molhada. A respiração estava ofegante, o quadril movendo-se contra a mão dele.

— Você está nua em meus braços — apontou Jonathan. — Acho que você deveria tomar a decisão honrosa de se casar comigo.

Marjorie não respondeu, e ele decidiu que era hora de táticas mais implacáveis. Tirou a mão do cerne dela e se ajoelhou, beijando a barriga enquanto passava o braço em volta de seus quadris e a puxava para perto.

— Jonathan — sussurrou. — Ah! Ah!

Ele encostou a boca no triângulo entre as coxas dela. Marjorie estremeceu, o quadril dando um solavanco, mas ele firmou o aperto para mantê-la parada e aumentou ainda mais a tensão quando começou a acariciá-la com a língua. Ele a lambeu de novo e de novo, implacavelmente, até que, com um tremor final, ela se desfez, desabando em seu aperto.

Jonathan a segurou por mais um momento, beijando e acariciando seu centro enquanto os tremores do orgasmo faziam o corpo dela vibrar. Então, se levantou, pegou-a nos braços e a deitou na cama. Seus olhares se encontraram enquanto ele desabotoava a calça.

— Acho que você deveria se casar comigo e fazer de mim um homem honesto.

Marjorie o encarou, sem saber o que dizer, sem querer estragar o momento. Jonathan estava exigindo algo que ela não estava pronta para dar. Seu corpo? Sim. Tinha ido ali disposta a se entregar a ele, de corpo e coração. Mas ele queria mais. Queria o resto de sua vida. Jonathan tinha dito que estava construindo um futuro que os dois poderiam compartilhar, mas e se estivesse errado?

Ele começou a desabotoar a calça, e Marjorie pensou no que a baronesa dissera sobre escolhas, sobre como era possível viver em segurança ou aproveitar cada momento. Enquanto Jonathan deslizava a calça para baixo, ela deixou as preocupações com o futuro de lado. Aquele momento era a única coisa que importava.

A roupa íntima saiu logo depois da calça, e, quando ele ficou nu, a visão de seu corpo tão claramente excitado a deixou ofegante. Nem mesmo as explicações detalhadas da baronesa tinham sido preparação o suficiente para aquele momento, mas pelo menos Marjorie finalmente entendera para que servia a carta francesa.

Jonathan esperou, deixando que Marjorie o admirasse da cabeça aos pés, então pegou a bolsa de veludo caída no chão e removeu o longo invólucro de pele de cordeiro. Marjorie olhou com espanto quando ele deslizou o invólucro ao longo de seu membro, então um grunhido sufocado de pânico saiu da própria garganta. Ela estendeu a mão para tocar as joias em volta do pescoço, como se o colar fosse um tipo de talismã da sorte — e talvez fosse, pois suas apreensões sumiram, e ela sentiu apenas o poder que sentia ao saber o quanto um desejava o outro.

Jonathan pareceu sentir a mudança, pois se inclinou para beijá-la ternamente na boca. Então, relaxou o corpo sobre o dela, pressionando-a contra o lençol antes que a coragem dela pudesse falhar de novo. Marjorie abriu os braços, certa de que agora sabia o que esperar, mas Jonathan parou, apoiando o peso em um só braço, suspenso logo acima dela enquanto a mão posicionava aquela parte dura e protegida de seu corpo entre as coxas dela.

— Marjorie, me escute. — A voz dele estava rouca e ofegante. — Não consigo mais me conter. Eu te amo, queria aguentar até que você concordasse em se casar comigo, mas não consigo. Vou ter que confiar em você. — Ele sorriu, mas ela percebeu que aquilo exigiu um esforço. — Você confia em mim?

— Sim. — Ela tocou seu rosto e o beijou. — Não se segure — sussurrou, movendo o quadril. — Não espere, Jonathan. Faça isso agora.

— Não posso, não ainda. — Quando ela se mexeu novamente, roçando as coxas contra a ereção dele, Jonathan cerrou os dentes. — Não, pelo amor de Deus. Não se mexa. Ouça.

Ele respirou fundo, como se estivesse difícil se controlar.

— Eu tenho que avisar uma coisa. Você nunca esteve com um homem, então é provável que doa.

Enquanto Jonathan falava, começou a mover o quadril contra o dela, e, quando a parte dura esfregou onde ele a beijara e acariciara antes, aquele prazer delicioso a invadiu de novo, mais forte e mais quente. Marjorie arqueou o corpo contra ele com um gemido baixo.

— Jesus! — exclamou Jonathan, baixinho, e mexeu o corpo para apoiar seu peso nos antebraços. Enterrando o rosto contra o pescoço dela, ele flexionou o quadril contra ela. A parte dura pressionou mais profundamente, então a penetrou.

Inebriada pela atmosfera sensual, Marjorie tinha certeza de que sabia o que estava por vir, mas, quando ele a penetrou, afundando-se dentro dela, a dor repentina e ardente pareceu chamuscá-la como um fogo por dentro, e ela gritou.

Jonathan abafou o som com a boca, amortecendo o choque e a dor dela em seu beijo. Mantendo-se firme por cima dela, o homem a beijou em todos os lugares que alcançava: cabelo, pescoço, bochecha, boca...

— Vai ficar tudo bem. Eu prometo. Eu te amo, Marjorie. Eu te amo.

Enquanto ele falava e a beijava, a dor começou a diminuir.

— Estou bem, Jonathan — sussurrou ela, mexendo os quadris e tentando se acostumar com a estranha plenitude de senti-lo dentro de si.

Com a permissão tácita, Jonathan começou a se mover. Foi devagar no início, depois mais depressa, as investidas contra ela ficando mais intensas e profundas. Os olhos dele estavam fechados, os lábios, entreabertos, quase como se ele tivesse se esquecido dela. No entanto, ele acariciava seu cabelo e clamava seu nome, e Marjorie entendeu a verdade: Jonathan estava perdido no prazer do corpo dela e do momento.

Quanto a ela, a primeira dor lancinante tinha desaparecido. Agora, seu próprio desejo crescia, o mesmo desejo que ele evocara antes, com as mãos e a boca. Marjorie movimentou o quadril para cima, para encontrá-lo na estocada seguinte, e ele gemeu, os braços deslizando por baixo dela para puxá-la para mais perto, mesmo quando isso parecia impossível. Ela repetiu o movimento, esforçando-se para se mover junto dele, incitando-o a um ritmo mais e mais rápido, até que ambos estivessem frenéticos e ofegantes, embolados como se fossem um só corpo.

A dor não existia mais, obliterada pelo desejo crescente, e, com cada estocada, a necessidade aumentava, cada vez mais quente e profunda. E então, sem qualquer aviso, atingiu o auge, estourando dentro dela em uma explosão violenta e magnífica que enviou ondas daquele doce prazer por todo o seu corpo.

— Eu te amo — ofegou, junto da orelha dele, as pernas o apertando, o corpo pressionado contra o dele enquanto o prazer a tomava por inteiro. — Eu te amo.

Ao ouvir aquelas palavras, Jonathan pareceu segui-la ao clímax. Tremores tomaram seu corpo, e ele gritou, abafando o som no travesseiro. Ainda se moveu contra ela várias vezes até desabar, enterrando o rosto contra seu pescoço.

Marjorie passou os dedos no cabelo dele, acariciou os músculos fortes e definidos das costas e dos ombros, deleitando-se com o momento. E, quando ele beijou seu cabelo e murmurou seu nome, a felicidade a dominou como uma maré feroz e crescente.

*Sim*, pensou, *foi por isso que vim*. Porque queria aproveitar aquilo e todos os outros momentos de sua vida. Não importava o que o futuro tivesse reservado para ela, a lembrança e a beleza daquela noite seriam eternas em sua mente.

## Capítulo 23

Após os eventos extraordinários da noite, a última coisa que Marjorie queria fazer era ir para a cama. Andando na ponta dos pés pela casa até o próprio quarto, não sentia um pingo de sono. A incerteza agonizante que a dilacerava tinha sumido, e ela se sentia absolutamente feliz. Quem conseguiria dormir com tanta alegria?

O primeiro sinal do amanhecer espreitava pelas cortinas quando ela entrou no quarto, lembrando-a de que veria Jonathan dali a menos de cinco horas. Ele a levaria até a casa que comprara, o lugar que queria que fosse o lar deles. Visitariam os quartos, caminhariam pelos jardins, planejariam o futuro, começariam a construir a vida juntos. Com tantos planos bons, dormir parecia impossível.

Marjorie tirou o penhoar e o jogou de lado, então se deitou na cama com um suspiro sonhador e adormeceu em três segundos. De repente, a srta. Semphill estava sacudindo seu ombro.

— Srta. Marjorie?

— Oi?

Ela rolou para o lado, então prontamente voltou a dormir.

A criada a sacudiu de novo.

— Sinto muito, srta. Marjorie, mas lady Galbraith está esperando lá embaixo. Ela disse que vocês têm um passeio esta manhã.

O coração de Marjorie deu um salto de alegria, fazendo-a despertar em um instante.

— Isso mesmo — concordou, rindo enquanto abria os olhos e jogava o cobertor para o lado. — Temos sim. Às dez horas. Que horas são?

— Quase nove. Lady Galbraith esperou o máximo que pôde para acordá-la — acrescentou Semphill, enquanto caminhava até o armário. — Mas disse que, se você não se apressar, pode se atrasar.

— Então é melhor eu me vestir sozinha. Desça e diga a lady Galbraith que estarei pronta em alguns minutos, então ela pode mandar preparar a charrete.

— Sua senhoria já fez isso. Está esperando na entrada. — Semphill pegou dois trajes de caminhada. — Você quer usar lã verde ou tweed?

Dez minutos depois, vestida com a lã fria verde, Marjorie se acomodava ao lado de Clara na charrete, sem fôlego e animada.

— Para onde vamos?

— Não posso falar — respondeu a mulher, estalando as rédeas e fazendo a charrete andar. — Jonathan disse que é uma surpresa de aniversário. Feliz aniversário, aliás.

Marjorie riu.

— Bem, isso não é surpresa. Não sei para onde estamos indo, mas sei o que ele quer me mostrar.

— É mesmo? — O sorriso de Clara se alargou, fazendo-a corar. — Estamos indo para Beaulieu, se isso lhe diz alguma coisa.

Não dizia nada e, como Clara se recusou a falar mais, Marjorie só podia aguardar em suspense enquanto o veículo viajava pelo campo. O dia estava agradável e quente, o ar estava doce e fresco, com uma leve indicação do oceano próximo.

Marjorie inclinou a cabeça para trás e fechou os olhos, saboreando a sensação do sol em seu rosto, a doçura da expectativa e a alegria estimulante de ser amada e amar. Não conseguia se imaginar mais feliz do que naquele momento.

Beaulieu era um vilarejo charmoso a poucos quilômetros de Southampton e, depois de seguir pela rua principal de lojas, pubs e casinhas com telhado de palha, Clara conduziu a carruagem por uma estrada arborizada. Percorreram pouco mais de um quilômetro, cruzaram uma ponte de pedra charmosa e viraram para atravessar um par de portões de ferro forjado.

Marjorie prendeu a respiração. À sua frente, uma alameda arborizada conduzia diretamente a uma casa georgiana clássica, retangular, com um pórtico coríntio na frente e uma rotunda acima. Atrás de um canto da casa, havia uma paisagem esplêndida de gramados e jardins que levavam a extensos campos verdes e sebes. Ao longe, podia ver o porto de Southampton e, mais além, as águas cintilantes do Solent e o contorno tênue da Ilha de Wight.

*Estou em casa*, pensou, com uma certeza repentina, cheia de felicidade. *Finalmente estou em casa.*

Outra charrete estava estacionada na entrada circular, um indicativo de que Jonathan já chegara, e Marjorie não conseguiu conter a empolgação. Clara mal puxara o freio, e Marjorie já estava saltando para o chão e correndo em direção à casa. Abriu uma das portas de entrada e entrou em um saguão retangular.

— Jonathan? — chamou, os passos e a voz ecoando pela casa vazia e sem mobília. Parou no centro do corredor, o olhar subindo pela ampla escadaria que levava a um mezanino com grade de bronze, sob um teto abobadado e impressionante cheio de vitrais. — Jonathan?

— Aqui — respondeu ele, e Marjorie se virou, o olhar voltando para o mezanino, onde o viu encostado na grade, observando-a. — Bem-vinda a Ainsley Park — disse. — A casa foi projetada por Wyatt. Não passou por modernizações, infelizmente, mas isso é fácil de resolver. — Ele abriu os braços. — O que acha?

Ela riu.

— Eu não sei ainda. Acabei de entrar.

— Espere aí. Vou descer.

Ele atravessou o mezanino e sumiu de vista; Marjorie ouviu os passos de Clara no chão de travertino atrás dela.

— O design é lindo, não é? — comentou a recém-chegada, olhando em volta enquanto parava ao lado de Marjorie. — É mais fácil ver a arquitetura quando não tem móveis no meio do caminho.

Marjorie não teve chance de responder; ouviu mais passos e se virou para ver Jonathan descendo a escadaria. Quando ele se aproximou, olhou para Clara, que pigarreou.

— O terreno parece adorável — comentou ela. — Acho que vou dar um passeio.

— Eu sugeriria os jardins da frente — respondeu Jonathan, os olhos encontrando os da irmã em um olhar significativo, que Marjorie não entendeu.

Mas Clara pareceu entender, porque assentiu e se virou, voltando pelo mesmo caminho pelo qual viera.

A porta da frente mal se fechara atrás dela quando Jonathan puxou Marjorie para seus braços.

— Como está se sentindo esta manhã? — perguntou, com um sorrisinho.

— Estou bem. Um pouco dolorida. — Ela corou, tímida e nervosa. — Mas feliz.

— Eu também. — Ele abaixou a cabeça e a beijou na boca, então recuou e segurou sua mão. — Vamos. Tem muita coisa que quero mostrar, e não temos muito tempo.

— Não, suponho que não — concordou Marjorie, enquanto ele a puxava em direção à escada. — Irene planejou um almoço de aniversário com as damas, antes que todas partam para a estação. Torquil fará algo para os cavalheiros?

— Não. Mas explicarei mais tarde.

Jonathan mostrou primeiro os andares de cima e, enquanto caminhavam pelas duas suítes adjacentes que formariam seus aposentos de marido e mulher, Marjorie teve mais certeza do que nunca de que estava em casa. Concordaram que o berçário precisaria ser transferido para mais perto dos aposentos do casal e que pelo menos quatro dos vinte e seis cômodos teriam que ser convertidos em banheiros, então voltaram para o térreo.

— Todas as salas para visitas dão para o terraço — explicou ele, quando os dois pararam no fundo do hall principal, onde um amplo corredor se estendia para os dois lados, em direção às alas opostas.

— Sala de estar, biblioteca e sala de música à direita e sala de bilhar e salão de baile à esquerda. Essa — acrescentou, puxando-a para uma sala espaçosa de piso de teca e marcenaria branca — é a sala de estar.

A atenção de Marjorie foi imediatamente atraída para as portas francesas que se estendiam no fundo do cômodo, exibindo uma vista magnífica para o exterior. Cruzou a sala, destrancou uma das portas e saiu para o terraço, com Jonathan logo atrás.

— Passamos por aqui quando chegamos à Inglaterra — disse ela, apontando para o mar, enquanto avançava até a balaustrada de pedra. — O *Netuno* passou por aqui, não foi? Não dava para ver nada naquele dia — lembrou, sorrindo enquanto apreciava a vista. — Estava chovendo, e a névoa era intensa.

— Olhe lá embaixo — disse Jonathan, parando ao lado dela e apontando para uma trilha ondulante e verde turva que dava para o mar. — Aquele é o rio Beaulieu. Temos um cais e uma casa de barcos, então sempre que Henry e Irene decidirem navegar com o *Mary Louisa* ou o *Endeavor* no Solent, podem subir o rio, atracar no cais e...

— E nos visitar — concluiu ela, encantada, se virando para Jonathan.

— Ou nos buscar, se quisermos ir junto. Podemos até ter um iate, se quisermos.

Aquilo a fez rir.

— Achei que coisas como iates fossem desperdício de dinheiro — provocou, abraçando-o pela cintura enquanto lembrava das palavras dele a bordo do *Netuno*. — Você disse que eu não poderia gastar meu dinheiro em frivolidades como iates.

Ele sorriu.

— Sim, mas acho que posso mudar de ideia quanto a isso. — Ele hesitou, então indicou os arredores. — Gostou? Se não, podemos procurar outra.

— Não, não. É... — Marjorie parou de falar, a felicidade prendendo as palavras na garganta. Engoliu em seco, olhou ao redor, depois de volta para ele. — É perfeita — sussurrou. — Absolutamente perfeita.

Ouvir aquilo o agradou e o fez abrir um sorriso de orelha a orelha.

— Fico feliz.

— Vamos dar uma olhada no resto? — perguntou Marjorie. — Ainda não vimos as cozinhas nem o salão dos criados.

Jonathan hesitou, então negou com a cabeça.

— Não podemos hoje. Tem mais uma coisa que precisamos discutir, é importante, e não temos muito tempo.

Aquela era sua segunda menção ao tempo, e, quando ele se afastou e segurou suas mãos, Marjorie sentiu um estranho arrepio de apreensão. Afastou a sensação, dizendo a si mesma para não ser boba.

— Por que você está tão preocupado com o tempo? Tem muitos compromissos?

— Para falar a verdade, sim. — Ele pigarreou, olhando para as mãos entrelaçadas. — Você lembra do que eu disse no baile? De por que queria trazer você aqui?

— Sim. Você disse que queria me mostrar a casa que comprou para nós. E mostrou. E eu amei.

— Eu também disse que queria contar o que farei da minha vida. — Ele ergueu os olhos, encarando-a. — Você sabe que Clara queria que eu voltasse para a editora e eu recusei porque não era mais meu sonho. Eu sabia que tinha que encontrar um novo sonho e... — Ele parou e respirou fundo. — Eu encontrei.

— Que maravilhoso! O que é?

— Há cerca de um mês, conheci o marquês de Kayne. Rex nos apresentou. Lorde Kayne possui uma empresa chamada Hawthorne Shipping. É uma construtora de navios de carga transatlânticos movidos a vapor, bem aqui em Southampton. Kayne também quer construir navios para passageiros, mas não consegue fazer isso sozinho. Eu me encontrei com ele ontem, e concordamos em formar uma *joint venture* para o projeto.

— Você vai construir navios como o *Netuno*?

— Sim. Ficaremos bem ao lado da Hawthorne Shipping.

Jonathan passou as mãos para os ombros dela e virou Marjorie na direção nordeste, onde ficava Southampton, então estendeu um braço sobre o ombro dela, apontando.

— Bem ali, em Hythe, do outro lado do porto onde a Cunard atraca seus navios.

— Então você vai vender os navios para a Cunard, a White Star e outras empresas?

— Não exatamente.

O tom de voz dele estava estranho, e, mesmo sem conseguir identificar um motivo, Marjorie sentiu outra pontada de apreensão. Quando Jonathan a virou para encará-lo, o medo se aprofundou, pois seu semblante estava mais sério do que nunca.

— Vamos construir nossos próprios navios — continuou ele, pegando as mãos dela mais uma vez. — Vamos competir com a Cunard e a White Star, não vender para eles. Para isso, teremos que arranjar rotas, conseguir portos, estudar a competição... — Ele fez uma pausa e respirou fundo. — É aí que eu entro.

— Como assim? — perguntou Marjorie.

Mas, antes mesmo de ele responder, a sensação de mal-estar em seu estômago lhe deu uma vaga ideia do que ele iria dizer.

— Eu terei que viajar, Marjorie. Muito, ainda mais no início.

Seus piores temores se confirmaram. Sentindo um frio repentino, ela tirou as mãos das dele.

— Por que não estou surpresa?

— Marjorie, me escute, por favor. Esta é a primeira coisa que encontrei desde a editora que me animou, a primeira coisa em uma década que me fez realmente querer sossegar.

— Mas você não vai sossegar, vai? Não é à toa que isso o empolga. É a maneira perfeita para você ir aonde quiser e fazer o que quiser. Enquanto isso — continuou, ignorando-o quando ele abriu a boca para responder —, eu ficarei sozinha nesta linda casa que você comprou para mim, esperando você voltar, igual minha mãe esperando meu pai. É isso?

— Não! — exclamou Jonathan, agarrando os braços dela enquanto ela tentava se virar. — Não estarei fora o tempo todo, e, quando eu tiver que viajar, você irá comigo.

— Para quê?

— Para ver o mundo, é claro. Pelo amor de Deus, Marjorie, você passou a maior parte da vida enfiada em uma escola. Existe um mundo enorme e lindo lá fora, e você não viu nem metade. Não quer conhecê-lo? Não quer visitar Veneza, Gibraltar ou as ilhas gregas? Não quer passear comigo por uma feirinha de cobre em Tânger, ou ficar sob os cedros do Líbano, ou navegar pelo Nilo?

Tudo aquilo parecia ótimo, mas Marjorie temia que a realidade não fosse tão romântica.

— O que você está dizendo é que viveremos como nômades ricos, em vez de pobres. E as crianças? O que faremos com elas? Vamos largá-las em uma escola?

Jonathan teve a pachorra de rir.

— Acho que temos como pagar uma babá para nos acompanhar, não acha?

— Não ria de mim! — gritou Marjorie, se afastando. — Não se atreva a rir de mim!

O sorriso dele desapareceu imediatamente, substituído por uma expressão terna que rasgou seu coração.

— Não estou rindo de você. Mas eu gostaria que você tirasse da cabeça essa ideia de que seremos vagabundos sem-teto, porque não seria assim.

— Por quê? Porque você comprou uma casa? Não consigo imaginar por que você se deu ao trabalho, se seu plano é morarmos em hotéis.

— Porque esse não é o meu plano. Vamos viajar, sim, mas... — Ele fez uma pausa e abriu os braços. — Sempre voltaremos para casa.

— E quando essa volta ao mundo começaria?

— Bem, para você, pensei que poderíamos começar com uma lua de mel. Para mim, entretanto... — Ele hesitou por uma fração de segundo. — Tenho que partir esta noite.

— Esta noite?

Ela o encarou, incapaz de acreditar no que estava ouvindo.

— Tenho que ir para Gibraltar. Kayne marcou uma reunião com o porto de lá — acrescentou ele, falando depressa, como se percebesse o choque dela e estivesse tentando dissipá-lo. — Ele ia, mas, como estou envolvido e lidar com esta questão será uma de minhas principais responsabilidades, concordamos que eu deveria ir. Meu navio parte às cinco horas.

— Você vai embora... — Ela mal podia acreditar nas palavras que acabara de dizer. Mal podia acreditar que ele tinha a audácia de apresentar uma vida tão perfeita e linda e abandoná-la logo em seguida. — Você cancelou a viagem para a África do Sul só para substituir por uma para Gibraltar.

— Essa não será longa. Ficarei apenas um mês.

Como se a quantidade de tempo importasse.

— Você sabia ontem que iria viajar. Sabia que este novo empreendimento o levaria em uma volta ao mundo. Sabia e não me contou.

— Eu pretendia contar hoje — murmurou ele. — Tinha tudo planejado. Era disso que eu estava falando quando comentei no baile que sabia que você precisaria de tempo para decidir se eu era o homem certo para você. Lembra? Eu disse que esperaria por você ter certeza. E que, enquanto esperava, estaria construindo uma vida para nós dois. Pensei que, enquanto eu estivesse fora, você consideraria o que estou fazendo e que, quando eu voltasse, conversaríamos sobre o assunto e encontraríamos uma maneira de fazer tudo funcionar. Mas então, você foi ao meu quarto...

— Por que não me contou naquele momento? — exigiu Marjorie, dando um passo para trás, sentindo-se enganada e manipulada. — Antes de eu dizer que te amava, antes de eu me jogar descaradamente em você e me entregar... Você poderia ter me contado isso tudo, mas não contou!

Jonathan desviou o olhar, o ato de alguém com uma consciência culpada.

— Eu ia contar, mas você começou a tirar a roupa, e eu... — Ele fez uma pausa, então encontrou os olhos dela e suspirou. — Eu perdi a cabeça.

Ela o encarou, horrorizada.

— Na noite passada, você me convenceu a casar com você sabendo de tudo disso. Você me pressionou a concordar, sem dizer uma palavra...

— Você veio até mim ontem à noite, não o contrário. Inferno! Eu estava fazendo o meu melhor para evitar o que aconteceu na noite passada. Perdoe-me se não consegui lutar mais. Você teria preferido que eu me deitasse com você sem desejar ou esperar casamento? Isso me tornaria mais honrado aos seus olhos, ou menos?

Jonathan se aproximou, diminuindo a distância que Marjorie colocara entre os dois, os olhos castanhos dela cintilando com faíscas douradas — mas não de desejo, e sim de frustração e raiva.

— Já lhe ocorreu que meu coração estava exposto, ontem à noite? Você considerou o que aconteceria comigo se eu me deitasse com você apenas para descobrir depois que não me amava ou que não concordaria em se casar comigo e compartilhar uma vida? Eu vou dizer o que teria acontecido: teria partido o meu coração.

Ainda cambaleando pelo choque e se sentindo enganada, Marjorie não conseguia se preocupar muito com o coração dele.

— Então é melhor evitar me dizer a verdade até se deitar comigo e arriscar que o *meu* coração seja o partido?

— Seu coração não está partido e, pelo amor de Deus, você está trabalhando duro para ter certeza de que isso nunca aconteça. É isso o que está acontecendo. Você tem medo do dia em que eu parta sem você, como se isso fosse inevitável.

— Considerando tudo o que sei sobre você, é uma possibilidade provável.

— Não, não é! Sabe por quê? Porque não sou o seu maldito pai! Eu não vou abandonar você! — Jonathan agarrou seus braços de novo, abaixando a cabeça para encará-la quando ela tentava desviar o olhar. — Eu nunca deixarei você.

— Você vai fazer isso hoje! Vai me deixar esta noite!

— Mas estarei de volta daqui a um mês!

— Quanto tempo antes de ser por dois meses? Ou seis? Ou um ano?

— Ou nunca, como seu pai fazia, você quer dizer? Só resta confiar em mim. O que eu quero saber — continuou Jonathan, ignorando o grunhido de escárnio dela — é até quando você vai continuar achando que é a sua mãe.

— O que você quer dizer com isso?

— Sua mãe pode ter ficado em casa, esperando e chorando, mas você não precisa fazer o mesmo. Você não é como ela. Você é a jovem que viajaria com o pai e tiraria fotos do Velho Oeste. A jovem que, quando viu seu primeiro sonho ruir, fez outro e decidiu se mudar para um novo país. A jovem que pulou a bordo de um navio e me seguiu para o outro lado do oceano sem pensar duas vezes. A jovem que estava pulando de empolgação quando viu uma câmera de campo na vitrine de uma loja.

Marjorie negou com a cabeça, tapando os ouvidos com as mãos.

— Eu não quero ouvir isso! — gritou, soluçando, dominada pelo medo.

— Acho que aquela jovem tem senso de aventura — continuou Jonathan, sem dó. — Acho que aquela jovem adoraria a vida que estou oferecendo, se conseguisse parar de se apegar a algum sonho de como as coisas deveriam ser, um sonho que copiou das amigas.

Marjorie prendeu a respiração.

— Isso não é verdade.

— Eu acho que é.

Ela não respondeu. O que havia para dizer? Em vez disso, o encarou e Jonathan a encarou de volta, a raiva mútua e os pontos de vista diferentes como um abismo entre os dois, um abismo que se alargava a cada segundo de silêncio que passava, rasgando seu coração.

— Vá então! — gritou ela, por fim, incapaz de suportar por mais tempo. — Vá para Gibraltar! Só não ache que vou ficar aqui esperando você voltar!

— Eu vou — garantiu Jonathan, sustentando o olhar dela. — Mas estarei de volta em um mês, e teremos essa conversa de novo. E de novo, e de novo, porque eu não vou desistir. Vou continuar esperando que a jovem imprevisível por quem me apaixonei ainda esteja tão apaixonada por mim quanto disse que estava ontem à noite. E que um dia, se eu continuar tentando, ela vai me amar o suficiente para me dar seu coração e confiar em mim. Para ir comigo até os confins da terra e depois voltar para esta casa, que nós dois amamos.

— Pare — exclamou Marjorie. — Só pare.

— Esse é o meu plano, e vou segui-lo até o fim. Porque, ao contrário de certas suposições feitas sobre mim pela mulher que amo, sou um homem que cumpre suas promessas. E vou provar isso a ela, mesmo que leve o resto de nossas vidas.

Com aquelas palavras, Jonathan se virou e foi embora. E, enquanto Marjorie o observava partir, seu coração finalmente se partiu, estilhaçando-se em mil pedaços.

## *Capítulo 24*

As mulheres já estavam reunidas sob uma tenda no jardim de rosas para o almoço de aniversário quando Marjorie e Clara chegaram em Ravenwood. Sem tempo para se trocar, as duas deixaram chapéus, casacos e luvas nos braços de um criado, endireitaram as saias e arrumaram o cabelo em um grande espelho no saguão de entrada.

Quando viu o rosto inchado e os olhos vermelhos no reflexo, Marjorie notou que o cabelo era o menor dos problemas e teve o desejo repentino e covarde de alegar uma dor de cabeça e se refugiar em seu quarto.

Na noite anterior, pensara que estava pronta para experimentar tudo o que a vida tinha a oferecer — o amargo e o doce, o amor e a dor. Mas, agora, a mulher selvagem, destemida e sedutora da noite anterior se fora, e não estava apenas incerta e receosa; também estava arrasada e de coração partido.

*Acho que aquela jovem tem senso de aventura.*

Aventura? Quem disse que ela queria aventura? Queria um lar.

*Vamos viajar, sim, mas sempre voltaremos para casa.*

Uma imagem de Ainsley Park surgiu em sua mente — não a fachada ou o interior clássico, mas o belo terraço e a vista do porto, do oceano e do horizonte que se estendia até o infinito.

*Mas eu gostaria que você tirasse da cabeça essa ideia de que seremos vagabundos sem-teto, porque não seria assim.*

Marjorie não tinha certeza. E Jonathan nunca abordara a preocupação dela sobre as futuras crianças. Cerrou o maxilar, afastou alguns cachos rebeldes e crespos da testa e lembrou que o pai estava certo sobre uma coisa: uma vida vagando pelo globo não era coisa para crianças.

*Acho que podemos pagar uma babá para nos acompanhar, não acha?*

— Marjorie?

A voz de Clara interrompeu seus pensamentos, e ela se endireitou, reforçando a determinação, então sorriu e se virou. No entanto, quando encarou Clara, soube que não enganara ninguém.

Mas, então, como poderia enganar a mulher que a encontrara soluçando no terraço, após a partida de Jonathan? Para seu crédito, Clara não fizera perguntas, e a viagem de volta acontecera no maior silêncio. Mas a empatia e a compaixão eram óbvias nos olhos da mulher.

— Pode ir na frente — disse Marjorie, mantendo o sorriso artificial. — Irei em um instante.

Clara hesitou, depois assentiu e saiu, e Marjorie voltou a atenção para o espelho. Tentou arrumar melhor o cabelo, mas enfim desistiu e se afastou.

A cada passo na direção do jardim de rosas, Marjorie dizia a si mesma que não importava aonde Jonathan fosse ou o que fizesse e que não se importava com nada daquilo — as mesmas mentiras que a menina que fora no passado contara.

Quando chegou ao local do encontro e viu a mesa posta com uma toalha branca, talheres de prata e cerâmica Spode, os criados correndo de um lado para o outro com pratos de salmão temperado e aspargos, lembrou que aquela era sua vida agora: a vida que desejara e escolhera. Uma vida de almoços, bailes e projetos para a caridade, de aproveitar a temporada, de se casar com um nobre e administrar uma propriedade rural.

*Acho que aquela jovem adoraria a vida que estou oferecendo, se conseguisse parar de se apegar a algum sonho de como as coisas deveriam ser, um sonho que copiou das amigas.*

Marjorie ergueu a cabeça e caminhou um pouco mais rápido. No momento em que alcançou a tenda aberta onde as mulheres estavam sentadas, transformou o orgulho e raiva em uma parede defensiva. E, embora as amigas provavelmente tivessem percebido sua expressão chorosa por causa do rosto inchado, ninguém perguntou nada.

— Desculpe o atraso — disse, baixinho.

— Não precisa se desculpar — afirmou Irene, em um tom gentil.

— Não no seu aniversário. A Clara já nos contou que o cavalo ficou manco.

Marjorie lançou um olhar agradecido a Clara enquanto se sentava.

— Pelo menos é um dia adorável — comentou Dulci, animada.

— Nada é mais bonito do que um dia de verão inglês.

Marjorie sentiu uma irritação repentina e inexplicável. O clima tinha sempre que virar assunto em um momento desconfortável?

— Srta. Thornton — chamou Hetty, virando-se para Jenna. — Fiquei sabendo que vai se casar em três semanas. Já sabe para onde o coronel Westcott será mandado?

A mulher soltou um suspiro.

— Bombaim — respondeu, com tristeza, e foi respondida com um gemido de pena de várias mulheres na mesa. — Partimos no dia seguinte ao casamento.

— Bombaim?! — exclamou Dulci. — Ah não! Faz muito sol e calor lá! E a sua pele?

— Espero que a criada possa ajudá-la a lidar com qualquer problema relacionado a isso — acrescentou Irene, mas Jenna apenas suspirou.

— Minha criada se recusou a ir. Pediu demissão. Com todos os preparativos para o casamento, como vou encontrar uma criada decente? — questionou Jenna, angariando mais sons de empatia. — Uma que esteja disposta a viajar meio mundo e se mudar para outro país?

Apesar das próprias dificuldades, Marjorie achou as palavras da amiga um pouco incongruentes, já que, como americana, Jenna já estava morando em um país estrangeiro. Não disse nada, mas continuou a encarar o prato de almoço intocado.

— O coronel disse que posso encontrar uma criada lá — continuou Jenna, em um tom sombrio —, mas os homens não entendem dessas coisas.

— Nenhuma criada em Bombaim terá qualquer conhecimento da moda atual — concordou Dulci. — Como você vai sobreviver?

— Eu esperava tanto que fôssemos ficar aqui — desabafou Jenna, palavras que atingiram um acorde deprimente e familiar em Marjorie. — Quero morar em Londres. Não tenho nenhum interesse em Bombaim. É tão longe! Não consigo imaginar nada de interessante acontecendo por lá.

*Existe um mundo enorme e lindo lá fora, e você não viu nem metade. Não quer conhecê-lo?*

Marjorie se remexeu na cadeira, desconfortável, enquanto as palavras de Jonathan ecoavam em sua mente.

— Por falar em coisas interessantes... — começou Carlotta — Ouviram a novidade sobre lady Mary Pomeroy? Finalmente está noiva. — Ela se inclinou para a frente, bastante disposta a contar os detalhes para as outras convidadas. — Vai se casar com um pároco!

— Não! — exclamou Dulci, fingindo estar consternada, mas Marjorie percebeu como ela se aproximou de Carlotta, igualmente ansiosa para se envolver na fofoca sobre a outra mulher. — Um pároco, sério?

— Isso é tão surpreendente assim? — questionou Jenna, os próprios problemas aparentemente esquecidos à luz da notícia. — Digo, depois do escândalo, um pároco era provavelmente o melhor que ela conseguiria.

*São sombras de lady Stansbury*, pensou Marjorie, lembrando-se da conversa sobre lady Mary Pomeroy no círculo de costura da condessa. Olhando para as amigas, ficou subitamente impressionada com quão diferentes Dulci e Jenna estavam das colegas de escola que tinham sonhado com romance e aventura e a vida do outro lado do oceano. Talvez não estivesse se lembrando bem das coisas.

Ou talvez houvesse outra explicação.

*Se quiser ascender na sociedade, deve seguir as regras da sociedade. É simples assim.*

Olhou das amigas para Carlotta e de volta para elas, analisando o quão bem Dulci e Jenna tinham aprendido as tais regras. Bem até demais, talvez. Quanto tempo antes que Marjorie também ficasse assim?

— Bem, uma garota tem que se casar com alguém — apontou Dulci. — Melhor um pároco que ninguém, suponho.

— Não vejo o que há de errado com um pároco — interveio Marjorie, instigada a falar.

— Não precisa ficar irritada, Marjorie — comentou Jenna, fungando. — Você tem sonhado em se casar com um nobre tanto quanto qualquer uma de nós.

— Eu fui uma idiota — Marjorie deixou escapar, sem pensar, o que lhe rendeu uma careta de Dulci.

— Eu me casei com um nobre — retrucou a amiga, em tom ácido. — Eu sou uma idiota?

— Não foi isso que eu quis dizer — murmurou Marjorie, massageando a testa, de repente cansada de tudo aquilo. — Me desculpe se a ofendi. Não vamos brigar.

— Talvez seja a hora da Marjorie abrir os presentes — sugeriu Irene.

A sugestão foi recebida com a aprovação e alívio de todas. Boothby foi encarregado de trazer os presentes. Quando começou a desembrulhá-los, Marjorie foi obrigada a voltar a sorrir artificialmente.

Ganhou um tinteiro de prata de Irene e um conjunto de canetas-tinteiro incrustadas com madrepérola de Clara. A baronesa Vasiliev já partira para Londres, mas deixara um presente que refletia seu caráter extravagante: uma enorme pena de avestruz claramente decorativa, em vez de funcional.

Enquanto Marjorie colocava os primeiros presentes de lado, ela se perguntou que cartas escreveria para as outras professoras em White Plains. Sem dúvida, estavam todas ansiosas para ouvir sobre sua nova vida maravilhosa e sobre como ela estava feliz.

O sorriso estremeceu com o pensamento, e ela teve que cerrar os dentes para mantê-lo no lugar enquanto abria o presente de Dulci.

— Lenços de mão! Que adoráveis!

— São de uma empresa francesa — explicou Dulci. — Muito chique. Feliz aniversário!

Marjorie não sabia ao certo por que lenços de mão precisavam ser chiques, mas não perguntou.

— Obrigada, Dulci.

Abriu mais presentes. Livros de versos, esboços, flores prensadas, tudo perfeitamente adequado para uma mulher jovem e solteira da alta sociedade. Até lady Stansbury lhe enviara um presente: uma toalha de rosto bordada com rosas.

— Que bordado lindo — comentou Jenna, inclinando-se para mais perto. — Não consigo bordar bem desse jeito, por mais que eu me esforce.

Marjorie se virou, perplexa.

— Quando você começou a bordar? Em Forsyte, você odiava as aulas de costura. Sua paixão era a esgrima.

Jenna sorriu, mas um sorriso estranho, como se estivesse pedindo desculpas.

— A esgrima não é algo que muitas mulheres britânicas praticam, então desisti.

Aquele tipo de conformidade não parecia nada com a Jenna que Marjorie conhecia. Não conseguira passar muito tempo com a amiga, mas a Jenna de suas memórias da escola era atlética, aventureira e pronta para tudo. Aquela Jenna nunca se importara com o que as outras pessoas pensavam.

*Aquela jovem tem senso de aventura.*

*Aquela jovem adoraria a vida que estou oferecendo.*

Com dificuldade, Marjorie afastou as palavras de Jonathan da cabeça.

— Quando você começou a se importar tanto com o que as outras pessoas pensam? — perguntou a Jenna.

A amiga mordeu o lábio, parecendo desconfortável.

— A mãe do coronel não gosta de esgrima.

Marjorie deu uma risada sem graça.

— Ela parece muito com a lady Stansbury.

Jenna se endireitou.

— Lady Stansbury e a mãe do coronel são amigas — disse, mantendo a dignidade.

Marjorie ficou tentada a perguntar se Jenna conseguiria encontrar um bom bolinho inglês em Bombaim, mas se conteve ao ver o rosto envergonhado da amiga. Será que, em um ou dois anos, estaria aprendendo a bordar e desistindo das coisas de que gostava para se adequar à preferência dos outros? Considerando o que dissera a Jonathan naquela manhã, parecia lamentavelmente possível, e ela ficou aliviada quando Boothby a desviou dos pensamentos com outro pacote.

— Minha nossa — disse, enquanto o mordomo colocava uma caixa de cerca de quarenta e cinco centímetros quadrados na frente dela. — Outro?

— Este é o último, srta. McGann. É do sr. Deverill.

Isso lhe rendeu um coro de provocações, com "uuus" e "aaahs", para sua irritação, e as amigas começaram a especular sobre o que havia na caixa.

— Talvez sejam mais joias — sugeriu Dulci. — Você não disse que ele tinha levado algumas das gemas do seu pai para a Fossin & Morel? Talvez tenha transformado algumas em conjuntos.

Marjorie esperava que não. Um colar já lhe causara problemas o suficiente.

— Nossa — comentou Hetty, em seu tom sofisticado, olhando do outro lado da mesa. — Dado o tamanho da caixa, se forem joias, o homem certamente é generoso.

— Mas, nesse caso — acrescentou Jenna, em dúvida —, Marjorie não teria que devolvê-las? Dar joias de presente não é apropriado. Ele é o tutor de Marjorie, não o marido.

— Ele é o primeiro, mas talvez queira ser o último — provocou Dulci, fazendo a maioria das mulheres rir.

Marjorie mordeu o lábio, olhando para o pacote, sem vontade de rir com elas.

— Eu acho que devemos parar com qualquer especulação e deixar Marjorie abrir o presente — comentou Irene, a voz tão gentil que Marjorie quis explodir em um novo acesso de choro.

Ciente de que os olhos de todas estavam sobre ela, Marjorie pegou a tesoura, cortou a fita e puxou o papel, revelando uma caixa de madeira simples e nada impressionante.

— Céus, o que é isso? — alguém perguntou, com uma risada amarga, quando Marjorie levantou a tampa. — Ovos de fazenda?

Mas não eram ovos. E não eram joias. Não era nem mesmo um presente previsível e apropriado, como livros ou canetas. Era algo totalmente diferente, algo que obliterou as resoluções de Marjorie, destruiu suas defesas de orgulho, raiva e mágoa e transformou em pó e cinzas todas as ilusões que mantivera sobre como sua vida seria.

Dentro da caixa havia uma câmera de campo.

---

— Tem certeza de que quer fazer isso?

Jonathan ergueu os olhos das plantas espalhadas pela mesa, dando ao marquês de Kayne um olhar surpreso.

— Achei que tivéssemos concordado. Os engenheiros devem adicionar mais botes salva-vidas ao projeto.

— Não é isso que eu quero dizer. Você mal cancelou a viagem para a África do Sul e já estou o mandando para longe. A duquesa não deve estar feliz.

A duquesa não era a única. Jonathan baixou os olhos de novo, a dor apertando o peito enquanto pensava em como deixara Marjorie no terraço do Ainsley Park algumas horas antes.

— A duquesa não é o problema — resmungou, enquanto fingia retomar seu estudo do projeto de navio que Kayne lhe trouxera. — Pode acreditar.

— Ainda assim, eu que deveria ir. E, embora esteja grato por ir em meu lugar, sinto que joguei uma tarefa enorme em cima de você sem nenhum aviso. Fiquei surpreso quando concordou.

— Ficou?

Jonathan olhou para o projeto, um sorriso irônico curvando seus lábios. No dia anterior, quando ele e Kayne tinham discutido aquela aventura, ele soube quase de imediato que era o que estava procurando — não só porque combinava com ele e o empolgava, mas também porque vira como o empreendimento poderia ser uma ponte entre o que ele queria e o que Marjorie queria. E, depois da noite anterior, quando ela fora ao seu quarto e se entregara, admitindo que o amava, tivera certeza de que ela estaria disposta a pelo menos ouvir seus planos. Agora, lembrando do rosto horrorizado dela e da dor em seus olhos, percebeu que tinha sido otimista demais. Ainda assim, estava apenas na primeira etapa do que sabia que seria uma longa empreitada.

— Um de nós precisa ir — apontou, enquanto se endireitava e começava a enrolar os papéis. — E esta pessoa deveria ser eu, já que conseguir pontos de atracação agora é minha responsabilidade. — Ele segurou os papéis enrolados. — Posso levar isso para mostrar aos homens em Gibraltar, suponho?

Quando Kayne concordou com a cabeça, Jonathan prendeu o rolo com um elástico e se abaixou para pegar a maleta do chão.

— Então, como meu navio parte em menos de uma hora, é melhor eu me apressar. Se eu demorar muito, o valete vai começar a se perguntar se vai para Gibraltar sem mim.

— Vou descer com você.

Os dois deixaram o escritório do marquês e, dez minutos depois, estavam se despedindo. Uma balsa transportou Jonathan pelo porto de Hythe até a marina oposta, onde um navio da Cunard esperava para levá-lo a Gibraltar.

Quando passou pela multidão reunida no cais para se despedir dos entes queridos, procurou o rosto de Marjorie, embora soubesse que a busca era inútil. Depois daquela manhã, duvidava que ela estivesse disposta a ir ao cais se despedir dele. E, mesmo que o fizesse, do que serviria? Deixá-la em Ainsley Park tinha sido uma das coisas mais difíceis que fizera na vida. Se a visse agora, conseguiria deixá-la de novo?

Por outro lado, conseguiria jogar todos os seus planos para o alto e desistir do que desejava fazer da vida para tentar sossegar e viver como um cavalheiro britânico?

Mal pensara na pergunta, mas já sabia a resposta. Era impossível desistir dos novos planos. Mesmo que Marjorie desejasse a vida monótona da sociedade britânica, ele não podia se adequar àquilo, por mais que a amasse. Precisava de um mundo mais amplo do que um pequeno canto da Inglaterra.

*Não*, decidiu, quando parou na prancha de embarque para olhar ao redor pela última vez. Se a visse parada ali, no cais, a coisa que ele estaria mais inclinado a fazer seria jogá-la por cima do ombro, escandalizando qualquer um que pudesse estar assistindo, e carregá-la para dentro do navio. Quase sorriu com a ideia, contemplando o quanto mudara do guardião superprotetor que pensava que poderia fazê-la ficar presa no quarto pelo bem do decoro.

Pensar naquilo o fez rir de si mesmo; sabia que Marjorie nunca seria controlada pelas expectativas dele ou as de qualquer outra pessoa. Sabia que a mulher tinha uma tendência aventureira, que tinha sido a maior frustração dele havia dois meses. Só podia esperar que, com o tempo, essa mesma tendência se provasse sua aliada. Se não...

A buzina do navio soou, uma distração bem-vinda da direção sombria que seus pensamentos quase tomaram, mas também um aviso de que não poderia enrolar mais. Jonathan se virou e cruzou a prancha de embarque, onde Warrick o esperava.

— Já cuidei da bagagem, senhor — disse o valete, entregando-lhe uma chave. — Sua cabine é a A-18. Devo acompanhá-lo?

Jonathan hesitou, olhando outra vez por cima do ombro.

— Não — respondeu ele, mostrando os papéis e a maleta. — Por favor, vá na frente e leve isso. Peça um chá para mim. Já vou.

— Está bem, senhor.

Warrick partiu, e Jonathan foi ficar com os outros passageiros na amurada enquanto o navio se afastava e partia para o mar. Manteve o olhar fixo no cais até o navio fazer a curva em Calshot e entrar no Solent. Só então foi para a cabine, mas, para a sua surpresa, estava vazia. Warrick colocara a maleta no chão ao lado da escrivaninha e desenrolara as plantas em cima da mesa, mas o valete não estava à vista.

— Warrick? — chamou, mas não houve resposta.

Jonathan jogou o chapéu e a chave na mesa ao lado da porta e foi até o quarto, mas também estava vazio. O criado devia ter ido fazer alguma outra coisa.

Decidindo que a melhor maneira de tirar Marjorie de seus pensamentos era trabalhando um pouco, Jonathan decidiu ficar mais confortável, removendo o paletó, a gravata e o colarinho. Estava começando a tirar as abotoaduras quando a porta externa da suíte se abriu.

— Warrick? — chamou.

— Sim, senhor — respondeu o valete. — Trouxe o seu chá.

Jonathan franziu a testa, um pouco confuso.

— Por que não pediu a um garçom para fazer isso? — perguntou, enquanto jogava as abotoaduras e o prendedor da gravata na penteadeira e começava a enrolar os punhos da camisa.

O homem levou um tempo para responder.

— Teria demorado muito — disse, por fim. Warrick fez outra pausa até retomar: — Não colocaram leite na bandeja. Vou buscar.

— Eu não preciso de leite — respondeu Jonathan, mas a porta já tinha se fechado antes que terminasse de falar.

Dando de ombros, terminou de enrolar os punhos da camisa e foi molhar o rosto com água fria no banheiro. Jonathan secou o rosto com uma toalha enquanto voltava para a sala de estar, mas mal passara pela porta quando parou de supetão, com um susto.

Ao lado da bandeja, desalinhada e de chapéu torto, mas incrivelmente linda, estava Marjorie.

— Mas que diabo? — perguntou, baixinho, atordoado demais para se mover.

Ela riu.

— Bem, pelo menos desta vez você está vestido. Quer dizer, quase todo vestido.

Jonathan estava ao lado dela antes mesmo do fim da frase, jogando a toalha para o chão no meio do caminho.

— Meu Deus — murmurou, deslizando as mãos pelos braços dela, para ter certeza de que era real. — Meu Deus! O que você está fazendo aqui?

Marjorie mordeu o lábio, fazendo um olhar doído.

— Você ainda não aprendeu o quanto odeio ser abandonada?

Jonathan começou a rir, a alegria crescendo dentro do peito. Incrédulo, ainda atordoado, ele a puxou em um abraço.

— Marjorie, minha querida. Minha ruiva selvagem, louca e insana.

Ele a beijou a cada palavra: na boca, no nariz, nas bochechas, no cabelo e de volta na boca.

— Como você chegou aqui? Trouxe bagagem? Você é real?

— Muito real — assegurou ela, e provou envolvendo os braços no pescoço dele e dando-lhe um beijo. — Quanto a como cheguei aqui... Bem, você ficará feliz em saber que minhas acompanhantes me trouxeram.

— Que acompanhantes ruins, hein? — disse ele, enlaçando sua cintura. — Se permitiram que você fizesse uma loucura dessas.

— Bem, eu prometi a elas que nos casaríamos. Na verdade, Clara disse que, se formos juntos para Gibraltar, é melhor você se casar comigo, senão ela vai mesmo até o outro lado do mundo só para lhe dar um tiro.

Jonathan quase riu, considerando que Clara fazia aquela ameaça desde que ele tinha idade suficiente para irritá-la, mas ouvi-la falar de casamento tirou todo o humor da situação, e ele recuou um pouco, olhando-a nos olhos.

— Você quer se casar comigo? Tem certeza?

— Sim, Jonathan. Nunca tive tanta certeza na vida.

Marjorie soava certa, mas ele não estava pronto para estourar o espumante.

— Você não estava tão certa ontem à noite. Pelo que me lembro, você nunca me deu uma resposta. E, hoje de manhã, quando contei sobre meus planos, estava decidida a nunca se casar comigo.

— Eu não colocaria dessa forma. — Quando ele ergueu uma sobrancelha, cético, ela emendou: — Admito que eu não tinha certeza na noite passada, mas, antes do fim da noite, você me fez mudar de ideia.

— E mudou de novo hoje de manhã. Ou esqueceu da nossa briga?

— Não, mas as notícias vieram como um raio. Num minuto, você me mostra aquela casa linda que comprou para nós e, no minuto seguinte, diz que está de partida. Senti como se tudo o que eu sempre quis tivesse sido balançado na minha frente e, em seguida, tirado. Tudo aconteceu tão rápido, e eu não tive tempo para pensar.

— Acredite em mim, eu não pretendia manipulá-la ou apressá-la. Muito pelo contrário. Antes de você ir ao meu quarto, ontem à noite, eu estava me preparando para um cortejo longo. Achei que você precisaria de meses, ou mesmo de um ou dois anos para se decidir. Achei que ia querer fazer a temporada, conhecer outros homens antes de decidir... E, se fosse o caso, eu sabia que precisaria de uma ocupação, ou ficaria louco. Quando me encontrei com Kayne e discutimos o acordo, soube que era a coisa certa para mim, mas sabia que levaria tempo para persuadi-la. Então, quando Kayne sugeriu que eu fosse a Gibraltar, concordei, achando uma boa jogada.

— Uma boa jogada me deixar? Ora!

Ele abriu um sorriso discreto.

— Pode chamar de retirada estratégica. Achei que isso daria a você a oportunidade de considerar meu plano. E eu esperava — acrescentou, puxando-a para mais perto — que fizesse você sentir um pouco a minha falta. Que percebesse que não pode viver sem mim.

— Nossa, como os homens são metidos!

— Eu estava inseguro demais sobre os seus sentimentos para ser metido. Quando você foi ao meu quarto, ontem à noite, eu deveria ter expulsado você imediatamente. Porque, no fundo da minha mente, sabia que não seria justo de outra forma. Mas simplesmente não consegui. Fico fraco como um cachorrinho quando o assunto é você, para falar a verdade. E, então, quando a despi e você ainda assim não concordou em casar comigo... Bem, a essa altura, eu sabia que você me amava, então não havia como deixá-la ir.

— Eu também não queria deixar você ir, obviamente — sussurrou ela, corando um pouco, os braços envolvendo o pescoço dele enquanto ela ficava na ponta dos pés para beijá-lo.

— Que bom, mas ficou bem mais difícil contar meus planos esta manhã. Quando mostrei a casa, sabia que tinha que contar o que havia concordado em assumir, mas ficava cada vez mais difícil de dizer, e saiu tudo de uma vez. Então, tudo foi por água abaixo. — Ele abaixou a cabeça e a beijou. — Esta manhã, acusei você de estar com medo, mas a verdade é que também senti medo, Marjorie. Senti medo de ter estragado tudo. Pensei em não ir, em desistir do negócio, mas Kayne e eu já tínhamos feito um acordo, e, se eu não honrasse isso, como poderia esperar que você confiasse em mim?

Ela assentiu.

— Eu entendo isso agora, mas estava muito atordoada de manhã. Depois que tive tempo para pensar em tudo, percebi que você estava certo, que eu estava me apegando a velhos medos e ideias de outras pessoas. E não quero mais fazer isso, não depois do que a baronesa disse.

Ele gemeu.

— Aquela mulher...

— Bom, você deveria agradecê-la, porque o que ela disse foi o que me levou ao seu quarto ontem à noite e o que me fez perceber que eu estava apaixonada por você. E o que me fez mudar de ideia esta tarde, também. Ela disse que a vida não é perfeita, e as coisas nem sempre saem de acordo com o planejado...

— Nem me fale — disse Jonathan, e ganhou um soco no braço. — Ai!

— Ela também disse que a vida seria muito monótona se nunca corrêssemos riscos. E, hoje, depois de superar o choque inicial da notícia, lembrei-me das palavras dela e percebi que, se eu recusasse você por medo e pela necessidade de me sentir segura, me arrependeria para sempre. Afinal, foi a minha vida monótona e sem riscos que me fez embarcar em um navio atrás de você, em primeiro lugar.

— E, apesar de todos os meus esforços para que você ficasse protegida e bem cuidada, aqui está de novo.

— Bom, sim. Sabe... — Ela fez uma pausa, sorrindo. — Eu ganhei essa câmera de campo incrível de aniversário. E decidi que a melhor maneira de fazer bom uso dela era vindo com você — acrescentou, enquanto ele ria. — O que me lembra... Você me contou seus planos de carreira, mas não ouviu os meus.

Ele piscou, surpreso.

— Você quer uma carreira?

Marjorie assentiu.

— Eu decidi que quero mais para minha vida do que bailes e festas e ser uma rica ociosa. Isso é uma surpresa?

— Desde que lhe conheci, querida, surpresa é meu estado de espírito perpétuo. Então, que carreira você decidiu seguir? Espero que seja algo que possa fazer enquanto viaja comigo.

— Na verdade, é. Vou trabalhar para a editora como fotógrafa e escritora. Vou tirar fotos de nossas viagens e escrever artigos sobre elas, e Clara vai publicá-las.

— Que ideia sensacional. — Jonathan deu um beijo no nariz dela. — Adorei.

— Que bom. — Então, o sorriso dela desapareceu, e sua expressão ficou séria. — Porque eu te amo, Jonathan, e, onde quer que você esteja, é onde eu quero estar. — As palavras mal tinham saído de sua boca quando ela começou a rir. — Você parece quase tão atordoado agora quanto da primeira vez que me viu aqui.

— Não estou só atordoado, Marjorie. Estou maravilhado. — Ele segurou seu rosto e a beijou na boca. — Uma hora atrás, eu estava me perguntando se tinha arruinado tudo. E, agora, aqui está você, tornando todos os meus sonhos realidade. — Jonathan segurou as mãos dela. — Eu te amo de corpo e alma e juro, pela minha vida, que nunca a abandonarei. E, não importa para onde as viagens nos levem, sempre teremos um lar para nós e para nossos filhos.

— Em Ainsley Park?

— Se você quiser.

— Quero. Eu me apaixonei pela casa à primeira vista e estou muito ansiosa para fazer dela um lar para nós. Mas primeiro... — Ela fez uma pausa para enlaçar o pescoço dele com os braços. — Primeiro eu quero uma lua de mel. Uma lua de mel *bem longa*. Então espero que lorde Kayne não se importe se você prolongar um pouco a viagem.

— Tenho certeza que ele vai ficar encantado, desde que eu também garanta alguns destinos adicionais. Mas quanto a nos casar, querida, isso será um problema. Acho que capitães de navios não podem casar pessoas pela lei.

— Não podem. Irene me disse. Mas também disse que podemos nos casar em Gibraltar, e isso vai fazer o escândalo de nossa fuga morrer depois de um tempo.

— Parece que meus esforços para ser um guardião responsável deram completamente errado. — Ele fez uma pausa e suspirou. — Para mitigar o escândalo, suponho que não seria possível persuadi-la a permanecer em seu quarto durante a viagem?

— Sem chance — retrucou ela, e pontuou a resposta com um beijo.

Este livro foi impresso pela Gráfica Exklusiva, em 2021
para a Harlequin. A fonte do miolo é Adobe Caslon Pro.
O papel do miolo é pólen soft 70g/m²
e o da capa é cartão 250g/m².